KB262224

총서 『불멸의 역사』와 북한문학

상허학회

나라의 수준을 넘어 세계 전체가 경제 문제로 어수선하고 불안한 모습이다. 그렇지만 계절은 가을이라 은행잎과 단풍잎 그리고 그 밖의 나뭇잎들이 저마다의 색깔로 세상을 온통 다채롭게 물들이기 시작한다. 새봄이 되어 온 천지가 푸른 생명의 약동과 활기에 휩싸이는 자연의 리듬과 잃어버린 땅이 환기하는 사회(역사)의 리듬 사이에서 고통스런 현기증을 일으키는 인물의 절규와 탄식을 담은 이상화의 「빼앗긴 들에도 봄은 오는가」라는 시가 문득 떠오른다. 그렇게 인간은 자연의 리듬과 사회의 리듬이 형성하는 중층의 구조 속에서 살아갈 수밖에 없는 모양이다. 자연의 풍광에 눈을 빼앗겨 황홀해하다가도 경제와 연관된 이러저런 우울한 소식들을 듣다 보면 이상화 시의 화자만큼은 아니더라도 그 나름의 고통스런 현기증을 느끼지 않을 수 없다. 어느 시인의 말처럼 이 세상에 진정한 평화의 나팔 소리가 울려 퍼질 날은 언제일 것인가? 그리고 모든 형태의 글쓰기는 그 행복한 찬가의 도래에 어떤 색깔과 모양의 기여를 할 수 있을 것인가?

『상허학보』 제24집에는 각각 4편의 특집논문과 일반논문이 실려 있다. 이번호 특집의 주제는 〈총서 『불멸의 역사』와 북한문학의 전망〉이다. 정치적인 환경의 변화 탓인지 '통일'에 대해 고민하는 분위기가 위축된 듯하다. 통일의 문제는 매우 어려운 과제라서 지극히 조심스럽게 그리고 온 정성을 기울여 다루지 않으면 제대로 수행될 수 없다. 정치적 환경의 변화에 따라 통일과 연관된 고민의 깊이와 밀도가 달라진다면 '통일'이라는 문제는 점점 더 어려운 과제가 될 것이다. 상허학회의 회원들이 주축이 된 '총서『불멸의 역사』' 연구팀의 논문들로 구성된 이번 특집은 우리 민족 모두의 과제인 '통일'의 문제를 시류에 영합하지 않고 지속적인 관심과 한결같은 정성으로 풀어보려는 노력의 작은 표현이다.

넓게는 '통일'의 문제와 연관된 것이지만, 이번 특집은 좁게는 '글쓰기'의 문제와 연관된 것이다. 롤랑 바르트는『글쓰기의 영도』에서 다양한 "정치적 글쓰기"의 유형에 대하여 언급하면서 "마르크스적 글쓰기"와 "스탈린주의 글쓰기" 등을 다룬다. 바르트에 따르면, 권위주의적 체제에 고유한 글쓰기의 현상은 "행동의 정당화에 현실의 보증을 부여하면서 사실의 기원과 그것의 가장 먼 변형을 부정하게 일치시키는 임무를 띠고 있다." 나아가 바르트는 그러한 글쓰기를 "경찰적 글쓰기"라고 규정한다. '총서『불멸의 역사』'를 낳은 글쓰기는 바르트의 용어 그대로 '경찰적 글쓰기'라고 말할 수 있는 것인가? 그것이 아니라면 그 글쓰기는 어떤 성격의 글쓰기인가? 또한 남한 사회에서 구성해볼 수 있는 글쓰기의 역사에서 규정 가능한 권위주의적 글쓰기의 형태와 비교할 때 '총서『불멸의 역사』'의 글쓰기에는 어떤 차이가 있는가? 이러한 일련의 질문들 자체가 이번 특집에 실린 논문들의 문제의식은 아니지만, 그 논문들은 조금 전에 제기한 문제들의 구성과 해결에 다양한 방식으로 도움을 줄 수 있을 것이다.

강진호의 「'총서'라는 거대서사 혹은 허위의식」은 '총서『불멸의 역사』'에 대한 개괄적인 이해를 시도하면서, 지배 이데올로기의 맥락에서 그것이 북한 사회에서 가지는 의미와 기능에 주목한 논문이다. 김은정의 「총서와 인물 유형」은 '총서『불멸의 역사』'에 등장하는 인물들의 유형을 통해 그 구조와 창작방법을 확인하는 데 목적이 있다. 김은정은 인물유형을 통해『주체문학론』과『수령형상문학』에는 기술되지 않는 '총서『불멸의 역사』'의 구조 및 창작방법이 드러날 수 있다고 보는데, 다른 한편으로 인물 유형의 문제는 '사실의 보고'와 '가치의 판단'이라는 언어의 문제가 어떤 양상으로 드러나는가 하는 점과도 무관하지 않을 것이다. 오태호의 「최학수의 장편소설에 나타난 수령 형상의 의미 고찰」은, 최학수가 지은 총서 세 편과『평양시간』에 나타난 '수령 형상'의 의미를 고찰하여 각각의 작품에 나타난 특색을 검토하고, 작가적 개성의 유의미성을 구체적으로 평가하고자 한 논문이다. 김원경의 「하이퍼링크 DB를 이용한 메타텍스트 연구 방법」은 '총서『불멸의 역사』' 연구를 위한 하이퍼링크 DB의 구성과 특성을 제시하고, 하이퍼링크 DB 정보를 이용하여 '총서『불멸의 역사』' 전체를 하나의 메타텍스트로 파악하게 하는 계량적 분석 방식에 대해 서술한 논문이다. 김원경의 논문은 계량적 접근 방식이 메타텍스트 연구를 지원하는 주요 기제로 이용될 수 있음을 보여주기 위한 것인데, '총서『불멸의 역사』'처럼 방대한 분량의 텍스트를 연구할 때 활용될 수 있는 통계학적 방법의 적용 사례로서 의미 있는 시사점을 제공해 줄 것이다.

이번호에 모두 4편의 일반논문이 실렸다. 공임순의 「'탈'식민 해방 투쟁과 제국의 문화 정치: 주변부 식민지의 '식민지성'과 혁명의 '유산'을 딛고」는, 탈식민주의가 한국 인문학에 지대한 영향력을 끼쳤다고 보고, 탈식민주의가 일상의 식민주의를 날카롭게 파헤치는 데 일익을 담당했음을 전제로 탈식민주의의 기본적 문제의식을 새롭게 조명하고 환기하고자 한 논문이다. 공임순의 여러 문제제기 가운데에서 "한국의 인문학 연구는 때로 탈식민주의를 내셔널리즘에 대한 비판과 직결시켜 식민주의의 일차 과제였던 제국의 '제국성'에 대한 첨예한 문제의식은 사장해버린 채 주변부 식민지인이 얼마나 '식민지적'인가를 매번 재확인하는 자기 고백과 폭로로 일관하는 감이 없지 않다"는 지적은 우리도 되새겨 보아야 할 문제로 보인다. 박현수의 「박영희의 초기 행적과 문학 활동」은『新靑年』,『薔薇村』,『백조』,『개벽』 등으로 이어지는 매체에서의 활동과 부르주아적 예술지상주의로부터 신경향파 문학으로 나아가는 문학적 변모에 초점을 맞춰 박영희의 초기 행적과 문학 활동을 구명하고자 한 논문이다. 매체에서의 활동과 문학적 변모에 대한 실증적 재구를 목적으로 하는 이 논문의 문제의식은 단순히 박영희가 신경향파 문학을 발아, 정착시켰다는 것이 아니라 그것이 어떻게 이루어졌으며 어떻게 가능했는가라는 질문과 맞닿아 있다. 김려실의 「기록영화 〈Tyosen〉 연구」는 2004년 오사카 플래닛 영화자료 도서관에서 발견된, 영어로 된 조선관광 선전영화 「Tyosen」에 대한 검토를 통하여 식민지 '조센'의 로컬리티가 제국 일본에 의해 어떻게 상상되고 편집되었는가 하는 점을 구명한 논문이다. 박상준의 「『북간도』에 나타난 형식과 역사의 변증법」은 안수길의 『북간도』가 보이는 서사구성상의 특징을 분석하고 그 위에서 주제효과와 작가의식을 검토한 논문이다. 박상준은, 『북간도』는 이 씨 4대에 걸친 가족사소설로서 주요 인물들의 가계를 통해 외세하의 올바른 삶의 방식을 대비적으로 제시하고 있다는 기존의 평가들에 이의를 제기하면서, 장편소설의 분량에 대하소설에 걸맞은 시공간을 구현하면서 민족주의 독립운동세력의 역사를 형상화한 작품이 『북간도』라고 주장한다.

1500여 년 전 유협은 『문심조룡(文心雕龍)』의 〈물색(物色)〉 편에서 "우리의 감정은 경물(景物)에 따라 변화하고, 그러한 감정에서 유래되어 문장이 생겨난다. 나뭇잎이 떨어지는 것조차 우리 상념을 자극하고, 풀벌레의 울음소리 역시 감정의 울림과 사색을 유발한다"고 하였다. 80여 년 전 김소월은 자신의 유일한 시론인 「시혼(詩魂)」에서 산과 숲의 그늘진 곳에서 우는 외로운 벌레 한 마리가 오히려 더 인간의 정조와 가깝지 않은가 하고 물은 바 있다. 아마도 그럴 것이다. 유협의 시대 이후로 강산이 무려 150번이나 바뀌었지만, 여전히, 유협의 말대로, 가을날 하늘이 높아지고 날씨가 적막하고 고요해지게 되면, 우리의 심정은 침울하고 심원해질 것이며, 겨울날 대지가 무성한 눈보라로 뒤덮

일 때, 우리의 영혼은 심오한 사색으로 무겁게 침잠할 것이다. 그런데 경제 불안과 함께 요동치고 있는 온갖 종류의 '지수들'에 따라 함께 요동치는 사람들의 욕망과 그 신음 또한 우리의 마음을 무겁게 짓누른다. 그러면서 문득 두려운 생각이 든다. "욕망이여 입을 열어라 그 속에서 사랑을 발견하겠다"고 부르짖었던 한 시인의 열정을 우리의 독서와 글쓰기는 담고 있는 것일까?

2008년 가을에
편집위원회 識

⊕ 목　차 ⊕

I. 특집

'총서'라는 거대서사 혹은 허위의식

강 진 호*

목 차

1. '북한'이라는 타자

반세기가 넘는 기간 동안 남한과 북한은 서로의 심장을 향해 총구를 겨눠야 했던 불행한 형제와도 같았다. 원수처럼 서로를 사갈시하면서 살아왔기에 상대적으로 거리가 가까워진 현재에도 북한은 친숙하기보다는 두렵고 위험스러운 존재로 먼저 다가온다. 1990년대 이후 본격화된 '북한 바로알기 운동'과 이후 활발히 전개된 남·북한 간의 교류를 통해서 북한에 대한 이해가 한층 넓어지고 심리적 거리감 또한 크게 좁혀졌지만, 현실을 돌아보면 북한은 여전히 테러와 예측불허의 이미지에서 크게 벗어나지 못하고 있다. 수시로 조성되는 긴장과 갈등의

* 성신여대 교수.
** 이 논문은 2008년도 성신여대 교내 학술연구조성비 지원에 의해 연구되었음.

상황은 남과 북이 서로를 동질적이기보다는 적대적 타자로 간주하고 있음을 보여주는 사례라 하겠다.

북한을 보는 이런 시각에는 한편으론 거대제국 미국의 입장이 강하게 투사되어 있다. 최근 몇 년간 북한의 미사일과 핵무기를 둘러싸고 야기된 일련의 사태에서 드러난 미국의 강경한 태도에는 자신의 이해에 반하는 어떠한 존재도 용납하지 않겠다는 강자의 오만과 함께 이질적인 체제에 대한 부정과 멸시의 감정이 짙게 배어 있고, 그것이 북한을 보는 우리들의 시각으로 전이된 것이다. 이 과정에서 목격된 북한 내부의 강압적인 정치 행태라든가 호전적인 대외정책은 그런 시각을 정당화시켜주는 알리바이였다고나 할까. '북한문학'을 보는 시각도 그런 흐름에서 크게 예외가 아니다. '북한문학'이라고는 하지만 사실은 '북한'을 비판하기 위한 도구로 문학을 이해하거나 아니면 남한 문학과는 다른 이질성을 검출해서 폄하하고 외면하는 경우가 많았던 것이다. 북한문학에 대한 연구가 상당 정도로 축적되었음에도 불구하고 아쉽게 느껴지는 것은 그런 사실과 무관하지 않을 것이다.

북한문학을 이해하기 위해서는 무엇보다도 북한문학의 특성에 대한 고려가 우선적으로 필요하다. 알려진 대로, 북한문학은 1967년을 기점으로 큰 변화를 겪었다. 1967년 이전까지는 마르크스-레닌주의의 유물론적 문예이론이 당의 공식 입장이었으나, 주체사상이 확립된 1967년 이후에는 그것을 변형한 '주체문예이론'이 당의 공식 정책이 되었다. 북한은 1967년 5월 당중앙위원회 제4기 전원회의에서 유일사상체제의 수립을 결의했고, 1970년 11월 제5차 당대회에서는 주체사상을 당의 유일한 지도이념으로 선언하였다. 이후 북한은 '우리식 사회주의' 이념을 구현하는 문학을 주체문학으로 규정하고 지금까지 시행하고 있다. "우리 시대는 문학을 시대의 지향과 이념에 맞게 발전시킴으로써 문학이 인민 대중의 자주 위업 수행에 적극 이바지하도록 그 인식 교양적 역할을 더욱 높일 것을 요구하고 있다."[1]는 주장은 국가와 당의 정책을 전파하는 유력한 도구로 문학이 자리매김되고 있음을 보여준다. 이 과정에서 김일성과 김정일의 교시는 문예정책과 창작의 지침으로 강제되고, 그로 인해 문학은 미적 가치의 추구라는 본래의 목적보다는 대중을 공산주의적 인간형으로 교양하는 ‘당의 무기’로 기능하게 된다. 문학의 전범이 사라지고 문학의 역할이 현저하게 위축된 게 남한의 최근 현실이라면, 북한에서는 문학이 그와는 달리 상대적으로 강력하고 실제적인 힘을 갖고 있는 셈이다.

1980년대 이후 북한문학은 크게 두 경향으로 분화되는 모습을 보였다. 하나는 『총서 불멸의 역사』로 대표되는 과거의 역사를 수령의 행적을 중심으로 재구성한 작품들이고, 다른 하나는 북한의 사회주의 현실을 다룬 작품들이다. 후자의 경우는 주체문예이론에 입각하여 제작된 작품들이 그 교조성과 고답성으로 인해 대중들로부터 외면된 이후 이념의 수위를 낮추고 인민들의 실제 생활을 적극 수용하면서 창작된 작품들이다. 이들 작품은 이념보다는 인민들의 실제 생활에 주목한 관계로 현재 북한 사람들의 생활과 감정이 비교적 상세하게 드러나는 특징을 보여준다.[2] 이 글에서 주목하고자 하는 것은 아직도 완고하게 이념의 광휘를 발하고 있는 전자이다.

『총서 불멸의 역사』(이하 ‘총서’)는 알려진 대로 김일성의 일대기와 항일빨치산들의 유격대 활동을 중심 소재로 하고 있는 작품군이다. 북한소설 40년사에서 최고의 작품으로 평가되는 이 ‘총서’는 1972년 권정웅의 『1932년』을 필두로 2007년 김삼복의 『청산벌』에 이르기까지 지속적으로 출간되어 현재 ‘항일혁명투쟁시기편’(17권)과 ‘해방후편’(16

---

1) 김정일, 『김정일 주체문학론』, 조선로동당출판사, 1992, 30쪽.
2) 최근의 북한문학에 대해서는 고인환의 「남북문학의 이질성과 문학 교류의 방향」(『문학과 경계』, 문학과경계사, 2005. 겨울), 유임하 외의 『북한소설의 역사적 이해』(두남, 2001), 김재용의 『분단구조와 북한문학』(소명출판, 2000), 신형기·오성호의 『북한문학사』(평민사, 2000), 김은정의 「수령형상문학론」(북한연구학회 편, 『북한의 언어와 문학』, 경인문화사, 2006), 김성수의 「북한 현대문학연구의 쟁점과 통일문학의 도정」(『어문학』, 2006. 3), 남원진의 「이북문학의 정치적 종속화에 관한 연구」(『통일정책연구』, 2008. 6) 등을 참조하였다.

권)을 통틀어 총 33권에 이르는 방대한 규모를 갖추고 있다. '총서'의 전편에 해당하는 '항일혁명투쟁시기편'은 김일성의 항일투쟁을 중심 줄기로 하면서 그의 가계와 투쟁에 동참했던 차광수, 김혁, 권영벽, 오중흡 등의 빨치산들을 주요 인물로 하고 있고, '해방후편'은 해방과 함께 김일성의 개선과 당 창건, 토지개혁과 조선인민공화국 건설과 전쟁, 그리고 핵 위기와 김일성 사망까지를 주요 내용으로 하고 있다. 김일성을 중심으로 벌어지는 영웅적인 투쟁, 열악한 환경에 맞서 조선인민공화국을 건설하고 정권의 기반을 다지는 과정 등이 작품의 중심 줄기를 이루면서 33권이 유기적으로 연결된 하나의 거대서사를 엮어내고 있다. '총서'에는 또한 만주지역에서 실제로 활동했던 30여 개의 독립단체와 학생회, 200여 개의 국내외의 역사적 사건이 다루어지며, 또 권당 80명에서 최고 200여 명에 이르는 실존 인물들이 등장한다. 이들 실존 인물과 사건을 중심으로 소설적 상상력을 구사해서 만들어진 역사물이 곧 '총서'인 것이다.

그런 점에서 '총서'는 공적 기억의 보고이자 국가 이야기의 원천으로 북한 사회의 문화 정전(正典)에 해당한다고 할 수 있다. '총서'는 북한에서 절대적인 위상을 점하면서 김정일 체제에서도 『총서 불멸의 향도(嚮導)』로 계승되어 지금까지 막강한 영향력을 행사하는 것은 그런 사실과 관계가 있다. 즉, '총서'는 김일성을 중심으로 한 문학 창작물이고 역사적 사실을 공식화한 텍스트이자, 북한의 정치, 역사, 이념, 문학예술 등의 정책과 제반 지침을 망라한 자료의 집적물이다. 오늘의 관점에서 볼 때 이런 방대한 양과 규모는 전례를 찾기 힘들 뿐만 아니라 쉽게 이해되지도 않지만, 그럼에도 그것은 북한의 특수한 상황을 반영한 산물이라는 점에서 주목할 필요가 있다. 더구나 '총서'는 김일성을 중심으로 한 투쟁과 건국의 서사라는 점에서, 그가 죽고 김정일에 의해서 정권이 유지되는 현재, 한 시대를 정리하고 조망하기 위해서도 주목할 필요가 있다. 김일성에 대한 과장과 미화에도 불구하고, '총서'가 담고 있는 김일성의 이념과 주장은 현 정권의 지배 이데올로기로 기능한다는 점에서 주목할 필요가 있는 것이다.

본고는 그런 맥락에서 ‘총서’에 대한 사실적인 이해를 도모하고, 궁극적으로 그것을 우리의 입장에서 어떻게 수용해야 하는가를 고민해 보고자 한다.

2. ‘총서’의 창작 배경과 구성적 특성

북한에서 문학의 영향력은 국가와 당의 정책을 전파하는 유력한 도구이자 국민 교육의 수단으로 남한에서는 상상할 수 없을 정도로 강력하다. 인민들은 누구나 교과서처럼 ‘총서’를 읽어야 하고, 그 속에 구현된 수령의 심오하고 고상한 사상과 감정을 배우고 내면화해야 한다. 남한의 현실에 비추자면 이런 모습은 쉽게 이해되지 않지만, 한편으론 부인할 수 없는 북한의 실상이라는 점에 주목할 필요가 있다. ‘창공에 빛나는 별’과도 같이 북한의 문학은 인민들에게 삶의 가치와 좌표를 제시해주는 기능을 수행하고 있다. 그러한 사실은 북한이 1인 독재의 전제국가라는 체제의 특성과 함께 문학이 당에 의해 주도되는 전일적 계몽성에 바탕을 두고 있다는 데서도 확인이 된다. 즉, 북한의 문예는 통치자의 문예정책, 당의 문예정책의 산물이라 할 정도로 국가정책에 의해 규정되며, 특히 최고지도자인 김일성과 김정일의 교시에 의해 그 기본 방향이 설정된다. 이들의 지침이 문예정책의 원칙과 방향이 되고, 작품은 그것을 문학적으로 구체화한 것인 까닭에 문학은 규율하는 통치의 도구가 되는 것이다. 그렇지만, 이런 사실은 삶의 내포적 총체성이 불가능한 현실에서 의도적으로 만들어진 ‘구성된(창조된) 총체성’에 해당한다는 점에서 역설적으로 시대적 균열을 반증하는 것이기도 하다. ‘총서’가 본격적으로 창작된 시점이 북한 체제가 균열의 조짐을 드러내기 시작한 1970년대 중반 이후라는 것은 ‘총서’가 사회적 균열을 봉합하려는 의도로 창작되었다는 것을 한층 분명하게 보여주는 것이다. 주지하듯이, 1975년까지만 하더라도 북한은 1인당 GNP에서 남한을 능가하는 상태였다.

게다가 '총서'는 김정일이 정치적으로 자리 잡기 위한 도구와도 같은 역할을 수행하였다. 즉, 천리마 운동으로 잠시 고조되었던 북한 사회의 활기는 1970년대 중반 이후 점차 체제의 폐쇄성에 따른 한계를 드러내면서 위기를 맞게 되고, 이후 균열이 심화되면서 새롭게 정비될 필요성이 야기되었다. 자연스럽게 후계자 문제가 제기되고 김정일이 부상하면서 권력의 중심을 차지하는데 이를테면, 1972년 2월 당중앙위원회 제8차 전원회의에서 김정일은 '공화국 영웅' 칭호를 받으며 정치위원에 선출되고, 이후 집중지도검열, 조직기구 개편, 강습회 조직 등을 통해서 유일지도체제를 본격적으로 확립해 간다.[3] 이 과정에서 김정일은 후계자로서의 지위를 확고히 하기 위해 김일성의 후광을 이용할 필요가 있었고, 그런 요구에 의해 '수령의 위대성'을 체계적으로 정립하고 교육하기 위한 '총서'를 창작하기에 이른 것이다. '4·15 창작단'을 진두지휘하면서 김정일은 김일성 일가의 혁명 가계와 영웅적 항일투쟁을 본격적으로 그려냄으로써 스스로를 그 적자로 자리매김하고 정통성을 부여하여 권력을 장악하는 것이다. 그런 관계로 '총서'에는 김정일의 의지와 견해가 무엇보다 중요하게 반영되어 있다.

이런 창작 배경을 갖고 있었던 관계로, '총서'에는 창작 당시의 절박한 시대적 요구가 투영되고, 또 작품의 진실성을 높이기 위한 제반 장치가 마련된다. 북한은 '총서'의 창작은 "위대한 수령 김일성 동지의 형상 창조 문제가 우리 문학에서 가장 높은 사상·예술적 경지에서 해결되고 로동계급의 수령 형상 창조 문제에서 참다운 본보기가 마련되었다는 것을 알리는 일대 사변"이며, "소설문학에서 새로운 총서 형식을 개척한 문예사적 업적"이라고 주장한다. 말하자면 '총서'는 수령의 위대성을 체계적이고 깊이 있게 형상화하기 위해서 창작되었다고 하는

---

3) 고태우, 『북한현대사 101장면』, 가람기획, 2000, 261-264쪽.

데, 이는 ‘총서’가 창작될 수밖에 없었던 당대의 이데올로기적 필요성을 시사해주는 대목이라 하겠다. 또 ‘총서’의 창작 원칙을 다음과 같이 밝힌 것은 ‘총서’의 진실성과 권위를 높이기 위한 장치가 매우 구체적이고 세밀하다는 것을 보여준다. 5가지로 정리될 수 있는 ‘수령형상의 원칙’은 다음과 같다.

① 충성심을 다하여 최상의 높이에서 형상할 데 대한 원칙
② 밝고 정중하게 형상할 데 대한 원칙
③ 인민들 속에 계시는 수령을 형상할 데 대한 원칙
④ 위대한 인간의 형상을 창조할 데 대한 원칙
⑤ 역사적 사실에 철저히 기초하여 형상을 창조할 데 대한 원칙[4]

여기다가 북한은 작품의 형식에까지 일정하게 제약을 가하여 곧, ‘총서’를 이루는 작품들은 서로 연관되면서도 따로 떼어놓고 보아도 손색이 없는 완결된 작품이어야 하며, 특히 수령의 혁명 활동은 일정한 역사적 사건을 중심으로 하는 장편소설의 형태가 되어야 한다고 강조한다. 이를테면 33권 전체가 유기성을 갖고 내적으로 연결되어야 하지만, 개별 작품 하나하나는 그 자체로 독립성을 가져야 하고 또 전기(傳記)식의 서술이 되어야 한다는 것이다. 이런 조건들을 바탕으로 ‘총서’는 권정웅의 『1932년』을 시작으로 해서, 2008년 8월 현재 총 33권이 출간되었고 지금도 계속 출간되고 있다.

‘철저하게 수령을 주인공으로 중심에 세워야 한다’는 창작의 기준처럼, ‘총서’ 전편에서 목격되는 것은 수령의 위대한 정신과 행적이다. 자상하고 지혜로우며 용맹한 인물의 전형인 수령은 33권 전체를 관통하는 주인공이자 긍정적 가치의 화신이고, 그래서 33권은 마치 김일성

---

4) 윤기덕, 『주체적문예리론연구 (11)─수령형상문학』, 문예출판사, 1991, 제2편 제2장 참조.

총서 『불멸의 력사』 항일혁명투쟁시기편		
작품명	작 가	출 판
1. 1932년	4 · 15문학창작단 (권정웅)	1972
2. 혁명의 려명	4 · 15문학창작단 (천세봉)	1973
3. 고난의 행군	4 · 15문학창작단 (석윤기)	1976
4. 백두산 기슭	4 · 15문학창작단 (현승걸, 최학수)	1978
5. 두만강 지구	4 · 15문학창작단 (석윤기)	1980
6. 준엄한 전구	4 · 15문학창작단 (김병훈)	1981
7. 근거지의 봄	4 · 15문학창작단 (리종렬)	1981
8. 대지는 푸르다	4 · 15문학창작단 (석윤기)	1981
9. 닻은 올랐다	4 · 15문학창작단 (김 정)	1982
10. 은하수	4 · 15문학창작단 (천세봉)	1982
11. 압록강	4 · 15문학창작단 (최학수)	1983
12. 잊지못할 겨울	4 · 15문학창작단 (진재환)	1984
13. 봄우뢰	석윤기	1985
14. 위대한 사랑	최창학	1987
15. 혈로	박유학	1988
16. 붉은 산줄기	리종렬	2000
17. 천지	허춘식	2000

의 일대기를 그린 조선시대의 실록(實錄)과도 같은 모습을 보여준다.

'총서'의 형식이 실록의 서술방식인 기전체로 되어 있는 것은 그런 사실과 연결지어 생각할 수 있다. 기전체(紀傳體)는 단순한 연대순의 서술이 아니라 통치자를 중심으로 각 시대의 주요한 신하와 인물의 전기, 제도와 문물, 경제 실태, 자연 현상 등을 분류 · 서술하여 시대의 특징과 변동을 유기적이고 전체적으로 파악할 수 있게 하는 특징을 갖고 있다. 기전체는 또한 각 시대에서 활동한 인간의 삶에 대해서도 좀 더 생생하고 다양하게 표현할 수 있는 특징을 갖는다. '총서'에서 목격되는 김일성과 그를 둘러싼 유격대원과 일반 민중, 만주에서의 생활, 일

총서 『불멸의 력사』 해방후편		
작품명	작 가	출 판
1. 빛나는 아침	권정웅	1988
2. 50년 여름	안동춘	1990
3. 조선의 봄	천세봉	1991
4. 조선의 힘	정기종	1992
5. 승리	김수경	1994
6. 영생	백보흠 송상원	1997
7. 대지의 전설	김삼복	1998
8. 삼천리 강산	김수경	2000
9. 열병광장	정기종	2001
10. 번영의 길	박룡운	2001
11. 개선	최학수	2002
12. 푸른 산악	안동춘	2002
13. 인간의 노래	김삼복	2003
14. 태양찬가	남대현	2005
15. 전선의 아침	박 윤	2005
16. 청산벌	김삼복	2007

제의 음모와 탄압 등의 서술은 마치 김일성을 중심에 둔 기전체와 흡
사하다. 그렇지만 개별 작품 하나하나는 특정 연도에 일어난 일들을
기술하고 있다는 점에서[5] 이와는 달리 편년체(編年體)의 모습을 보여
준다. 가령, 김일성이 ‘ㅌ·ㄷ(타도제국주의동맹)’를 결성하는 과정을
그린 『닻은 올랐다』는 1925~6년을 배경으로 하고 있고, 김일성의 길
림에서의 활동을 다룬 『혁명의 려명』은 1927~8년을, 인민유격대를 창

---

5) 북한에서는 특정 연도가 아니라 ‘중요한 투쟁 단계’를 근거로 시기를 구획하여 인물
  들의 형상화가 이루어졌다고 한다. 윤기덕의 『수령형상문학』(문예출판사, 1991), 304
  쪽 참조.

설하는 일련의 과정을 그린 『1932년』는 1932년에서 1933년 초를 배경으로 하고 있다. 다른 작품들도 동일하게 특정 시기에 일어난 김일성의 일화를 연대별로 서술한 것이라는 점에서 편년체의 형태를 따르고 있다. 따라서 '총서'는 기전체를 기본 형식으로 하면서 개별 작품 하나하나를 연대에 따라 서술하는 편년체의 모습을 갖는다고 하겠다. 그런데, 기전체는 『사기(史記)』(사마천)에서 비롯되어 중국과 한국의 역대 왕조에서 정사(正史)를 서술하는 기본 형식이었다는 점에서 이질적이기보다는 북한이 늘 강조하는 전통적 양식을 수용한 것임을 알 수 있다.

수령을 중심으로 한 내용과 이런 형식에 비추자면 '총서'는 김일성의 일대기를 다룬 현대판 용비어천가라 할 수 있을 것이다. 북한이라는 '위대한 사회주의 국가'를 건설한 영웅의 일대기를 기록한 관계로 '총서'는 개별 작가의 개성보다는 당이 제시한 이념과 정책이 인물과 서사를 지배하는 것이다. '총서' 33권에서 제시된 수령의 형상이 거의 동일한 모습을 보이는 것이나 긍정적 인물들이 하나같이 주체형의 인간 전형을 보여주는 것은 그런 데 원인이 있다. 하지만 그것은 허구로만 채워진 조작된 신화라기보다는 사실에 바탕을 둔 실록을 지향한 것이라는 점에서 오늘의 북한을 이해하기 위한 중요한 전거(典據)이기도 하다.

3. '총서'의 내용과 원근법

'총서'의 내용은 크게 두 가지로 나누어 볼 수 있다. 하나는 해방 전 김일성의 항일무장투쟁을 소재로 한 것이고, 다른 하나는 해방 후의 건국과 전쟁 등 현대사를 소재로 한 이야기이다. 해방 전편에는 김일성이 '타도제국주의동맹'을 결성했다는 1926년부터의 일화와 행적들이 시기별로 서술되며, 해방 후편에는 해방과 함께 김일성이 평양에 입성하고 이후 토지개혁을 주도하고 마침내 나라를 세우는 일련의 과정이 그려진다. 이들 작품에서 김일성의 형상은 『주체문학론』(김정일)과 『수령형상문학』(윤기덕)에서 제시된 수령 형상 창조의 원칙에 의해 조율되고 있다. 언급한 대로, 수령의 형상은 역사적인 사건과 사실에 기초해서 최대의 정중성과 최상의 사상·예술적 수준에서 만들어져야 하고, 수령은 인민들과 혈연적 연계를 가져야 하며, 또 위대하고 진실한 형상으로 그려져야 한다. 그런 관계로 작품에서 서사는 대부분 실제 있었던 일화나 사건을 근간으로 하며, 김일성의 형상은 주변의 유격대원이나 인민들 속에서 최대의 존경과 사랑을 받는 지선지고의 존재로 나타난다. 가령, 『닻은 올랐다』는 1925~6년을 배경으로 '타도제국주의동맹(ㅌㄷ)'을 결성하지 않을 수 없었던 당대의 정황을 서술하며, 『봄우뢰』는 1931~2년의 김혁의 죽음과 첫 혁명적 무장단체인 반일인민유격대의 창건을 내용으로 하고, 『백두산 기슭』은 1936년의 동강회의와 조국광복회 건설을, 『잊지 못할 겨울』은 1937년 가을에서 1938년 봄을 배경으로 조국광복회 회원들의 활동과 혜산사건을 다루고 있다. 여기에다 특정 시기의 김일성 일가나 그 주변 인사들의 행적이 삽입되기도 하는데, 『1932년』에는 김일성의 활동과 아울러 강반석의 죽음이, 『준엄한 전구』에서는 오중흡의 죽음과 돈화 원정이 중요하게 서술되며, 『천지』에서는 김일성과 김정숙과의 사랑이 그려진다. 또 해방 후를 대상으로 한 작품에서, 『빛나는 아침』에서는 김일성 종합대학을 설립하는 일련의 과정이 묘사되고, 『조선의 봄』에서는 토지개혁의 일화가, 『50년 여름』에서는 서울과 대전에서의 전투가 그려지며, 『태양찬가』에서는 재일동포들이 해외공민으로서 자신들을 기억하는 김일성을 동경하는 내용이 다루어진다. 그리고 『영생』에서는 김일성의 생애 마지막 해인 1994년과 그의 죽음이 그려져 있다. 이런 내용을 일별해 보면 '총서'는 중요한 사건과 일화를 시대별로 배치한 김일성의 일대기이자 거대한 서사적 프로젝트라는 것을 알 수 있다.

그런데, 이 일련의 서사가 진행되면서 김일성은 거의 신적인 존재로 제시되어 어떤 비판이나 공격에서도 벗어난 압도적인 형상으로 그려지는 것을 볼 수 있다. 그는 뛰어난 능력과 인품을 구비한 존재여서 그의 일거수일투족은 인민들의 꿈과 희망, 나아가 민족의 장래와 운명을 상징한다. 김일성은 민족과 인민을 구원하는 불세출의 영웅이고, '총서'는 그런 그의 일대기를 "최대의 존경심"으로 서술한 기획물인 셈이다. 그래서 '총서'를 구성하는 여러 인물들은 그 자체로 독립성을 갖기보다는 김일성의 영웅성을 입증하기 위한 도구적 존재로 나타나고, 그들 모두의 삶과 운명을 지배하는 김일성은 일종의 원근법(perspective)과도 같은 역할을 수행한다. 김일성은 '총서' 전체를 규율하는 서사의 중심이자 선악과 오호의 절대적 판단 기준인 셈이다.

'총서' 33권 중에서 "주체문학의 찬란한 력사 위에 가장 귀중한 공헌을 하였으며 온 사회의 주체사상화에 힘 있게 이바지하는 참된 생활의 교과서"[6]로 극찬 받는 『백두산 기슭』은 그런 사실을 전형적으로 보여주는 작품이다. 즉, 1936년 3월 남호두회의 직후부터 5월 '조국광복회' 창립을 선포한 동강회의까지 백두산 지구로의 진출 과정을 소재로 한 『백두산 기슭』에서 그려진 김일성의 형상은 어느 작품에서보다도 완벽하고 전지전능한 모습이다. "장군님께서 의도하시는 것이면 그 어느 것이나 실현되지 않는 것이 없었다. 사람들을 키우는 일도, 새 부대를 편성하는 일도, 새 근거지를 꾸리는 일도, 2천만의 온 겨레를 조국광복의 가치 아래 하나로 묶어세우는 거창한 일도 그이의 의지대로만 되어 왔고 또 되어 가고 있는 것이다."[7]는 진술처럼, 김일성은 삼라만상의 조정하고 주재하는 신과도 같은 인물이다.

이 과정에서 특히 시선을 끄는 대목은 김일성의 휴머니즘적 풍모이다. '민생단'으로 몰린 부모를 따라 다니는 아동단원들의 헐벗은 모습을 보고 토로하는 다음과 같은 구절에는 그런 인본주의적 특성이 짙게

---

6) 『조선문학』, 1978. 11, 10쪽.
7) 『백두산 기슭』, 451쪽.

배어 있다.

장군님께서는 격노하신 심정을 억눌러 가시며 안타깝게, 절절하게 말씀
하시였다.

≪생각해 보시오. 저 아이들이 어떤 아이들인가? 그들의 부모는 모두가
일제와 싸우다 희생되였고 그들 자신도 비록 나이는 어리지만 끝까지 부
모의 원쑤를 갚고 혁명을 하겠다고 유격근거지가 해산된 후에도 적 통치
구역에 내려가지 않고 이곳까지 유격대원들을 따라왔소. 그런데 이런 아
이들을 잘 돌봐주기는 고사하고 아무 근거도 없이 〈민생단〉 련루자로 몬
다는 것이 얼마나 어리석은 일이며 커다란 죄악이요?······≫

점점 더 깊이 머리를 숙인 채 웅크리고 서 있는 정치주임은 버섯들이
다닥다닥 붙어 있는 썩은 나무 등걸 같았다.

≪······조금이라도 인간다운 데가 있고 혁명가다운 데가 있는 사람이라
면 아이들을 저렇게 참혹하게 만들진 않았을 것이요. 조금이라도 혁명가
다운 의리를 가진 사람이라면 우리와 한길에서 손잡고 싸우다가 희생된
혁명전우들의 유자녀들을 저렇게 내버려두지 않았을 것이요. 조금이라도
혁명가다운 데가 있는 사람이라면 우리 혁명의 핏줄기를 이어갈 저 아이
들을 저렇게 무참히 짓밟아버리지 않았을 것이요. 우리는 우리가 시작한
혁명을 우리 대에 다하지 못하면 저 아이들이 하게 하고 또 저 아이들 대
에도 다하지 못하면 그 다음 대에까지라도 이어가면 기어이 혁명을 완성
하게 해야 하지 않겠소? 우리가 조선 혁명에 끝까지 충실하기 위해서는
오늘 우리들 자신이 잘 싸울 뿐 아니라 혁명의 장래가 달려 있는 저 아이
들을 잘 길러내야 하고, 그렇지 못하면 우리는 혁명가로서의 우리의 책임
을 다했다고 말할 수 없는 것이요······≫[8]

'민생단'은 만주사변 직후인 1932년 일제가 친일 한국인으로 조직
한 친일단체로, 중국 공산당은 이들을 일제의 밀정으로 몰아 가혹하게
처벌하였다.[9] 김일성은 뚜렷한 혐의도 없는 상태에서 어린이를 민생단

---

8) 『백두산 기슭』, 242-243쪽.

9) 민생단 사건은 1932년부터 시작되었다. 민생단은 1932년 2월 만주에서 친일 조선인
이주민들에 의해 설립되었다. 민생단은 일본이 공산주의자들과 중국 당국으로부터 자

26

으로 몰아 방치한 정치주임에 대해 격노하면서 그것은 '혁명에 대한 배신행위'라고 꾸짖는다. 혁명이란 궁극적으로 인간을 위한 행위이고, 특히 어린 아동들은 장차 그 혁명을 이끌어갈 주역들이다. 그런 생각에서 김일성은 그 동안 고이 간직해 왔던 어머니가 남긴 단 하나의 유물인 20원을 내놓으면서 아동단원들의 옷감을 구입하도록 한 것이다.

김일성은 또한 '민생단'으로 몰려 의심받는 인물들의 혐의를 풀어주고 동지로 포용하는 통 큰 인품의 소유자이기도 하다. 김일성은 민생단 혐의자들에 대한 문서를 접한 뒤 그 허위성과 부당성을 지적하면서, 중요한 것은 혁명 전사를 신뢰해야 하며 앞으로의 투쟁은 바로 이들이 수행할 것이라는 사실을 강조한다. 사람을 믿지 못하는 사람이 사람을 옹호해 싸울 수 없다고 하면서 민생단 관련 문서를 과감히 불태우는 것이다. 이에 민생단으로 의심받던 인물들은 감격의 눈물을 흘리면서 김일성의 열렬한 추종자로 변신한다.

이런 인간적 풍모를 갖고 전투에서 한 번도 패배를 몰랐던 까닭에 김일성의 주변에는 늘 그를 따르는 사람들로 들끓게 된다. 박문필, 강세호, 리북철, 리경준 등은 김일성의 '위대한 사랑의 품속'에서 고귀한 정치적 생명을 부여받아 친위 전사로 거듭난 인물들이다. 이들은 온몸을 불태우며 김일성에 대한 충성심을 보여준다. 이들의 관심은 오직 하나 즉, '어떻게 하면 장군님의 안녕을 더 잘 지키고 더 잘 받들어 모

신들을 보호해주기를 원했고, 일본의 후견 아래 간도에서 조선인 자치를 할 수 있도록 일본 정부에 청원했다. 그러나 일본의 재정적·군사적 지원을 얻지 못한 채 1932년 10월에 해체되었다. 그러나 조선인은 언제라도 비밀리에 친일, 반공적 민생단이 될 수 있다는 편견이 만주의 중국공산주의자들에게 깊게 퍼졌다. 1933~36년 사이 일련의 숙청에서 1천명 이상의 조선인들이 민생단 혐의로 체포되어 중국공산당에서 축출되었다. 거기에는 김일성도 포함되었는데, 그는 1933년 말 체포되어 1934년 초에 사면되었다. 체포된 사람들은 모두 조선인이었고, 약 500명이 죽었다. 민생단 사건은 조선공자주의자들이 운동 과정에서 자주성을 주장하고 또 해방 이후 중국과의 밀접한 관계에도 불구하고 민족 자주를 강조하는 근거가 된 것으로 평가된다. 자세한 것은 찰스 암스트롱의 『북조선 탄생』(김연철, 이정우 역, 서해문집, 2006, 58-59쪽)과 브루스 커밍스의 『김정일 코드』(남성욱 역, 따뜻한손, 2005, 33-35쪽) 참조.

실 수 있겠는가’에 있다. 강세호는 오매에도 그리던 김일성의 소식을 듣고 그를 가까이서 잘 받들기 위해서 채 회복되지도 않은 몸을 이끌고 수백 리 머나먼 길을 달려왔다. “태양을 따르는 해바라기와 같이 오직 수령님만을 믿고 따르는 이들이기에 그 어떤 시련도 난관도 그들의 철석같은 마음을 굽힐 수는 없”었던 것이다.

이렇듯 작품에는 김일성을 중심으로 그를 둘러싼 여러 인물들이 위계적으로 배치되어 있다. 수령과 그의 가족, 그리고 인민 유격대가 수직적으로 위계화되어 김일성의 위대한 풍모를 돋보이게 하며, 심지어 적들마저도 김일성의 인본주의에 감화되는 모습을 보여준다. 물론 이 과정에서 김일성은 인민들의 요구와 희망을 수용하기 위해 고심하고, 또 인민들의 행복을 행동의 기준으로 삼는 민중 지향적인 모습을 보여 조선 시대의 군주와는 다른 모습이다. 그렇지만 하향식 정책과 인본주의 등은 거의 같은 형태로 드러나서 북한체제가 기반을 둔 유교적 특성과 함께 그에 바탕을 둔 ‘총서’의 성격을 단적으로 보여주는 것이다.

『백두산 기슭』 이외의 다른 작품에서도 이런 모습은 동일하게 드러난다는 점에서 ‘총서’는 마치 장엄한 영웅서사시와도 같은 느낌을 제공한다. 한 연구자의 지적대로, 유일지도체계가 확립된 이후 문학은 수령을 유일하고 궁극적인 주인공으로 하는 이야기만을 되풀이해야 했고, 그 이외의 다른 이야기의 가능성은 철저하게 배제되었던 것이다.[10]

그런데, 이런 측면은 김일성의 행적을 다룬 한설야의 작품과 비교하자면 상당한 차이를 갖고 있다는 것을 발견할 수 있다. 『백두산 기슭』을 비롯한 ‘총서’에서는 조국광복회를 비롯한 김일성의 행적들이 모두 그의 독자적 판단과 결단에 의한 것으로 서술되지만, 한설야의 「혈로」와 『력사』에서는 김일성의 행적들이 모두 코민테른(Comintern) 국제정책의 일환으로 서술된다. 즉, 단편 「혈로」(1946)는 김일성을 소재로 한 최초의 작품으로 북한에서 ‘식민치하 최고의 유격전’으로 평가되는

---

10) 앞의 신형기 · 오성호의 『북한문학사』, 263쪽 참조.

1937년 6월의 '보천보 전투'를 다루고 있고, 장편 『력사』(1954)는 전기 『영웅 김일성장군』(1946) 중에서 항일무장투쟁 부분을 소설화하고 있다. 이 두 작품 모두 김일성에 대한 한설야의 존경과 사랑을 담고 있지만, 한설야는 김일성의 항일유격대활동을 소련 공산당 '인민전선운동'의 일환으로 서술하는 객관적인 시선을 시종일관 유지한다. 이런 차이는 한설야가 활동한 시기가 주체사상이 정립되기 이전 즉, 소련의 영향을 강하게 받던 시기였다는 사실로 이해될 수도 있지만, 한편으로는 주체사상이 확립되기 이전까지는 마르크스-레닌주의의 연장에서 김일성의 행적이 이해되고 평가되었다는 것을 보여준다. 이를테면, 김일성의 행위가 마르크스-레닌주의의 견지에서 서술되어 '총서'에서처럼 신적인 것으로 그려지지는 않고 있다.

> 장군은 지금 만주 땅에 앉았으나 낚시는 국경을 넘어 국내 여러 지점에 떨어져 있었다.
> 장군은 일찍이 1936년 초에 조국광복회를 조직하고 동만주에서 장백산, 두만강, 압록강 전 지구에로, 전 만주에로, 또는 조선 국내에로 손을 뻗쳐 혜산, 회령, 종성, 무산, 경흥, 은성, 부령, 갑산, 성진, 길주, 명천, 원산, 흥남 등지에서 줄을 늘이고 있었다.
> <u>이것은 당시의 국제 공산주의 로선인 '인민전선' 운동의 조선에서의 실천이었다.</u> (……)
> 장군은 거사 전 면밀한 정세 조사를 하기 위하여 우선 국내에 정치 공작원을 보낼 것. 국내 각지의 조국광복회를 확대 강화할 것. 그리하여 인민혁명군의 국내에서의 행동을 용이하게 하는 엄호로 되게 할 것. 필요한 지대를 습격한 다음 그것을 발판으로 싸움을 계속하는 경우 식량과 자금을 국내에서 조달할 것…….
> 이런 것이 장군의 머리에서 번개쳤다.(밑줄-인용자)[11]

---

11) 한설야, 「혈로」, 『한설야선집 8』(단편집), 조선작가동맹출판사, 1960, 29-30쪽. 인용한 부분이 전기 『영웅 김일성장군』에서는 다음과 같이 서술되어 있다.
〈김장군은 실로 군사적 무장 전에 이미 사상적 무장을 먼저 한 것이다. …(중략)… 김장군은 1935년에 이르러 운동을 동만지대에 국한시킬 때가 아니라 전만주로, 국경

　김일성이 1936년 ‘조국광복회’를 결성하고 동만주 일대로 이동해 국내의 혜산 등과 연계를 도모했다는 사실, 이 일련의 행위는 모두 국제 공산주의 노선인 ‘인민전선운동’을 구체적으로 실천한 것이었다는 게 한설야의 생각이다. 한설야에게 있어서 코민테른의 국제전략은 김일성을 거시적으로 조종하고 또 평가하는 일종의 원근법이었던 셈이다.

　한설야의 견해는 스칼라피노와 와다 하루끼 등의 글을 참조할 때 실제 사실과 거의 일치하는 것으로 확인이 된다. 가령, 1936년을 전후한 시기 김일성의 행적은 작품 속에 언급되거나 암시된 것과 흡사한데 곧, 1936~37년 당시 김일성의 행적은 크게 두 가지로 정리될 수 있다. 하나는 ‘조국광복회 결성’이고, 다른 하나는 ‘보천보 전투’이다. 1936년 2월 김일성은 난후토우(南湖頭) 회의에 참가했고, 이 회의에서 한인 지도자들과 함께 코민테른 7회 대회에 참가한 후 갓 돌아온 웨이 정민과 회담했다. 웨이 정민은 코민테른 7회 대회에서 채택된 기본 테제에 관해 상세히 설명한 뒤 ‘조선공산당을 재건설하라’는 코민테른의 지령을 전달했고, 이에 김일성은 코민테른의 새로운 노선을 받아들이고 부대를 국내 침투가 용이한 한만접경지역으로 옮기겠다고 말했다. 그래서 다음 달인 3월에 간도접경지대의 미훈첸(迷混陣)으로 부대를 옮겼고, 김일성은 공식적으로 제2군 6사의 사장(師長)으로 취임하였다. 이후 남하를 계속한 김일성은 1936년 5월 후쑹현(撫松縣)에 도착했고, 거기서 보름간의 뚱깡회의를 가진 뒤 ‘조국광복회’를 결성하고 10대 강령을 발표하였다. 이 강령은 물론 코민테른의 신전략과 전적으로 일치하는 것이었다. 이후 1936년 10월경부터 30여 명의 공작원을 국내로 잠입시

으로, 압록강안(岸)으로, 장백산 밑으로, 조선 내지로, 무장을 뻐쳐야 할 것을 결의하였다. 때 마침 듸미뜨로브가 제기한 인민전선결성에 대한 모쓰크바 국제당 제7차대회의 결정에 의하여, 김장군은 만주에서의 반일본제국주의 세력을 총결집하고 조선혁명군의 정치조직으로서 조국광복회를 조직하여 전만(全滿)에 지부를 두고도 국내 즉 함남북의 요지인 혜산, 갑산, 성진, 길주, 명천, 회령, 온성, 경성, 경흥, 무산, 부령 등지에까지 지하조직의 뿌리를 박게 되었다.〉(한설야, 『영웅 김일성장군』, 부산; 고려문화사, 1947. 5, 21-2쪽)

컸고, 이를 계기로 국내와 연계를 맺는데 성공한 만주유격부대는 국내 침공을 본격적으로 감행하는데, 그 결과가 바로 북한이 '조선혁명운동 사의 대 이정표'라고 찬양하는 이른바 '혜산진사건'이다. 1937년 6월 4 일, 김일성은 소수의 유격대를 이끌고 혜산진에서 약 24㎞ 떨어진 압 록강변의 보전(保田=普天堡)에 대한 공략을 감행해서 경찰주재소, 면 사무소, 산림보호구, 농업시험장, 우체국 등등의 관공서를 공격했다. 이 공격으로 경찰 7명이 살해되고 7명이 중상을 입었으며, 전투가 종 료된 뒤 김일성은 마을 주민들을 모아 놓고 연설을 한 뒤 사라졌다고 한다.12)

이런 사실을 염두에 두고 「혈로」를 읽자면, 작품의 내용은 보천보로 향해 이동하는 김일성의 유격대를 소재로 하고 있다는 것을 알 수 있 다. 보천보 강가에 도달해 잠시 휴식을 취하면서 전투를 구상하는 김 일성의 일화를 소재로 한 셈이다. 물론 김일성에 대한 과도한 의미부 여와 찬사는 작품의 진실성을 의심케 하지만, 서술된 사건은 대체로 역사적 사실에 근거를 두고 있다는 점에서 전혀 터무니없는 것이라고 는 할 수 없다. 김일성이 낚시를 즐겼고, 낚시를 하면서 깊은 생각에 잠겨 전투를 구상하고 작전을 짰다는 내용 역시 크게 과장된 것으로 보이지 않는다. 그렇다면 한설야에게 있어서 김일성이란 단순한 맹신 의 대상이기보다는 소련의 후원 속에서 활동한 사회주의 운동의 영웅 이자 북한에 사회주의를 건설할 최고의 인물로 의미화 되어 있음을 알 수 있다.13)

『백두산 기슭』을 비롯한 '총서'에는 이러한 측면이 완전히 배제되어

---

12) 스칼라피노·이정식 공저의 『한국공산주의운동사1』(돌베개, 1986), 284-293쪽과 와다 하루끼의 『김일성과 만주항일전쟁』(이종석 역, 창작과비평사, 1992), 3장 참조.

13) 한설야가 보기에 북한에 사회주의 국가를 건설할 수 있는 최선의 인물이 김일성이었 다. 김일성은 마르크스–레닌주의를 혁명적으로 실천한 인물이었고, 그런 관계로 해방 후 북한에서도 그와 동일한 일을 수행할 수 있으리라 믿었던 것이다. 그런 관계로, 소 련과 중국이 배제되고 김일성 중심의 유일사상체계가 고착되는 정치 현실을 한설야는 침묵으로 지켜볼 수는 없었고, 그런 태도가 후일 숙청으로 이어진 것으로 볼 수 있다.

있다. 말하자면 김일성의 행동을 거시적으로 규율했고 또 평가의 기준과도 같았던 국제 공산당의 정책이 제거됨으로써 김일성의 행적은 원근법이 배제되고 영웅적 행적만이 두드러지는 일종의 수묵화와 같은 모습을 드러내는 것이다. 그래서 '총서' 속의 김일성은 전지전능하고 초월적인 모습일 뿐 시간의 흐름 속에서 성장하고 쇠퇴하는 변화를 보이지 않는다. 그런 사실은 청소년 시절의 김일성을 소재로 한 작품에서 특히 두드러지는데, 가령 연길의 육문 학교에 재학 중이던 1927~8년을 배경으로 한 『혁명의 여명』과 『은하수』에서 김일성은 한창 성장기의 소년임에도 불구하고 이미 세상의 이치와 공산주의 운동의 본질을 꿰뚫는 걸출한 풍모의 인물로 나타난다. 그의 주변에는 세상의 이치를 알고자 하는 또래의 인물들로 붐비고, 김일성은 그들을 일깨우면서 선지자처럼 삶의 좌표를 제시한다. 심지어 학교의 선생님들마저 그의 눈치를 살피고 그의 언행에 순종한다. 1926년 김일성이 15살 때 'ㅌ・ㄷ'를 결성하는 과정을 그린 『닻은 올랐다』에서도 김일성은 세상의 움직임을 꿰뚫고 자신이 무엇을 해야 하는가를 훤히 알고 있다. 앞의 『백두산 기슭』에서도 그런 특성은 동일하게 나타난다. 김일성은 지적으로나 정서적으로 이미 성장이 완결되었고, 또 끊임없이 치러지는 전투에서는 처음부터 승리를 보장받은 인물이다.

이런 모습은 모든 작품에서 일관되게 나타나는 특성으로, 정리하자면 김일성은 작품이 시작되자마자 성장이 완결된 존재이다. 그런 점에서 '총서'의 개별 작품 하나하나는 편년체의 모습을 보이지만, 그것은 단지 주체의 성장과는 무관한 자연적 시간의 나열일 뿐이지 결코 주체의 성장과 변화를 매개하는 유기적 조직으로서의 그것은 아니다. '총서'가 소설의 형태를 갖고 있음에도 불구하고 소설로서의 흥미와 개연성이 떨어지는 것은 주인공이 이렇듯 무시간성의 세계를 공간이동 하는 신적 존재로 그려진 때문이다.

4. '총서'의 의미

우리에게 북한은 포용하기에 낯선 대상, 거부하기에는 한민족이라는 정서와 통일이라는 당위적 원칙을 의식하게 하는 존재라고 할 수 있다. 현재 남북한 사이에서 활발한 교류가 이루어지지만 그 한편에는 1990년대 이후 200만 명 이상의 아사자와 그로 인한 탈북 러시가 일어났던 북한의 모습이 도사리고 있다. 이러한 모순된 현상들에 대한 우리의 인식은 정교하지도 과학적이지 못하고 기껏 언론 매체에 의해 제공되는 통제된 정보의 언저리를 맴돌 뿐이다. 그런 의미에서 '총서'의 판독과 분석은 우리가 북한 사회의 내부로 들어가는 통로 만들기, 지도 만들기로서의 의미를 가질 수 있을 것이다. 남과 북이 공존하는 현실에서 미래를 전망하기 위해서는 수령 중심의 세계관으로 구축된 북한 사회의 의식구조를 보다 정확히 이해할 필요가 있는 것이다.

사실 '총서'가 전혀 터무니없는 내용을 담고 있는 것은 아니다. 비록 '총서'에서 목격되는 김일성의 형상이 과장되거나 미화되어 드러나는 것은 사실이지만, 김일성이 만주 항일무장투쟁에서 중요한 역할을 수행한 비범한 지도자였다는 것을 부인하기는 힘들다. 진정성의 정도가 제한되고 또 전근대의 영웅 서사와도 흡사한 측면이 있지만, '총서'는 북한이 만주 유격대의 경험을 바탕으로 만들어진 체제라는 사실과 김일성의 유격대 투쟁과 정신이 북한을 지배하는 이념의 중핵을 구성한다는 사실을 보여준다는 점에서 그 자체로 중요하게 음미되어야 한다. 김일성이 항일투쟁을 했던 일제치하의 현실은 오늘과는 너무나 동떨어져 있고, 따라서 그런 특수한 현실을 배경으로 한 투쟁과 이념이 오늘날에 그대로 적용될 수는 없을 것이다. 하지만, 그럼에도 불구하고 그것이 북한의 지도 이념으로 소환되고 있다는 것은 북한 정권이 유격대 정신을 이어받아 작금의 현실을 극복하자는 취지로 이해할 수 있다. 그런 사실을 반영하듯이, '총서'에서 김일성을 바라보는 시선에는 어떤 비판이나 원근법이 존재하지 않는다. 그는 완결된 형상으로 무시간성의 세계를 활보하며 인민들의 삶을 총체적으로 지배하고 규율하며 외적을 물리친다. 한 연구자의 말대로, 만주에서의 항일전쟁의 역사적 경험이 절대적 전통으로 되어가는 과정은 역사가 신화화되어 가는 과정이고 그래서 시간이 흐름에 따라 항일유격대투쟁사는 순화되고 이상화되어 갔는데,14) ‘총서’ 속의 김일성은 바로 그 정점에 서 있는 형국이다. ‘총서’가 김일성의 죽음을 대상으로 한 『영생』(1997)을 마지막 권으로 하지 않고 지금도 계속적으로 창작된다는 것은 아직도 ‘불멸의 역사’가 지속되어야 한다는 정권의 의지를 보여주는 셈이다. 그 동안 북한은 위기를 돌파하기 위해서 이념과 정신 무장을 강화해 왔고, 그런 견지에서 향후 ‘총서’의 필요성은 더욱 증대될 지도 모른다.

그렇지만 그것은 근대성이 전세계를 균질화하는 상황에서 오히려 전근대의 세계로 발길을 돌린 형국이라는 점에 유의할 필요가 있다. 신화를 강화하는 행위는 고도의 정신 무장과 연마를 요구하는 것이라는 점에서 한편으로는 현실에서 점점 멀어지는 과정이고, 종국에는 스스로의 존재를 부정할 가능성을 내재하고 있다. 신화는 신화를 필요로 하는 사회에서만 생명력을 갖는다. 신화의 생명력은 그것을 향유하는 사람들의 필요, 즉 생활에 꿈과 희망을 주고 나아가 삶의 방향과 좌표를 제공하는 데 있을 것이다. 그런 점에서 주목해야 할 대목이 ‘총서’ 전편을 착색하다시피 한 김일성의 인본주의적 성품과 행동이다. 민생단에 연루된 일가를 돌보는 김일성의 행동에는 인간 이외에 다른 어떤 가치도 중요하지 않다는 강력한 휴머니즘이 설파되어 있다. 김일성이 보여준 인본주의는 오늘날도 충분히 용납될 수 있는 삶의 가치이자 덕목이다. 최근 200만 명 이상의 아사자를 낸 북한의 현실에 비추자면 그런 측면은 더욱 강조될 필요가 있지 않을까. 체제 이탈자와 아사자가 속출하는 현실에서 호명되는 신화는 그런 현실과 일정하게 조응해야 할 것이고, 그렇지 못하다면 그것은 일종의 허위의식이거나 마취제

---

14) 와다 하루끼의 앞의 『김일성과 만주항일전쟁』, 6쪽 참조.

일 가능성이 농후하다.

　'총서'를 어떻게 이해해야 할 것인가의 문제는 결국 '총서'를 산출한 북한 사회의 향후 운명에 달려 있는 것이라 하겠다. 아직도 신화가 생명력을 갖고 있는 사회인지 아니면 거기서 발길을 돌려 근대의 한 복판으로 걸어 나오고 있는 중인지, 향후 북한 사회를 주시해볼 일이다.

주제어 : 김일성, 김정일, 『불멸의 역사』, 항일 빨치산, 유격대 투쟁, 만보산 사건, 조국광복회, 국가 이야기, 문화 정전, 주체사상, 한설야, 혈로

◆ 참고문헌

1. 기본자료

총서『불멸의 역사』 1-33권.

『조선문학』, 1978. 11, 10쪽.

2. 연구논저

강진호,『한설야』, 한길사, 2008.

고인환,「남북문학의 이질성과 문학 교류의 방향」,『문학과 경계』, 문학과경계사, 2005. 겨울.

고태우,『북한현대사 101장면』, 가람기획, 2000, 261-264쪽.

김성수,「북한 현대문학연구의 쟁점과 통일문학의 도정」,『어문학』, 2006. 3.

김연철, 이정우 역,『북조선 탄생』, 서해문집, 2006, 58-59쪽.

김은정,「수령형상문학론」,『북한의 언어와 문학』, 경인문화사, 2006.

김재용,『분단구조와 북한문학』, 소명출판, 2000.

김정일,『김정일 주체문학론』, 조선로동당출판사, 1992, 30쪽.

남원진,「이북문학의 정치적 종속화에 관한 연구」,『통일정책연구』, 2008. 6.

브루스 커밍스, 남성욱 역,『김정일 코드』, 따뜻한손, 2005, 33-35쪽.

스칼라피노·이정식 공저,『한국공산주의운동사 1』, 돌베개, 1986, 284-293쪽.

신형기·오성호,『북한문학사』, 평민사, 2000, 263쪽.

와다 하루끼, 이종석 역,『김일성과 만주항일전쟁』, 창작과비평사, 1992, 3장.

유임하 외,『북한소설의 역사적 이해』, 두남, 2001.

윤기덕,『수령형상문학』, 문예출판사, 1991, 304쪽.

―――,『주체적문예리론연구 (11)-수령형상문학』, 문예출판사, 1991, 제2편 제2장 참조.

한설야,『력사』, 조선작가동맹출판사, 1954.

―――,「혈로」,『한설야선집 8』(단편집), 조선작가동맹출판사, 1960, 29-30쪽.

―――,『영웅 김일성장군』, 부산; 고려문화사, 1947. 5, 21-2쪽.

◆ 국문초록

이 논문은 북한의 총서『불멸의 역사』(이하 '총서')를 연구한 글이다. '총서'는 알려진 대로 김일성의 일대기와 항일빨치산들의 유격대 활동을 중심 소재로 한 작품군이다. 북한소설 40년사에서 최고의 작품으로 평가되는 이 '총서'는 1972년 권정웅의『1932년』을 필두로 2007년 김삼복의『청산벌』에 이르기까지 지속적으로 출간되어 현재 '항일혁명투쟁시기편'(17권)과 '해방후편'(16권)을 통틀어 총 33권에 이르는 방대한 규모를 갖추고 있다. '총서'의 전편에 해당하는 '항일혁명투쟁시기편'은 김일성의 항일투쟁을 중심 줄기로 하면서 그의 가계와 투쟁에 동참했던 차광수, 김혁, 권영벽, 오중흡 등의 빨치산들을 주요 인물로 하고 있고, '해방후편'은 해방과 함께 김일성의 개선과 당 창건, 토지개혁과 조선인민공화국 건설과 전쟁, 그리고 핵 위기와 김일성 사망까지를 주요 내용으로 하고 있다. 김일성을 중심으로 벌어지는 영웅적인 투쟁, 열악한 환경에 맞서 조선인민공화국을 건설하고 정권의 기반을 다지는 과정 등이 작품의 중심 줄기를 이루면서 33권이 유기적으로 연결된 하나의 거대서사를 엮어내고 있다. '총서'에는 또한 만주지역에서 실제로 활동했던 30여 개의 독립단체와 학생회, 200여 개의 국내외의 역사적 사건이 다루어지며, 또 권당 80명에서 최고 200여 명에 이르는 실존 인물들이 등장한다. 이들 실존 인물과 사건을 중심으로 소설적 상상력을 구사해서 만들어진 역사물이 곧 '총서'인 것이다.

그런 점에서 '총서'는 공적 기억의 보고이자 국가 이야기의 원천으로 북한 사회의 문화 정전(正典)에 해당한다고 할 수 있다. '총서'는 북한에서 절대적인 위상을 점하면서 김정일 체제에서도 총서『불멸의 향도(嚮導)』로 계승되어 지금까지 막강한 영향력을 행사하는 것은 그런 사실과 관계가 있다. '총서'는 북한이 만주 유격대의 경험을 바탕으로 만들어진 체제라는 사실과 김일성의 유격대 투쟁과 정신이 북한을 지배하는 이념의 중핵을 구성한다는 사실을 구체적으로 보여주는 문화 정전인 것이다.

◆ SUMMARY

A Giant Epic or a False Consciousness Called 'Imperishable History'

Kang, Jin-Ho

This thesis is the study of an "imperishable history": a series in North Korea. The series, as they are known, are the works focused on Kim Il-sung's biography and guerrilla resistance to Japan. This works evaluated as the greatest work in the history of North Korea's novel for 40 years have been continuously published from 「1932」 by Kwon Jung woong in 1972 to 「Cheong San Beol」 by Kim Sam bok in 2007. At the moment, they have total 33 books on a large scale with 'the era of anti-Japan revolution and strife' —17 books and 'the era after liberation' —16 books. 'The era of anti-Japan revolution and strife' whose characters are Cha Gwang su, Kim Hyuck, Kwon Young Byuck, and Oh Jung Hueb participated in the strife represents Kim Il sung's anti-Japan revolution as a center stem. In 'the era after liberation', the main ideas are Kim Il sung's triumph and a establishment of political party, land reform and establishing a Republic of Joseon People and the war, and the crisis of nuclear and death of Kim Il sung. The heroic struggles happened to Kim Il sung and the process hardening the foundation of the government and establishing a Republic of Joseon People weave a huge epic with 33 books. The series also deal with the independence organization and students' associations having actually acted in Manchuria and around 200 historical incidents in and out of the country. Moreover, from 80 to 200 existent persons appear on each book. This series are the historical products driving the existent persons and incidents.

In this regard, the series are the North Korea's cultural canonical books as a source of national stories and a report of an official record.

This is relevant to the fact that the series is charged of the absolute statue in North Korea and is succeeded to Kim Jung il government as an "imperishable guide." The series are the cultural canonical books representing the fact that North Korea is the system established in the basis of Manchurian guerrilla experiences and that the ideological core dominated in North Korea is consisted of the Kim Il sung's guerrilla strife and spirit.

Keyword : Kim Il sung, Kim Jung il, imperishable history, anti-Japan partisan, guerrilla strife, the Mountain Manbo incident, Independence association of the fatherland, story of the country, cultural canonical books, the juche ideology, Han Seol ya, a perilous way out

－이 논문은 2008년 7월 31일에 접수되어, 2008년 8월 8일에서 2008년 8월 20일 사이에 이루어진 소정의 심사를 거쳐 2008년 8월 21일 편집회의에서 1차로 게재가 결정되고 2008년 10월 1일에 최종적으로 게재가 확정되었음.

총서와 인물유형

김 은 정*

목 차

1. 서론

총서 『불멸의 력사』는 해방 전편 17권, 해방 후편 15권을 합하여 총 32권[1])에 원고지 분량만 약 10만 장에 이르는 방대한 작품이다. 총서 32권에서 추출된 인물은 총 3,356명으로 중복되는 인물을 제외하면 2,296여 명이다.[2]) 작품에 직접 등장하거나 거명되는 실존인물은 1,000여 명으로 조·중·일을 비롯하여 유럽의 문학·예술가, 사상가, 경제학자, 정치인들까지 망라되어 있다. 실존인물들은 총서에 기술되는 사

---

* 성신여대 인문과학연구소 연구원.

1) 총서는 2007년 해방 후편 『청산벌』이 출간되어 현재 33권으로 구성되어 있다.
2) 이 연구에서 추출한 인명수는 32권에 국한된 것으로 33권에 해당하는 『청산벌』은 분석 대상에서 제외했다. 따라서 분석 권수에 따라 인명수는 변할 수 있다.

건이 실제 사건이라는 점과 함께 총서가 김일성 전기에만 국한되지 않
는다는 점, 총서가 문학 창작이자 역사적 사실을 공식화한 텍스트라는
점을 뒷받침 해준다.

총서는 실존 인물과 가상인물을 통해 다양한 계층과 계급을 그리고
있는데 여기에 등장하는 다양한 유형은 일반소설에 나타나는 유형을
포괄한다는 점에서 특징적이라 할 수 있다. 하지만 북한은 소설에 등
장하는 인물군을 단편적으로 분류하고 있다. 예를 들어 북한이 이상적
인간형으로 꼽고 있는 '당적 인간형'은 '집단적 노동 속에 직접 참가하
며, 노동을 통해 당의 사상과 의지를 구현하는 인간, 날카로운 계급투
쟁의 최선두에 서 있는 조직적 투사로, 혁명적 성격과 낭만적 인간'[3]
이다. 따라서 이들은 1950~60년대 초반 소설에서 수령인 김일성 대신
해서 무오류적 인물로 등장한다.[4]

반면 '공산주의적 인간형'은 근로인민을 포괄하는 용어로 당적 인간
으로 가기 위한 과정을 보여주는 대중영웅에 가깝다. '공산주의적 인
간형'은 당의 사상과 의지를 체현하는 '당적 인간형'과 사상적 측면과
심리적 거리에서 차이를 지닌다.[5] '공산주의적 새 인간'은 노동계급
으로 공산주의적 도덕을 보여주는 인물에 한정된 계층 중심의 용어이
다.[6] 북한은 이들에 대한 하위 층위를 명확하게 구분하지 않고 상위
개념만으로 인물을 규정하고 있어 인물의 특성을 분석하는 데 한계가
있다.

남한 역시 북한의 용어를 그대로 받아들여 '공산주의적 인간형'과
'공산주의적 새 인간형' 그리고 '당적 인간'형에 차이를 염두에 두지

---

3) 김명수, 「사회주의적 애국주의와 당적 인간, 긍정적 빠포스」, 『문학신문』, 1958. 4. 3,
　2쪽.
4) '당적 인간형'으로는 천세봉의 『석개울의 새봄』의 당원으로 등장하는 강영환, 조경수
　등을 들 수 있다.
5) 『석개울의 새봄』의 창혁을 '공산주의적 인간형'으로 볼 수 있다.
6) 1961년 『조선문학』에 연재되어 『조선중앙년감』에서 우수작으로 꼽힌 권정웅의 「백
　일홍」과 김북향의 「당원」(동지애)은 '공산주의적 새 인간'의 모습을 잘 보여주고 있다.

않고 혼재하여 사용하는 경우가 많다. 인물유형의 한정성과 용어의 혼재는 인물에 대한 명확한 규정을 어렵게 한다. 따라서 북한 소설을 밀도 있게 분석하기 위해서는 유형화한 인물들의 경우 세분화가 필요하며, 유형화되지 않은 인물들에 대한 유형의 규정도 필요하다.

인간이란 복잡한 실체이기 때문에 같은 유형이라도 사건에 대한 반응이 동일하지 않으며, 아예 다른 성격을 지닐 수도 있다. 총서에는 등장하는 다양한 계급·계층은 동일한 계급·계층이라 할지라도 그 층위가 다양하기 때문에 유형만으로 설명될 수 없으며, 명확하게 구분될 수도 없다. 따라서 유형의 분류가 인물유형을 오히려 도식 속에 가두고, 층위의 경계를 해칠 위험도 있다. 그럼에도 인물유형을 선택한 까닭은 유형분석이 총서의 체계에 쉽게 접근할 수 있는 방법론 중의 하나이기 때문이다. 물론 몇몇 유형들은 일반소설에서 묘사방식이 달라지며, 인물의 가감도 있지만 총서에는 일반소설에서 나타나는 대부분의 인물유형들이 등장하고 있어 총서의 인물유형 분석은 북한 소설을 연구하는 데 도움이 될 것이다.

인물유형은 대분류와 중분류로 인물유형을 분류한 후 인물유형에 '인물선' 배치하여 소분류하는 방식을 취했다. 이 분류의 1차적 목적은 인물유형의 위치, 인물유형 간의 차이와 관계 그리고 유형의 특징을 추출해내는 것에 있다. 인물유형 분석을 통해 확인하고자 하는 것은 북한에서 요구하는 인간형과 수용되는 인간형의 범위이다. 또한 총서는 인물관계가 절대자와의 거리에 따라 긍정적 인물과 부정적 인물로 나뉘며, 인물관계가 형성되는 것처럼 비춰지고 있는데 거리 문제가 인물의 성향을 결정하는데 규칙성을 보이는지에 대한 검토가 2차적 목적이다.

이 연구의 최종 목적은 인물유형을 통해 총서의 구조와 창작방법을 확인하는 데 있다. 인물유형을 통해『주체문학론』과『수령형상문학』에는 기술되지 않는 총서의 구조 및 창작방법을 드러낼 수 있다는 판단 때문이다.

‘인물선’에 따른 인물유형 분류는『불멸의 력사』해방 전편의 초·중·후기에 나타난 인물유형을 고루 다루고 있으며, 작품 간의 인물들이 연결성을 보이는 석윤기의『대지는 푸르다』,『봄우뢰』,『고난의 행군』,『두만강 지구』를 텍스트로 선정하였다. 초기 인물유형인 ‘주체형공산주의자’는 총서 5권에 해당하는 석윤기의『봄우뢰』에서 소멸하며, 지주와 자본가, 민중을 착취하는 중간계급, ‘이중감정의 소유자’는 총서 4권에 해당하는『대지는 푸르다』에서 본격적으로 등장한다. 총서 4권이『대지는 푸르다』와 총서 13권인『고난의 행군』사이의 시간적 간격은 소멸과 생성된 인물유형을 아우르고 있으며 총서에 나타나는 인물유형의 거의 대부분을 포괄하고 있어 석윤기의 작품이 적합하다고 판단하였다.[7]

인물유형 분석은 해방 전에 해당하는 석윤기의 작품과 천세봉의 해방 전·후 작품인『혁명의 려명』,『은하수』,『조선의 봄』을 텍스트로 선정하였으며 나머지 권은 참고하였다. 이 두 작가의 작품을 텍스트로 선정한 이유는 인물유형 분류에 나타난 기본적인 인물유형들이 이들 작품에서 대부분 생성되고 있기 때문이다.

2. 인물유형과 분류 방법

북한에서 인물유형의 문제는 1950년대부터 꾸준히 논의되어 왔다. ‘항일혁명문학’이 등장하기 이전까지 인물에 대한 고민은 ‘영웅’ 즉 ‘혁명적 주인공’과 ‘새로운 공산주의자’의 전형에 창조에 집중되어 있

---

7) 총서의 각 권마다 이 연구에서 유형화한 대부분의 인물유형이 등장하지만 중요 인물유형 중의 하나인 ‘주체형공산주의자’는 5권에서 소멸하며, ‘항일혁명투사’는 6권에서부터 그 모습을 보이기 때문에 여러 작가의 작품을 선택하는 것보다 중요 인물유형을 포괄하고 있는 한 작가의 작품으로 유형을 분류하여 보여주는 것이 적합하다고 판단했다.

었다. '항일혁명문학'기를 거치며 북한문단은 시대에 맞는 전형 창조에 관심을 갖는다. 그리고 수령형상문학에 등장하는 인물들의 전형은 『주체문학론』과 『수령형상문학』에서 유형화되어 나타난다.

두 이론서는 수령형상문학에 나타나는 인물유형을 ① 조선 혁명 여명기 청년공산주의자의 전형, ② 항일혁명투사의 전형으로 ③ 선진적인 독립군 우국지사의 전형 ④ 수령의 육친적 사랑과 보살핌 속에서 성장하고 발전하는 인민의 전형, ⑤ 소박하고 굳센 조선 인민의 전형[8] 등으로 유형화하고 있다. 이 두 이론서가 1990년 초에 출간되었음을 상기할 때 총서의 인물유형 및 수령형상에 대한 지침이 총서 기획 당시 확정되었던 것이 아니라 총서 간행 작업 속에서 작가들 간의 논의와 이에 대한 김정일의 교시가 두 이론서에 반영된 것임을 알 수 있다.[9]

그럼에도 두 이론서에는 인물유형론이 정교한 논리로 구체화되어 있지 않다. 뿐만 아니라 유형화가 '저항자(the Resister)와 동조자(the Sympathizer)'[10]에 국한되어 총서에 등장하는 수많은 인물들을 이 유형으로 포괄하기 힘들다. 작품에는 저항자와 동조자만이 등장하는 것이 아니므로 잉여로 남아있는 인물들의 유형화가 필요하다.

---

8) 윤기덕, 『수령형상문학』, 평양: 문예출판사, 1991, 326쪽.

9) 총서 집필 초기 창작단 내에서는 총서를 창작하는 방법에 있어 전기식과 일반소설로 크게 양분되어 초기에는 의견을 총화하지 못한 채 작가들이 쓰고 싶은 대로 작품을 창작하였다. 그리고 1966년 2월 7일 김정일이 조선작가동맹 중앙위원회 위원장 천세봉과 한 담화에서 '수령은 자신의 전기를 쓰거나 형상하지 말고 어떤 혁명가를 주인공으로 하여 소설을 쓰라고 하지만 우리는 이에 대하여 심중하게 생각하여야 한다'고 말하며 자신이 김일성과 4·15문학창작단에 대한 견해가 다름을 밝히고 있는 것에서 당시 총서 창작방법론에 대한 논의가 진행 중이었음을 알 수 있다. 「총서형식으로 하는 것이 좋을것 같다하시며」, 『조선문학』, 평양: 조선작가동맹출판사, 1992. 2, 12-13쪽; 김정일, 『김정일 선집』 1, 평양: 조선로동당출판사, 1992, 117-118쪽.

10) 그로스는 유럽의 경험에 비추어 외국지배나 국내 독재 하에서 저항자, 거짓협조자, 동조자, 실증주의자, 충실한 추종자, 기회주의자, 이중감정 소유자, 생존자 등의 8가지의 인물유형을 뽑아 낼 수 있다고 서술하고 있다. Gross. Feliks, 신석호 역, 『당 조직론』, 서울: 녹두, 1984, 174-178쪽.

작중인물을 세분화하기 좋은 것이 바로 '인물선'이다. '인물선'이란 문학예술작품에서 등장인물의 성격과 운명 발전의 흐름을 의미한다.[11] 김정일은 1973년 4월11일 발표한 「영화예술론」에서 '인물선'에 대해 다음과 같이 설명하고 있다.

> 인물선문제는 구성에서 인물배치를 어떻게 하는가하는것과 직접 관련
> 되여있다. 인물배치에서는 빈 구석이 있어도 안되지만 비슷한 성격들을
> 겹놓아도 안된다. 인물들은 제구실을 할수 있게 제자리에 서 있어야 한다.
> 작품의 내용에 따라 이러저러한 계급과 계층에 속하는 전형적인 인물들을
> 골라서 그들의 관계를 정치적으로 의의 있게 풀수 있도록 잘 맺어 놓아야
> 그것이 주제와 사상을 밝혀 내는 생활적기초로 될수 있다.[12]

위의 인용문에서 알 수 있듯이 '인물선'은 인물배치와 관련이 있다. '인물선'은 인물의 성격을 규정한다. '인물선'을 잘 드러내는 것은 계급과 계층에 속하는 전형적인 인물을 작품 속에서 잘 보여주는 것이다. 그러므로 '인물선'은 인물을 계급·계층과 성격별로 인물유형을 세분화할 수 있게 한다. 따라서 같은 계급과 계층일지라도 그 성격이 다양하게 드러나는 총서의 인물유형을 세분화하는 데 '인물선'은 분석도구로 유용하게 쓰일 것이다.

물론 북한에서는 '인물선'으로 인물유형을 분류하지 않는다. 그러나 이 연구에서는 편의를 위해 기본적으로 등장하는 인물유형에 번호를 부여한 '인물선'을 배치하는 방법을 택했다. 인물들의 '인물선'은 그들이 지니는 계급과 성격, 행동에 따라 세분화하였으며 이를 토대로 사건을 해결하는 핵심계층, 핵심계층에 동조하는 동조계층, 사건을 추동

---

11) 『조선말 대사전』 2, 평양: 사회과학출판사, 1992, 1699쪽. 이 용어를 처음 사용한 사람은 김정일이다. 김정일에 의해 처음 '감정선'이라는 용어가 『영화예술론』에서 사용된 이후 '인물선', '애정선', '운명선', '행동선' 등으로 보편화되어 사용되고 있는 듯하다.

12) 김정일, 「영화예술론」, 『김정일 선집』 3, 평양: 조선로동당출판사, 1992, 98쪽.

하는 적대계층으로 분류하였다.

인물의 유형화는 『주체문학론』과 『수령형상문학』에서 중요 인물유형으로 거론하고 있는 5개의 인물형과 그로스(Feliks. Gross)가 제시한 8개의 인물유형에 기대어 작성하였다. 북한의 두 이론서를 참고한 이유는 첫째, 북한문학에만 존재하는 특징적인 인물유형을 찾아 특성에 맞게 재분류하기 위해서이다. 둘째, 북한에서 요구하는 인물형과 창조된 인물형의 차이를 확인하기 위해서이다. 셋째, 북한문학가들의 창작지침서로 기능을 하는 『주체문학론』이 4 · 15 창작단 작가들의 창작방식 중 특징적인 것들을 반영하고 있다는 점에서 참고할 만하기 때문이다.

그로스는 식민지배나 독재하에 있던 유럽의 사례를 바탕으로 사회계층화와 지하운동 속에서 형성된 인물유형을 추출하고 있다.13) 『불멸의 력사』 전편의 배경은 일제 강점기이다. 그리고 작품 속의 중심인물들의 목표는 외세로부터의 '독립'과 봉건주의로부터의 '해방'에 있다. 그런 점에서 그로스가 제시한 상황과 『불멸의 력사』 전편에 등장하는 인물유형의 조건에서 크게 벗어나지 않아 일제 강점하의 인물유형을 분류하는데 도움을 받을 수 있다.

그러나 그로스는 분류에서 대결세력인 지도자와 적대자를 누락시킨 채 민중과 지하운동원만 다루고 있다. 그의 분류만으로는 총서에 등장하는 인물군을 포괄 할 수 없어 사건의 추동과 해결하는 세력인 적대자와 지도자 그룹을 인물군에 추가하였다. 그리고 영웅군 중 '노력영웅'14)은 현재까지 출간된 『불멸의 력사』에는 등장하지 않음으로 유형화에서 제외하였다. 이에 맞게 인물유형을 분류하면 아래와 같다.

---

13) Gross. Feliks, 신석호 역, 앞의 책, 163-178쪽.

14) 현승걸의 『아침해』를 『불멸의 향도』에 포함한다면 총서가 1970년대 중반까지 묘사되고 있는 것으로 볼 수 있으나 『불멸의 력사』만 놓고 보았을 때 1967~1993년까지 시기상으로 공백상태이다. 『불멸의 력사』가 1960년까지 창작되어 1970년대 나타나는 '노력영웅'과 같은 인물유형은 포함하지 않았다.

〈표 1〉 총서 『불멸의 력사』에 나타난 '인물선'과 유형15)

총서에 나타난 인물유형			작품 속 인물	인물선
대분류	중분류	소분류		
핵심계층	지도자 (the leader)	선지자	김형직	인물선 1
		절대자	김일성	인물선 2-1
		계승자	김정일	인물선 2-2
	저항자 (the Resister)	혁명영웅	김형권	인물선 3
		전쟁영웅	『고난의 행군』 최성택(최춘국)	인물선 4
		대중적 영웅	『고난의 행군』 한태혁, 박후남(장철구) 『두만강지구』 리성림	인물선 5
		숨은 영웅	『고난의 행군』 곽병철. 허정학, 조복순, 고만녀	인물선 6
		주체형 공산주의자	『대지는 푸르다』, 『봄우뢰』, 차광수, 현욱(김혁), 최창걸, 기영동(계영춘), 박영숙(한영숙) 한지강, 유선아. 허재률, 최봉, 리상진(리동광) 리광, 최효성	인물선 7
		공산주의적 인간	『대지는 푸르다』 오석하(오중하), 『봄우뢰』 김책, 홍혜순	인물선 8
		항일혁명투사	『대지는 푸르다』 강재수(공영). 차광수 『고난의 행군』 안충렬(오중흡), 배정식 (오백룡), 김정순(김정숙), 최성택 (최춘국), 리철범(박덕산 & 김일), 주영찬	인물선 9

---

15) 이 도표는 졸고 『천세봉 장편소설연구』에서 인물유형의 분석 도구로 사용했던 것을
발전시킨 것이다. 대분류의 경우 그로스가 제시한 8개의 인물형 외에 지도자와 적대
자항을 추가하였다. 지도자와 적대자항을 추가한 것은 졸고에서 총서는 분석 대상 중
의 일부였으며, 동조계층의 인물의 변화과정에 초점을 두고 있었기 때문에 지도자와
적대계층은 분석 대상이 아니었다. 따라서 대분류를 하지 않고 그로스의 인물유형 속
에서 인물들을 분석하였으나 이 연구에서는 많은 인물선을 간명하게 보여주기 위해
크게 세 그룹으로 대분류를 하였다. 김은정, 『천세봉 장편소설연구』, 한국외국어대학
교, 2006, 212-214쪽. 이 유형들에 대한 인물의 배치는 총서 전권과 각권에 따라 달라
질 수 있으며, 일반소설의 경우 인물군이 추가된다. 굵은 글씨는 실존인물들이며 괄호
속의 인명은 실명이다.

동조계층	동조자16) (the Sympa-thizer)	생존자에서 동조자로 변모하는 인물		『대지는 푸르다』최만득, 순이, 옥섬, 리수천, 박상욱, 금실『봄우뢰』리상범, 송남칠 『고난의 행군』류석진, 류진옥, 정귀하 『두만강지구』한필네, 정섭, 손영백	인물선 10
		좌익 민족주의 운동을 대표하는 인물		『봄우뢰』이동휘	인물선 11
		동조자로 변모하는 자산계급 (중간계층) & 독립군, 민족주의자	자산계급	『대지는 푸르다』림계산, 박창세 『봄우뢰』신익찬	인물선 12-1
			독립군		인물선 12-2
			민족주의자	『대지는 푸르다』현태정	인물선 12-3
			종교인		인물선 12-4
		김일성이나 김정숙 등의 교양 설복 속에 혁명가로 각성하는 인물		『봄우뢰』오정혁, 문청룡 『고난의 행군』『두만강지구』리성림	인물선 13
		진보적 인물	유격대	『고난의 행군』정지성	인물선 14-1
			독립군	『대지는 푸르다』변태익, 리관린 오동진, 박종학 『고난의 행군』주종섭	인물선 14-2
			종교인		인물선 14-3
		조력자	외국인	『대지는푸르다』진한정, 주서향 『봄우뢰』동자경, 류충제 『두만강지구』수련	인물선 15-1
			내국인	『대지는 푸르다』서인걸, 장울화, 주사인	인물선 15-2
	거짓협조자 (the Wallenrod)	거짓 협조자		『대지는 푸르다』최효성 『두만강지구』리성림, 정지성	인물선 16
	생존자 (the Survivor)	대중적 인물		「대지는 푸르다」박태갑, 서상근 『봄우뢰』김상갑, 안부금 『두만강지구』강노인, 정섭어머니, 봉식	인물선 17

적대계층	실증주의자[7] (the Positivist)	우익 민족주의 운동의 상층 부를 대표하는 인물	『대지는 푸르다』 조청산, 김찬, 신일룡, 최태현(최창익), 조병준	인물선 18
	기회주의자 (the Oppor- tunist)	종파사대분자	『고난의 행군』 렴정호(엄광호)	인물선 19
	이중감정 소유자 (the Ambiv- alent)	이중감정을 가진 인물	『봄우뢰』,『대지는 푸르다』 신재림 (장철하) 『봄우뢰』 안영호 『고난의 행군』 기꾸찌 고사무로,	인물선 20
		변절자	『고난의 행군』 박종학(리종락) 『고난의 행군』 류충제	인물선 21
	적대자 (The enemy)	일본군 및 구국군	『대지는 푸르다』,『봄우뢰』 후꾸다 (하야시) 『봄우뢰』 우사령, 오의성 『고난의행군』 하시모도 간지, 이다가끼	인물선 22
	충실한 추종자 (the Believer)	밀정·첩자	『대지는 푸르다』 최용필, 니시자와, 지대현 『봄우뢰』 소홍, 니지자와, 장경혜 『고난의 행군』 김덕팔, 장기덕, 당나귀, 진백란(요시에)	인물선 23
		친일·친미 주의자	『봄우뢰』 장상민, 안윤재 『고난의 행군』 진가, 최형사, 최용수 『두만강지구』 주경문	인물선 24
		지주 자본가 계급	『대지는 푸르다』 사후겸 『봄우뢰』 쌍병준 『고난의 행군』 변주사	인물선 25
		민중들을 착취 하는 중간계급	『두만강지구』 리호철, 주통사, 리덕선	인물선 26
		종교인	『두만강지구』 김장로	인물선 27

---

16) 그로스는 동조자를 지하운동에 참가하지는 않으나 정신적·물질적으로 운동을 지원
하는 소극적 유형으로 규정하고 있으나 본고에서 동조자의 개념을 확대시켜, 지하조
직 운동에 참여하는 인물은 물론 유격대에 가담하지만 오류를 범하고 정신적 갈등 인
물까지 포함시켰다. 이 유형을 동조자 그룹에 포함시킨 것은 오류를 거의 범하지 않
는 핵심계층과 구분하기 위해서이다.

위의 유형에 의거해 다음 장에서는 사건을 추동하는 중심 인물군인 핵심계층과 적대계층을 중심으로 인물관계를 분석하고자 한다. 분석 대상은 핵심계층 중 지도자와 총서에만 나타나는 '주체형공산주의자', 적대계층의 실증주의자와 '기회주의자', '이중감정의 소유자', '인물선' 22~26에 속하는 '인물선'이다. '인물선' 22~26은 교양할 수 없는 인물, 교양에 실패한 인물, 교양이 불가능한 인물군으로 나눠 인물관계를 중심으로 분석할 것이다. 이 연구는 사건을 추동하는 인물군이 분석 대상임으로 사건 해결에 협조하는 동조계층은 분석 대상에서 제외하였다.[18]

3. 절대자와 '주체형공산주의자'의 관계

1) 선지자와 절대자와의 관계

'인물선' 1~2에 속하는 지도자군은 다시 '선지자'와 '절대자', '계승자'로 나뉜다. 선지자인 김형직은 『닻은 올랐다』 이후 계승자를 지배하며, 김일성을 통해 절대자의 모습을 보여준다. 김형직은 김일성의 아

---

17) '실증주의자'는 외국이나 권위주의적 지배에 추종하지는 않으나 정복자나 강탈자들이 동포들보다 강해서 공개적인 반란은 성공할 수 없다고 생각하는 부류로 그래서 그들은 피정복자들을 위해서 가능한 좋은 조건을 만들 수 있는 타협안을 제시한다. 실증주의는 공산주의 하에서 문화적 생존과 경제발전이라는 정책으로 재생된다. Gross. Feliks, 신석호 역, 앞의 책, 176쪽.

18) 동조계층에 사건을 추동하는 인물군이 없는 것은 아니다. 동조계층은 총서 해방 후 편에서부터는 성격이 강화되면서 사건을 추동하기도 하며 『불멸의 향도』에서는 다주인공 중 한 사람으로 등장하기도 한다. 이들 대부분은 의식의 변화를 겪어 인물군을 이동하고 있으며, 저항 또는 협조만 하면서 주변부로 남아 있는 경우가 많다. 이 연구에서 분류한 인물군은 의식 변화를 거친 최종상황을 중심으로 작성한 것으로 여기에서 분류된 동조계층의 대부분은 주변부로 남아 있다. 그리고 동조계층은 이미 졸고에서 다룬 바 있음으로 분석대상에서 제외한다.

버지이다. 총서에서 아버지는 인물들을 조율하는 힘으로 작용한다. 이 것은 지도자인 김일성이나 계승자인 김정일에게도 마찬가지다.

김일성은 온화한 인간성과 강건하고도 섬세한 성격을 지닌 인물로 사람들로부터 경외감을 불러일으키는 존재이다. 김일성은 16세 때부터 사상가들과 이론투쟁을 벌여 자신의 존재를 길림 내에 각인시킨다. 그 러나 그의 어린 나이는 김일성에 대한 경외감을 불식시키며 욕망의 장 애로 작용한다. 그는 닥쳐온 장애를 아버지의 후광을 통해 타개해 나 간다.

김일성의 조력자나 동조자로 나서는 최초의 인물들은 독립군과 민 족주의자들로 김형직과 직접적인 관계를 맺거나 그의 명성을 들었던 인물들이다. 그들은 당시 길림 내에서 사회 지도층이라는 권위를 지니 고 있었다. 공산주의에 강한 거부감을 느끼며 경계하던 그들이 공산주 의자임을 밝히는 김일성을 적대세력으로 규정하지 않고 수용하는 것은 아버지 김형직 때문이다.

이미 세상에 없는 아버지는 그를 외부로부터 보호하는 동시에 입지 를 굳힐 수 있는 토대가 된다. 때문에 김일성은 끊임없이 아버지를 호 출하며 아버지와 같이 되고자 자신을 다그친다. 사회 지도층으로부터 '인정받음'은 자신에게 그들과 동등한 '권위'와 성장 가능성을 부여하 기 때문이다. 그러므로 김일성에게 권위 부여의 중개자 역할을 하는 아 버지는 그가 대주체(Subject)로 갈 수 있는 토대가 된다. 김일성은『혁 명의 려명』에서 그들의 인정을 통해 확보한 권위로 앞으로 발휘하게 될 힘의 원동력인 '주체형공산주의자'들을 포섭하여 소주체(subject)에 서 대주체로 나가려한다.

인물들의 기억 속에서 호명되는 김형직은『불멸의 력사』전편에서 김일성을 지배하며, 아들을 통해 아버지를 욕망하게 한다. 김일성의 행 위가 외부 환경에 의한 심적 변화와 그 자신의 욕망에 의해 진행되는 것처럼 보이지만 실질적으로 영향을 미치는 것은 욕망의 근원이 되는 아버지이다. 김일성은 자신의 욕망을 유지(遺旨)로 교체하지만 그의 본질적인 욕망은 선지자인 아버지 김형직을 뛰어 넘어 절대자가 되는 데 있다. 따라서 그의 회상과 인물들의 기억 속에서 호출되는 김형직은 그의 욕망을 자극하는 중개자가 된다.

이것을 지라르의 욕망의 삼각형[19]으로 모형화하면 다음과 같다. 아래 모형에서 볼 수 있듯 김형직의 위치는 『불멸의 향도』에서는 김일성으로 교체된다.

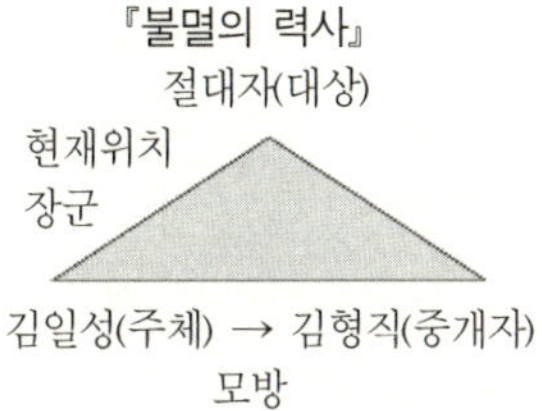

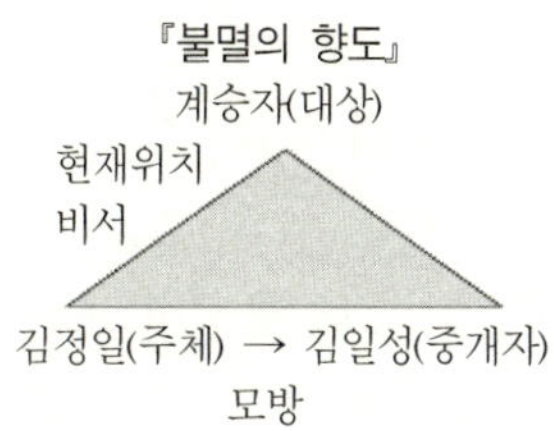

위의 모형처럼 그는 증손·금성·한별·김성주·김일성·장군님·수상·수령 등으로 호칭을 바꿔가며 선지자의 유지를 펼치는 자에서 모방을 통해 절대자가 된다. 총서는 그에게 대주체의 위치를 부여하기 위해 무오류적 지도를 펼칠 줄 아는 인물로 묘사한다.

무오류성은 김일성이 다른 인물군과 구분되는 점이다. 김일성은 무오류적 인간으로 인물들의 오류를 감시하며 교정한다는 점에서 초자아적 존재이다. 이러한 초자아로서 완성된 수령의 이미지는 오히려 그의 성장을 방해함으로서 그의 인간미와 개성을 희석시키고 있다. 또한 총서에 드러난 김일성의 이미지는 이후 수령형상문학 창작의 원칙이 되며, 제시된 원칙들은 강박적으로 그를 미화하게 함으로써 인간미를 제거하며 시간을 초월하는 존재로 머물게 한다. 그런데 절대자에게 나타

---

19) 지라르는 간접화한 욕망을 '삼각형의 욕망'이라 부른다. 작품 속의 인물들이 중개자의 모방을 통해 욕망하는 대상에 다가가려한다는 점에서 지라르의 '삼각형'의 욕망은 인물들의 변화과정을 잘 보여주는 도구이다, René Girard, 김치수·송의경 역, 『낭만적 거짓과 소설적 진실』, 서울: 한길사, 2001, 24쪽; 42쪽.

는 무시간성은 오히려 소설 속의 역동적 시간을 평면화 시킴으로써 원근감을 희석시키는 장애요소로 작용한다는 점에서 그는 총서가 지닌 역동성을 감소시키는 역할을 한다.

2) '주체형공산주의자'와 절대자의 영향관계

핵심계층인 '주체형공산주의자'들은 절대자의 대변자 역할을 하는 인물군이다. 비교적 엘리트 집단에 속하는 이들은 중학을 졸업한 중·상류층의 자제이거나, 가족의 희생으로 어렵게 공부를 하다 중학이나 대학을 중퇴를 한 인물들이다. 대부분의 인물들이 중·상류층에 속해 있음에도 그들이 북한이 내세우는 모범적 공산주의자라는 점에서 지식인[20]을 교화 또는 청산의 대상으로 인식하거나, 계량주의자로 묘사하는 일반소설과는 차이를 보인다. 이들은 절대자의 모방을 통해 민중의 힘을 추동해 내는데 김일성은 자신에게 근접한 '주체형공산주의자'를 복제해냄으로서 아래의 표와 같이 조력자들을 재생산한다.

아래의 모형에서 알 수 있듯 김일성이 아버지를 모방하여 절대자에 위치하듯이 핵심계층들 역시 중개자를 통해 자신의 위치를 찾는다. 그들은 자신의 위치를 찾기 위해 모형 ④~⑤처럼 중개자를 교체하기도 한다. 그리고 도달하고자하는 지위에 위치한 그들은 자신이 중개자의 자리에서 하위계층을 의식화·조직화한다.

---

20) 북한 소설에서 지식인의 유형은 재화의 획득 수준에 따라 세 가지 유형으로 구분된다. 첫째, '주체형공산주의자'의 모습, 둘째, 교양이 가능한 악으로 '이중감정의 소유자'로 많이 묘사되고 있다. 이들은 일본이나 조선에서 중학을 다니거나 대학 중퇴한 인물들 중 부정적 인물에서 긍정적인 인물로 변모하는 인물들로 중류층에 속한다. 셋째, 청산대상으로 대학을 마친 인물이나 재학 중인 인물들로 이들은 대체적으로 학력이 높은 부유층의 자제나 지주계급의 자제들이 여기에 속한다. 김은정, 앞의 책, 171쪽.

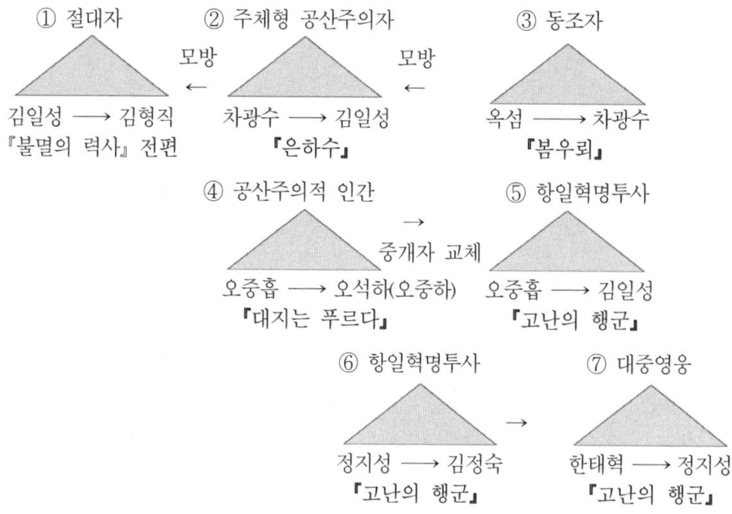

‘주체형공산주의자’군은 마르크시즘의 수혜자로서 김일성과 마주치는 인물군과 동조자에서 ‘주체형공산주의자’군으로 변모하는 인물군으로 나눌 수 있다. 먼저 마르크시즘 수혜자로서 김일성과 마주치는 ‘주체형공산주의자’군은 핵심계층의 다른 인물군들의 비해 비교적 절대자와 수평관계에 놓인다. 그들은 사상적 측면에서 비슷한 수준을 보이기 때문에 이들의 대한 사상적 교양은 보이지 않는다. 비슷한 사상 수준은 그들이 절대자와 수평관계를 유지하는 힘으로 작용한다.

그들에게 대한 절대자의 교양은 사상적 측면이 아닌 도덕적 품성에 관련된 부분이다. 절대자가 ‘주체형공산주의자’에게 요구하는 것은 냉철함이 아닌 동지애와 도덕성, 가족과 인민에 대한 사랑, 지적 능력이다. 그들은 그것을 요구하는 절대자의 온화한 품성과 세심한 배려, 조국을 향한 열정을 모방하여 민중들을 의식화·조직화시켜 힘을 끌어낸다.

핵심계층 내 그룹들이 한 사건에 대해 비교적 일치된 견해를 보이는 반면 ‘주체형공산주의자’들은 그룹 내에서 서로 대립하며, 심지어 절대자를 질책하며 의지를 꺾으려는 시도를 한다. 이들 역시 ‘항일혁명투사형'과 마찬가지로 대주체인 절대자의 목소리를 동일시하고 내면화한다는 점과 대주체의 기획에 복종한다는 점은 동일하지만 행동에서 독자성을 지닌다.

『대지는 푸르다』에서 차광수는 신변의 위협에도 조심성 없이 행동하는 김성주(김일성)을 비판하고 질책하는가 하면, 낭만성을 지닌 김혁의 연인 유선아가 활동가로 적합하지 않다는 점을 들어 그녀를 하얼빈으로 보내려는 계획을 반대한다. 유선아 역시 김혁이 체포된 후 신변의 안전을 위해 하얼빈으로부터 자신을 소환하고자 하는 김성주의 요구를 완강하게 거부 한 채 독자적으로 활동하는 것을 볼 때 절대 복종이라는 수직적 관계에 놓인 '항일혁명투사형'들과는 달리 수직적 관계보다 수평적 관계에 더 가깝다는 것을 알 수 있다. 그것은 아래의 모형에서 선명하게 드러난다.

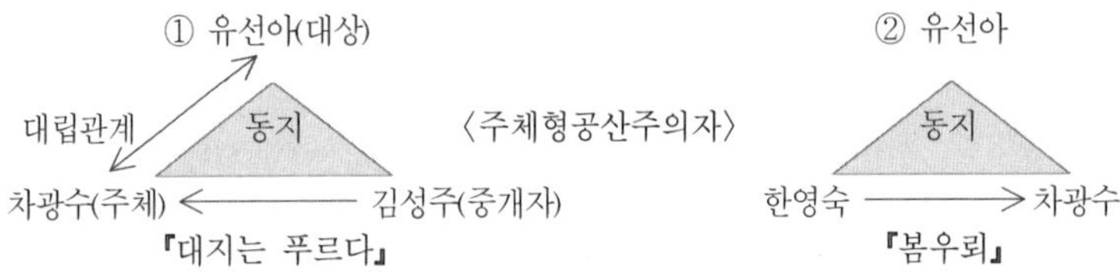

모형 ①의 절대자는 '주체형공산주의자'의 관계를 조율하는 중개자 역할을 하는 것에 머물러 있다. ②의 모형은 차광수가 중개자의 위치에서 활동하고 있음을 보여준다. 모형②의 차광수는 절대자인 김성주의 대리자로 위치하며 한영숙과 유선아를 지휘 감독한다. 이때의 차광수의 지휘는 독자적 판단에 의한 것이다. 유선아의 활동사항을 취합하는 한영숙은 차광수의 지시를 수렴하여 유선아에게 전달하는 역할을 하지만 자신의 활동범위를 계획하고 사건에 대한 판단을 독자적으로 한다는 점에서 절대자와 그들의 관계는 유기적 관계에 더 가깝다고 할 수 있다. 총서 3권 천세봉의 『은하수』에서 김일성의 권위를 이미 절대자의 위치에 올려놓았음에도 불구하고 이들의 행동에서 야기되는 김일성의 위치에 대한 혼란은 그가 심정적 절대자이지 조직적 절대자는 아니었음을 보여준다.

반면 동조자에서 '주체형공산주의자'로 변모하는 인물군은 마르크시즘의 수혜를 받은 인물들과는 달리 절대자와의 관계에서 수직적 관계에 놓여 있다. 이들은 절대자가 보인 품성에 반해 의심 없이 맹목적으로 그를 향도자라고 믿고 동경하며, 품성 속에서 그의 권위를 찾는다.

천세봉의 『혁명의 려명』과 『은하수』에 등장하는 채경과 백순기는 '주체형공산주의자'로 포섭되기 이전 금성(김일성)과 관계 맺기를 거부한다. 그들은 유학을 고민하고 있었다는 점과 여동생들에 의해 의식화되어 금성과 관계를 맺는다는 점에서 동일선상에 있다. 경주와 순희는 학교의 독서조에서 활동하면서 오빠에게 영향을 미친다. 경주와 순희는 그를 향도자로 인식하며 그와의 관계 맺음을 통해 '주체형공산주의자'로 발전해 나간다는 점에서 비슷하지만 두 인물의 욕망의 근원은 전혀 다른 형태로 나타난다.

〈정의부〉의 거두인 아버지 백락천(오동진)의 영향 하에 있던 순희가 공산주의 이론을 접한 후 민족주자들의 권력 다툼과 투쟁의 방식에 염증을 느껴 금성을 선택한다면 경주는 금성을 혈육 또는 구원자로 인식한다.

경주는 인력거군을 도와준 금성에 대한 기억을 통해 그를 자신을 이끌어 줄 아버지와 같은 존재, 조선에서 없어서는 안 될 민족의 운명을 책임질 인물로 받아들인다. 그리고 그의 보위에 민족의 사활이 걸려 있다고 인식하며 자신의 생각을 채경에게 이식한다. 경주의 이러한 사유의 바탕에는 '입양의식'이 깔려 있다. 경주는 일가친척 하나 없는 상태에서 채경이 유학을 준비하자 그것을 이산으로 규정하며 오빠와 헤어져 천애고아로 살아야 한다는 사실에 부담을 느낀다.

그런 때 채경을 만나기 위해 자신의 집을 찾은 금성이 망가진 부엌을 고쳐 주는 모습에서 경주는 아버지와 같은 존재감을 느끼게 되는 것이다. "≪오빠, 왜 손잡고 혁명을 하시자는데 말씀이 없으세요? 네가

그이의 지도 밑에서 혁명을 하게 된다면 우리의 앞날도 눈부실 것 같
애요. 눈부실 것 같애요!≫"21)라는 경주의 심리 속에는 입양의식이 베
여있다. 오빠 채경이 유학을 포기하고 금성의 조직에 들어가게 됨으로
써 경주는 가족을 유지하게 되고, 오빠의 체포 후에는 강반석이라는
어머니를 얻게 된다.22)

경주에게 금성은 가족을 유지시켜 주는 자이며, 새로운 가족을 만들
어주는 인물인 동시에 가장이기 때문에 동조자에서 변모하는 경주와
같은 인물들은 봉건적 가족윤리관에 따라 복종을 우선하게 된다. 그리
고 가족체계에 흡수되는 순간 경주가 지녔던 동경은 순종성과 충실성
으로 전환된다. 동조자에서 '주체형공산주의자'로 변모하는 인물군의 행
위는 유격대 창설 이후 아래의 모형과 같이 '항일혁명투사'나 '대중적
영웅'들에게 계승된다.

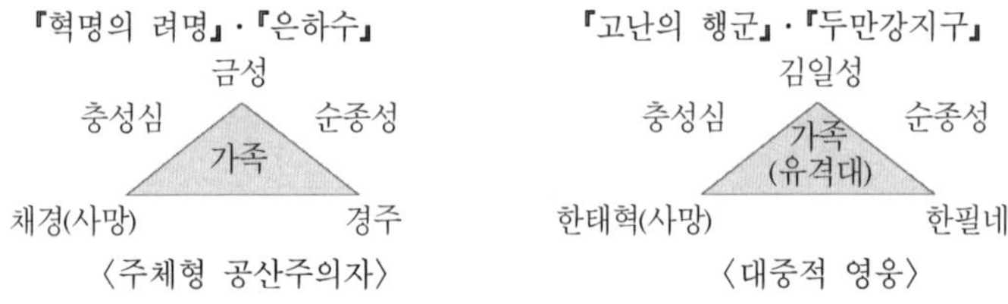

'항일혁명투사'와 동조자에서 '주체형공산주의자'로 변모하는 인물
군의 차이는 시기상의 문제도 있지만 주로 노동력에 의해 구분된다.
해방 전편에서 '항일혁명투사' 그룹에 속하는 김정순(김정숙)은 전투력
에서 우위를 보임은 물론이고, 뛰어난 노동력을 보인다. 그녀는 작품에
서 고상함과 유순함을 대표하는 인물이다. 『주체문학론』에서 김정일은

---

21) 천세봉, 총서 『불멸의 력사』 2, 『혁명의 려명』, 평양: 문예출판사, 1973, 147쪽.
22) 『봄우뢰』에서 최효성의 동생 옥섬도 오빠의 사망 뒤 강반석에게 보내진다. 강반석의
집은 혈육을 잃은 인물들이 정신적 충격을 완화시키고 극복하는 장소로 이용된다. 유
격대 창설 이후에는 유격대가 입양의 역할을 대신한다. 어머니의 위치는 강반석의 사
망 후 김정숙이 그 위치를 물려받는다.

긍정적인 인물창조에 있어 고상함과 유순함을 강조하는데 유순함은 절대자에게 절대복종 즉 순종성으로 드러나며 고상함은 노동 강도로 나타나고 있다. 김정순에게 보이는 노동력은 충성심 및 희생정신과 결부되어 고상함으로 표출되고 있는데 노동력을 강조하는 것은 북한의 동원체제와 깊은 연관이 있는 것으로 보인다.

4. 절대자와 적대계층의 관계

절대자인 김일성은 적대계층 중 '인물선' 20, 22~27을 제외하고 모든 '인물선'과 관계를 맺는다는 점에서 김정일이 『주체문학론』에서 요구하는 "문학작품에서 수령의 형상은 일정한 사회정치적계층의 지향과 요구를 대변하는 전형적인물과 관계를 맺을때에만 사회적 집단을 통솔하고 인도해나가는 최고의 뇌수로서의 수령의 지위와 역할을 원만히 보여줄 수 있다"[23]는 총서의 특징이 투영되어 있다. 이를 모형화하면 다음과 같다.

〈절대자와 인물의 관계〉

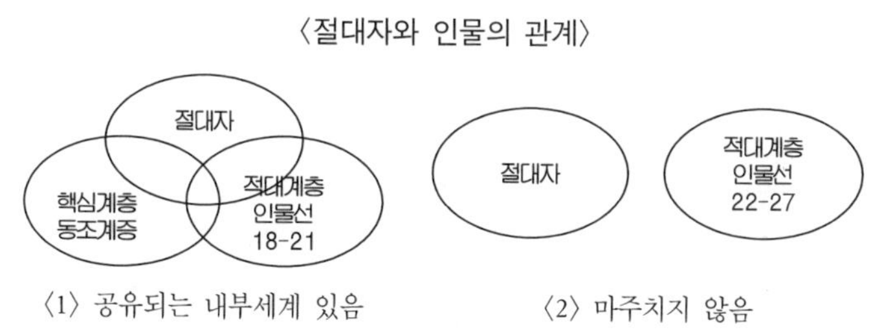

〈1〉 공유되는 내부세계 있음   〈2〉 마주치지 않음

위의 모형에서 볼 수 있듯 절대자는 핵심계층과 동조계층 그리고 적대계층의 일부와 관계를 맺는다. 절대자는 적대계층 중 '인물선' 18~21에 해당되는 '실증주의자', '기회주의자', '이중감정의 소유자'와는 연

---

23) 김정일, 『주체문학론』, 평양: 조선로동당출판사, 1992, 145쪽.

58

계를 맺거나 마주치지만 그 외 인물들과는 핵심계층이나 동조계층을 통해 간접적으로 만날 뿐 마주침이 없다. 이런 구조는 부정인물과 긍정인물의 탄생이 절대자와의 거리의 문제에서 파생되지 않음을 보여준다. 이 장에서는 마주치는 인물과 마주침이 없는 인물을 통해 거리의 문제를 살펴보고, 절대자와 가까이 있음에도 부정인물이 되는 원인을 규명해보고자 한다.

1) 교양되는 인물과 교양할 수 없는 인물―'실증주의자'와 '기회주의자'

강창수(차광수)의 배재고보 동창으로 〈남만청총〉 책임자인 한윤[24]은 『은하수』에서 중도적 태도로 인해 국민부 내에서 고인호[25]와 〈남만청총〉 내에서는 '주체형공산주의자'인 장덕순(최봉)과 대립한다. 그는 동지인 장덕순이 남만참변[26]을 일으킨 고인호에게 참살되는 것을 묵인함으로써 강창수에게 배척당한다. 그럼에도 그가 절대자와 관계를 맺을 수 있었던 것은 '인물선' 18에 속하는 '실증주의자'였던 한윤이 일제를 반대하고 그들의 지배를 추종하지 않는다는 점에서 공유되는 내부세계를 가지고 있기 때문이다.

---

24) 남만청총을 이끌던 인물로 등장하는 한윤은 차광수, 김혁, 계영춘과 같이 국민계의 남만한인청년총동맹 출신 현균(玄均)을 모델로 한 것으로 보인다. 이재화는 자신의 책에서 '현균은 아마도 Ml파쪽으로 경사되어 간 것으로 보인다고 적고 있다.' 이재화, 『한국근현대 민족해방운동사』―항일무장투쟁사편―, 서울: 백산서당, 1988, 41쪽.

25) 고인호는 국민부 교육위원장이었던 고이허(高而虛)로 추정된다. 류병호, 「남만지구반일통일단체―국민부창립」, 『불씨』, 중국조선민족역사족적 편찬위원회, 연변: 민족출판사, 1995, 357쪽.

26) 삼부의 통합 이후 군중지반을 상실한 국민부 우익들은 중국의 국민당의 군경과 결탁한다. 그리고 공산당 토벌이라는 명목 아래 1929년 10월 국민부의 중앙집행위원장인 현익철은 고이허 등을 사주하여 국민부 산하 남한청총에 속한 청년 단체 일부가 재중청맹(ML파)에 가맹하려 하자 청년 활동가들을 체포하여 최봉(崔鳳), 지운산, 윤평, 리태희, 이몽렬, 고아선, 조희연 등 6인을 왕청문의 괴모산 골짜기에서 총살한다.

‘주체형공산주의자’가 ‘실증주의자’들을 배척한다면 절대자는 포용하는 역할을 한다. 절대자에게 구조된 ‘실증주의자’들의 구원에 대한 은혜갚음의 욕망은 조직관으로 확대되면서 조직과 영수(領首)를 지키기 위해서 자신이 희생되어도 좋다는 신념화된 충실성으로 그 모습을 드러낸다. ‘실증주의자’였던 한윤에게 공산주의적 품성을 갖게 한 것은 절대자의 어버이와 같은 사랑과 관대함이다. 절대자는 사랑과 관대함을 통해 교양이 필요한 부정적인 인물을 혁명에 필요한 핵심인자 즉 ‘주체형공산주의자’로 흡수한다. 그러나 이 경우는 총서에서 극히 드물게 나타나는 예이다.

해방 전편에서 ‘실증주의자’ 일부가 ‘주체형공산주의자’로 흡수된다면 해방 후편에서는 ‘기회주의자’로 탈락된다. 천세봉의 『조선의 봄』에 등장하는 최태현(최창익)27)과 주사인(오기섭)은 ‘기회주의자’로 탈락되는 인물이다. 총서에서 ‘기회주의자’들은 대부분 종파분자로 묘사된다. 최창익은 해방 전편에서는 주변 인물들과 관계를 맺지만 해방 후편에서 김일성과 조우한 후 그에게 끊임없이 도전하며, 오기섭 역시 해방 후 김일성의 정책 수행에 걸림돌로 등장한다.

최창익은 『봄우뢰』에서 안영호의 애인을 빼앗아 도피한 후 그녀를 버려 죽음에 이르게 함으로써 초반부터 부도덕한 인물로 그려지고 있지만, 오기섭은 『대지는 푸르다』에서 주사인으로 등장해 김일성 그룹의 사정을 국제당에 알리는 동조자로 묘사된다. 그런 그가 해방 후편 『조선의 봄』에서 농림부장으로 등장해 토지 국유화를 주장하며 김일성과 충돌한다.

오기섭은 토지개혁 당시 『토지개혁 법령의 정당성』을 발간하는 등

---

27) 최창익은 ML당에 관련된 간부급 인물로 서울계인 최익한과 함께 8월 종파투쟁 속에서 김일성으로부터 공개적 비판을 받고 숙청된다. 해방 전편 『대지는 푸르다』에서부터 등장하며 해방 후편 『대지의 전설』, 『인간의 노래』에서 농업협동화와 1차 5개년계획을 방해하는 교조적 종파분자로 등장한다. 그는 『대지의 전설』과 『인간의 노래』에서 숙청된다.

60

토지개혁에 깊게 관여한 인물로 박헌영과 결탁한 북한의 강자[28]였다. 그는 박헌영의 숙청 이후 권력투쟁에서 비주류가 패배하기 이전까지 남로당을 포괄한 비주류에게 가장 큰 영향을 미쳤다.[29] 따라서 김일성을 옹립하려던 갑산파에게 비주류의 강자인 오기섭은 달가운 존재가 아니었다.

> 농촌의 국유화가 우리 농촌의 현실에서 당장 실현될수 없다는데 있습니다. 농촌의 기본 계급들이 준비되여 있지 못할뿐아니라 남조선에 적대계급이 지배세력을 이루고있는 조건에서 북한에서 단독 토지개혁을 하면 남북의 혁명발전의 공동보조를 어렵게 하고 반동계급들의 결탁을 쉽게하여 그 반항을 크게 만들 위험이 있습니다. 이것은 에, 우리 조선공산주의자들이 그 탄생을 그토록 갈망하여온 우리 공산당, 청소한 조선프롤레타리아트의 전위대를 전체적으로 위태롭게한다[30]

위의 인용문을 볼 때 오기섭이 주장하는 것은 농업협동화 당시 비주류였던 연안파와 국내파 계열의 주장과 일치한다. 비주류는 시급한 현실 문제를 먼저 해결함으로써 민족문제를 봉합하려 했던 주류와는

---

28) 『해방후10년일지』, 평양: 조선중앙통신사, 1956, 44-45쪽.
29) 오기섭(吳淇燮, 1903~?) 이명은 오일(吳逸)·이용준(李龍俊)이다. 1903년 함경남도 함흥에서 태어났다. 1920년 함흥의 영생고등보통학교 재학 중 동맹휴학에 참가하여 퇴학당한 이후 1925년 적기시위사건으로 체포, 같은 해 7월 고려공산 청년회에 가입, 10월에는 홍원청년연맹 집행위원에 선임, 1926년 3월 조선공산당에 입당, 1926년 4월 정우회에서 활동하였으나 8월에 제2차 조선공산당 검거 때 체포되어 징역 1년을 선고받고 서대문형무소에 수감되었다. 출감 후 1929년에 발생한 원산총파업 후원회 위원장으로 활동하다가 모스크바로 망명하여 동방노력자공산대학에 입학하였다. 1932년 3월에 귀국하여 9월에 부산을 중심으로 고려공산 청년회 재건활동을 하다가 검거되어 징역 6년을 선고받았다. 1945년 9월 조선공산당 함경북도 창설위원장, 1946년 2월 북한임시인민위원회 선전부장에 선임, 1947년 2월 북한인민위원회 노동국장, 1948년 3월 북한노동당 중앙위원에 선임, 8월 최고인민회의 대의원에 선출, 1956년 5월 수매량정상(收買量政相)에 임명되었으나 1957년 8월 해임, 같은 해 9월 종파·반당분자로 낙인찍혀 숙청되었다. 강만길·성대경, 앞의 책, 282쪽.
30) 천세봉, 『조선의 봄』, 평양: 문예출판사, 1991, 167쪽.

달리 좀 더 거시적인 안목에서 사회주의의 실현을 바라보고 있었다. 그들의 주장은 북한만의 단독 정부에 대한 만족과 사회주의의 기초를 마련이 우선이고, 통일문제는 차선이라는 주류의 논리와 첨예하게 대립했다.[31)

이 당시는 인민정부를 건설하는 데 있어서 난관에 부딪혀 있던 무렵으로, 비주류의 주장을 김일성은 좌경적 경향으로 받아들이고 있다. 총서 해방 후편에서 '실증주의자'들과 대립은 단순한 종파주의자들의 폐해나 당시 토지개혁을 반대했던 세력에 대한 비판보다도 김일성으로 대표되는 갑산파와 오기섭으로 대표되는 비주류의 권력투쟁 과정을 그리고 있는 것이라 할 수 있다.

따라서 절대자가 '실증주의자'들을 좌경적 종파분자[32)로 매도하는 것은 권위에 도전하는 그들의 추방에 정당성을 확보하기 위함이다. 일제하의 사상범이었던 그들의 경력(권위)는 절대자라도 쉽게 훼손하거나 지울 수 없는 부분이다. 그들은 사상적으로 교양할 수 있는 존재도 아니어서 합의 할 수 없다면 제거할 수밖에 없는 존재들이었다. 총서에서 절대자가 '기회주의자'로 규정한 '실증주의자'를 교양하려고 시도하지 않는 점, 시도할 수 있는 권위를 지니지 못했다는 점은 일반소설과는 대비되는 점이다.

총서에서 '기회주의자'(종파분자)들은 절대자와 견해 충돌을 통해 탄생되며 '실증주의자'는 '기회주의자'가 되는 순간 절대자로부터 추방된다. 절대자는 '실증주의자'와 대립하면서도 그들을 포섭하기 위한 노력을 멈추지 않지만 '기회주의자'와는 타협하지 않는다. 절대자의 권위에 도전하는 인물들은 교양 대상이 아닌 제거 대상이기 때문이다.

---

31) 졸고, 앞의 책, 208-209쪽.

32) 종파분자의 문제는 총서에서 1970년대가 그려지면 다른 양상으로 묘사될 수도 있다. 일반소설에서 1970년을 배경으로 한 소설은 종파분자와 기회주의자를 구분하여 묘사하고 있다. 1970년대 소설에서 종파분자는 간첩으로 묘사된다.

2) 교양에 실패한 인물―'이중감정의 소유자'

"실증주의자"는 '기회주의자'와 더불어 서사를 추동하는 그룹이다. 이들은 절대 악과는 달리 다양한 감정을 보이며, 양심에 의해 내적 갈등을 하지만 상황에 따라 그룹을 바꾼다. 이들 대부분은 자신을 합리화하며 절대자의 교양에도 설복되지 않는 인물들이다.

'이중감정의 소유자'로 〈정의부〉 간부 출신인 신재림(장철하)는 적대계층으로 분류되지만 『혁명의 려명』에서는 김일성의 노선을 못마땅하게 여기면서도 김형직과의 친분 때문에 그에게 권위를 부여해주는 역할을 하며, 『대지는 푸르다』에서는 저항운동을 동정하며 최소한의 협조를 하지만 생존을 위하여 위험에 처한 김성주(김일성)을 외면하는 인물이다. 『봄우뢰』에서는 양심 때문에 머슴으로 위장한 김일성의 뒤를 캐는 안영호로부터 얻은 정보를 '주체형공산주의자'들에게 흘려 위험에서 그를 구하기도 한다. 그러나 저항자들로부터 신뢰를 잃은 신재림은 동조자 계층에서 멀어져 생존자로 남는다. 이처럼 '이중감정의 소유자'는 '생존과 반역, 협조와 저항 사이의 딜레마'[33]에서 헤어나지 못한다. 생존의 충동이 이들로 하여금 이중감정에 빠지게 하는 것이다.

『봄우뢰』에 등장하는 안영호는 일제에게 동조하지 않으면서도 마르크스주의자에 대한 원한 때문에 '실증주의자'에서 반마르크스주의자가 되어 공산주의자를 탄압하는 일제의 협조자로 전락한다. 공산주의자도 동족이라는 생각으로 끊임없이 갈등하지만 김일성의 직접적인 충고와 교양에도 개조되지 않는다.

안영호처럼 절대자가 교양에 실패한 인물들은 양심의 가책 때문에 자살하거나 일본군의 손에 살해되는 것으로 생을 마감하며, 심재림처럼 생존자로 남기도 한다. '이중감정의 소유자' 중 절대 악에 가까운 인물들을 자살이나 살해로 처리하는 것은 도덕성을 중시하는 북한 소

---

33) Gross. Feliks, 신석호 역, 앞의 책, 179쪽.

설의 권선징악적 성격 때문도 있지만 기회주의적 측면이 진실한 가치를 위한 투쟁에는 유해하다는 사실을 냉혹하게 보여주기 위함으로 볼 수 있다. 신재림을 생존자로 남기는 것은 역사적 실재성 문제와도 연관이 있다. 그리고 김형직과 관계를 맺었던 인물들에 대해서는 제재를 가하지 않는 총서의 특징과 절대자가 그를 교양할 수 없는 위치에 있기 때문이다.

『대지는 푸르다』와 『봄우뢰』에서 독립군 출신으로 충실한 유격대원이었던 박경학(리종락)은 『고난의 행군』에서는 변절자가 되는 인물이다. 그는 절대자가 마주치지 않는 적대자 그룹에 속하게 되는 순간 교양개조의 기회를 박탈당하며 타도의 대상이 된다. 그리고 그는 절대자에 의해 총살된다.

절대자와 가까이 있음에도 교양이 불가능한 위치와 파벌을 지닌 최창익과 오기섭 같은 '기회주의자'들은 숙청의 수순을 밟는다. 이들을 볼 때 긍정적 인물과 부정적 인물이 꼭 절대자와의 거리에서 탄생되는 것이 아님을 알 수 있다.

3) 교양이 불가능한 인물—절대 악으로써의 적대계층

절대자와 마주치지 않는 적대계층은 반민족적 인물군으로 타도의 대상인 '원쑤'로 '충실한 추종자'인 간첩·기독교인·지주·자본가와 적대자인 일본인·미국인 등이 여기에 속한다. 그들은 민족적·사회적 위험의 상징으로 교양이 불가능한 그룹인 동시에 민족해방과 사회주의적 과제수행을 지연시키는 장애물이다.

절대 악으로 '충실한 추종자'인 그들은 민중들의 자유와 행복에 대한 지향을 꺾고 고통에 빠뜨리며, 사회보다 자신을 더 중요하게 여긴다. 동정심이나 연민, 사랑의 감정은 그들의 관심 영역이 아니며, 목적이나 수단의 도덕적 가치도 고려 사항이 아니다. 그들의 사회적 관심도 자신의 부를 통한 권력축적에 집중되어 있어 탐욕스럽고, 무자비하다. 그들은 자신들의 재산을 지키기 위해 일제국주의나 미제국주의의 지속과 공산주의의 멸망을 원하며, 사람을 포함하여 모든 것을 재화로 바꾸기를 원한다는 점에서 초자본가에 접근해 있다.

이처럼 교환가치를 중시하는 지주나 자본가들은 안락한 삶과 재화 획득을 유지하기 위해서 행동하고, 간첩은 자신의 소신에 따라 움직이며, 밀정은 일제로부터 안전한 삶을 보장 받기 위해 일제에 협조한다. 그들은 정복자나 지배 권력에 저항을 해도 소용이 없다고 인식하는 점에서 생존자와 비슷한 사유방식을 보이나 상황에 절망하는 생존자들과는 달리 그들은 상황을 적극적으로 이용한다.

'충실한 추종자'들의 삶은 권력과 재화에 대한 맹목적인 추구밖에 없기 때문에 총서에서 그들은 민족해방과 사회를 개조하기 위해 계급 투쟁이 불가결하다는 것을 확인시키는 인물군이다. '충실한 추종자'와 적대자들은 동조계층과 밀접하게 관련을 맺지만 절대자와는 마주치지 않는다. 그들이 절대자와 마주치지 않는 것은 교양이 불가능하며 절대자의 노선과 대립되는 악의 상징으로 타도·섬멸해야 할 적대적 모순의 대상이기 때문이다.

위의 분석을 바탕으로 인물들의 관계를 구체적으로 드러낼 수 있는 것이 그룹 관계도이다. 유형화 도표와 인물유형의 분석결과를 반영한 『불멸의 력사』에 나타난 그룹의 관계를 도식화하면 다음 〈표 2〉와 같다.

아래의 관계도를 보면 총서에서 지도자·저항자·동조자가 영향관계를 맺는 것으로 그려진다. 저항자 그룹 중 '주체형공산주의자'와 '공산주의적 인간'은 '항일혁명투사'로 흡수되며 조력자는 두 인물군과 동지적 관계를 맺으며 물질적 지원만 하는 것으로 그려진다. 그리고 동조자 그룹 중 진보적 인물들은 '공산주의적 인간'으로 흡수되며, '대중적 영웅'들은 유격대 창설 이후 '항일혁명투사'로, '주체형공산주의자'에 의해 발굴된 생존자와 '숨은 영웅'들은 유격대로 흡수되는 규칙성을 보인다. 동조자 그룹 중 동조자로 변하는 민족주의자·독립군은

〈표 2〉 『불멸의 력사』에 나타난 그룹 관계도

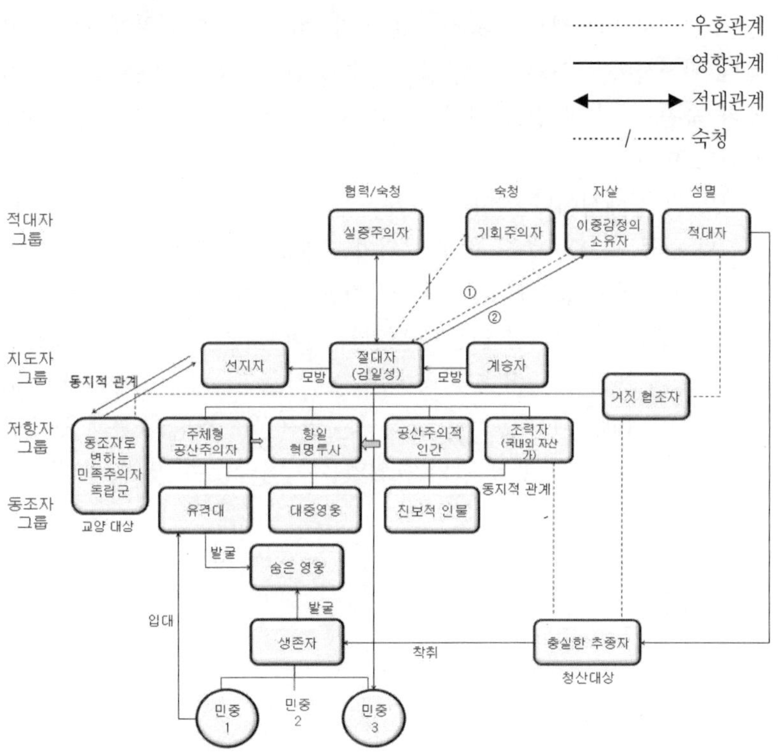

절대자와 우호관계를 맺거나 선지자와 영향을 주고받는 인물들로 묘사되는 규칙성이 보이고 있음을 알 수 있다.

위의 관계도 중 눈에 띄는 인물군은 동조계층에 속한 '거짓 협조자'이다. 이 인물군은 '항일혁명소설'에 주로 등장한다. 이들은 동조자 또는 핵심계층에서 파생되는 인물군으로 '충실한 추종자'와 적대자들과 우호관계를 맺어 이들을 이용한다. 김일성은 천세봉의 『안개 흐르는 새 언덕』에서 강민이 '흑색 샤츠단'이라는 파시스트 단체에 입단하여 거짓 협조자로 활동하는 모습에 대해 공산주의자의 도덕성을 훼손하고, 역사적 실재성에 어긋난다고 비판했다.34) 그럼에도 '거짓 협조자'는 김일성이 문제 삼았던 역사적 실재성 문제로 인해 총서뿐 아니라 항일혁명 소설에서 지속적으로 등장하고 있다. 이 점은 총서 창작에서 교시보다 픕진성이 우선되고 있음을 알 수게 한다. 적대계층은 그들의 최후가 숙청, 자살, 섬멸로 귀결되거나 청산대상으로 분류되는 규칙성을 보이고 있다.

역사적 실재성이나 작가에 따라 인물의 성격과 유형이 달라지기는 하지만 인물 관계는 총서 전권이 위의 관계도의 구조에서 크게 벗어나지 않는다. 이를 볼 때 4·15문학창작단 내 작가들이 총서를 창작할 때 위의 관계도에서처럼 인물 유형간의 관계를 구성하며, 앞에 제시된 인물유형에 변화를 주어 인물형상을 창조하고 있음을 알 수 있다. 뿐만 아니라 관계도에서 보이는 규칙성은 인물창조 방법과 관계 구성에 대한 작가들 간의 내부적 합의가 있었음을 짐작할 수 있게 한다.

5. 결론

총서 『불멸의 력사』는 실제인물과 가상인물 등을 통해 다양한 계급·계층과 인물유형을 보여주고 있다. 총서에 묘사된 인물들 중 절대자의 자장 안에 있는 인물들은 그와 수직적 관계를 맺으며, 절대자와 거리가 가까울수록 투쟁성과 충실성이 강한 인물들로 그려진다. 이런 점은 긍정적 인물과 부정적 인물의 경계가 절대자와의 거리의 문제로 여겨지게 만든다. 총서의 많은 인물들이 그러한 양상을 보이는 것이 사실이다.

그러나 앞의 분석을 놓고 볼 때 총서 초기에 소멸하지만 비교적 절대자와 수평관계를 보여주는 '주체형공산주의자'와 절대자와 가까운 거

---

34) 김일성, 「혁명주제작품에서의 몇가지 사상미학적문제」—예술영화 『내가 찾은 길』 첫 필림을 보고 영화예술인들과 한 담화—1967년 1월 10일, 『김일성저작집』 21, 평양: 조선로동당출판사, 1983, 17쪽.

리에 있으면서 결코 교양되지 않는 '이중적 인물', 교양할 수 없는 '실 증주의자'들은 이들의 성향을 거리의 문제로 단순하게 가름할 수 없게 한다.

인물유형의 분석 결과 인물유형의 성격적 특질과 변화과정 그리고 관계에서도 일정한 도식성이 보인다. 일견 도식적으로 보이지만 도식 성 속에서도 다양한 층위가 발견되기 때문에 총서에 나타나는 인물유 형이 도식성을 띤다고 규정할 수만은 없다. 같은 인물유형이라도 시기 와 사건에 대한 반응에 따라 다시 세분화되어 방사형의 구조를 취하고 있기 때문이다. 뿐만 아니라 실존인물들에 대한 역사적 실재성의 반영 은 자칫 도식적으로 흐를 수 있는 총서의 단조로운 구조에 활력을 주 고 있으며, 사실주의적 관점의 획득을 보장하는 기능을 한다.

총서는 역사적 실재성과 작가에 따라 인물들의 성격과 유형이 달라 지지만 인물유형간의 관계는 〈표 2〉에서 크게 벗어나지 않는다. 그리 고 〈표 2〉관계에 대한 규칙이 작가들에게 동일하게 나타나는 것을 보 면 『주체문학론』이나 『수령형상문학론』에서는 구체적으로 언급하고 있지 않지만 인물유형에 대한 내부적 합의가 작가들 간에 있었음을 추 측할 수 있다.

총서에 등장하는 유형 중 몇몇 유형에 한정하여 다루기는 했지만 세분화된 인물들의 유형으로 인해 다소 산만해 보일 수 있다. 그리고 인물들 간의 층위까지는 살피지 못해 내용이나 깊이 면에서 정취하지 못하다. 그러나 이 연구는 총서의 인물유형을 분석하기 위한 기초 작 업이므로 보다 밀도 있는 분석 즉, 일반소설과 총서와의 차이에 대한 연구나 이 연구에서 다루지 못한 인물유형들에 대한 연구는 다음 과제 로 넘기려한다.

주제어 : 총서, 불멸의 력사, 인물선, 인물유형, 모방, 권위, 절대자, 대주체, 소 주체, 주체형공산주의자

◆ 참고문헌

1. 기본자료
『조선말 대사전』 2, 사회과학출판사, 1992, 1699쪽.
강만길·성대경, 『한국사회주의 운동 인명사전』, 창작과비평사, 1996, 282쪽.
총서 『불멸의 력사』 해방 전편; 해방 후편, 32권

2. 단행본 및 논문
「총서형식으로 하는 것이 좋을것 같다하시며」, 『조선문학』, 조선작가동맹출판사,
    1992. 2, 12-13쪽.
김명수, 「사회주의적 애국주의와 당적 인간, 긍정적 빠포스」, 『문학신문』, 1958. 4.
    3, 2쪽.
김은정, 「전통과 근대의 재구성을 통한 아버지의 재생산 양상」 - 총서 『불멸의 향
    도』 『총검을 들고』를 중심으로 - , 『국제어문』 37, 국제어문학회, 2006,
    217쪽.
──────, 『천세봉 장편소설연구』, 한국외국어대학교, 2006, 208-209쪽; 212-214쪽.
김일성, 『김일성저작집』 21, 조선로동당출판사, 1983, p. 17쪽.
김정일, 『김정일 선집』 1, 조선로동당출판사, 1992, 117-118쪽.
──────, 『김정일 선집』 3, 조선로동당출판사 1992, 98쪽.
──────, 『주체문학론』, 조선로동당출판사, 1992, 145쪽; 161-169쪽.
윤기덕, 『수령형상문학』, 문예출판사, 1991, 326쪽.
이재화, 『한국근현대 민족해방운동사』 - 항일무장투쟁사편 - , 백산서당, 1988, 41
    쪽.
중국조선민족역사족적 편찬위원회, 『불씨』, 민족출판사, 1995, 357쪽.
Gross. Feliks, 신석호 역, 『당 조직론』 녹두, 1984, 174-178쪽.
René Girard, 김치수·송의경 역, 『낭만적 거짓과 소설적 진실』, 한길사, 2001, 24
    쪽; 42쪽.
Scalapino, Robert A·이정식, 한홍구 역, 『한국 공산주의 운동사』 1, 돌베개, 1986,
    330쪽.

◆ 국문초록

이 연구는 총서를 본격적으로 연구하기 위한 기초 작업이다. 이 연구는 인물유형을 통해 인물관계와 총서의 창작방식을 밝히는 데 목적이 있다. 총서에 등장하는 인물유형은 북한소설에 나타나는 인물유형을 포괄하고 있다. 따라서 서사를 추동하는 인물유형의 분류와 분석은 총서를 조망하는데 유용할 것이며, 북한소설을 분석하는 데 도움이 될 것이다.

이 연구에서는 인물유형을 핵심계층, 동조계층, 적대계층으로 대분류 한 후 식민지 상황아래 나타나는 10개의 그룹으로 다시 분류하였으며, 27개의 '인물선'을 통해 인물유형을 세분화하였다. 그리고 결과를 통해 모형을 제시하고 인물간의 관계와 거리 그리고 구조와 창작방식을 분석하였다.

분석결과 핵심계층간의 관계는 모방의 관계로 나타나고 있었으며, 동조계층은 핵심계층을 모방함으로서 핵심계층으로의 진입을 시도하고 있음을 알 수 있었다. 적대계층의 경우 동조계층과 관계를 맺지만, 일부 계층은 절대자와 마주치지 않았다. 특히 적대계층의 경우 '이중적 인물'과 '실증주의자'의 경우 절대자의 가까이에 있지만 결코 교양되지 않아 긍정적인 인물과 부정적인 인물의 결정을 절대자와의 거리의 문제로 볼 수 없음을 알게 하였다. 또한 그룹간의 관계를 통해 그룹 간의 인물행동 유형이 작가들에게서 규칙적으로 나타나는 것을 볼 때 기본적인 인물창조에 대한 내부적 지침이 있었음을 추측할 수 있었다.

◆ SUMMARY

The *Imperishable History* Series and its Character Types

Kim, Eun-Jung

This study is a groundwork to study the series intensively. The purpose of this study is to reveal the relationships between the characters and the methods to create the series through the types of characters. The types of characters in this series comprehend those shown in the North Korean novels. Accordingly, the classification and analysis of the types of characters who encourage the first parts of the story would be useful in taking a view at the series and in analyzing the North Korean novels.

In this study, the types of characters were first divided into three groups: core group, sympathizer group, and hostile group. Then they were again classified into 10 groups which had come up under the Japanese colonial rule. Finally, the types of characters were subdivided by 27 lines of characters. And according to the results of the study, a model was presented and the relationships, distance, and configuration between the characters and the creating methods were analyzed.

The results of the analysis have shown that the relationship within the core class was one of mimicking. It has been revealed that the sympathizer group was attempting to enter into the core group by copying them. In case of the hostile group, they made relations with the sympathizer class but some class did not encounter the Absolute. Especially, in case of the hostile group, 'the Ambivalent' and 'the Positivist' were close to the Absolute but were never cultivated by Him, which made us realize that one could not attribute the decision of the positive characters and negative characters to the matter of the distance from the Absolute. Moreover, considering that the behavior types of character

have been regularly shown in the works of writers through the relation-
ships between the groups, it could be assumed that there was an internal
guide to create basic characters.

Keyword : Series, Imperishable History, line of characters, types of
characters, imitation, authority, the Absolute, Subject, sub-
ject, Juche-oriented communist

－이 논문은 2008년 7월 31일에 접수되어, 2008년 8월 8일에서 2008년 8월 20일 사
이에 이루어진 소정의 심사를 거쳐 2008년 8월 21일 편집회의에서 1차로 게재가
결정되고 2008년 10월 1일에 최종적으로 게재가 확정되었음.

최학수의 장편소설에 나타난
수령 형상의 의미 고찰

오 태 호*

목 차

1. 서론

최학수(1937. 12. 4~)는 '천리마운동'의 대표적 형상인 '평양 속도'를 매개로 하여 장편소설 『평양시간』(1976)을 창작함으로써 북한에서 문명을 널리 알린 작가이다. 이후 '4·15 문학창작단' 소속 작가가 되어 '주체문학의 본보기'[1]로 거명되는 '총서 『불멸의 력사』(이하 '총서'로 약칭)'를 창작한다. 김일성의 일대기를 역사적 사건 중심으로 형상

---

 * 경희대 강사.

 1) 김정일, 『주체문학론』, 조선로동당출판사, 1992, 140쪽.

화하고 있는 '총서'에서 1936년 5월 '조국광복회 창립'을 다룬 『백두산 기슭』(1978, 현승걸과 공동 창작)과 1937년 6월 '보천보 전투'를 형상 화한 『압록강』(1983)을 창작하였고,2) 해방 직후 김일성의 귀국을 다룬 『개선』(2002) 등이 그것이다.

작가 스스로 『평양시간』을 써서 김일성으로부터 과분한 치하의 교 시를 받았으며, 『백두산기슭』을 창작하여 김일성과 김정일로부터 최 상의 평가와 감사까지 받았다3)고 회고할 정도로 최학수는 북한의 '체 제 문학'을 대표하는 작가이다. 특히 『평양시간』은 1977년 12월 13일, 1978년 1월 15일, 4월 13일 등 세 차례에 걸쳐 김일성으로부터 아주 잘 썼다는 치하를 받았고 김정일의 배려에 의해 25만부나 재발행되었 다. 『백두산기슭』도 1978년 9월 19일 김일성으로부터 치하와 감사를 받았으며, 9월 25일에는 김정일로부터 높은 평가와 배려를 받았다. 작 가는 이러한 치하 속에 1982년 4월에는 '김일성상'을 수여받았으며, 1992년 12월과 1993년 10월 김일성의 접견을 받았고, 1997년에는 김정 일로부터 표창장과 60돌 생일상을 받은 것으로 기록되고 있다.4)

북한에서 최학수 문학에 대한 평가는 주로 『평양시간』, 『백두산기 슭』, 『압록강』 등에 걸쳐 있다. 『평양시간』은 사회주의 건설의 대고조 로 들끓던 1958년에 새로운 속도에 해당하는 "〈평양속도〉를 창조한 평 양시건설자들의 영웅적투쟁과 위훈을 형상"5)한 작품으로 거론된다. 특 히 이 작품이 "위대한 수령님의 원대한 구상과 현명한 령도", "인민의 확고한 의지와 영웅적투쟁"을 뚜렷이 보여주었으며, "1958년 한해동안 에 평양건설에서 일어난 위대한 전변을 취근하면서", "시대적폭을 넓 히고 생활을 깊이있게 탐구하여 인물들의 성격을 여러모로 다양하게 천명하였으며 세부묘사와 정론적이고 박력있는 언어문체로 개성적특

---

2) 윤기덕, 『수령형상문학』, 문예출판사, 1991, 297-336쪽.
3) 최학수, 「영생하는 작가의 초상」, 『조선문학』, 2003년 5월호, 35-44쪽.
4) 편집부, 「편집후기」, 최학수 『개선』, 문학예술출판사, 2002, 602-604쪽.
5) 사회과학원, 『문학대사전』 4, 사회과학출판사, 2000, 224쪽.

성을 뚜렷이 하였다"고 평가한다. 결국 수령과 인민의 적절한 관계 설정, '평양 속도'라는 종자의 포착, 인물의 전형성, 세부묘사의 진실성, 동시대적 사실성, 문체적 개성 등을 획득한 작품으로 평가되고 있는 것이다.

'총서'의 한 편인 『백두산 기슭』은 '수령형상'에 있어서 "인민적이며 혁명적인 문학이 창조하는 형상"6)을 보여주면서 "심오한 철학성과 높은 예술성"7)을 보장한 작품으로 거론된다. 하지만 처음부터 이런 고평을 받았던 것은 아니다. 김정일이 "『백두산기슭』의 심의본을 보아주시고는 소설에서 위대한 수령님의 현명성이 전면에 걸쳐 감동적으로 형상되지 못한 것이 기본결함"임을 파악하고, "반일혁명역량을 하나로 굳게 묶어세워나가시는 탁월한 령도의 력사가 잘 형상되게 하여야 한다."8)라는 식으로 '올바른 문제해결 방향'을 제시하여 작가가 그 방향으로 작품을 개작했기 때문에 가능한 것이다. 또한 『압록강』은 공산주의를 적대시하던 천도교 도정 박인진이 김일성의 "독창적인 반일민족통일전선방침과 한없는 도량에 감복"하여 진심으로 흠모하게 되는 부분에서 "작품의 철학적깊이를 보장하며 수령의 위대성을 빛나게 형상하는데"9)에 큰 역할을 했다고 평가하면서 '종자의 획득'과 '철학적 깊이의 보장'의 상관성을 예증하는 작품으로 거론된다.

이렇듯 『평양시간』, 『백두산 기슭』, 『압록강』 등의 장편소설에 대한 북한의 평가를 보았을 때, 북한에서 최학수의 작가적 비중이 높음을 확인할 수 있다. 특히나 『백두산 기슭』의 묘사력에 대해 상찬하고 있는 장희숙의 「자연묘사에 비낀 력사적사변의 의미」라는 단평10)이나 김

---

6) 윤기덕, 앞의 책, 161쪽.

7) 위의 책, 171쪽.

8) 위의 책, 156쪽.

9) 위의 책, 246쪽.

10) 장희숙, 「자연묘사에 비낀 력사적사변의 의미」, 『조선문학』, 문학예술출판사, 2003년 5월호, 17-18쪽.

정일의 종자론을 바탕으로 『평양시간』의 제목이 지어졌음을 강조하는 글11)에서도 알 수 있듯, 최학수의 작품들은 지속적으로 분석과 평가의 대상이 되고 있다. 따라서 본고는 최학수가 지은 총서 세 편과 『평양시간』에 나타난 '수령 형상'의 의미를 고찰하여 각각의 작품에 나타난 특색을 검토하고, 작가적 개성의 유의미성을 구체적으로 평가하고자 한다.

2. 총서와 수령 형상의 의미

총서는 북한이 내세우는 주체문예이론의 정수에 해당한다. 남한의 명명으로 보자면 '과거를 현재의 전사(前史)로서 생생하게 만든다'는 점에서 역사소설에 해당12)하겠지만, 북한문학에서는 '수령'의 과거사를 문학적 허구로 재조명하려는 기획의도가 깔려 있다. 그리하여 총서는 항일무장투쟁의 험로를 헤쳐온 '수령의 신화'를 재창조·재형상화함으로써 인민을 계도하려는 체제 유지 문학에 해당하게 된다. 더구나 그것은 여타의 '수령형상문학'의 문예지침으로 활용되기에 북한문학의 이해와 감상, 비판적 평가를 위해서는 선행적 검토가 필수적이다.

최학수가 담당한 총서의 종자는 김일성의 항일무장투쟁사에서 중요한 전환점에 해당하는 사건들에 해당한다. 즉 반일민족통일전선체인 '조국광복회' 창립(『백두산 기슭』), 항일무장투쟁 최초의 국내진공작전인 '보천보 전투'의 승리(『압록강』), 해방 직후 '김일성장군 환영 평양시 민중대회' 개최(『개선』) 등 북한의 '정통역사'에서 굵직굵직한 역사적 사건을 작품의 중핵으로 삼고 있다. 그것은 최학수의 문학적 수사가 이미 『평양시간』(1976)을 통해 객관적으로 공인 받은 바 크기 때문

---

11) '위대한 령도 불멸의 업적', 「주체적인 소설문학발전에 이룩하신 불멸의 업적」, 『조선문학』, 문학예술출판사, 2003년 12월호, 19쪽.

12) 게오르그 루카치, 이영욱 역, 『역사소설론』, 거름, 1987, 57쪽.

일 것이다. 최학수의 장편소설에 나타난 수령 형상의 의미를 검토하기 위해서는 북한문학에서 '수령형상'이 차지하는 위치를 파악해야 한다. 북한에서 '수령 형상'이 차지하는 지위와 역할, 방향성에 대한 저서로는 윤기덕의 『수령형상문학』과 김정일의 『주체문학론』을 들 수 있다.

우선 『수령형상문학』에서 주목하는 총서의 세 가지 특징을 검토하면 총서가 북한문학에서 차지하는 현재적 좌표와 위상을 확인할 수 있다. 첫째, 1972년 4·15문학창작단에서 『1932년』을 발간하면서 시작된 총서 간행이 김정일의 지도를 통해 수행되고 있다는 점이 주목된다. "충성의 창작전투"로 『혁명의 려명』 등의 심의본을 김정일에게 '올리면' 김정일이 "종자를 바로잡지 못한데 근본약점이 있다"[13]고 지적하는 것이 바로 김정일의 지도인 것이다. 이것은 문학 내적인 요구에 의해서 나온 것이 아니라 김정일의 창작 지도의 형태로 '총서'가 지속적으로 간행되고 있다는 것을 보여준다. 즉 체제 내적 결속력을 위해 수령의 역사를 신화화하고 있는 것이다.[14] 이것은 결국 '수령형상문학'이 체제 수호 문학일 수밖에 없음을 증명한다.

둘째로 수령 형상의 의도가 "수령의 혁명력사와 숭고한 풍모를 진실하고 생동하게 예술적화폭에 그려 수령의 위대성을 예술적으로 감득하게 하는것"[15]이며, 수령 형상은 보통혁명가나 보통지도자의 형상과 구별될 뿐만 아니라 인민적이며 혁명적인 문학이 창조하는 형상에 해당한다고 강조한다. 결국 '수령형상의 본질'이 수령의 위대성과 고결성, 인간적 풍모의 예술적 형상화를 통해 인민을 계몽하는 것에 있음이 드러난다. 그러므로 총서에서의 수령 형상은 인민을 향해, 인민을 위해 존재한다고 강조되긴 하지만, 체제 바깥의 시선을 투영하면 결국 '수령의, 수령에 의한, 수령을 위한' '수령 개인만의 형상' 창조에 그치고 만다.

---

13) 윤기덕, 앞의 책, 155쪽.
14) 신형기·오성호, 『북한문학사』, 평민사, 2000, 271-289쪽.
15) 윤기덕, 위의 책, 157쪽.

78

셋째로 '수령형상창조의 원칙'을 '첫째 충성심을 다하여 최상의 높이에서 형상, 둘째 밝고 정중하게 형상, 셋째 인민들속에 계시는 수령형상, 넷째 위대한 인간의 형상, 다섯째 력사적사실에 철저히 기초하여 형상'의 다섯 가지로 밝히고 있다. 이 다섯 가지 원칙들은 결국 총서를 집필할 때, '위대한 수령'을 묘사하는 창작방법론에 해당한다. 그리하여 '수령'의 불멸성과 영원성을 인민들의 내면에 강제하려는 형상 원리로 작동하고 있는 것이다. 마치 전근대적 봉건왕조국가에서 절대자를 숭배하는 것과 닮아 있다.

이러한 세 가지 특징은 총서가 "수령형상장편소설묶음의 포괄적이며 총괄적임 종자"이며, 총서에는 '위대한 혁명가'로서의 '불멸의 김일성'의 "빛나는 혁명력사와 숭고한 풍모가 집약"16)되어 있다는 강조로 취합된다. 결국 역사적 사실과 문학적 허구가 김일성이라는 한 인간을 매개로 대하연작소설로 묶여진 것이 바로 총서인 것이다. 그리하여 개인의 사적 역사가 국가의 공적 기억으로 향유되고 있는 것이다.

김정일의 『주체문학론』에서도 『수령형상문학론』과 유사한 논의가 펼쳐진다. 그리하여 "로동계급의 수령을 총서형식의 작품으로 형상한 것은 우리 나라에서 처음으로 시도하고 개척"하였음을 강조한다. 또한 총서가 김일성의 "혁명력사를 체계적으로, 전면적으로 깊이있게 그린 혁명적 대작을 하나의 통일적인 제목으로 묶어놓은 것"17)임을 역설하면서 작품 개개의 독자성 속에 연관성을 지닌 작품들임을 강조한다.

그리하여 수령 형상 목적은 "사람들로 하여금 수령의 위대성을 깊이 알고 수령을 충심으로 존경하고 받들며 수령의 사상과 의도를 깊이 새기고 수령의 위업에 충실하도록 하자는데 있"음을 강조한다. 그리하기에 수령을 보좌하는 인물은 "충실성의 산 모범으로 전형화"되어야 하며, 따라서 "수령의 주위에는 수령과 고락을 같이하는 충신의 전형

---

16) 윤기덕, 앞의 책, 302쪽.
17) 김정일, 앞의 책, 137쪽.

이 서있어야"18) 하는 것으로 여겨진다. 수령과 충신의 관계는 임금과 신하의 관계처럼 전근대적 '충효예'의 외적 발현인 것이다. 그러므로 수령 형상 작품은 "철저히 수령을 주인공으로 중심위치에 세워야 하"며 "종자는 수령의 형상에 의하여 기본적으로 밝혀져야 한다."19)

이상에서 검토한 바에서 드러나듯 결국 '수령형상문학'이란 북한 역사에서 절대적 지도자에 해당하는 수령을 주인공으로 형상화한 연작 대하소설에 해당한다. '영원불멸의 위대한 사상'을 창시하고 국가를 운영하는 뇌수로서의 수령은 결코 심리적 갈등이나 비이성적 오류에 빠지지 않는다. 모든 문제를 슬기롭게 헤쳐나가는 만능해결사의 역할을 감당해내야 하기 때문이다. 한치의 동요도 허용하지 않는 전지전능한 사랑과 혁명과 정의의 존재가 바로 '수령'인 것이다. 총서에서 '수령 형상'은 그러한 불굴의 신념을 가진 승리자의 표상이자, 따뜻한 인간미와 헌신성, 동지애적 신심을 표상하는 '위대한 수령'으로 그려진다.

3. 총서 『백두산 기슭』(1978)에 나타난 수령 형상

『백두산기슭』은 1978년판에는 '조선작가동맹중앙위원회 4·15문학창작단'이 창작한 것으로 작품 표지에 나오다가 1989년판(개작본 1)과 1990년판(개작본 2)에는 '현승걸·최학수' 공저로 나오다가 2002년 『개선』의 '편집후기'에 의하면 '최학수'의 세 번째 장편소설이라고 명기되어 있다. 이것은 집체 창작에 의미를 부여하던 방식에서 개인 창작의 노고를 드러내는 방식으로 북한 내부의 문학적 판단이 변화하고 있음을 보여준다. 즉 1980년대 후반 이후 창작 주체의 개별성을 보장하는 쪽으로 창작자에 대한 인식이 변화하고 있는 것이다.20)

---

18) 김정일, 앞의 책, 148-149쪽.
19) 위의 책, 150쪽.
20) 총서에서 개별 작가의 이름이 표명된 것은 1988년 출간된 박유학의 『혈로』부터이다.

구 분	1978년판	1989년판	1990년판	비 고
저 자	조선작가동맹중앙위원회 4·15 문학창작단	현승걸 최학수	현승걸 최학수	
출판사	문예출판사	평양출판사	문예출판사	
발행부수	20만부 발행		2만부 발행	
겉표지	장편소설 불멸의 력사 백두산기슭	총서『불멸의 력사』9 장편소설 백두산기슭	총서『불멸의 력사』9 장편소설 백두산기슭	
본문내용	금성장군님(17쪽)	김일성장군님(16쪽)	김일성장군님(18쪽)	
본문내용	윤칠녀(17쪽)	장철구(16쪽)	장철구(18쪽)	
본문내용	권학식(32쪽)	권학식	리동백(34쪽)	
본문내용	혁명연극 ≪한 자위단원의 운명≫의 대본(224쪽)	혁명연극 ≪한 자위단원의 운명≫의 대본(222쪽)	원고(226쪽)	

『백두산 기슭』 원본과 개작본 1, 개작본 2 사이에는 미세한 차이가 드러난다. 그것을 도표로 비교해보면 위와 같다.

원본과 개작본 사이를 비교해보면, 첫째 저자가 변화한 점, 둘째 표지의 제목이 '장편소설 불멸의 력사'에서 '총서『불멸의 력사』9 장편소설'로 바뀐 점, 셋째 원본의 금성, 윤칠녀, 권학식 등이 작품 바깥의 실제 인물의 본명인 김일성, 장철구, 리동백 등으로 바뀐 점, 넷째로 '혁명연극『한 자위단원의 운명』의 대본'이라는 표현이 '개작본 2'에서는 그냥 단순한 '원고'로 바뀐 점 등의 차이를 확인할 수 있다.

저자의 변화는 집단 창작의 공공성을 강조하는 태도에서 개인 창작 주체의 개성적 책임감을 강화하는 방식으로 인식이 변화했기 때문인 것으로 보인다. 그리고 '9'라는 일련번호가 새겨진 것은 총서 연작이 체제 선전과 계도를 위한 '기획'의 산물임을 증명하는 것으로 판단된다. 즉 남한에서처럼 역사에 대한 창작자 개인의 주관적 판단과 상상적 개입이 중요한 것이 아니라 '수령 김일성'의 우상화라는 일련의 기획 의도하에 제작된 창작물임이 드러난다. 그리고 본명으로 이름을 바꾼 것은 항일무장투쟁을 경험하지 못한 독자들에게 작품 내용의 사실성을 강화하기 위한 조치로 여겨진다. 그리고 '혁명연극『한 자위단원의 운명』의 대본'에서 그냥 '원고'로 바꾼 것은 문맥으로 보자면 '창작 주체 김일성'이 지닌 허구성에 대한 의구심을 해소하기 위해서인 것으로 보인다. 하지만 2000년도판『문학대사전』에 따르면 '혁명연극『한 자위단원의 운명』의 대본'이 여전히 "경애하는 수령 김일성 동지께서 항일혁명투쟁시기에 친히 창작하신 불후의 고전적명작"21)이라고 기술되어 있다. 그렇다면 '원고'라는 표현은 일종의 오기라고 보는 것이 타당하겠다.

　『백두산 기슭』은 1936년 3월부터 1936년 5월 5일 김일성이 조국광복회를 창립하기까지의 과정에서 민생단(1932년 일제가 친일조선인으로 조직한 친일단체) 문제를 해결하고, 조선인민혁명군의 외연을 확대한 이야기를 다루고 있다. 이러한 내용은 실제 역사적 사실과도 부합하는 내용이다.22)『백두산 기슭』의 핵심 서사는 김일성 부대가 남호두회의 이후 백두산 기슭으로 향하면서 민생단 문건을 소각하여 민생단 문제를 해결함과 동시에 조선인민혁명군의 외연을 확대하고, 동강회의에서 조국광복회를 창립함으로써 반일투쟁의 새로운 계기를 마련한 역사적 사실23)을 골격으로 진행된다. '민생단 문건 소각'은 김일성 자신이 민생단 혐의를 받고 대대 정치위원에서 물러났던 경험을 간직하고 있었기 때문에 조선인민혁명군의 외연 확대를 위해 중요한 의미를 내포한다.24) 김일성을 중핵으로 하는 그 주변에는 '민생단으로 몰린 장

---

21) 사회과학원,『문학대사전』4, 사회과학출판사, 2000, 321쪽.

22) 신주백,「김일성의 만주항일유격운동에 대한 연구」, 173-176쪽. 신주백은 김일성이 미혼진 회의와 동강회의, 민생단 혐의자 석방 등을 통해 동만 지방에서 재만한인문제를 담당하는 실질적인 지도자로 부상되었다고 진단한다.

23) 편찬위원회,『항일무장투쟁사』,『항일무장투쟁사』5, 과학백과사전출판사, 2003.

24) 신주백,「1932~36년 시기 간도지역에서 전개된 '반「민생단」투쟁' 연구」,『성대사림』9, 1993.

기령, 윤칠녀(본명 장철구), 리경준과 최선금 부부, 글방 선생 권학식(본명 리동백), 강세호 중대장, 아동단 지도원 한남실, 10여 명의 아동단원들, 리북철 경위중대장, 전령병 주봉길, 사진사 박문필' 등이 자리한다.

『백두산 기슭』은 '인민들 속에 계시는 수령 형상 원칙'에서 "고매한 인민적풍모와 탁월한 령도력을 구체적인 인간관계와 생활을 통해 보여줄 데 대한 원칙"25)을 보여주는 전형적인 작품으로 평가받는다. 그리고 '위대한 인간 형상 창조 원칙'에서 "위대한 인간의 귀감으로서의 수령의 숭고한 풍모와 고매한 덕성을 생활적으로 진실하게 보여"26)준 예로 조국광복회 조직원인 이경준의 희생을 예로 든다. 마지막 순간까지 김일성의 지시를 받아 조국광복회 창립대회에 참석하고자 했던 이경준의 헌신성과 그의 '고귀한 희생'을 가슴에 새기는 김일성의 모습이 감화력 높은 위대한 인간의 모습을 보여준다는 것이다.

이렇듯 수령 형상의 내적 원리를 모범적으로 표출하고 있다고 평가받는 『백두산 기슭』의 구성은 세 가지의 기본 서사가 반민생단 투쟁과 조국광복회 창립이라는 핵심 서사로 이어지는 것으로 그려진다. 즉 첫 번째 서사로 김일성의 사령부를 찾아오는 이경준 등의 민생단 혐의자들의 김일성을 향한 자발적 헌신성이 그려지고, 두 번째 서사로 강세호 중대장이 데려온 지식인 권학식이 김일성에게 감화되는 이야기가 있으며, 세 번째 서사로 근거지 해산 후 10여 명의 아동단원들을 데리고 사령부를 찾아오는 아동단지도원 한남실의 이야기가 있다. 이 세 가지 서사가 각종 전투를 승리로 이끄는 김일성 주력부대의 행군으로 모아지면서 김일성은 민생단 문건을 소각함으로써 무장조직인 조선인민혁명군을 확대하고 반일민족통일전선체인 조국광복회를 창립하게 된다. 이러한 기본 서사의 밑면에는 꼬마전령병 주봉길의 생일상을 마

---

25) 윤기덕, 위의 책, 194쪽.
26) 위의 책, 208쪽.

련해주는 세심함, 미혼진밀영 병원의 열병 환자를 보살펴주는 따뜻한 배려, 강반석 어머니가 준 20원으로 아동단원들의 새옷을 해 입히는 사랑 등이 자리하면서 김일성의 위대한 풍모가 드러난다.

그러나 수령 형상의 본질이나 수령 형상 창조의 원칙은 수령의 전지전능함과 완전무결함을 형상화하는 제약조건이 됨으로써 오히려 수령을 박제화하는 한계를 드러낸다. 김일성은 입체적 내면이 거세된 박제화된 영도자의 형상으로 그려지고 있는 것이다. 한남실과 장기령의 연애담이 형성되는 곳에서도 김일성은 보이지 않는 조종자이자 길을 안내하는 성좌가 되어 둘의 관계를 매개한다.

4. 총서 『압록강』(1983)에 나타난 수령 형상

『압록강』은 1936년 8월 무송현성전투 이후 백두산에 근거지를 창설한 뒤 1937년 6월 국내진공작전을 펼쳐 보천보 전투를 승리하는 부분까지의 역사적 사건을 형상화한 작품이다. 『압록강』의 기본 서사는 세 가지로 요약된다. 첫째로 김일성이 천도교 도정 박인진과 양심적 지주 김정보, 장백현 신흥촌 촌장 리제순 등을 감화시키면서 조국광복회의 외연을 확대한 점을 들 수 있다. 둘째로 강세호, 리동학, 김주현, 곽두섭, 권영벽 등의 대원들의 정신 무장과 전투를 통해 조선인민혁명군 부대의 내실을 강화하고 있다. 셋째로 작식대원인 장철구에 대한 애정, 권영벽의 부친 사망, 곽두섭과 조분옥의 사랑, 조분옥의 사망 등의 내용에서 가족애와 동지애가 깔려 있다. 물론 이 세 가지 서사는 위대한 품경을 지닌 장군 김일성을 매개로 하여 백두산 밀영지의 확보와 보천보 전투의 승리로 모아진다.

전체 10장으로 이루어진 『압록강』의 기본적 개요를 살펴보면 다음과 같다. 1장에서는 1936년 8월 2천여 명의 공산군이 만주의 무송현성을 공격한 뒤, 김일성이 주력부대를 이끌고 백두산밀영후보지로 향하는 모습이 그려진다. 그리고 1936년 9월 30일 추석날(개작본에서는 추석 9일 전) 밤에 첫눈이 쏟아지는 가운데 사령부가 백두산 곰의골에 들어온다. 미리 밀영지를 답사한 선발대 김주현을 치하한(개작본에서는 김일성이 밀영지 선택) 김일성은 밀영지 꾸미는 사업에 대해 역할을 분담한다. 2장에서 김일성은 화전부락 마을 촌장인 리제순을 만나 감화시키고, 3장에서는 그에게 신임장을 전해준다. 4장에서 김일성은 적들의 동기토벌 공세에 맞설 것을 결의하고 전투에서 승리를 거둔다. 5장에서 권영벽이 박달에게 김일성의 친서를 전하고, 김일성은 곽두섭과 조분옥의 결혼을 서두를 것을 명한다. 6장에서 김일성은 김주현이 후방 병원으로 보낸 장철구를 만나 위로하고, 양심적 지주인 김정보는 김일성에게 감화되어 큰절을 올린다. 7장에서 천도교 도정 박인진은 김일성을 만나 감화되고, 동학의 창시자인 최수운 대신사를 만난 것 같은 느낌을 받는다. 8장에서 김일성은 박달을 만나 당에 대한 가르침을 주고, 음력설에 들이닥친 토벌대를 물리치고 3월 초에 무송으로 향한다. 9장에서 최현부대가 5월초부터 보조타격을 개시하자, 김일성은 국내진공을 예정보다 앞당기고자 한다. 10장에서 '대통령감' 리동백의 기록으로 보천보 전투가 기록된다. 6월 4일 밤 김일성의 공격신호로 보천보 전투가 시작되고, 김일성은 승리를 이끈 뒤 단오날이자 일요일인 1937년 6월 13일 백두산 밀영으로 돌아와 경축대회를 갖는다.

　『압록강』은 원본과 개작본(1992) 사이의 차이가 두드러지는 작품이다. 그 구체적 내용을 도표로 확인하면 아래와 같다.

　원본과 개작본의 시간적 차이가 9년인 만큼 수정된 내용도 다른 총서에 비해 상당히 많다. 우선 원문에 없던 내용이 추가된 ①, ②의 경우는 작품의 부실한 서사성을 확충하기 위한 노력으로 여겨진다. 무송현성전투 이후 별다른 준비 없이 '남호두 회의'의 결정을 따라 백두산으로 향한 것으로 느껴질 수도 있고, 적들과의 대치 없이 압록강을 건너는 것으로 그려진다면 조선인민혁명군의 험로를 독자들이 안이하게

구 분	1983년판	1992년판	비 고
제 목	총서 『불멸의 력사』 중 장편소설 압록강	총서 『불멸의 력사』 10 장편소설 압록강	
저 자	4 · 15문학창작단	최학수	
출판사	문예출판사	문학예술종합출판사	
본문내용	×	지난 몇 달 간의 면밀한 준비 후 백두산 행군 출발(15-16쪽)	①
본문내용	×	33-34쪽 추가(적들을 답새기며 압록강을 건너는 내용)	②
본문내용	추석날이였던 9월 30일(37쪽) 폭설	추석날을 아흐레나 앞두고 있던 9월 21일(41쪽) 폭설	③
본문내용	귀틀집(37쪽)	천막(42쪽)	④
본문내용	햇눈덮인 천리수해우로 둥실 아침 해가 솟구쳐오른다. 장쾌한 백두산 해돋이가 시작되였다.(45쪽)	햇눈 덮인 장수봉(오늘날의 정일봉) 마루가 불현듯 금백색빛을 뿌린다. 해돋이바위우로 장쾌한 아침 해가 솟기 시작한 것이다.(50쪽)	⑤
본문내용	밀영지 선택을 묘사하는 부분이 산만함(45-54쪽)	김일성의 중심적 역할 강조한 묘사로 확대(50-62쪽)	⑥
본문내용	적진으로 나가 타격하고 사흘만에 돌아왔다는 내용만 간략히 기술(96-97쪽)	백두산정 대탁온천에 세상을 등지고 사는 노인을 김일성이 감화해서 대탁밀영의 연락소책임자로 만듦(104-105쪽) 추석날(9. 30) 밀영으로 돌아온 김일성, 10월 4일 이도강 적들을 타격하고 돌아옴.(106-107쪽) 사령부 귀틀집 묘사 확대	⑦
본문내용	리동학의 〈보따지〉 별명 유래와 성격 묘사(102-103쪽)	삭제(리동학의 대사 간소화)	⑧
본문내용	리제순과 박달의 만남(121-128쪽)	김일성을 만난 리제순의 대화 묘사 부분 소략화(128-135쪽)	⑨

낭만화할 수도 있기 때문에 작가가 수정한 것으로 판단된다.

　③의 경우는 특이한데, 같은 작가의 『개선』(2002)에서는 개작본(1992)이 아니라 원본(1983)의 내용처럼 9월 30일 추석날 밤으로 회상하는

부분이 드러나기 때문이다.[27] 이러한 날짜의 착오 혹은 혼동은 표면적으로 보면 총서가 지닌 역사적 사실의 신뢰성을 현저히 떨어뜨리는 요소라고 할 수 있다. 하지만 오히려 총서가 장편소설로 가공된 역사물이기에 역사적 문맥으로만 받아들여서는 안된다는 것을 반증하는 것으로 해석할 수도 있다. ④의 경우는 귀틀집을 하루만에 세울 수는 없으니 작품의 개연성을 위해 고친 것으로 보이며, ⑤의 경우는 김정일의 이미지를 투사하기 위해 삽입된 부분으로 보인다.

⑥은 원본에서 김주현이 보고하는 밀영지 선택의 산만함을 제거하고 개작본에서 김일성의 탁월한 예지력을 강조하는 내용으로 수정한 부분이다. ⑦은 전투의 구체성과 문학적 긴장감을 살리기 위해 새로이 삽입한 것으로 보이며, ⑧, ⑨는 장황한 묘사 부분을 간소화한 부분이다. 이외에도 부분적으로 추가되거나 삭제된 부분이 많은데, 그것은 대체로 '보천보 전투'의 승리를 향한 서사적 개연성이 미흡하다고 '4·15 문학창작단'과 작가가 판단했기에 가능한 개작으로 판단된다.

『압록강』은 일대기나 전기식 구성을 배제한 채 '보천보전투'를 중심으로 '독창적인 구성형식'으로 창작된 대표적인 작품이며, 천도교 도정 박인진이 공산주의를 적대시하다가 김일성에게 감화되는 부분에서 '철학적 깊이'를 보장한 작품으로 평가받는다.[28] 그러나 이 작품의 종자가 '보천보 전투'임에도 불구하고 작품 말미에 소략적으로 개요만 정리될 뿐 대결이 지닌 긴장감은 드러나지 않는 작품의 한계가 엿보인다. 그것은 수령의 주도면밀함으로 백전백승하는 승리자 중심의 기록이라는 '총서 기획'이 동요하는 계층이나 적대세력과의 대립과 갈등이라는

---

27) 최학수, 『개선』, 문학예술출판사, 2002, 132쪽.

28) "천도교 도정 박인진이 공산주의를 적대시하다가 위대한 수령님의 독창적인 반일민족통일전선방침과 한없는 도량에 감복하여 마침내 경애하는 수령님을 높이 우러러모시고 진심으로 흠모하게 되는 생활화폭은 수령형상작품에서 력사적사실에 기초하여 작품의 종자를 꽃피울수 있는 생활을 탐구하고 묘사하는 것이 작품의 철학적깊이를 보장하며 수령의 위대성을 빛나게 형상하는데서 얼마나 큰 역할을 하는가 하는 것을 잘 보여준다."(윤기덕, 앞의 책, 246쪽)

긴장감을 제거하고 있기 때문이라고 할 수 있다.

5. 총서 『개선』(2002)에 나타난 수령 형상

　『개선』은 '총서' 해방 후편의 첫 편에 해당한다. 1945년 8월 15일부터 10월 14일 김일성장군 환영 평양시민중대회까지의 일정이 기록된다. 이 작품은 "해방 후 위대한 수령님을 형상하는데 바쳐진 첫 단편소설로서 문학사적 의의"[29]를 평가받는 한설야의 「개선」(1948)과의 거리를 검토할 필요성이 있다. 하지만 한설야의 작품은 단편소설이며 '1945년 10월 14일 평양시 군중대회' 자체를 형상화하고 있다는 점[30]에서 총서의 창작 의도와는 다소 거리가 있다.

　『개선』은 크게 세 가지 서사로 요약된다. 첫째로 조선인민혁명군 사령부의 귀국과 그 활동이 전개되고, 둘째로 곽두섭과 소원정의 연애, 리병훈 외과원장과 하루꼬의 사랑 등이 소개되고, 셋째로 해방 정국의 조선 현실과 원산과 평양에서의 조선공산당 운동이 다루어진다. 이 세 가지 서사를 장악하는 핵심은 김일성이며, '개선 장군'의 이미지는 북조선공산당중앙조직위원회 결성과 평양시 민중대회 개최라는 행사로 집약되어 표출된다.

　1장에서 '광복'의 소식은 조선에 부재하는 김일성 대신 김일성의 숙부인 김형록이 가네야마 순사와 마주치는 장면에서부터 기록된다. 2장에서 광복날 아침 쏘련의 하바롭스크 비행장으로 향하던 김일성은 쏘련원동군 총사령관으로부터 광복을 축하한다는 전보를 받고 훈련기지로 되돌아간다. 8월 16일 조선인민혁명군 전체 장병에게 자유시간을 준 김일성은 새로운 국가 건설을 위해 이제 정치투쟁이 개시되었다고

---

29) 사회과학원, 『문학대사전』 1, 사회과학출판사, 2000, 280쪽.
30) 강진호, 『그들의 문학과 생애, 한설야』, 한길사, 2008.

이야기한다. 3장에서 김일성이 부재하는 조선에서 조선총독부 일본인들이 조선인 사이의 이간질을 위해 분주한 활동을 하던 8월 14~15일의 풍경을 요약하고, 평남도당 책임비서인 현준혁이 서대문형무소에 갇혀 있는 박달을 만나러 경성으로 향한다. 4장에서는 조선인민혁명군 장병들의 귀국준비사업과 9월 18일 귀국함선에 오른 김일성이 소리 소문없이 입국하면서, 사령부 정치위원 김영환으로 신분을 위장할 것임을 강조한다.

5장에서 9월 19일 원산으로 귀국한 김일성은 민덕원과 현준혁의 암살 소식을 접하고, 이튿날 음력 8월 15일(9월 20일)이 되자 1936년 9월 30일 첫눈 내리던 추석날 밤에 백두산밀영에 도착했던 기억을 떠올린다. 하지만 이 내용은 4장에서 살펴보았듯 '『압록강』 1992년판'의 내용과 다르다. 이것은 기억을 재가공하는 '총서'의 특성과 관련 있는 것으로 여겨진다. 김일성은 원산공산당부를 조직한 리주하에게 박헌영을 9월말이나 10월 초에 평양에서 만나고 싶다는 말을 전하면서 북한에서의 주도권을 장악해간다. 6장에서 김일성은 9월 22일 열시 경 평양역에 도착하여, 평남공산당위원회 책임비서 김용범으로부터 해방 이후의 상황을 보고받는다. 7장에서 김일성은 20년만에 대동강숭어국을 맛보고, 곽두섭으로부터 리병훈외과전문병원이 '김영을내과병원'으로 바뀐 사연을 듣자 그 진위 확인을 지시한다. 8장에서 평양역에 내린 뒤부터 35시간 반 동안 눈도 붙여보지 못한 김일성은 리병훈 의사의 일이 나쁜놈들의 협잡놀음이라면서 불순이색집단의 정체를 밝혀내야 한다고 강조한다.

9장에서 김일성은 태평양호텔 3층에서 만난 조만식에게 조국광복회 창립선언문과 10대 강령을 보여준다. 10장에서 김일성은 리순금 등의 박헌영 특사 일행을 만나면서 공산주의운동의 중심지가 평양임을 강조한다. 11장에서 림춘추는 『선봉』의 창간호를 10월 1일에 낼 것을 결의하고, 리병훈은 사령부에 2천 원을 군자금으로 써달라고 기부하며, 김책은 당자금과 군자금으로 250만 원을 마련하고, 곽두섭은 박달을 평양으로 데려온다. 12장에서 김일성은 10월 5일 평양숭실학교 교장실에서 창당준비위원회 예비회의를 갖고, 10월 10일 창당대회를 개최하여 북조선공산당중앙조직위원회를 결성한다. 그리고 10월 14일 오전 10시 평양 모란봉공설운동장에서 김일성장군 환영 평양시민중대회가 개최된다.

『개선』은 김일성이 북조선에서 어떻게 제1인자로 나서게 되는지를 형상화한 총서 해방 후편의 첫 번째 권에 해당한다. 이 작품은 김일성이 부재하는 공간을 어떻게 서사화할 수 있는가를 보여준 소설에 해당한다. 즉 1장에서는 김일성의 숙부인 김형록과 그 주변 가계 인물들을 내세워 부재하는 김일성의 역할을 대신할 수 있도록 구성하고 있으며, 3장에서는 김일성의 비밀지하조직원을 내세워 김일성이 부재하는 공간에서도 김일성의 투쟁목표와 실천의지가 외화될 수 있음을 보여준다. '수령'은 공간적 실재성 여부와 선형적 시간성을 초월한 존재로 그려지고 있는 것이다.

6. 장편소설 『평양시간』(1976)에 나타난 수령 형상

『평양시간』은 최학수의 두 번째 장편소설[31]이지만, 최학수를 '4·15문학창작단'으로 끌어올린 그의 대표작에 해당한다. 최길상[32]에 의하면 '1969년 12월 당중앙위원회 제4기 제20차전원회의 확대회의'에서 "평양시 보통벌이 건설된것만 가지고도 얼마든지 좋은 작품을 쓸수 있다"고 이야기한 김일성의 교시와 "『평양시간』을 높은 사상예술적수준에서 창작완성하도록 명확한 리론실천적방도를 제시"한 김정일의 지

---

31) 그의 첫 장편소설은 "전략적인 일시적후퇴시기에 군민이 협동하여 유격투쟁을 진행한 사실을 그려낸" 『그들은 함께 싸웠다』이다(편집부, 『개선』, 문학예술출판사, 2002, 602쪽).
32) 최길상, 『주체문학의 새 경지』, 문예출판사, 1999, 91-92쪽.

도가 이 작품의 탄생 배경이 된다. 특히 『평양시간』이 김일성이 정해 준 "주체조선의 새로운 속도, '평양시간'이라는 사상적알맹이를 심고 형상으로 꽃피움으로써" 김일성의 "주체적인 건설사상과 현명한 령도, 크나큰 사랑과 배려를 감동깊이 보여주었으며 수령님께 충직한 우리 로동계급과 기술자들의 영웅적위훈을 폭넓은 생활화폭"에 담았다고 기록된다. 그리하여 "우리 인민의 신념과 의지, 지향을 예술적으로 일 반화한 작품으로서 당의 령도밑에 찬란히 꽃펴나고 있는 우리 소설문 학의 기념비적작품"이라고 평가한다. 결국 김일성의 교시와 김정일의 창작 지도 속에 『평양시간』이 '기념비적 소설'로 탄생할 수 있었다는 것이다.

남한에서는 『평양시간』에 대해 '구성의 공식성, 김일성 우상화, 과 도한 작품의 목적성' 등의 한계를 노출한다는 식의 비판적 평가[33], 투 철한 사상성으로 사회주의 건설의 기적을 이룩한다는 내용의 천리마 기수를 형상화한 작품이라는 소략적 평가,[34] "지식인 문제를 다룬 대 표적인 장편"으로 '제대군인 이상철, 당 책임자 탁준범, 건축설계사 문 화린' 등의 주인공이 수령을 중심으로 결합하면서 인텔리와 노동계급 의 전형적인 결합 방식을 보여준다는 평가,[35] 서사적 한계로 '김일성 의 과다한 현지 지도, 집체론적 협동의 미화, 조립식 아파트 공정 단축 만의 미화, 이상철과 안오월간의 사랑의 후일담 부재' 등을 지적한 평 가[36] 등이 있다.

『평양시간』에서 '수령'은 모든 인물들의 개인적·심리적·사회적 고 민과 갈등을 해소해주는 중핵으로 작동한다. 특히 사회주의 건설자로 돌아온 8만여 명의 제대군인들은 수령의 교시와 당의 지침을 몸소 실

---

33) 이명재 편, 『북한문학사전』, 국학자료원, 1995, 1086쪽.
34) 손화숙, 「공산주의적 교양과 긍정적 인물의 변모양상」, 『남북한 현대문학사』, 최동호 편, 나남출판, 1995, 341쪽.
35) 신형기, 『북한소설의 이해』, 실천문학사, 1996, 162-166쪽.
36) 박태상, 「북한소설 『평양시간』 연구」, 『북한문학의 동향』, 깊은샘, 2002, 287-320쪽.

현해내려는 혁명과 건설의 전위부대가 된다. '수령'은 그들과 더불어, 적대적 인물을 제외한 대부분의 작품 속 인물들에게 '사회적 초자아'처럼 권위와 양심, 법과 규범, 윤리와 도덕, 정의와 믿음의 표상으로 존재하기 때문이다.

작품의 주인공인 '리상철'에게도 '수령'은 심리적 동요가 있을 때마다 새로운 각오를 다지게 하는 '위대하고 현명한 지도자'로 인식된다. 1957년 8만 명의 제대 병사들 중 한 사람이 되어 돌아온 상철은 김일성의 '10월 전원회의 정신(건설방법을 조립식으로 전환하자)'을 듣고, 1946년 봄날 친구 종한(오월의 오빠, 한국전쟁 시기 사망)과 함께 김일성을 만났던 기억을 떠올리며 '수도 건설자'가 되고 싶어하던 종한이의 '숭고한 이념과 현실적 지향'을 이어갈 것을 다짐한다. '수령'은 상철뿐만 아니라 다른 작중 인물들에게 이념적 좌표와 현실적 우상으로 내면화되어 새로운 사회 건설의 '정신적 표상'이자 '생활적 사표'로 인식되고 있는 것이다.

상철의 '매부'이자 도시계획설계 실장인 건축가 '문화린'은 수령의 신실한 믿음에 의해 부르주아적 미학관에 빠져 있던 자신의 잘못을 깨닫고 교화되는 인물로 그려진다. 그는 처음에 서구 부르주아의 건축 사상과 자기 만족에 빠져서 수령님의 교시를 위반하였다는 자책감에 시달린다. 죄의식에 사로잡힌 문화린을 보며 아내 이상금은 남편의 고통을 '죄'로 추인하는 데다가 남편을 원망하면서 급기야 흐느껴 울기까지 한다. 상금의 모습은 '수령'의 교시에 대한 무조건적 수용과 헌신적 실천이 모든 개인과 사회적 윤리에 앞서는 절대 명제임을 보여준다.

현지지도를 나선 김일성은 설계나 시공의 문제가 아니라 '반혁명분자들과 반동분자들의 작간'이 건설을 방해하고 있음을 지적한다. 김일성에게 사회주의 혁명과 건설의 과정에서의 모든 투쟁은 반대의 목소리를 제거하면서 진행되는 전투이자 전쟁의 일환으로 비유될 수밖에 없는 절체절명의 중요한 순간들로 인식된다. 결국 김일성은 남의 기준이나 다른 나라의 시간이 아니라 '우리 식 기준'과 '우리의 시간'을 강조하며 주체형의 '평양 시간'을 기준으로 건설과 혁명에 나서야 함을 강조한다. 이러한 김일성의 담화는 다른 나라 사람들보다 빠른 시간 안에 혁명과 건설을 진척시키는 '평양 시간'을 창조하게 하는 원동력이 된다. 그리하여 사회주의 혁명과 건설에서의 '천리마 정신'과 '속도 제일주의'를 강조하게 된다.

이렇듯 『평양시간』에서의 살펴본 '수령 형상'은 북한사회에서 '수령'이 초자아적 존재로 내면화되어 있음을 보여준다. 북한 인민들에게 법과 질서, 도덕과 규범보다 앞선 양심적 표상이자 희생과 헌신의 기표로 작동하는 '수령'은 개인들에게 상상계적 동일시[37)의 우상으로 형상화되고 있는 것이다.

하지만 이상철과 안오월의 연애담에서 드러나는 독백과 감정의 진폭은 독자에게 결말에 대한 궁금증을 유도하면서 서사적 추동력과 흡입력으로 작동한다. 특히 이 둘의 연애담은 지배 담론이 강제하는 사회윤리적 관점에서 벗어나 개인의 내면을 주목하면서 동요하는 사적 충동을 형상화함으로써 개성적 인물의 리얼리티를 확보하는 장치가 된다. 감정적 대응보다 이성적 판단과 윤리적 결심을 앞세우며 개인의 양심이 수령과 당의 방침을 향해 있어야 하는 사회에서 이 둘의 연애담은 북한 사회의 내면을 들여다보는 하나의 방법적 우회로에 해당한다.[38)

7. 결론

최학수의 소설에서 나타난 수령 형상은 입체성이 부족하다는 점에

---

37) 아니카 르메르, 이미선 역, 『자크 라캉』, 문예출판사, 1994, 104-106쪽.
38) 오태호, 「『평양시간』에 나타난 '수령 형상'과 '연애담' 연구」, 『현대소설연구』 36집, 2007. 12, 이 장은 본인의 이 논문의 내용을 축약한 내용이다.

서는 유사해보인다. 그것은 '수령형상문학'의 창작 원리를 그대로 받아들여 작품을 창작했기 때문으로 보인다. 『백두산 기슭』에서의 수령 형상은 동요하는 내면이 거세된 무오류의 영도자로 그려진다. 그리고 개작본 『압록강』(1992)에서의 수령 형상은 김일성의 영웅적 투쟁과 영도력을 강조하는 방향으로 윤색된다. 『개선』에서의 수령 형상은 김일성의 '개선 장군'으로서의 이미지와 조선공산당의 제1인자로 부각되는 내용을 그리고 있다. 『평양시간』에서의 수령 형상은 모든 등장인물들의 고민과 갈등과 문제의식을 해소해주는 이상적 자아의 모습으로 그려진다. 총서에서 수령을 둘러싼 주변 인물들이 적절한 내면을 소유하지 못한 것으로 그려져 있다면, 『평양시간』의 인물들은 끊임없이 자기 자신을 들여다보고 회의하는 반성적 개인의 모습을 띠고 있다는 점에서 주목을 요한다.

4·15 문학창작단 작가로서 총서 세 편을 창작한 최학수와 『평양시간』의 최학수는 유사하면서도 달라 보인다. 그것은 수령형상의 원칙 속에 수령의 일대기라는 역사적 사실을 소설로 형상화하는 총서들과 작가의 자전적 체험이 담겨 있는 '평양 속도'의 형상화라는 차이에서 비롯된 것으로 보인다. 즉 수령형상문학의 강제하는 원칙을 넘어서지 못하는 한계와 더불어 작가적 체험이 지닌 간접성과 직접성의 차이가 미적 형상화의 차이를 가져오는 것으로 판단된다. '불멸의 신화적 존재'가 지나온 역사적 장면을 상상력으로 재구성하는 것과 개인적 체험을 미적으로 재구성하는 것에서 상상적 금기가 존재하고 있다는 것이 최학수의 총서와 장편소설을 통해 확인한 결론이다.

북한의 총서를 읽으면서 역사적 사실에 작가의 상상적 개입이 두드러진 남한의 역사소설, 박경리의 『토지』나 황석영의 『장길산』, 조정래의 『태백산맥』 등의 장면을 기대하기는 어려워 보인다. 창작자의 상상력을 억압하는 객관적 역사의 장면이 신화와 수령의 이름으로 거대하게 가로막고 서 있기 때문이다. 그렇다면 과연 창작자는 무엇을 할 수 있을까? 4·15 문학창작단의 고민은 바로 거기에 있을 것으로 보인다.

어렵겠지만 수령형상문학의 원칙을 과감하게 일탈할 수 있는 문학적 자유, 그것이 아마도 총서의 여백을 살릴 수 있을 것으로 보인다.

주제어 : 북한문학, 북한소설, 최학수, 수령 형상, 총서, 불멸의 역사, 『평양시간』, 『백두산기슭』, 『압록강』, 『개선』, 김일성, 수령, 수령형상문학

◆ 참고문헌

1. 기본자료

최학수,『평양시간』, 문예출판사, 1976.

──,『백두산기슭』, 문예출판사, 1978.

──,『백두산기슭』(개작본 1), 문예출판사, 1989.

──,『백두산기슭』(개작본2), 문예출판사, 1990.

──,『압록강』, 문예출판사, 1983.

──,『압록강』(개작본), 문예출판사, 1992.

──,『개선』, 문학예술출판사, 2002.

2. 연구논저

강의근,「장편소설「평양시간」의 지배인과 나」,『조선문학』, 1978년 3월호.

강진호,『그들의 문학과 생애, 한설야』, 한길사, 2008.

게오르그 루카치, 이영욱 역,『역사소설론』, 거름, 1987.

김명익,「주체적건설력사에 바쳐진 빛나는 화폭」,『조선문학』, 1978년 3월호.

김재용,『북한 문학의 역사적 이해』, 문학과지성사, 1994.

김정일,『주체문학론』, 조선로동당출판사, 1992.

김창락,「또 한번「평양속도」의 주인이 되고싶다」,『조선문학』, 1978년 3월호.

김흥섭,「생활의 생동한 화폭」,『조선문학』, 1978년 6월호.

류 승,「위대한 수령님의 현명한 령도밑에 평양건설에서 일어난 새로운 전변에
      대한 생동한 예술적 형상: 장편소설「평양시간」에 대하여」,『조선문학』,
      1978년 3월호.

박태상,『북한문학의 동향』, 깊은샘, 2002.

사회과학원,『문학대사전』1~5, 사회과학출판사, 2000.

선우상열,『광복 후 북한현대문학 연구』, 역락, 2002.

손화숙,「공산주의적 교양과 긍정적 인물의 변모양상」,『남북한 현대문학사』, 최
      동호 편, 나남출판, 1995.

신형기,『북한소설의 이해』, 실천문학사, 1996.

신형기·오성호,『북한문학사』, 평민사, 2000.

아니카 르메르, 이미선 역,『자크 라캉』, 문예출판사, 1994.

오태호,「『평양시간』에 나타난 '수령 형상'과 '연애담' 연구」,『현대소설연구』36

집, 한국현대소설학회, 2007. 12.
윤기덕, 『수령형상문학』, 문예출판사, 1991.
이명재 편, 『북한문학사전』, 국학자료원, 1995.
임영태, 『북한 50년사』 1, 들녘, 1999.
장효흡, 「특색있는 언어표현 「평양시간」을 읽고」, 『조선문학』, 1978년 6월호
정연진, 「주체형의 참신한 새 인간의 형상—장편소설 「평양시간」을 읽고」, 『조선
　　　문학』, 1978년 4월호.
정창현, 『인물로 본 북한현대사』, 민연, 2002.
천재규, 『조선문학사』 14, 사회과학출판사, 1996.
최길상, 『주체문학의 새 경지』, 문예출판사, 1999.
최학수, 「「평양시간」을 쓰던 때를 더듬으며」, 『조선문학』, 1980년 7월호.
──── , 「영생하는 작가의 초상」, 『조선문학』, 2003년 5월호.
한응빈, 「독자와 소설의 주인공」, 『조선문학』, 1978년 3월호.

◆ **국문초록**

최학수는 '천리마운동'의 대표적 형상인 '평양 속도'를 매개로 하여 장편소설 『평양시간』(1976)을 창작함으로써 북한에서 문명을 널리 알린 작가이다. 이후 '4·15 문학창작단' 소속 작가가 되어 '주체문학의 본보기'로 거명되는 '총서『불멸의 력사』(이하 '총서'로 약칭)'를 창작하게 된다. 그리하여 김일성의 일대기를 역사적 사건 중심으로 형상화하고 있는 '총서'에서 1936년 5월 '조국광복회 창립'을 다룬 『백두산 기슭』(1978)과 1937년 6월 '보천보 전투'를 형상화한 『압록강』(1983)을 창작하였고, 해방 직후 김일성의 귀국을 다룬 『개선』(2002)을 출간한다.

북한문학을 대표하는 최학수의 소설들에서 나타난 수령 형상은 입체성이 부족하다는 점에서는 유사해보인다. 그것은 '수령형상문학'의 창작 원리를 그대로 받아들여 작품을 창작했기 때문으로 보인다. 『백두산 기슭』에서의 수령 형상은 동요하는 내면이 거세된 무오류의 영도자로 그려진다. 그리고 개작본 『압록강』(1992)에서의 수령 형상은 김일성의 영웅적 투쟁과 영도력을 강조하는 방향으로 윤색된다. 『개선』에서의 수령 형상은 김일성의 '개선 장군'으로서의 이미지와 조선공산당의 제1인자로 부각되는 내용을 그리고 있다. 『평양시간』에서의 수령 형상은 모든 등장인물들의 고민과 갈등과 문제의식을 해소해주는 이상적 자아의 모습으로 그려진다. 총서에서 수령을 둘러싼 주변 인물들이 적절한 내면을 소유하지 못한 것으로 그려져 있다면, 『평양시간』의 인물들은 끊임없이 자기자신을 들여다보고 회의하는 반성적 개인의 모습을 띠고 있다는 점에서 주목을 요한다.

북한의 총서를 읽으면서 역사적 사실에 작가의 상상적 개입이 두드러진 남한의 역사소설, 박경리의 『토지』나 황석영의 『장길산』, 조정래의 『태백산맥』 등의 장면을 기대하기는 어려워 보인다. 창작자의 상상력을 억압하는 객관적 역사의 장면이 신화와 수령의 이름으로 거대하게 가로막고 서 있기 때문이다. 어렵겠지만 수령형상문학의 원칙을 과감하게 일탈할 수 있는 문학적 자유, 그것이 아마도 총서의 여백을 살릴 수 있을 것으로 보인다.

◆ SUMMARY

A Study of 'Forming the Leader' on the Choi Hak-su's Novel

Oh, Tae-Ho

'Choi Hak-su' is a writer who is well known in North Korea by his novel ⟨The Time of Pyengyang⟩(1976), the novel about 'speed of Pyengyang' that is a symbolic phenomenon of 'Chunrima movement'. After this novel, he joined '4 · 15 wirter's group' and participated the 'Selection Books ⟨History of Immortality⟩'(for short, 'Selection Books') that are referred as the model of 'Juche ideological literature'. From the 'Selection Books' that are about historical events in Kim Il-sung's chronology, Choi Hak-su wrote ⟨The Foot of Mountain Baekdu⟩(1978) that is about 'the foundation of Korean independent organization' in the May of 1936, ⟨Abrok River⟩(1983) that is about 'Bochunbo Battle' in the June of 1937, and published ⟨Triumphal Return⟩(2002) that is about Kim Il-sung's return to Korea right after the Korean Independency.

The common aspect of those novels of Choi Hak-su is the rack of solidity in the process of 'Forming the Leader(Kim Il-sung)'. It is because that he strictly followed the principles of 'Forming the Leader in literature'. In his novel ⟨The Foot of Mountain Baekdu⟩, the Leader was created as the man without fault or inner conflict. In the revision book of ⟨Abrok River⟩(1992), he recreated Kim Il-sung as the leader of heroic battle with great leadership. In ⟨Triumphal Return⟩, Choi Hak-su showed how Kim Il-sung became the chairman of 'The Korean Communist Party' with the image of 'triumph champion'. In ⟨The Time of Pyengyang⟩, he made Kim Il-sung as an ideal leader who could solve all problems and rejoin all characters.

It is difficult to expect South Korean historic novels when you read North Korean 'Selection Books'. The myth of great Leader, Kim Il-sung's shadow oppress writer's imagination in the name of real history. What can North Korean writers do for it? The agony of '4 · 15 wirter's group' lies here. The answer would be the literary freedom that could break the principles of 'Forming the Leader in literature', even it looks difficult.

Keyword : North Korean literature, North Korean novel, Choi Hak-su, Selection Books, Forming the Leader, 〈History of Immortality〉, 〈The Time of Pyengyang〉, 〈The Foot of Mountain Baekdu〉, 〈Abrok River〉, 〈Triumphal Return〉, Kim Il-sung, the Leader, Forming the Leader in literature

─이 논문은 2008년 7월 31일에 접수되어, 2008년 8월 8일에서 2008년 8월 20일 사이에 이루어진 소정의 심사를 거쳐 2008년 8월 21일 편집회의에서 1차로 게재가 결정되고 2008년 10월 1일에 최종적으로 게재가 확정되었음.

하이퍼링크 DB를 이용한 메타텍스트 연구 방법

김 원 경*

목 차

1. 서론

하나의 언어 단위를 이루는 구조와 내용이 텍스트 구성의 성립 요건들을 만족할 때, 이 단위는 '텍스트'로 규정된다. 언어 표현의 특정 집합을 독립된 텍스트로 간주하게 하는 성립 요건을 명시적으로 밝히는 것은 텍스트 연구의 주요 과제 중 하나이다. '텍스트를 텍스트 되게 하는 특성'은 언어 자료체 내에서 바로 관찰 가능한 외현적인 지표를 통해서도 분석할 수 있으며, 자료체의 기저를 관통하는 내적 구성 원리에 의하여 명세화하는 것도 가능하다.

언어 자료체를 기반으로 자료가 지니는 계량적 특성을 연구하는 자

---

* 수원대 강사.

료체 중심의 연구는 텍스트의 운용 원리를 규명하는 텍스트 연구에도 유용한 방법론을 제공한다. 이에 더해 대용량의 텍스트나 복잡한 구성으로 이루어진 텍스트의 연구에는 구조적으로 설계된 데이터베이스(이하 'DB'로 약칭)를 활용하는 것이 효율적이다. DB, 특히 텍스트의 정보 전체가 구조적으로 연결되어 있는 하이퍼링크 DB를 이용하는 논의 방식에서는 텍스트의 세부 정보 파악과 함께 이 정보들의 축적을 통한 매크로 지식의 획득이 용이하기 때문이다.

'총서「불멸의 력사」(이하 '총서'로 약칭)'와 같이 명확하고 일관된 목적에 의해 기획되었으며 전체 자료체가 일정 분량 이상의 내용으로 구성되어 있는 텍스트의 분석에서는 계량적인 방식의 연구가 더욱 유용한 정보를 제공할 수 있다. '총서'는 각각의 개별적인 이야기가 독립된 텍스트를 구성하며, 동시에 33권 전체가 서로 유기적인 관련성을 맺고 있다. 이러한 관련성에 주목하면, '총서' 전체 단위가 다시 하나의 새로운 텍스트, 즉 '메타텍스트'를 구성하는 것으로도 볼 수 있다. '총서'를 메타텍스트로 논의하기 위해서는 이들 텍스트 전반에 내재하는 텍스트성을 규명하는 과정이 필요하며, 이는 '총서' 내용 전체의 정보를 유기적으로 관찰함으로써 이루어질 수 있다.

이 논의에서는 메타텍스트와 하이퍼텍스트의 개념을 간단히 서술하고, '총서' 연구를 위한 하이퍼링크 DB의 구성과 특성을 제시하겠다. 그리고 하이퍼링크 DB 정보를 이용하여 '총서' 전체를 하나의 메타텍스트로 파악하게 하는 계량적 분석 방식에 대해 서술할 것이다. 이는 계량적 접근 방식이 메타텍스트 연구를 지원하는 주요 기제로 이용될 수 있음을 보여주는 논의이다.

2. 메타텍스트의 개념과 특성

'텍스트(text)'는 언어학이나 문학을 포함한 인문학 분야에서 두루 사용하는 용어로, 단순히 특정 언어 자료체 자체를 지칭하는 용법에서부터 엄밀한 기준에 부합하는 언어 단위체를 언급하는 용법에 이르기까지 그 정의나 지시의 범위 또한 다양하다. 텍스트는 일반적으로 '문장이나 담화보다 크며 텍스트성을 지니는 언어 단위'로 규정할 수 있으며, 텍스트성은 '단일 텍스트의 기저에 존재하며 텍스트를 텍스트 되게 하는 특성'을 의미한다. Beaugrande & Dressler(1981)에서는 텍스트가 지니는 특성으로 '통일성, 응집성, 의도성, 용인성, 상황성, 상호텍스트성, 정보성' 등을 언급하였다.[1]

Beaugrande & Dressler(1981)의 텍스트성을 기본으로 하여 텍스트의 세부적인 특성에 대한 다양한 연구가 이루어지고 있는데, 논의가 진행됨에 따라 텍스트가 지니는 여러 가지 특성 중 '통일성(coherence)'과 '응집성(cohesion)'이 차지하는 비중이 점점 커지는 양상을 보인다. 이는 통일성과 응집성이 텍스트가 지니는 내적 특성과 외적 특성들을 가장 대표적으로 보여주는 기제로 받아들여지고 있음을 의미한다. 이러한 흐름을 따르면 통일성과 응집성을 명시적으로 기술하는 일은 텍스트의 전반적인 특성을 규명하는 논의에서 가장 핵심적인 부분을 구성하게 된다.[2]

---

1) Beaugrande & Dressler(1981) 이후의 논의에서 텍스트성의 '술어-번역어' 대응쌍은 매우 다양한 양상으로 관찰된다. 특히 '응집성'이라는 동일 번역어는 논의에 따라 'coherence'를 지시하기도 하고 'cohesion'에 대응하기도 하며, 결속성이라는 번역어는 'cohesion'을 의미하거나 혹은 'bindingness'를 지시하기도 한다. 번역어가 논의에 따라 차이를 지니는 것은 자연스러운 일이지만, 텍스트 언어학에서 가장 핵심적인 술어라 할 수 있는 용어와 번역어의 복잡한 대응 양상은 개념의 지시에 혼란을 가져올 수 있으므로 심도 있는 논의가 필요하겠다. 이 연구에서는 제7차 교육과정에서 정한 술어를 따라 coherence를 '통일성'으로 cohesion을 '응집성'으로 지칭할 것이다.

2) 통일성이나 응집성 이외의 개념들도 텍스트의 특성을 규명하는 과정에 유용한 정보를 제공하지만, 여러 특성 중에서도 이 두 개념이 각각 의미 내용과 형식의 측면에서 텍스트의 특성을 대표적으로 지시하는 용어라 할 수 있다. 여기에서는 이러한 이유로 여러 가지의 텍스트성을 함께 서술하기 보다는 이 두 개념에 집중하여, 그 외연을 넓히고 세부 내용을 살피고자 하였다. 이 논의에서 다루지 않은 여타의 텍스트성에 대해서도 추가적인 논의가 필요하리라 여겨진다. 다양한 텍스트성의 적용 가능성에 대

이 중 통일성은 '이론이나 문체의 일관성'을 의미하며, '텍스트 내에 포함되어 있는 내용들 간의 의미적인 연결 관계'와 관련된다. 이와 비교하여 응집성은 '조직이나 물체의 결속력'을 의미하며, '텍스트 내에 포함되어 있는 요소들 간의 표면적인 연결 관계'를 일컫는다. 통일성과 응집성이라는 두 개념은 서로 밀접하게 관련되어 있는데, 이 관련성은 '표면적 관계'의 분석이 '의미론적 일관성'의 규명에 직접적인 근거를 제공하는 것으로 기술될 수 있다. 이러한 특성에 의거하여, 통일성이 응집성에 비해 '수용자적'이며 '텍스트 해석적 관점'을 가진다는 진술이 가능하다.

통일성과 응집성의 이와 같은 관련성은 '계량적인 연구와 내용 분석', '외현적 지표와 내적 의미 관계' 사이를 연결하는 매우 핵심적인 연결 고리로 활용될 수 있다.

> (1) ㄱ. 본 기사자료는 해당 기업에서 원하는 언어로 작성한 원문을 한국어로 번역한 것이다.
>
>   ㄴ. 그러므로 번역문의 정확한 사실 확인을 위해서는 원문 대조 절차를 거쳐야 한다.

(1ㄱ)과 (1ㄴ)은 '그러므로'라는 접속부사에 의해 '인과관계'로 연결되어 두 개의 문장이 하나의 의미적 관계 안에서 통일성을 지니게 된다. '접속어, 지시어, 대용어' 등의 외현적인 표지는 텍스트 내에서 특정한 의미 기능을 담당하며, 이 기능은 텍스트의 통일성을 규명하는 작업에서 중요한 역할을 수행한다.

그런데 '요소들 간의 표면적인 연결 관계'라는 정의는 '접속어, 지시어, 대용어'와 같이 표면적으로 바로 관찰이 가능한 예를 먼저 떠올리게 한다. 그러나 내면적 원리의 규명에는 일차적으로 식별 가능한 표지 이외에도 특정 표현에 대한 통계적인 정보나 보다 의미 있게 가

한 서술이 필요함을 언급해 주신 익명의 심사자에게 감사드린다.

공된 정보 또한 중요한 단서를 제공한다. 따라서 응집성의 논의에서 표면적인 구성에만 관심을 집중하는 것은 응집성을 다소 한정적인 의미로 사용하거나 혹은 제한적 자료를 이용하는 연구의 방법이 될 수 있다.

> (2) ㄱ. 통일성: 텍스트에 일관성을 부여하는 의미 관계
> ㄴ. 응집성: 통일성의 획득을 가능하게 하는 구조적인 지표 혹은 외현적인 지표로 계량적 정보나 가공 정보를 포함

이 논의에서는 (2)와 같이 통일성과 응집성이라는 개념의 외연을 조금 더 확대하여 '통일성'은 일관성을 지니는 의미 관계로, '응집성'은 통일성의 획득에 이용 가능한 구조적이거나 외현적인 지표 전반을 지칭하는 용어로 사용할 것이다. 여기에서의 응집성은 접속어나 지시어, 대용어와 같은 외현적 표현뿐 아니라 '빈도수, 개체명, 사건 유형, 정보 추출 구조' 등 계량적 분석 과정을 통해 얻을 수 있는 정보, 즉 계량적 정보 전반을 포함한다.3)

이와 같이 독자적인 텍스트 단위는 통일성과 응집성을 지닌다. 이를 반대 방향에서 생각해 보면, 임의의 언어 단위 내에서 통일성과 응집성을 발견할 때 그 언어 단위를 '텍스트'로 규정할 수 있다는 것이다.

---

3) '개체명'은 문서의 내용 중에서 주요 키워드로 기능하는 개체의 이름을 의미한다. 개체명은 'PLO'라고도 불리는데, 이는 'person name, location name, organization name'의 두문자이다. 이는 일반적으로 인명이나 장소, 조직명 등이 문서의 주요 정보로 기능하기 때문에 붙여진 이름으로, 추출하고자 하는 정보의 성격이나 시스템의 목적에 따라 주요 범주는 달라질 수 있다. 예를 들면 '정치 분야'에서는 상대적으로 중요도가 높지 않은 '회사명'이나 '브랜드명' 등이 '경제 동향' 관련의 정보 추출 구조에서는 주요 개체명으로 기능하기도 한다. '사건 유형'은 추출 대상 자료에 나타나는 정보 중 개체명과 관련이 있는 '사건'에 대해 유형화한 체계이다. 대상 자료에서 중요한 사건을 표현하는 동사나 형용사, 동작성 명사를 추출하고, '비판하다, 논평하다, 평가절하하다' 등의 개별 동사를 '평가하다'라는 동일 유형의 하위 요소로 두어 관리하는 등의 방식을 이용할 수 있다. '정보 추출 구조'는 텍스트에서 가장 중요하다고 생각하는 정보를 육하원칙 등의 적절한 템플릿 형식으로 변환한 구조를 의미한다(김원경, 2008).

그런데 이와 같이 텍스트 단위를 규정하는 데에는 그 범위의 경계가 미리 정해져 있는 것이 아니며 확장 가능성에 대한 특별한 제한이 주어져 있지도 않다. 그러므로 단일 텍스트의 개념을 넘어 텍스트와 텍스트 사이에도 텍스트성이 존재할 수 있다면, 텍스트와 텍스트가 합쳐 만들어진 새로운 텍스트는 다시 하나의 텍스트와 등가의 단위로 간주될 수 있다.

이와 같이 복수의 텍스트 사이에 성립되는 초월적 관계 개념을 '메타텍스트(metatext)'라고 하는데, 이는 '독립적인 텍스트와 텍스트가 결합하여 구성하는 새로운 텍스트'로 정의할 수 있다. 메타텍스트를 이루는 각각의 텍스트는 독자적인 텍스트성을 지니며 동시에 복수의 텍스트가 결합하여서는 전체 단위를 대상으로 하는 새로운 텍스트성을 획득하게 된다. 그러므로 메타텍스트의 연구에서는 둘 이상의 텍스트에 존재하는 텍스트성의 존재를 파악하는 일, 즉 복수의 텍스트를 관통하며 전체 단위에 일관된 통일성과 응집성을 부여하는 텍스트 내부의 특성을 명세화하는 작업이 필수적이다.

메타텍스트가 지니는 특성은 단일 텍스트에서 발견되는 텍스트성에 대한 논의의 확장을 통해 규명할 수 있다. 이성만(1995)에서는 '텍스트 생산자의 의도성, 지식 프레임, 의미론적 자질 동위성' 등을 통해 텍스트의 응집성을 규명할 수 있음을 논하였으며, 고익환·박영철(1998)에서는 '문장 유형, 대치 구조, 테마–레마 구조, 전개 구조, 텍스트 구조, 직시어, 시작 형식, 종결 형식, 시제' 등을 텍스트의 내적 기준으로 서술하였다. 고창수(2006)에서는 메타텍스트에서의 캐릭터–레마 구조를 '이야기 구조(narrative structure)'로 형식화하여 각 텍스트 사이의 응집성을 파악할 수 있음을 주장하였다. 이와 같은 논의들은 모두 단일 텍스트를 연구의 대상으로 삼은 것이지만, 그 대상 전반이 지니는 텍스트성을 규명한다는 점에서는 메타텍스트의 텍스트성 연구와 본질적으로 궤를 같이 한다고 할 수 있다.

복수의 텍스트를 비교하여 메타텍스트 전체의 구조가 지니는 텍스트성을 분석하려는 논의도 발견되는데, 배대화(2003)은 푸슈킨의 '모차르트와 살리에르'와 '석상 손님'의 두 작품이 메타텍스트임을 전제하고 이 대상의 메타텍스트적 특성을 검토한 논의이다. 이 논의에 따르면 두 작품이 메타텍스트의 예로 분석 가능한 것은 두 텍스트 모두 '예술'이라는 공통의 테마를 다루고 있으며, 이에 대해 각각 '예술의 레퀴엠'과 '예술의 파괴'라는 유사한 은유와 작품 구조를 사용하고 있기 때문이다. 또한 '모짜르트'와 '돈후안'은 '예술'을 상징하는 인물로, '살리에르'와 '석상'은 그 대척점에 위치한 인물로 그려진 점에도 주목하고 있다.

이상금(1997)에서는 '번역'이라는 과정을 통해 원문의 의미가 재생산되는 데 주목하면서, 원문과 번역문의 관계를 메타텍스트로 파악하였다. 원문과 번역문은 어휘나 문장 구성, 그리고 이야기 구조가 서로 매우 유사하다는 점에서 메타텍스트로서 다루기에 적절한 대상이라 할 수 있다. 원문은 '직역'이나 '의역'의 방식으로 번역문으로 치환되는데, 직역은 어휘나 문장의 구성, 의역은 이야기 구조나 의미 전달의 효율성을 보존하고 극대화시키려 한다는 점에서 모두 메타텍스트로서의 의미 있는 대응 양상을 보인다.[4]

이와 같이 유사한 기원이나 내용, 구조 등을 지니는 텍스트들의 관련성은 메타텍스트의 개념으로 논의가 가능한데, 유의성이 존재하는 복수의 텍스트에 대한 '메타텍스트'의 개념은 어찌 보면 '본질적인 관계'라기보다는 유의의 '정도성'에 의해 배열되는 '상대적인 관계'로 파악되어야 하는지도 모르겠다. 논점을 확대시킨다면 메타텍스트의 관점에서는 존재하는 모든 텍스트들이 암묵적으로 메타 관계의 분석을 기

---

4) 이외에도 김창룡(1991)에서는 '황조가'와 '황조'의 유사성을 언급하였으며 고창수(2006)에서는 배경설화의 도움을 받아 이 두 텍스트가 메타텍스트를 이룸을 주장하였다. 이 외에도 동서고금을 통하여 인구에 회자되며 구조적 유사성이나 기원적 유사성에 대한 관심을 촉발해 온 텍스트들 사이의 관계 또한 메타텍스트 논의에서 다루어질 수 있겠다.

다리는 후보군으로 간주될 수 있을 것이다.

메타 관계 분석이 상대적이라는 진술은 대응쌍 간의 거리가 일률적으로 파악되지 않음을 의미하는데, 이러한 측면에서 현재 논의 중인 '총서'의 전체 단위는 각 텍스트 간의 상대적 거리가 매우 가까운 언어 자료체를 구성한다고 할 수 있다. '총서' 전체는 '김일성'이라는 인물에 초점을 맞추어 '수령'으로서의 위대한 혁명 활동을 심오하게 그려 내고자 하는 명백한 의도성을 지니고 4·15 창작단에 의해 기획되었으며, 그 결과로 '수령 형상 문학'이라는 분명한 정체성을 획득한 주체문학의 전형이다.

강진호(2008)에서는 기전체를 기본 형식으로 하면서 개별 작품에서는 편년체의 모습을 지니는 정사 서술 형식의 응용을 총서의 구성적 특징으로 언급하고 있다. 또한 각 텍스트의 중심에 위치한 '수령'의 모습이나 인물 간의 관계, 이야기 구조 등에도 상당한 수준의 유의성을 발견할 수 있다. 이러한 특성에 의해 '총서' 전체는 각 텍스트가 개별적인 완결 구조를 지니면서 동시에 전체 단위가 서로 유기적인 관련을 맺게 되며, 따라서 이를 메타텍스트로 다루는 것은 자연스러운 논의의 방향이 된다.

이와 같은 흐름에 따라 총서를 메타텍스트로 규정하게 되면 이후에는 각 텍스트 간의 유사성을 분석하고 종합하는 절차가 필요하다. 이와 같은 분석 작업은 연역적으로 구성된 메타 관계에 대한 적정성을 검증하는 데 도움을 주고 텍스트 간의 거리를 측정할 수 있게 해 준다. 이미 언급한 것처럼 '총서'와 같은 대량의 언어 자료체를 대상으로 하여 텍스트 전체의 통일성을 규명하기 위해서는 계량적인 접근이 필요하다. 이는 계량적 연구가 대량의 자료체를 효율적으로 분석하는 방식일 뿐 아니라, 통일성을 명시적으로 밝히는 데 근간이 되는 외현적인 정보를 제공하는 데도 적합하기 때문이다. 이후의 논의에서는 계량적 방식의 논의에 적합하도록 구조화된 '총서' 하이퍼링크 DB의 구성을 살펴보고, 이 정보를 이용한 '총서'의 메타텍스트 분석 예에 대해 논의하겠다.

3. 하이퍼링크 DB의 구성

'하이퍼링크 DB'는 '내용 면에서 밀접한 관련이 있는 정보를 구조적으로도 서로 연결하여 상호 참조가 가능하도록 구성한 데이터베이스'를 지칭한다. 하이퍼링크 DB의 존재와 기능은 하이퍼텍스트의 개념과 관련된다. '하이퍼텍스트'는 '텍스트의 모든 부분이 서로 연관되어 있는 역동적인 참조 시스템'으로, 참조 정보를 구성하는 방식이나 이동 경로, 참조 정보의 내용 면에서 매우 다양한 방식으로 구축될 수 있다.

하이퍼텍스트에 대한 논의는 전자 매체를 이용한 글쓰기 이후 본격적으로 이루어졌지만 그 기본 개념은 디지털 시기 이전부터 이미 제공되어 있었다고 할 수 있다. "모든 것은 모든 것에 잇닿아 있다"라는 표현으로 하이퍼텍스트의 본질을 미리 꿰뚫어 보았던 보르헤스는 중심 서사에 부차적인 이야기를 지속적으로 삽입하는 아라비안나이트의 예를 통해 '왕은…… 무한으로 순환하는 「천일야화」의 이야기를 영원히 듣게 될 것'이라고 서술하고 있다. 이와 같은 상호 참조와 순환성은 하이퍼텍스트의 본질이라고 할 수 있다.[5]

장노현(2005)에서는 하이퍼텍스트의 특성으로 '끝나지 않는 텍스트: 무한확장성과 비완결성, 직관과 연상의 텍스트: 독자 중심성, 멀티미디어적 텍스트: 다매체성'을 들고 있다. 상호 참조와 링크를 통해 텍스트는 확장을 진행하며, 이와 같은 텍스트들은 필연적으로 완결되지 않은 상태로 남아있게 된다. 또한 직관과 연상에 의한 비약과 건너뜀 방식은 텍스트 자체의 권위와 중심을 해체시킨다. 이에 더해 문자 외에 다양

---

5) 장노현(2005)에서는 '끝나지 않는 이야기'의 예로 다양한 소설과 이야기를 들고 있다, 텍스트의 확장성이나 독자 중심성은 하이퍼텍스트의 개념을 구현하기 위한 기술적 기반이 마련되지 않았던 시기에도 꾸준히 언급되었으며, 참조와 비선형성에 대한 기술적 뒷받침이 가능해지자 텍스트 간의 연관성이 더욱 강조되고 있다. '선형: 비선형, 작가 중심: 독자 중심'의 대립 구도에서는 권위와 자유의 양자를 동시에 추구하는 인간의 본성과, 자유라는 개념에 좀 더 무게를 두고자 하는 현재의 경향성을 모두 읽을 수 있다,

한 이미지가 하이퍼텍스트에 출현하는 양상 또한 흔히 관찰하게 된다.[6)]

하이퍼링크 DB는 이와 같은 하이퍼텍스트의 개념을 좀 더 가시적 형태의 데이터베이스로 구현한 것으로, 정보를 참조하고 분석하며 관리하는 과정을 용이하게 한다. 하이퍼링크의 개념에서 '링크'는 '유관부분을 연결해주는 기술적인 기제'라는 기본적인 의미를 지니지만, 이에 더해 링크 자체가 특정한 방향의 정보 이동 경로를 지정하고 정보와 정보를 효율적으로 매개해주는 특정한 방식을 제공한다. 그러므로 하이퍼링크의 세계에서는 링크를 구현하는 정신이나 그 방식이 매우 중요하며, 이러한 뜻에서는 '링크'가 곧 하나의 '의미'라고 할 수 있을 만큼의 중요성을 지닌다.

'총서'를 대상으로 하는 '총서' DB는 다음과 같이 구성되어 있다.

(3) '총서' 하이퍼링크 DB의 구성

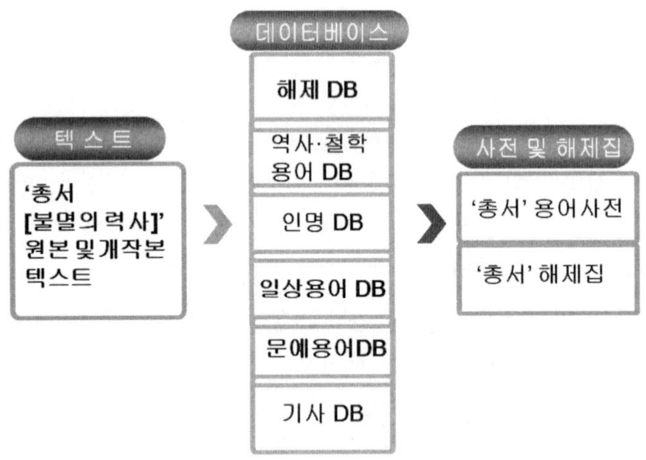

---

6) 하이퍼링크의 특성에 의거한 시 창작 프로젝트를 통해 '2000 새로운 예술의 해' 문학분과위원회가 기획한 「언어의 새벽: 하이퍼텍스트와 문학」, 「生時·生詩(Live Poems)」와 2004년 최동호·이성우 등이 구현한 「팬포엠 FanPoem」 등의 결과물이 얻어졌다.

원본 및 개작본으로 구성된 '총서' 텍스트는 하이퍼링크 DB 제작의 대상 자료체가 된다. 이 텍스트의 내용 분석 이후 핵심적인 어휘들을 선정하고, 이 어휘들을 그 특성에 따라 주제별 DB의 표제어로 등재한다. 표제어에 대한 뜻풀이 정보는 텍스트 내에서 추출할 수 있는 정보와 텍스트 이외의 자료에서 취득 가능한 정보를 함께 참조하여 작성한다.

(4) '총서'의 주제별 DB
  ㄱ. 해제 DB
    −'총서' 1권 당 1편의 '작품 해제'와 1편의 '작가 해제'를 작성.
    −각 권의 '제목'을 '작품 해제 DB'와, '작가'를 '작가 해제 DB'와 연결.

  ㄴ. 역사·철학용어 DB
    −텍스트 내의 중요한 '사건, 단체, 조직' 등의 '역사용어'와 '철학용어', '정치용어' 등을 '역사·철학용어 DB'의 표제어로 추출.
    −텍스트와 참고 자료를 참조하여 표제어에 관한 의미 정보를 DB로 구축.

  ㄷ. 인명 DB
    −텍스트에 나오는 인물을 '실존 인물'과 '작중 인물'로 분류하여 표제어로 추출.
    −실존 인물은 '이름, 출생 및 사망 시기, 성별, 국적, 소속 단체, 활용 내용' 등의 정해진 틀에 따라 정보 추출.
    −작중 인물은 '연령, 직업, 출신 성분, 활동 내역, 생사 여부' 등 작품 내에서 추출할 수 있는 정보 포함.

  ㄹ. 일상용어 DB
    −텍스트 전반의 이해에 중요하거나 독자들에게 생소한 단어, 주석이 필요한 단어, 남북한의 용법 차이에 유의해야 할 단어 등을 표제어로 추출.

　　ㅡ표제어에 대해 '품사, 북한어 여부, 뜻풀이, 용례'등의 정보를
　　　DB로 구축.

　ㅁ. 문예용어 DB
　　ㅡ텍스트 내의 '신문'이나 '잡지' 등의 발행물, '시'나 '노래 가사'
　　　등을 표제어로 추출.
　　ㅡ표제어에 대한 의미 정보를 DB로 구축.

　ㅂ. 기사 DB
　　ㅡ텍스트 내에서 주요 사건이나 인물 등에 대한 역사적 사실 관계
　　　나 시대상 등을 보여줄 수 있는 표현을 표제어로 추출.
　　ㅡ표제어와 관련이 있는 국내외의 신문기사를 PDF 파일 형태로
　　　저장.
　　ㅡ신문기사 파일을 표제어와 연결.

　(4)의 하이퍼링크 DB가 지니는 주 기능은 텍스트에 대한 참조 정보를 통해 대량 텍스트의 독해를 용이하게 하는 것이다. '총서' DB는 하이퍼텍스트의 원리에 따라 대용량 텍스트의 주요 키워드들에 대한 정보를 효율적인 경로에 의해 참조할 수 있도록 설계되어 있다.

　이 DB는 (4ㄱ～ㅂ)과 같이 전체의 단위가 각각의 '주제별 DB'로 구성되어 있다. 표제어 자체와 이의 뜻풀이에 필요한 정보는 그 내용과 형식면에서 주제별로 차이를 지닌다. 이는 (4ㄷ)과 (4ㄹ)의 인명 DB와 일상용어 DB의 구성 요소를 비교하여 보면 쉽게 확인할 수 있다. 그리고 (4ㅂ)의 기사 DB는 텍스트 정보로 구성되는 다른 유형의 DB들과는 달리 각 표제어가 이미지 파일로 연결되어 있다. 이와 같이 그 특성에서 차이를 지니는 표제어들에 대한 최적의 정보 내용을 구성하기 위해서는 주제 영역에 따라 별도의 DB를 제작하는 방식이 효율적이다.

　'총서' 텍스트를 포함한 모든 텍스트의 표제어 추출 과정에서는 각기 다른 형태로 나타나 있지만 동일한 대상을 지시하는 용례와 동일 형태로 출현하지만 각각 다른 대상을 의미하는 용례들이 발견된다. 전

자는 '김일성'이라는 표제어가 텍스트의 여러 부분에서 '김성주, 금성 동지, 수령님, 장군님' 등의 다른 표현으로도 나타나는 용법이다. 이와 같은 용법에 대해서는 각각의 어휘들이 모두 '김일성'에 대한 동일한 DB 정보로 연결될 수 있도록 하기 위한 '유의어 처리'가 필요하다. 후자의 예는 '미나미'라는 하나의 형태가 텍스트에 출현할 때 이 인명이 '미나미 지로'라는 실존 인물과 '미나미'라는 작중 인물의 양자 중 어느 하나를 지칭하는지를 판단해야 하는 경우이다. 이러한 판단 문제의 해소를 위해서는 각 용례의 문맥 정보를 이용하는 '중의성 해소' 과정이 요구된다. '총서' DB에는 이와 같은 용례들을 해당 DB로 적절하게 연결해 주는 처리 절차가 마련되어 있다.7) 텍스트 정보를 정확하게 분석하기 위해서는 이와 같은 유의어와 중의성에 대한 처리가 필수적이다.

또한 (4ㅂ)의 기사 DB 정보에서 볼 수 있는 것처럼 '총서' DB는 텍스트 정보뿐 아니라 이미지 파일과 같은 시각적 자료를 함께 포함한다. 현재의 DB에 포함된 기사 정보 이외에도 다양한 형식의 정보를 텍스트와 연결하는 것이 가능한데, 이는 본질적으로 다매체적 성격을 지니는 하이퍼텍스트의 특성에 비추어 볼 때 매우 자연스러운 DB 구성의 방식이라 할 수 있다.

4. DB 정보를 이용한 텍스트 분석

하이퍼링크 DB 정보를 기반으로 단일 텍스트나 메타텍스트를 분석하는 연구에는 다양한 방식이 존재한다. 계량적 연구에서 자주 사용하는 방식으로 단어의 빈도 분석이 있는데, 단어 출현 양상에 대한 유의

---

7) 이 논의에서의 '유의어'나 '중의성'은 엄밀한 의미의 언어학 용어라기보다는 DB 제작에서 각 대상을 효율적으로 지시하고 처리하기 위한 개념으로 사용된다.

미한 결과를 얻기 위해서는 전체 텍스트의 단어 빈도를 그대로 나열하는 평면적인 방식을 이용하지 않는다. 빈도 분석에서는 텍스트의 핵심적인 단어로 간주할 수 없는 용법을 '고빈도어'에서 제외하는데, 이는 이러한 용례가 특정 텍스트의 특성을 드러내는 데 기여하지 않거나 여타의 텍스트들에서도 공통적으로 고빈도로 출현하기 때문이다. 또한 핵심 단어가 지니는 본유적이거나 구조적인 조건에 따라 가중치를 부여하는 방식을 사용하기도 하며, 주요 단어 간의 공기 정보를 이용하기도 한다.

메타텍스트의 논의에서는 복수 텍스트의 고빈도어를 분석하고 특정 단어나 자질의 출현 양상이 서로 얼마나 유사한지를 비교하는 방식을 통해서도 텍스트 전체의 특성을 명시적으로 나타낼 수 있다. 또한 개체명이나 사건 유형의 계량, 문서 정보나 정보 추출 구조의 구성 등을 통해 의미 있는 정보를 분석해 내기도 한다.[8] DB 정보 중 개체명 인식을 통해서는 인물들이 텍스트 내에 출현하는 양상을 분석할 수 있으며, 사건 유형의 인식으로는 인물을 중심으로 벌어지는 사건이나 행위에 대한 핵심어의 추출이 가능하다. 그리고 개체명과 사건 유형의 결합, 즉 '캐릭터–레마 구조'는 정보 추출이나 지식 베이스 등의 형태로 가공하여 텍스트의 특성 분석에 이용한다.

이와 같은 텍스트 정보의 가공은 하이퍼링크 방식으로 구축된 '총서' DB 정보를 기반으로 하여 이루어진다. 예를 들어 (4ㄷ)에서 보인 '인명 DB'의 정보를 이용하여 텍스트 내부나 텍스트와 텍스트 간의 인물 정보를 파악하고 비교할 수 있다. 인명 DB는 실존 인물과 작중 인물로 나누어 구성되는데, 이는 이 두 유형을 적절히 언급하는 데 필요한 정보의 유형이 서로 다르기 때문이다. 한 권을 단위로 텍스트 안에 등장하는 실존 인물과 작중 인물의 주요 정보를 추출하여 구성한

---

8) '문서 정보'는 '문서의 제목, 작성일, 작성자, 출처' 등과 '타이틀, 본문' 등의 '문서 위치 정보'를 포함한다. 이는 빈도 정보를 이용한 핵심어의 추출에서 특정 환경에 출현하는 단어에 가중치를 부여하는 작업의 근거로 이용될 수 있다.

인물 DB 정보는 작품에 묘사된 인물의 성격이나 등장인물 간의 관계, 그리고 인물과 관련된 사태의 추이 등을 확인할 수 있게 한다. 그리고 텍스트와 텍스트 간의 DB 정보 비교를 통해 각 권마다 등장하는 인물 군의 분포나 동일 인물에 대한 평가의 차이 등에 대해서도 분석할 수 있다.

'총서' 중 세 편의 '해방 후편' 텍스트의 하이퍼링크 DB 정보를 이용한 텍스트 분석 예를 살펴보자.9) 이들 텍스트에서 '김일성'은 '김일성동지, 김일성장군'과 같이 '동지, 장군' 등의 표현과 함께 나타나거나 '그이, 손자분, 수령님, 수상님, 장군님' 등으로 지칭되며, 세 텍스트 모두에서 고빈도의 개체명으로 인식된다. 이 세 텍스트 중 「태양찬가」에서는 '김일성동지, 김일성장군, 장군님'의 표현으로 나타난 '김일성'에 대한 빈도수가 '744회'로 전체 어휘 중 두 번째로 자주 출현하는 단어로 분석된다.10)

이 텍스트 전체의 고빈도어 중에서 일반적인 텍스트에도 흔히 나타

---

9) 분석 대상 텍스트는 '「대지의 전설」(김삼복, 1998), 「번영의 길」(박룡운, 2001), 「태양찬가」(남대현, 2005)'의 세 편으로, 번영의 길은 1954~1958년, 태양찬가는 1945~1955년, 대지의 전설은 1958년을 배경으로 한다. 이들 텍스트는 각각 '농업 분야, 공업 분야, 재일동포 문제'를 초점으로 하여 이야기를 전개하고 있다. 이 세 작품은 모두 김일성의 정치적 입지가 공고해지기 이전의 시기를 형상화한 텍스트로, 이야기 전개에 일정한 공통부분이 있을 것으로 기대할 수 있다.

10) '수령 형상 문학'으로서 '총서'에 '김일성'이라는 인명이나 이에 대한 대용 표현이 자주 등장한다는 점은 예측 가능한 결과이다. 그런데 소설이라는 장르의 특성을 감안한다 하더라도 실존 인물로 확인 가능한 캐릭터에 비해 작중 인물의 빈도가 상대적으로 높게 나타난다는 특이점을 함께 발견할 수 있다. 이 인물들은 김일성이 국가를 장악하고 안정적으로 통치 이념을 구현해 나가는 과정의 서술에 꼭 필요한 '맥락'이나 '장치'를 형성하는 데 일조를 한다. 가상의 인물들이 서로 긴밀한 구도를 형성하는 한가운데에 '김일성'이라는 실제 인물이 존재함으로 인해 김일성은 마치 '어디에나 있고 어디에도 없는' 것과 같은 특이한 존재감을 지닌다. 이러한 인물 분포에 주목한다면 '총서'는 '수령'이라는 캐릭터 자체가 아니라 '수령'이라는 이미지가 중심을 이루는, 혹은 '수령 형상'이라는 의도되고 해석된 개념이 중심을 이루는 서술 구조를 지닌다고 표현해 볼 수도 있겠다. 이에 대해서는 텍스트 인물들의 실존 여부나 '총서' 전반에 걸친 인물 분석 결과와 같은 추가적인 논의가 필요하다.

나는 일상적인 단어를 제외하면, '장군님, 동수, 영신, 박룡, 지영, 원철' 등의 인명과, '조국, 일본, 동포, 강령, 결심' 등의 단어가 높은 빈도수를 보인다.11) 이러한 단어의 출현 양상은 '재일동포들의 생활상'을 그리면서 재일조선인운동에서 '민족문제'가 '일국일당원칙'에 우선하여 적용되어야 함을 강조하는 텍스트 내용과 부합하는 결과를 보여준다.

「대지의 전설」에서는 '강봉석, 김일, 옥금, 조인철, 종원' 등의 인명과, '조합, 농사, 협동조합, 농민들, 농촌, 조합원' 등의 단어가 고빈도어로 분석된다. 이 텍스트는 공업 분야를 포함한 사회의 제반 여건이 갖추어지지 못한 해방 후의 농업 문제를 '농업협동화사업'을 통해 해결해 나가는 농촌의 이야기를 다루고 있다. 여기에서 '김일'은 농업담당부수상을 역임하여 농촌경리를 협동화하는 데 중요한 임무를 담당하는 인물로, '강봉석, 옥금, 조인철, 종원' 등의 인물은 다양한 상황을 겪으며 새로운 협동 체제를 만들어나가는 데 충성심과 노동력으로 직접 기여하는 인물들로 그려져 있다. 따라서 이러한 빈도수 또한 텍스트 내용 분석에 유의미한 정보를 제공한다.

이러한 빈도 분석 논의를 계속 발전시키면 "김일성의 교시에 순응하지 않는 교조주의자들을 순화하거나 제거해가며 주체사상을 실현한다."는 공통적인 '이야기 구조'를 발견하게 된다. 「대지의 전설」의 '농촌협동화'나 '농촌의 물질적 토대' 등의 표현, 그리고 「태양찬가」의 '강령, 일국일당원리' 등의 어휘는 텍스트 내에서 '교조주의, 사대주의, 형식주의, 대국주의, 소련, 원조' 등과 함께 나타난다. 이는 각 텍스트에서 중요하게 간주되는 정신이나 교시가 갈등의 양상을 반영하는 표현들과 공기하는 용례로, 지도자의 뜻을 실현하는 과정에 존재하는 고

---

11) 이 텍스트에서는 '하다, 장군님, 있다, 없다, 는(조사)' 등의 단어가 높은 빈도로 출현한다, 텍스트의 특성과 무관하게 거의 모든 분야의 텍스트에 고빈도로 나타나는 형태들이 있는데, 그 예로는 '하다, 되다, 위하다, 따르다, 대하다, 있다, 없다, 이다, 같다'와 같은 서술어, 격조사와 보조사, 그리고 '것, 수'와 같은 의존 명사 등이 있다.

난을 구조를 보여준다.

또한 세 텍스트의 '발단'과 '전개'에 해당하는 부분에는 '일찌기, 속히, 함께, 대치, 사상, 침중하다, 침울하다, 무거워지다' 등의 어휘가 등장하는데, 이는 '이념과 물질적 토대를 세우면서 동시에 국가 통치의 규범을 마련해 나가야 하는 지도자'가 경험하게 되는 매우 험난한 상황이나 그에 따른 정서 등을 대변하는 어휘들이라 하겠다. '결말' 부분에서는 세 작품이 모두 공통적으로 김일성이 주체 노선에 대한 반대 세력들을 순화하거나 제거하여 주체 노선을 성공적으로 정착시키는 양상이 그려지며, 따라서 이러한 내용에 부합하는 특정한 단어들이 집중적으로 분포한다. 「대지의 전설」 중의 결말 부분에 나타난 주요 단어들의 분포는 다음과 같다.

(5) '김일성'의 공기어(「대지의 전설」 종장: 362-371쪽)

넓다, 도량, 대해, 은정, 덕망, 숙이다, 사회주의, 사랑, 품, 충격, 물결, 가슴, 흔들다, 웃다, 후더워나다, 통쾌, 승리, 총화, 농촌경리, 발전전망, 력사적, 연설, 어버이, 대가정, 만세, 긍지, 인간사랑, 경애, 감동 등12)

(5)는 '김일성'이 개체명으로 나타나는 문장 안에서 김일성과 공기하며, 이 개체명을 중심으로 하는 사건이나 감정 유형의 분석에 능동적으로 기능하는 어휘들이다. '총화, 발전전망, 력사적, 만세' 등의 어휘는 「대지의 전설」이라는 텍스트가 어떠한 방식으로 결말 부분을 구성하는지를 잘 드러내준다. 이들 공기어들을 '김일성'과 관련한 어휘그물로 표현하면 다음과 같다.

---

12) 이는 '김일성'이 서술의 '대상'이 되는 문장과 서술의 '주체'로 나타나는 문장에서 김일성과 함께 출현하는 공기어를 포함하는 예이다.

118

(6) 어휘그물(개체명: '김일성')

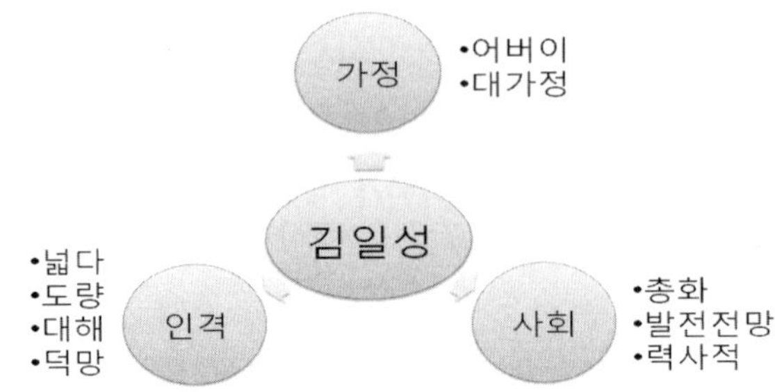

　어휘 빈도의 분석은 단어의 형태 정보 자체를 기반으로 할 수도 있지만, 단어의 형태를 단어가 지니는 본유적인 '자질'로 환원하여 분석할 수도 있다. 이러한 방식은 '자연부류'의 동질성을 포착할 수 있게 하며, 인물의 성격이나 인물 간의 관계, 사건 유형을 적절히 형식화할 수 있도록 도와준다. 주요한 등장인물들을 중심으로 하는 '긍정/부정의 평가'나 '우호적/적대적 관계' 등에 대한 분석에는 자질의 이용이 특히 유용하다.

　어휘의 빈도나 단어의 공기 관계 이외에도 '캐릭터-레마'의 정보를 정보 추출이나 이야기 구조와 같은 정보 저장틀로 가공하여 정보를 관리할 수 있다. 이는 주요 캐릭터에 대한 상황이나 사건, 감정 등의 정보와 그 변화의 추이를 일목요연하게 확인하게 해 준다는 점에서 큰 장점을 지닌다.

　(7) 개체명 '홍명희' 관련 텍스트

　ㄱ. 그이께서 이렇게 말씀하시자 홍명희는 전혀 예상밖의 말씀이여서 숨을 죽이고 다음을 기다리였다. …(중략)…
　홍명희는 머리를 숙이고 생각에 잠겨있었다.
　≪홍명희선생, 선생의 성의와 심정은 충분히 리해되지만 나는 정부청사 건설에 투자하려던 예산액을 전부 농촌에 돌렸으면 좋겠습니다.≫…(중략)…
　홍명희는 감명속에 잠겨 깊이 숙이고있던 머리를 들고 말씀드리였다.

《수상님의 간곡한 말씀대로 하겠습니다.…… 자금을 농촌에 돌리겠습니다.……》

그러면서 그는 속으로 이렇게 웨치고있었다.(이민들은…… 후대들은 당신을 청사다운 청사에 모시지 못하고 한시기를 보낸 저희들을 용서할것입니다. 력사는 잊지 않고 먼 후날까지 전할것입니다.)(대지의 전설: 277-278쪽)

ㄴ. 이윽고 그이께서는 천천히 눈길을 드시였다.

《오래동안 생각하던끝에 오늘 비로소 나는 결단을 내리였습니다.》 그이께서는 한마디한마디에 힘을 주며 말씀하시였다.《사상사업에서 교조주의와 형식주의를 퇴치하고 주체를 튼튼히 세울데 대한 문제를 선포하려고 합니다.》

최용건과 김일은 자기들도 모르는 사이에 자리에서 일어 섰다. 홍명희와 정준택도 뒤따라 일어 섰다. 그들은 전투명령을 받는 전사들처럼 긴장한 자세로 꼿꼿이 서 있었다. …(중략)…

《주체를 튼튼히 세울 때 정복하지 못할 요새란 없습니다.》

홍명희와 최용건, 김일과 정준택은 환희에 휩싸여 그이를 우러렀다. 사대와 교조로 얼룩진 온갖 병폐를 쓸어 버리며 비약할 조국의 거세찬 숨결이 벌써부터 그들의 심장을 격동시켰다.(번영의 길: 547-551쪽)

ㄷ. 《우리는 이제부터 조선사람 자체의 조직을 가지고 자체로 운영할 결심이니 앞으로는 일본공산당에서 관계하지 말라는것을 명백히 밝히려고 합니다.》

《?!》

홍명희는 물론 김운해며 김윤은 아연한 표정을 지었다. 너무나도 놀라운 사실을 너무나도 확고하게 단언하시는 장군님의 그 결심이 저들로서는 감히 상상도 못해본 일이기때문이였다. …(중략)…

그러나 홍명희며 김운해, 한동수의 얼굴에는 하나같이 이름할수 없는 격동이 넘쳐있었는데 그 표현형태는 각이했다.(태양찬가: 340-371쪽)

이 세 텍스트에 공히 등장하는 '홍명희'에 대한 내용은 서로 공통적인 면모를 지닌다. 홍명희는 세 텍스트에서 각각 '농촌경리에 소요되는 자금 조달 문제, 자주적으로 공업화를 이루는 방안, 일국일당원칙과 민족 문제’와 관련한 장면에 등장하며, 김일성으로부터 이러한 문제들에 대해 답하기 어려운 질문을 받는다. 이에 홍명희는 그 시점까지 얻을 수 있었던 지식과 판단력을 모두 동원하여 자신의 견해를 밝히지만, 이는 김일성의 뜻과 합치하는 모범답안이 아니다. 이러한 상황에서 그는 김일성이 내리는 교시를 주의 깊게 경청한 후 ‘주체를 든든히 세울 데 대한’ 김일성의 뜻을 이해하게 되고 이에 대해 열렬한 지지를 보내는 동일한 변화의 양상을 보인다.[13]

(7)의 내용이 김일성에 대한 홍명희의 충성심을 보여 준다면 이와 반대의 방향에서 김일성은 “홍명희선생, 나를 리해하여주고 도와주어 고맙습니다.”(대지의 전설: 278쪽)와 같이 감사를 표하거나 “그러자 자신께서 생각하시고 결단하신 문제들을 놓고 의견을 듣고 싶어 부르신 홍명희와 최용건, 김일, 정준택들이 무척 기다려 지시였다.”(번영의 길: 544면)와 같이 중요한 결단의 시기에 부수상 홍명희를 불러 자신의 뜻을 전하고 그의 충성을 이끌어내는 것과 같은 면모를 보이기도 한다.

‘대지의 전설, 번영의 길, 태양찬가’를 대상으로 ‘홍명희’라는 인물에 대한 ‘총서’의 관점을 살필 수 있게 하는 텍스트의 내용을 추출하고, 이 정보를 캐릭터-레마 구조로 나타내면 다음과 같다.

(8) 캐릭터-레마 구조(개체명: ‘홍명희’)

번호	캐릭터	레 마	문 장	위 치	출 처
1	홍명희	김일성, 놀라다	예상밖의 말씀이여서 숨을 죽이고	277쪽	대지의 전설
2	홍명희	김일성, 감동받다	감명속에 잠겨	278쪽	대지의 전설
3	홍명희	김일성, 긴장하다	전사들처럼 긴장한 자세로	548쪽	번영의 길
4	홍명희	김일성, 감동받다	환희에 휩싸여 그이를 우러렀다	551쪽	번영의 길
5	홍명희	김일성, 놀라다	아연한 표정을 지었다	340쪽	태양찬가
6	홍명희	김일성, 감동받다	이름할수 없는 격동이 넘쳐있었는데	371쪽	태양찬가

---

13) 홍명희에 대한 묘사에서도 “홍명희가 늙은이답지 않게 흥에 겨워 말씀드리였다.”(대지의 전설: 123쪽) “얼마전 환갑을 쇤 그였지만 또랑또랑한 목소리는 홍안의 젊은이에 못지 않게 맑고도 류창했다.”(태양찬가: 61쪽)와 같은 유사한 양상이 관찰된다.

(8)은 '홍명희'라는 캐릭터를 대상으로 하는 세 텍스트의 내용 중 정보 추출에 유의미한 정보를 '캐릭터―레마 구조'의 형식으로 표시한 것이다. 이 구조에서 '캐릭터'는 모두 '홍명희'이며, 이 캐릭터에 대한 '레마' 정보가 함께 기재되어 있다.

레마 구조에서 굵은 글씨로 표시한 부분은 개별 서술어가 아니며 '사건 유형'에 대한 표시이다. (8)의 2, 4, 6번은 모두 '감동받다'라는 사건 유형으로 기재되어 있는데, 실제 텍스트에서는 '감동받다'라는 직접적인 어휘로 표현될 수도 있고 (8)의 '문장'에서와 같이 '감명, 환희, 격동' 등의 어휘를 통해서도 표현될 수 있다. 또한 감동을 받는 것과 관련한 직접적인 표현 없이 문맥이나 어감 등을 통해 사건의 유형이 표현되기도 한다. 이와 같은 캐릭터―레마 구조는 정보를 추출하는 다양한 구조 중의 하나이며, 이외에도 육하원칙이나 특정 분야의 필수적인 정보 구조 등 여러 가지 형식으로 주요 추출 정보를 표시하는 것이 가능하다.

5. 결론

텍스트 연구에서는 표면적으로 관찰 가능한 구조적 정보를 의미 내용으로 환원하는 작업이 핵심적 절차를 구성한다. 이 논의에서는 계량적 분석 결과를 포함하여 텍스트에서 발견할 수 있는 외현적이고 구조적인 정보를 '응집성'으로, 이 정보의 해석을 통해 얻을 수 있는 의미적인 일관성을 '통일성'으로 지칭하였다. 이는 텍스트 언어학에서 가장 중요하게 기능하는 두 용어의 외연을 넓힌 용법이라 할 수 있다. 계량적인 분석과 의미적인 분석은 본질적으로 관련을 이루지만 이 둘 사이에는 적지 않은 간극이 존재하므로, 양자를 직접 연결하기보다는 전자를 후자의 효율적인 지원 도구 개념으로 파악하는 것이 가장 적절할 듯하다.

단일 작품 내에 내재하는 텍스트의 특성을 규명하는 텍스트 연구의 범위를 넓혀보면 '메타텍스트'라는 상위의 텍스트 개념을 생각해 볼 수 있다. 조지형(2000)에서는 하이퍼텍스트 자체가 하나의 거대한 망이며, 이 망 자체가 메타텍스트가 된다고 하여 하이퍼텍스트와 메타텍스트가 그 본질에서 동질성을 지니는 개념임을 언급하였다. 메타텍스트는 기원이나 구조, 내용 등이 유사한 텍스트를 하나의 단위로 하여 통합적인 텍스트성을 분석하기 위한 개념이며, 이를 통해 독립적이지만 동시에 서로 유기적으로 결합된 대상, 혹은 상당한 수준의 연관성을 지니는 작품들의 유의성이 언급될 수 있다. 그리고 DB 정보를 이용하거나 계량적인 분석 방법론을 사용하는 연구 방식에 의해 이와 같은 유의성의 실체에 접근할 수 있다.

이 논의에서 언급한 하이퍼링크 DB의 가장 주요한 제작 목적은 대량 텍스트의 독해를 위하여 최적의 경로와 내용으로 참조 정보를 구성하는 데 있다. 그리고 이에 더하여 DB 정보를 해석하거나 가공하여 캐릭터-레마 구조의 분석을 수행할 수도 있는데, 이러한 분석은 빈도 정보나 공기어 정보의 분석, 정보 추출 구조의 구성 등을 통해 이루어진다. 구조적이고 정합적으로 구성된 관계형 DB 정보를 기반으로 하는 메타텍스트의 연구는 매우 다양한 방식으로 전개 가능하며, 이와 같은 계량적인 분석 방법론은 개별 텍스트의 본질과 함께 복수 텍스트 간의 상대적 조응을 가능하게 하는 유용한 방식으로 이용될 수 있으리라 기대한다.

주제어 : 총서 「불멸의 력사」, 텍스트성, 통일성, 응집성, 메타텍스트, 하이퍼링크 DB, 빈도, 개체명, 캐릭터-레마 구조, 텍스트 분석

◆ 참고문헌

1. 기본자료
김삼복, 『대지의 전설』, 문학예술종합출판사, 1998.
박룡운, 『번영의 길』, 문학예술종합출판사, 2001.
남대현, 『태양찬가』, 문학예술출판사, 2005.

2. 단행본
김원경, 『정보처리문법의 이해』, 도서출판 역락, 2008.
김창룡, 『우리 옛문학론』, 새문사, 1991.
신상성·송희복·유임하, 『북한소설의 역사적 이해』, 두남, 2001.
장노현, 『하이퍼텍스트 서사』, 예림기획, 2005.
이성우, 『0/1의 세계에서 시란 무엇인가』, 고려대 출판부, 2007.
홍종선, 『한국어 연어 관계 연구』, 도서출판 월인, 2001.
Beaugrande & Dressler, 김태옥·이현호 공역, 『담화·텍스트언어학 입문』, 양영각, 1991.
Borges, 김춘진 역, 『바벨의 도서관』, 도서출판 글, 1992.

3. 논 문
강진호, 「'총서'라는 거대서사 혹은 허위의식」, 2008년 상반기 상허학회 전국학술 대회 발표집, 상허학회, 2008, 3-14쪽.
고익환·박영철, 「텍스트 유형—분류 기준에 관한 비판적 고찰」, 『독일어문학』 8집, 독일어문학회, 1998, 5-32쪽.
고창수, 「메타텍스트를 위한 지식베이스 구축 방법」, 『한성인문학』 4집, 한성대학교 인문과학연구원, 2006, 45-56쪽.
김은정, 「수령형상문학론」, 『북한의 언어와 문학』, 북한연구학회, 2006, 147-181쪽.
배대화, 「메타텍스트로서의 뿌쉬킨의 「모차르트와 살리에르」와 「석상손님」」, 『노어노문학』 16-1, 노어노문학회, 2003, 291-322쪽.
이상금, 「번역의 개념과 메타텍스트」, 『독일어문학』 6집, 독일어문학회, 1997, 179-197쪽.
이성만, 「언어학적 텍스트 이해의 의미론적 과제」, 『텍스트언어학』 3집, 텍스트 연구회, 1995, 1-30쪽.
조지형, 「정보시대와 '열린' 인문학」, 『미국학논집』 32-1, 미국학회, 2000, 5-37쪽.

◆ **국문초록**

이 논의에서는 '총서' 내용에 의거한 하이퍼링크 DB 정보를 이용해 총서 텍스트가 지니는 특성을 분석하는 방안을 제시하고자 하였다. 이를 위해 계량적 방식의 연구에 적합하도록 구조화된 '총서' 하이퍼링크 DB의 구성을 살펴보고, 이 정보를 이용한 '총서'의 메타텍스트 분석 예에 대해 논하였다. 여기에서는 특히 '총서'의 메타텍스트적인 특성에 주목하였는데, 이는 '총서' 전체의 텍스트가 '수령 형상 문학'이라는 분명한 정체성을 획득하기 위해 유기적으로 조직화되어 있다는 특징을 기반으로 한다. 또한 각 텍스트의 중심에 위치한 '수령'의 모습이나 인물 간의 관계, 이야기 구조 등에도 상당한 수준의 유의성이 존재한다는 점에서 '총서'는 메타텍스트로 다루기에 매우 적합한 대상이다.

특정한 텍스트에 내재한 고유의 특성들을 규명하는 텍스트성에 대한 연구는 다양한 방식으로 진행되어 왔는데, 여러 유형의 텍스트성 중 '통일성'과 '응집성'에 대한 논의가 가장 활발히 이루어지고 있다. 이 논의에서는 '통일성'을 '텍스트의 일관성을 부여하는 의미 관계'로, '응집성'을 '통일성의 획득을 가능하게 하는 구조적인 지표 혹은 외현적인 지표로 계량적 정보나 가공 정보를 포함'하는 것으로 그 외연을 넓혀 정의하였다. 이러한 정의는 외현적이거나 구조적인 텍스트의 정보를 의미 내용으로 환원하는 과정에서 유용한 해석의 방식을 제공할 수 있다.

'총서'와 같은 대용량의 텍스트나 구조적으로 복잡한 자료체의 연구에서는 유관 정보의 참조가 용이하도록 설계된 하이퍼링크 DB를 활용하는 것이 효율적이다. 이 논의에서 제안하는 하이퍼링크 DB는 그 자체로 텍스트 내의 인물이나 용어, 역사적 사건 등에 대한 유의미한 정보를 제공할 뿐 아니라, 이 정보를 기반으로 빈도 분석, 공기어 분석, 캐릭터-레마 구조 등을 구성하는 것이 가능하다. 이러한 연구 방법론은 단일 텍스트의 텍스트성을 연구하거나 복수의 텍스트 간에 존재하는 메타텍스트성의 실체를 규명하는 데 대한 핵심적인 근거를 효율적인 방식으로 제공할 수 있다는 특징을 지닌다.

◆ SUMMARY

The Metatext Analysis Based on Hyperlink Database

Kim, Won-Kyoung

This paper investigates the textuality of 'The series ≪an Imperishable history≫' based on Hyperlink Database information. To accomplish this purpose, this paper suggests a structured-hyperlink database system suitable for quantitative linguistics and text analysis. The database is made up to six modules: a bibliographic, a history & philosophy, an everyday language, a person's name, a literature, an article database.

In inquiring Text Analysis, formulation of the textuality is the most complicated and serious task. Since Beaugrande & Dressler(1981) suggested the textuality, many researchers laid emphasis on inquiry into the substance of coherence and cohesion. In this paper coherence is defined as semantic relationship gives consistency to texts, and cohesion as structural or overt representation enables texts to acquire a coherence inclusive of quantitative information and processing information.

This paper gives salience to a fact that 'The series' constitutes a metatext as a whole. These features of metatext are attributed to appreciable similarities between the texts in many respects: PLO, main characters, words of high frequency, narrative structures, information extraction structures and so forth. Based on the Hyperlink Database, these similarities are well-organized and features of 'The series' are made a close investigation. This methodology furnishes researchers with efficiency and accuracy in inquiring Text Analysis.

Keyword : The series ≪an Imperishable history≫, textuality, coherence, cohesion, metatext, Hyperlink Database, frequency, PLO,

character-rhema structure, Text Analysis

-이 논문은 2008년 7월 31일에 접수되어, 2008년 8월 8일에서 2008년 8월 20일 사이에 이루어진 소정의 심사를 거쳐 2008년 8월 21일 편집회의에서 1차로 게재가 결정되고 2008년 10월 1일에 최종적으로 게재가 확정되었음.

II. 일반논문

'탈'식민 해방 투쟁과 제국의 문화 정치
– 주변부 식민지의 '식민지성'과 혁명의 '유산'을 딛고

공 임 순*

목 차

1. 주변부 식민지인은 언제나 '식민지적'이다?
2. 식민화의 시스템과 '탈'식민 해방 정치의 때늦은 도래
3. 메트로폴리탄 제국의 가정화 전략들과 은폐된 타자 '식민지'
4. 다시 혁명의 '유산'을 묻는다는 것의 의미

식민주의자와 식민지인 사이에는 …(중략)… 인간적 접촉은 고사하고
지배와 피지배의 관계만이 버티고 있을 따름이다. 식민주의자는 학급의
반장으로, 군대의 장교로, 감방의 간수로 그리고 노예 지배자로서의 삶을
영위케 하면서 식민지인은 생산의 한 도구로 전락시키는 관계 말이다. 따
라서 내 공식은 이렇다. 식민주의는 사물화다.[1]

1. 주변부 식민지인은 언제나 '식민지적'이다?

탈식민주의가 한때 유행처럼 한국의 인문학계를 휩쓸었던 적이 있

---

* 성신여대 인문과학연구소 연구원.
1) 에이메 세제르, 이석호 역, 『식민주의에 관한 담론』, 2004, 동인, 36-37쪽.

다. 물론 지금은 그 흔적을 찾기가 쉽지 않지만, 그래도 탈식민주의가 한국 인문학에 끼친 영향력은 지대해서 다양한 문화론을 만개시키는 원동력이 되었던 것이 사실이다. 갖가지 풍속론 시리즈가 출판시장의 요구와 맞아떨어져, 지금까지 역사학이 등한시했거나 간과해왔던 일상적 아이템들이 탈식민주의적인 관점에 힘입어 학제 간 경계의 벽을 허물고 대중화의 길을 열었다. 탈식민주의는 정치, 경제적 요인 못지않게 문화와 관련해서 식민주의의 지구화와 지역화의 변증법적 역학인 '자기의 이국화(self-exoticization)'와 '자기의 오리엔탈화(self-orientalization)'에 대한 날카로운 인식을 선보인다.2) 에드워드 사이드의 말처럼 제국과 문화에 관한 탈식민주의적인 관점은 "명백한 정치적 이유에서만이 아니라 19세기와 20세기의 정전적 작품을 새로운 관심사로 해석할 수

---

2) 이 용어는 제국 문화가 주변부로 이식되는 과정을 설명하는 개념적 장치이다. '서양적/동양적'이라는 문화적 표상과 개념은 단순히 서구화나 동양화를 의미하는 것이 아니라 각각의 지역적 문맥 안에서 재구축된 것들이다. 제국 내지 서구 문화는 주변부에서 주도권을 확보하는 가운데 기존의 전통을 낯설게 하는 효과를 산출하는데, 다시 말해 지금까지 외래적인 것으로 여겨지던 것이 자신의 문화적 환경의 일부가 되면 자신의 고유한 경험이었던 토착적인 것은 오히려 낯설어지고 이국적인 것으로 변모한다. 그래서 고유의 내지 토착적인 것은 외래적인 것을 내면화한 사람들에게 청산/제거되어야 할 동양성의 낙후된 증거로 혹은 현재에는 이미 사라져버렸기에 회복해야 할 이상적인 과거로 실체화된다. 노스탤지어적인 감각은 이로부터 발원되는데, 보통 이 노스탤지어적인 감각은 근대성 연구에서는 부정적인 입장에서 취급되고 있으나 식민지인들에게 이러한 노스탤지어적인 감각은 반식민화 해방 투쟁을 위한 중요한 정치적 자산이었다. 이러한 점에서 노스탤지어에 작동하는 복잡한 식민주의의 계기들을 포착하기 위해서는 시간의 공간화를 만들어내는 제국과 식민지간의 불평등하고 비대칭적인 차이화에 대한 인식이 필요하다. 한 예로 차크라바르티는 간디와 타고르라는 인도의 예에서 알 수 있듯 낭만적/심미적 민족주의가 국가주의와 파시즘적 애국주의로 귀결되는 역사적 필연성은 없다고 주장하면서, 이 낭만적/심미적 민족주의의 풍부하고 오래되며, 복잡한 역사의 저항성을 긍정적으로 읽어내고 있다. Dipesh Chakrabarty, "Afterword: Revising the Traditional/ Modernity Binary Mirror of Modernity", Mirror of Modernity, University of California Press, 1988. '자기의 이국화'와 '자기의 오리엔탈화'라는 용어는 吉見俊哉, カルチュラル・スタディーズ, 岩波書店, 2000년을 참조했지만, 나머지 설명들은 필자가 덧붙이고 부연한 것임을 밝혀둔다.

있게 해주기 때문에 해외 식민지 지배에 대한 추구와 관심과 의식이 어떻게 확대되는지 그리고 이러한 문제에 대한 관심이 비평을 얼마나 풍부하고 중요하게 하는지”3)를 일깨워주었기 때문이다. 이 과정에서 정치, 경제와 분리된 독자적이고 자율적인 영역으로 간주되던 문화는 식민주의가 깊숙이 뿌리내린 일상적 삶의 현장으로 새롭게 자리매김한다. 탈식민주의에 대한 많은 연구서들이 문화와 언어에 집중적인 관심과 주의를 기울이는 이유도 이러한 탈식민주의의 기본적 문제의식과 무관하지 않다. 탈식민주의는 이른바 우리의 일상과 의식을 축조하는 식민주의의 전세계적이고 근원적인 영향력에 착목해 제국과 식민지간의 관계를 논의의 전면에 부각시켰다. 따라서 탈식민주의가 역사와 문학과 같은 전문적인 학문분야는 물론이고 일상의 생활습관과 양식을 총망라하는 잡합적 면모를 띠는 것은 이러한 점에서 충분히 이해할 만하다.

하지만 탈식민주의가 일정한 방법론이 아니라 하나의 시각이나 입장이다 보니,4) 탈식민주의에 대한 이런저런 오용과 편식이 뒤따른다. 특히 내셔널리즘과 결부되어 탈식민주의적 논의가 행해질 경우 이러한 경향은 더욱 두드러진다. 탈식민주의가 몇 가지 식상된 키워드로만 현재 소비되는 이유도 여기서 기인하는데,5) 내셔널리즘에 대한 비판에

---

3) 에드워드 사이드, 박홍규 역, 『문화와 제국주의』, 문예출판사, 2005, 159-160쪽과 *Culture and Imperialism*, Random House, 1993을 함께 참조했다. 필요한 경우 번역본을 원문과 대조해서 보다 정확한 뜻이 요구되는 부분에 한해서 일부 수정을 가했다.

4) 로버트 영은 탈식민주의가 일정한 방법론이 아니라 이론적 실천과 노동의 산물이라고 지적한 바 있다. 그는 탈식민주의라는 용어를 쓰기보다 탈식민적, 이 책의 표현대로라면 포스트식민 이론으로 규정함으로써 탈식민주의가 내포하는 협소한 정의를 벗어나고자 한다. 탈식민주의라는 정형화된 표현은 이론적 실천과 노동의 산물로서 포스트식민 이론의 궤적들을 담아내기에 역부족이라는 그의 생각이 반영된 탓이다. 로버트 J. C. 영, 김택현 역, 『포스트식민주의 또는 트리컨티넨탈리즘』, 박종철 출판사, 2005.

5) 여기에 대해서는 권명아, 「연대와 전유의 갈등적 역학」, 『상허학보』 19집, 2007년 2월에서도 잘 드러난다. 언제나 그렇듯이 한 이론이 처음에 던졌던 첨예한 문제의식이

치중해 정작 탈식민주의의 일차 과제였던 제국의 '제국성'이 시야에서 유야무야 사라져버리는 것이 그 한 예일 것이다. 대신 주변부 식민지인의 '식민지성'에 대한 고발과 비판이 유례없는 관심의 초점이 된다. 식민지 말기에 대한 연구붐은 마치 제국의 제국성을 결여한 식민지인이 얼마나 '식민지적'인가를 매번 확인하는 절차로 굳어진 감마저 줄 정도이다.6) 물론 식민주의는 자기의 오리엔탈화를 동반한다는 점에서 제국의 제국성을 선망하면서도 증오하는 내적 식민지성에 대한 탐구는 긴요하다. 하지만 현재와 같이 한국의 인문학 연구가 식민주의를 근대성 일반으로 환원하여 식민주의와 내셔널리즘을 일괄 처리하거나 식민지적 근대성이라는 때로 편의적인 용어로 자기의 식민지성에 대한 천착에만 골몰하는 한, 식민주의를 규명할 이론적 자산은 그리 많아 보이지 않는다. 식민주의 그리고 제국과 식민지간의 관계를 파악할 이론적 자산의 부족은 근대의 복합적이고 중층적인 계기를 주장하는 떠들썩한 구호에도 불구하고 실제로 이를 어떻게 접근하고 해명할 것인가에 대한 공적 합의의 부재로 나타난다.

식민주의는 시간성 못지않게 공간적인 대립과 차이화를 가동하는 분업적 식민화 체제이다. 도시와 농촌의 차이가 해외의 식민지로 전이

사라지고 나면, 몇 개의 개념들만이 남기 때문이다. 가령 탈식민주의하면 으레 혼종성, 양가성, 주변성, 불확정성 등등을 떠올리듯이 말이다.

6) 식민지 말기에 대한 선호와 애착은 비단 새삼스럽지 않다. 하지만 요즘 학회지는 3분의 2 이상이 식민지 말기에 집중되어 있다고 해도 과언이 아니다. 누군가의 지적처럼 식민지 말기가 암흑기로 규정되어 지금까지 제대로 된 선행 연구가 없었다는 점에서 이는 불가피한 현상일 지도 모른다. 하지만 지금의 논의는 이 시기에 대한 보다 다양하고 입체적인 관점을 보여준다는 점에서 긍정적인 일면이 있지만, 한정된 텍스트를 둘러싸고 반복적인 논의를 재생산한다는 점에서 부정적이기도 하다. 이 때문에 새로운 자료의 발굴에 대한 욕구는 더 강력해져 자료에 대한 선별과 판단 없이 이를 당대의 현실과 일대일로 등치시켜버리는 일이 자주 일어난다. '현실'은 관념과 욕망, 그리고 사후의 해석이 교차하는 장이기는 하지만, 그렇다고 일부가 전체를 대변할 수는 없는 법이다. 그렇다면 식민지 말기에 대한 과잉열기가 자료를 덧붙이는 식이 아닌 전체적인 시각을 획득할 수 있는 방법은 없는지 고민해볼 시점이다.

되어 농촌=식민지화되는 공간적 위계화는 식민주의가 시간의 공간화를 통해 제국과 식민지를 상동적인 구조로 정립하고 있음을 보여준다. 즉 해외 식민지가 제국 본토의 농촌이나 자연의 일부로 간주되어, 농촌과 식민지가 제국 중심부를 떠받치는 주변부 지역으로 인식되는 제국의 공간적 위상학이 만들어지는 것이다. 제국에 대한 식민지인의 반식민화 해방 투쟁이 도시의 프롤레타리아뿐만 아니라 농촌(식민주의의 이중 억압과 착취의 공간으로서 식민주의의 제 모순이 응결되고 압축되는 모순의 결절점이자 약한 고리로 인식된)을 근거지로 활동하는 이유의 일단을 적시하는 이 대목은 근대 일반의 공통경험으로 환원할 수 없는 식민주의의 영향력에 대한 일례에 다름없다. 이 모두를 근대라는 내적 식민지화의 지평으로 해소해버릴 수 없는 것은, 아리프 딜릭의 다음과 같은 지적에서도 확인되는 바다. 반식민화 해방 투쟁의 농촌 경험은 "경험적인 사회학적 문제들이었을 뿐 아니라 대단히 문화적인 문제들이기도 했다. 공산주의가 토착화되어야 한다면 공산주의자들은 그들이 접하는 많은 문화들의 언어를 배워야 했다. 맑스주의의 중국화는 궁극적으로 이론 자체의 모습을 놓치지 않으면서 이론의 그 언어를 자국어로 만들어야 했다. …(중략)… 맑스주의의 중국화는 혁명적 실천 과정에서 나온 토착적 맑스주의의 창조로서 가장 잘 이해"[7]되어야 한다는 그의 전언은 일상과 문화, 반식민화 저항과 해방 투쟁을 둘러싼 역사적 맥락들이 특정한 지역적 경험, 특히 식민지라는 변수를 고려한 탈식민주의의 이론적 실천과 방법론의 문제를 제기한다. 탈식민주의가 파농과 호미 바바, 스피박으로 이어지는 잘 정리된 계보학으로서만이 아니라 반식민화 해방 투쟁의 지역적 경험을 담아낼 수 있는 보다 역동적이고 함축적인 장이 되어야 할 필요성이 바로 여기에 있다.

이를테면 반식민화 해방 투쟁이 근대 내셔널리즘과 동일한 측면을 갖고 있으면서도 제국 중심부의 내셔널리즘을 어떻게 절합하여 자기화

---

7) 아리프 딜릭, 『포스트모더니티의 역사들』, 창비, 2005, 167쪽.

하는지, 근대 지식으로서의 사회주의가 식민지에서 민족주의와 폭발적으로 결합하여 제국 중심부를 겨냥하는 반체제 혁명 투쟁으로 어떻게 전화되는지, 문화에 대한 식민주의자의 고급한 거리두기가 반식민화 해방투쟁의 과정에서 어떻게 세속화된 사회정치적인 프로파간다로 변용될 수 있었는지, 그리고 이 일련의 양상들이 식민주의와 어디서 만나고 갈라지는지에 대한 폭넓은 인식과 탐구는 제국과 식민지간의 상호 연루와 착종에 대한 탈식민주의적 관점을 계승하는 유의미한 지적 실천 행위이다. 식민주의자가 홀로 식민주의자가 될 수 없다는 제국과 식민지간의 분리와 공모에 대한 예리한 자의식은 제국에 대한 선망과 동경을 재확인하는 식민지 아류 제국주의자의 형상을 가시화하는 것 못지않게 제국과 식민지간의 동시 진행적인 식민주의를 독파하고 제국의 제국성을 유지하기 위해 억압되거나 침묵되어졌던 식민지의 반식민화 해방 투쟁의 유산까지 모두 끌어안는 비교의 관점을 요청한다.[8] 이 글은 이 비교의 관점을 이론화한 에드워드 사이드의 대위법적 독해를 식민주의를 규명하는 준거틀로 삼아 2장에서는 반식민화를 위한 해방과 저항 투쟁의 한가운데서 탈식민주의를 고민했던 실천가이자 혁명가였던 식민지 출신 비평가들의 탈식민주의 이론과 실천을 검토하고, 3장에서는 이들의 경험을 적극적으로 전유하여 메트로폴리탄 중심부에서 제국의 문화정치를 비판했던 에드워드 사이드를 제국의 가정화 전략과 은폐된 타자 '식민지'에 초점을 맞추어 규명하고자 한다. 역사,

---

8) 비교의 관점은 에드워드 사이드 이후 많은 학자들에 의해 중시되고 있다. 에드워드 사이드는 대위법적 독해를 통해 비교의 관점을 실현했는데, 에드워드 사이드의 대위법적 독해는 이 글 3장에서 다시 서술되겠지만 "제국의 은폐되어 있지만 결정적인 현존이 정전 텍스트들에서 어떻게 나타나는지를 드러내기 위해, 텍스트를 식민지인의 관점에서 다시 읽는 형식을 말한다." 빌 애쉬크로프트·팔 알루와리아, 윤영실 역, 『다시 에드워드 사이드를 위하여』, 앨피, 2005, 179쪽. 이 대위법적 독해가 좀 더 폭넓게 활용되면, 중심을 향한 동질화된 시선이 아닌 제국, 민족, 식민지, 계급, 젠더 등의 동시적 다층성을 보여주는 상호 의존적이고 병행적인 식민주의의 관계를 포착할 수 있다. 이는 분리의 기제를 재생산하는 식민주의의 이데올로기적 장치를 해체하고 탈구하는 중심전략으로서 그 의미를 갖는다.

기억, 정체성의 세 영역이 교차하는 식민주의의 전지구적이고 지역적인 영향력을 해명할 출발점으로 이러한 비교의 관점, 에드워드 사이드의 용어로는 대위법적 독해가 도입되었다. 이 글이 다소 정제되지 않고 거친 면이 있다면, 이는 탈식민주의가 처한 한국적 곤경과 맞닿아 있는 부분이기도 할 것이다. 여기에 대해서는 많은 질정과 충고를 바랄 뿐이다.

2. 식민화의 시스템과 ‘탈’식민 해방 정치의 때늦은 도래

탈식민주의를 식민주의 이후라고 하는 신식민주의의 맥락에서 파악하는 논자들이 공통적으로 지적하는 바는 1장에서 전술했듯 식민주의의 전세계적이고 근원적인 영향력이다. 에이메 세제르가 이의 단적인 예로, 그는 “식민주의가 식민주의자들을 어떻게 탈문명화시켰고 피폐하게 했으며 동시에 비인간화했는지를 고민해보아야 한다. 뿐만 아니라 어떻게 식민주의가 식민주의자들의 잠들어있는 본능을 일깨워 탐욕과 폭력과 인종차별과 도덕적 상대주의로 나아가게 했는지도 연구해보아야 한다”고 주장하고, 덧붙여 “그 어떤 식민주의도 순수하지 않고 동시에 그 어떤 식민주의도 면죄부를 부여받을 수 없으며, 식민주의를 감행한 국가, 그 식민주의를 정당화한 문명은 이미 도덕적으로 타락한 병든 문명”[9]이라고 천명했다. 에이메 세제르에게 식민주의는 문명의 이름으로 행한 전세계적인 야만의 실천이자 억압으로, 식민주의의 문명화 사명이란 그에 따르면 야만의 거울상에 지나지 않았던 것이다. 그 어떤 식민주의도 가치와 문화의 위계질서를 동반하지 않는 경우가 없다고 할 때, 에이메 세제르는 식민주의의 권력작동원리를 정면에서 비판한 셈이다.

---

9) 에이메 세제르, 앞의 책, 23, 31쪽.

  그는 마노니와 같은 정신분석학자를 빗대어 식민주의자의 폭력을 식민지인들에게로 되돌리는 식민주의의 전형적 지식행태를 고발한다. 마노니가 마다가스카르인들의 정신분석을 행하면서, 백인들이 마다가스카르에 온 것은 마다가스카르인들이 백인을 신격화하고 동경했기 때문이지, 그 역은 아니라고 보았기 때문이다. 따라서 식민주의의 책임은 오로지 "의존에 대한 필요를 경험한 자들", "식민주의자들의 도래를 무의식적으로 예기하고 심지어는 욕망한"10) 식민지인들에게 고스란히 되돌아오게 되고, 식민주의자들의 강제와 폭압은 삭제되거나 은폐되는 전도된 현실이 도래한다. 에이메 세제르가 식민주의를 사물화로 등치했던 이유는 이러한 전도된 현실이 더한 현실성(reality)을 띠고 사물화되는 식민지의 현실을 드러내기 위해서였음은 여기서 분명해진다.

  식민화의 이러한 파괴적 조우와 접촉을 한층 더 신랄하게 파헤친 탈식민주의 비평가가 멤미이다. 멤미는 식민주의자가 식민지인을 향해 무자비한 민족주의자 혹은 인종주의자라고 비난하는 것은 "식민지인이 세상을 향해 마음을 열고, 식민지인이 휴머니스트가 되기를, 인터내셔널리스트가 되기를 기대하는 것"11)과 마찬가지로 식민주의자의 자기기만을 담고 있다고 꼬집었다. 식민지인이 식민주의자와의 관련 하에서 계속 자기를 규정할 수밖에 없었던 식민화의 일상은 망각한 채 오로지 식민지인이 보편적 휴머니스트가 되지 못하는 현실만을 개탄하는 식민주의자는 보편이 이미 그들 자신만의 것에 지나지 않았음을 철저하게 외면하고 있기 때문이다. 식민화된 식민지인들은 식민화를 찬성하거나 거부할 권리를, 선택의 기회를 애초부터 박탈당한 자들이다. 식민주의자가 식민주의자의 특권과 향유를 식민지인들에게서 보장받을 때, 식민주의자는 식민지인이 언제나 '식민지적'이기를 바라는 식민화 시스템의 일부로 앞서 작동하고 있다. 식민주의자의 개인적 희망과

---

10) 양석원, 「탈식민주의자와 정신분석학―마노니와 파농을 중심으로」, 『탈식민주의의 이론과 쟁점』, 문학과지성사, 2003, 14쪽에서 마노니 부분을 재인용했다.

11) Albert Memmi, *The Colonizer & the Colonized*, Boston: Beacon Press, 1967, p.136.

무관하게 식민주의자가 ‘식민주의자’가 되는 것은 이러한 식민화의 시스템에서 지정되고 할당된 주체위치가 그를 식민주의자로 만들기 때문이며, 이 식민화의 시스템에서 식민주의자는 식민지인들의 노예노동을 통해 경제적 이윤과 부를 획득하게 되는 것이다.

멤미가 식민지인들을 식민 주체가 되지 않을 권리를 거부당한 자들로 묘사했을 때, 여기에는 보편의 사회역사적 경험에서 추방된 식민지인들의 손상된 자기구성의 표지가 깊숙이 내재되어 있다. 각 개인의 신체를 관리하고 통제하는 메트로폴리탄 근대 식민 국가의 생체정치는 식민주의자와 식민지인의 비대칭적인 인지와 분리를 제도화한다. 군대, 경찰과 같은 폭력적 국가기구가 식민지인의 신체와 직접 맞대면하여 유순한 신체로 길들임은 물론 피부색에 고착된 가치의 위계 기호들로 전방위적으로 에워싼다. 식민주의가 인종 차별주의를 필연적으로 동반하는 이유가 이것이다. 인종 차별주의는 차이를 차별화하는, 즉 지금까지 같은 인간으로 지녔던 차이를 피차별자를 비인간화하기 위한 도구로 변형시켜 피차별자는 인간에서 동물로, 동물에서 사물로, 사물에서 단순한 기호로까지 전락하게 된다. 인종 차별주의는 때로 상호 모순되는 진술을 구사하는 일도 서슴지 않는데, 어리석은 자가 교활해지고 태생적 허약자가 성적 호색한으로 둔갑하는 일이 다반사로 일어난다. 인종 차별주의를 동반한 식민화 시스템이 총체적인 감시권력이 되는 것은 이처럼 억압적 국가기구의 일상적 상존과 차별적 언어기호의 담론적 실천이 상호 결합되는 ‘삶의 식민화’ 때문이다. 따라서 멤미가 보편의 사회역사적 경험에서 박탈된 이들 식민지인들을 세제르와 마찬가지로 역사에서 지워지고 기억을 약탈당한 오염된 자들로 호명했을 때, 식민주의는 식민지인들의 치유할 수 없는 왜곡과 훼손을 야기한 근대 역사의 원상으로 오롯이 각인되게 된다.

과거를 탈취당한 식민지인들은 현재와 미래의 가능성도 봉쇄당하고 만다. 역사의 한 지점에서 과거는 현재와 미래와 뒤얽혀 움직여가기 때문이다. 식민주의의 과거 ‘이전’을 응시하는 식민지인들의 시선이 현

138

재의 좌절과 결핍, 미래의 불안과 희망을 응축하는 삼중의 시간성을 담고 있다고 한다면, 식민지인들이 이미 상실하여 돌이킬 수 없게 된 식민주의 '이전'의 한때를 반식민지 해방과 투쟁을 위한 무기로 삼는 데서 연유한다. 그러나 이들의 저항 정치는 언제나 식민주의자의 모방과 흉내로 뒤늦게 도착하는 것이다. 식민주의자의 민족(국가)적 상징과 표상들이 식민지인들의 손에 마침내 주어졌을 때, 식민지인들이 듣게 되는 소리라고는 "분노에 찬 야만적 쇼비니스트들"12)이다. 식민지인들의 근대성과 그 반발로서의 (반)근대성에 대한 희구가 식민주의자들의 식민화 시스템이 낳은 뒤틀린 산물이자 식민지인들의 채워지지 않은 욕구의 분출임에도 식민주의자들은 자신과 닮은 하지만 자신의 이 때늦은 계승자들을 또 한번 희화화함으로써 역사의 바깥으로 밀어낸다. 근대(민족)국가의 구성원으로 근대(민족)국가의 수립과 형성에 한 번도 관여하지 못한 식민지인들이 식민주의자가 그들에게 남긴 유산을 무의식적으로 반복하면서 식민주의자의 흔적을 깨끗이 제거/청산하려는 모순되고 착종된 이율배반적 심리구조는 그래서 항상적인 위기에 처하게 된다. 식민주의로부터 탈피하려는 그 순간에서조차 식민주의자의 연루와 동거를 재확인하는 역설에 시시각각 마주치는 식민지인들에게 투쟁은 결코 한 번으로 끝나지 않는 미완의 숙제로 남겨지고, 식민지인의 민족의식은 멤미의 말처럼 제일 먼저 찾아오는 것이 아니라 가장 최후에 획득되어야 할 것임을 깨닫는 일은 반식민지 해방 투쟁의 한가운데서이다.13)

---

12) Albert Memmi, 위의 책, 95쪽.

13) Albert Memmi, 위의 책, 96쪽. 이것은 근대민족(국가)주의가 근대적 시민으로서 개인의 자기 정립과 인식을 필요로 한다는 차원에서 이해되어야 한다. 멤미는 투표와 같은 근대적 주권행사를 통해 민족공동체와 영토적 귀속성을 경험해보지 못한 식민지인들이 민족의식을 획득하게 되는 것은 식민주의자들에 대한 전면전을 선포하는 반식민지 해방 투쟁과 저항에서 가능하다고 보았다. 그가 '혁명'의 폭력성을 용인했던 이유도 이러한 폭력적 단절을 통해 식민주의가 그에게 덧씌운 마니교적 이분법을 넘어서서 식민지인이 보편적 주체로 설 수 있는 기회를 제공해준다는 차원에서였다.

가령 식민화의 시스템에서 식민주의자의 언어를 배우고 자란 식민지 출신 작가가 식민주의자의 언어가 아닌 자신의 모국어로 해방 투쟁의 시를 쓴다는 것은 이중 언어의 사용과 번역이라는 지난한 과정을 거쳐야 가능하다. 그는 생각하고 상상하고 창작하는 방법부터 새롭게 익혀야 한다. 언어가 인간을 결정한다는 이제는 상식으로 통하는 언어 결정론을 굳이 들먹이지 않더라도, 언어가 인간의 사고를 규정하고 조형하기 때문이다. 따라서 식민화 시스템에서 식민화 교육으로 문맹에서 구제된 식민지 출신 작가는 모국어로 해방 투쟁을 부르짖기까지 식민주의자의 언어를 모국어로 전환하여 다시 쓰는 몇 번의 실험과 시행착오를 겪지 않을 수 없다. 그리고 나서야 그는 비로소 모국어라는 것에 눈을 뜨게 된다. 더구나 이 모국어라는 것이 식민주의자의 언어와 개념체계에 이미 물든 것이라면, 순수 모국어에 대한 그의 꿈은 좌절과 파탄의 기록이 될 것이다. 이중 언어 사용의 식민 주체로서 그는 그나마 소수의 운이 좋은 식민지 토착 엘리트였기에 민족문화의 창설이라는 민족적 당위와 현실 사이에서 그가 동요하는 것은 당연하다. 언어에서부터 제도·사상에 이르기까지 식민주의자의 흔적이 남아 있지 않은 곳은 아무데도 없다. 식민지의 해방 투쟁이 정치적 독립 이후에 내전으로 점화하는 일이 많은 것도 이러한 반식민화의 해방 투쟁이 내적 식민화에 대한 자각과 맞물려 전체 전선을 형성하는 탓일 게다. 군사·정치·행정·법률의 각종 장치와 제도가 식민주의자의 식민화 시스템의 일부였던 한에서, 반식민화를 위한 식민지인들의 해방과 저항 투쟁은 정확히 이 모든 것들과의 전면전이 불가피해진다.

파괴에 대한 욕망만큼이나 재생에 대한 갈망이 성마른 요구와 주장들로 분출하는 이러한 반식민지 해방 투쟁 기간에 식민지인들은 자신들을 그토록 매혹시키던 식민주의자의 근대적 테크놀로지들을 해방을 위한 정치적 자산들로 기능 변환한다. 문화와 정치의 고답적 분리와 자율성에 대한 식민주의자들의 신화는 이러한 식민지인들의 해방 투쟁에서 여지없이 깨어져나가고, 식민지인들의 해방과 자립이라는 정치적

대의에 복무하는 문화의 재조직과 개정이 역동적으로 이루어진다. 식민주의자들의 근대적 테크놀로지와 다양한 문화 미디어들이 정치적 투쟁에 활용되고 전유되면서, 식민주의자들의 배타적 특권을 떠받치던 이른바 문화의 탈정치화와 보편화에 대한 식민주의자의 논법은 실제 해방 투쟁의 세속화된 요소들로 재구성되어 말 그대로 물질화되고 지역화(토착화)된다. 파농이 '투쟁하는 알제리의 소리'라는 라디오 방송국을 설립하고 라디오 방송을 통해 식민지 알제리인들을 해방투쟁의 대열로 이끌었을 때, 식민주의자의 '탈'정치화된 문화는 식민지인들의 '탈'식민화적 저항의 수단이 되었던 역사적 사례는 이를 방증하고도 남음이 있다.14)

여기에서 두 가지 면으로 설명이 가능해진다. 우선 한정된 감각의 범위 안에서 하나의 도구적 기능을 하는 라디오 수신기가 기존 사회 속의 인간에게 감각과 지력 및 근력을 계발시켜준다는 점이다. 그러나 피점령하의

---

14) 피터 차일즈·패트릭 윌리엄스, 김문환 역, 『탈식민주의 이론』, 문예출판사, 2004, 117쪽. 파농은 반식민지 해방 투쟁에서 폭력을 통한 민족 정화와 민족문화의 창조에 대한 중요성을 재차 거론하면서, 식민지인들, 특히 식민지 지식인들이 동화, 불편, 철저한 거부라는 세 단계를 거치게 된다고 피력한다. 첫 단계에서는 원주민 지식인은 지배 세력의 문화에 동화된다. 그의 작품은 모국 작가들의 작품과 거의 다르지 않다. 그의 감각은 유럽적이며 그의 작품은 모국문화의 특정한 추세와 쉽게 연결될 수 있다. 이때가 무제한적인 동화의 시기다. 둘째 단계는 원주민 지식인이 자신의 정체성을 놓고 혼란에 빠지는 단계이다. 이 창조적 작품의 시기는 역사적이고 문화적인 재발견을 포함한다. 마지막 세 번째 단계는 투쟁의 단계로, 예전까지 민중에게 빠져 민중과 더불어 살려고 했으나 이제는 그 반대로 민중을 뒤흔들고자 한다. 민중의 무감각을 존중하는 대신 그는 민중을 일깨우는 역할을 하려 하는 것이다. 바로 여기서 전투적인 문학, 혁명적인 문학, 민족적인 문학이 출현하게 된다. 프란츠 파농, 남경태 역, 『대지의 저주받은 자들』, 그린비, 2004, 251-252쪽. 피터 차일즈는 이러한 세 단계의 경과가 전에는 본인 스스로가 그러한 종류의 활동을 해낼 수 없을 것이라고 생각했던 사람들에 의해 종종 세 번째 단계의 문학이 산출된다는 사실은, 이러한 유형의 투쟁이 지닌 근본적으로 변화적인 본성과 평범한 사람들의 잠재력, 자신들의 해방에 능동적으로 참여할 수 있는 능력에 대한 파농의 신념을 예시해주는 것이라고 정리한다. 피터 차일즈, 위의 책.

알제리에서 라디오는 점령자의 손아귀에 들어있는 기술이며, 식민지배라는 틀 속에서 결코 ‘원주민’의 생필품이 되지는 못한다. …(중략)… 다른 한편으로 하나의 정보 조직이요, 언어 즉 메시지의 전달체로서 라디오는 식민지적 상황에서 특수한 방식으로 생각될 수 있다. 라디오의 방송 기술, 신문, 일반적 정보체계, 메시지와 기호를 송수신하는 장치들은 식민지 사회 속에서 존재할 때 그것을 사용하는 신분이 뚜렷하게 정해져 있다. 식민지 알제리 사회는 결코 이 기호의 세계에 참여하지 못한다. …(중략)… 1956년 이래 알제리에서 라디오를 구매하는 것은 단순히 현대적 정보 장비에 대한 집착 때문이 아니었다. 그것은 알제리인들이 혁명과 연결을 맺고 혁명과 더불어 생활하는 유일한 수단이었다. 따라서 라디오 구입은 곧 그 수단을 손에 넣는 것을 의미했다.[15]

위의 예문에서 잘 드러나듯 파농은 라디오의 대항적이고 전복적인 기능에 주목한다. “라디오가 점차 견딜 수 없을 만큼 짓눌러오는 점령자들의 심리적, 군사적 억압에 대한 기본적 저항 수단이 됨에 따라 알제리 사회는 이 새로운 기구를 받아들이기로 자진하여 결정했다”[16]고 파농이 강조했던 것과 일맥상통하는 부분이다. 파농은 특히 신문이 닿지 않는 원격지 농산어촌에서 이 라디오의 유효성을 절감했다. 그래서 그는 식민지인들의 해방 투쟁 소식을 신속하게 전달하기 위해 뛰어난 기술력으로 이를 방해하는 적들(식민주의자들)의 목소리에 맞서 기존의 라디오를 개조한 휴대용 건전지 라디오를 보급하는데 앞장서게 된다. 언제나 몸에 지닐 수 있어 기동력을 갖춘 휴대용 건전지 라디오야말로 식민주의자들의 근대적 테크놀로지를 식민지인들의 ‘탈’식민화를 위한 사상전의 중심 매체로 변경하는 과정에서 식민주의자의 것이지만 식민주의자의 것이 아닌, 모방과 어긋남을 산출했다고 해도 과언이 아니다. 비록 기술과 생산력의 측면에서 이 식민지인들의 휴대용 건전지

---

15) 프란츠 파농, 성찬성 역, 『革命의 社會學: 알제리 민족해방운동 연구』, 한마당, 1981, 64, 65, 74쪽.
16) 프란츠 파농, 위의 책, 75쪽.

라디오란 조잡하고 볼품없는 것이 사실이지만, 혁명의 정치적 자산으로 휴대용 건전지 라디오는 식민주의자들에게 역습과 반격을 가하는 훌륭한 프로파간다였다. 이처럼 같지만 다른, 차이의 반복을 문화의 세속화라고 부를 수 있다면, 파농은 이 문화의 세속화를 철저하게 수행하는 것만이 반식민화 투쟁의 원동력이 될 수 있다고 생각했던 것이다.

식민지인의 반식민화 투쟁은 이렇게 식민주의자의 유제와 관행을 재생산하지만, 식민주의자의 유산에 도전하고 항의하는 '때늦은 시차'의 현장이 된다. 이 시차의 현장은 식민지인의 식민지성과 탈식민화의 부단한 저항이 뒤얽히는 현재적 장소이다. 메트로폴리탄 제국의 중심부에서 이들의 반식민화 해방 투쟁의 경험은 그래서 자못 파괴적이다. 메트로폴리탄 제국의 제국성을 둘러싼 기억과 망각의 장이 이들의 개입과 간섭으로 인해 기존 제국의 역사에 균열과 동요를 초래하기 때문이다. 에드워드 사이드는 메트로폴리탄 중심부에서 이들의 반식민화 경험을 불러내어 재조명하는 비교의 관점을 도입한 선구적 인물로, 반식민화 해방 투쟁에 대한 그의 이론적 작업은 급진적 인식과 통찰을 제국의 중심부에 새겨놓게 된다. 3장에서 다룰 에드워드 사이드의 제국의 문화 정치는 바로 이 식민지를 은폐함으로써 가능했고, 그리고 이들의 은폐된 목소리가 유령처럼 되돌아오는 순간 제국의 '탈'정치화된 문화의 정치성이 여실히 드러나는 문제적 장이 됨을 보여준다. 3장의 에드워드 사이드의 작업을 거쳐 이 글이 최종적으로 목표삼고 있는 것은 한국의 해방공간에서 이 비교의 관점이 유의미한 통찰을 가져다줄 수 있는지의 여부와 관련되어 있다. 3장과 4장에서 이어질 내용은 이것이다.

3. 메트로폴리탄 제국의 가정화 전략들과 은폐된 타자 '식민지'

사이드는 『오리엔탈리즘』에서 메트로폴리탄 제국의 제국적 권위와 지배의 원천이 식민지인의 '식민성'을 구성하고 참조하며 확증하는 오리엔탈리즘 담론의 지속적 생산과 유포에 있음을 밝혔다. 문제설정의 방식이 변화하면 문제의 대상과 그 대상이 관계 맺고 있는 의미론적 지평도 달라지기 마련이다. 이런 점에서 사이드는 문제설정의 방식 자체를 바꾸는 인식론적 혁명을 통해 세계를 새롭게 이해하는 길을 터놓은 셈이다. 오리엔탈리즘 담론은 오리엔트라는 타자에 대한 재현과 표상의 통합적 체계이긴 하지만, 오리엔트보다 메트로폴리탄 제국의 과거와 현재에 보다 더 깊은 관련성을 가진 '제국'의 역사를 함축하고 있다. 사이드가 오리엔탈리즘 담론을 다루고 분석하는 가운데, 오리엔탈리즘 담론을 전략적 위치 설정과 전략적 편성이라는 관점에서 재접근하는 이유는 오리엔트를 이야기하거나 기술하는 담론 주체의 고유한 위치 선정과 입장에 선재해 있는 합의된 지식의 규칙들과 축적된 지적 레퍼토리가 오리엔탈리즘의 합법성과 정통성을 보증해준다는 점 때문이었다. 그래서 오리엔트를 말하는 담론 주체는 동양과 대비되는 위치에서 오리엔트를 바라보고 서술하는 대변자/재현자, 상호 참조와 인용의 네트워크를 구축하는 중재자로 위치지어진다. 사이드가 오리엔탈리즘 담론을 '두터운 양피지 위에 덧쓴 흔적들'이라는 비유적 표현을 통해 나타내고자 했던 것 또한 오리엔탈리즘 담론이 기존의 아카이브(archive)에 종속되고 선별되며 배분되는 일련의 텍스트들, 선배들의 권위에 기댄 거대한 재인용의 집적물임을 명시하고자 함이었다.[17]

---

17) 에드워드 사이드, 박홍규, 『오리엔탈리즘』, 교보문고, 1999와 원서인 *Orientalism*, Vintage Books, New York, 1994를 함께 검토했다. 사이드의 글은 쉽지 않다. 학계에서 사이드가 자주 논의되고 있긴 하지만 사이드는 간접적이고 우회적인 방식으로 자신의 견해를 피력하는 경우가 많다. 『오리엔탈리즘』은 물론이고 『문화와 제국주의』 역시 그의 이러한 글쓰기 특징으로 인해 읽어내기가 만만하지는 않다. 그 중에서 위의 본문과 관련해서 에드워드 사이드가 『오리엔탈리즘』에서 언급한 내용을 두 가지만 들면 다음과 같다. "(전문적) 지식의 성장은 단지 추가되거나 누적되는 것이 아니라, 연구상의 합의 내에서 선택적 축적, 전치, 배제, 재배치, 주장이 이루어지는 과정이다. 19세기에 오리엔탈리즘이란 지식의 합법성은 계몽 이전에 있었던 종교적 권위에서가 아니라 선조의 권위의 재생적 인용에서 생거났다"와 "동양의 관한 지식의 체계에서 동

사이드의 『오리엔탈리즘』이 던진 반향과 파장은 실로 컸다. 메트로폴리탄 제국의 학문 제도 전반에 대한 비판과 논쟁을 불러일으킨 그의 도발적 문제제기는 메트로폴리탄 제국의 학제 간 분업 체제가 지식의 객관적 진리를 담보하기는커녕 제국의 권력을 지탱하고 유지하는 한 축이었다는 가공할 만한 진실을 들려주었기 때문이다. 『오리엔탈리즘』이 상찬만큼이나 숱한 공격의 대상이 되고 그가 '테러교수'로 불리게 된 이유도 여기서 그리 멀지 않다.[18] 『오리엔탈리즘』이 메트로폴리탄 제국의 '제국성'에 대한 불편한 진실을 소구하여 심문하는 동안, 『오리엔탈리즘』의 본질적 한계를 지적하는 목소리도 심심치 않게 제기되었다. 무엇보다 그의 『오리엔탈리즘』이 저항마저도 지배 권력으로 포섭하고 재편해가는 푸코의 미시 권력적 생산 경제(economy)에 많은 부분을 빚지면서 오리엔탈리즘 담론에 저항의 계기들을 없애버렸다는 점에서였다. 사이드가 이 주장들을 적극 수용하여 『오리엔탈리즘』의 후속편으로 펴낸 책이 『문화와 제국주의』이다.

『문화와 제국주의』에서 사이드는 메트로폴리탄 중심부의 제국이 1914년경에는 지구의 약 85%를 식민지, 보호령, 속령, 자치령으로 소유하기에 이르렀다고 언급하면서, 역사상 서양 메트로폴리스와 식민지 간에 그렇게 불평등한 권력관계가 존재했던 적은 없었다고 토로한다. 에릭 홉스봄이 '제국의 시대'로 명명한 이러한 전세계적인 식민화의 도래는 식민지뿐만 아니라 메트로폴리탄 제국의 일상에도 삶의 식민주의가 깊숙이 뿌리내리게 되는 계기가 되었다. 사이드는 식민주의와 제국주의를 분리해서 설명하고 있기는 하지만, 제국주의는 식민주의의 이러한 전세계적인 지배가 없었다면 현재와 같은 모습으로 성립되지 않았으리라는 점에 대해서 그는 공감을 표한다. 특히 사이드가 이 책에

양은 장소라기보다 토포스, 즉 인용이나 텍스트의 단편이나 동양에 대한 다른 작품들에서의 인용이나 이전에 상상한 것의 단편, 혹은 이 모두의 혼합에 의한 그 기원을 갖는 일련의 참조들, 특징점의 집합이다."

18) 빌 애쉬크로프트 · 팔 알루와리아, 앞의 책에서 정리했다.

서 주목하고 있는 것은 19세기에 정점에 이른 메트로폴리탄 제국의 식민주의가 품위 있는 메트로폴리탄 제국의 남녀에게 별다른 이의제기 없이 당연하게 받아들여졌다는 점이다. 메트로폴리탄 제국의 제국성은 제국의 숭고한 문명화의 가치들로 채색되어 제국 내 사람들에게 보편적 동의를 확보하게 되는데, 이는 식민주의가 선교사/사명가의 형상으로 대표되는 지도와 교화의 이념들을 식민주의의 연료로 삼아 식민지와 메트로폴리탄 제국 모두에 보급·유통·소비시켰기 때문이다.

선교사/사명가의 형상은 미개하고 덜 발달된 원시의 식민지인들에게 문명을 가져다준다는 식민주의의 역전된 자기구성의 인지와 회귀를 담지하고 있다. 이 선교사/사명가의 형상이 선교사/식민주의자와 원주민/식민지인의 도식으로 부조되어 주객의 비대칭적인 자기구성의 논리를 정초하게 된다. 진리를 소유한 자인 ‘우리’가 진리의 혜택을 누리지 못하는 ‘저들’에게 진리의 복음을 베푼다는 시혜와 자선의 선교사적 의식이 그 대척점에 위치한 자들을 스크린으로 하여 자기의 원망과 이상을 반사하고 투영한다. 식민주의의 사회경제적 약탈과 착취가 몰각되고 봉인되는 지점은 이러한 선교사/사명가의 형상이 식민화 시스템과 분절·접합되어 메트로폴리탄 제국의 제국성을 나르시시즘적인 은폐막으로 둘러싸는 바로 그때이다.[19]

사이드가 ‘이데올로기적 평정’의 역할을 문화가 수행하고 있다고 주창했을 때, 그는 문화의 이러한 제국주의적 함의들과 면책의 기능들을 적시한 것이라고 할 수 있다. 그는 “고급문화나 공인문화는 스스로가 제국주의의 원동력을 형성하는데 일조했음을 필사적으로 부정하려 했고, 제국주의의 대의명분이나 은혜 또는 악폐가 논의될 때마다 문화에

---

19) 에드워드 사이드는 “문화의 제국주의”에 관한 연구를 종합·정리하는 가운데, 서양에 의한 비서양의 적극적 지배는 그 규모면에서 전지구적이며, 이 모든 것은 다시 제국과 식민지 모두에 제국—권력의 수렴과 작동을 통해 보편적인 식민화 담론을 구축하게 된다고 말한다. 이를 선후관계로 따지는 것은 무의미한데, 동시 진행되는 제국—권력과 식민화 담론의 정당화 체계는 흔히 ‘문명화의 사명’으로 통칭되어 이를 따라 ‘선교사/사명가’의 형상이 분절·첨가된다. 에드워드 사이드, 앞의 책, 230쪽.

대해서는 아무런 의심도 없이 면책시키는 데 강박적으로 집착했다"[20)]고 말하면서, 홉슨이 말한 '소급적 동의'를 이것과 관련시켜 논의한다. 소급적 동의란 피지배민족을 먼저 지배하고 나서 마치 이들이 여기에 동의한 것처럼 사후적으로 정당화하는 배제와 차별의 담론적 실천으로, 이러한 소급적 동의의 예는 메트로폴리스의 정전이라 불릴 만한 대표적인 고전들을 총망라하고 있다. 콘래드의 『암흑의 핵심』에서부터 베르디의 「아이디」, 새커리의 『허영의 시장』에 이르기까지 그가 분석하고 있는 작품의 종류는 다양한데, 그 중에서 제인 오스틴의 『맨스필드 파크』는 시사하는 바가 크다. 그는 제인 오스틴의 『맨스필드 파크』가 표면적으로 제국 내부의 가정(home—이 용어는 이중의 의미를 담고 있다. 가정과 국내 둘 다를 의미하기 때문이다)을 소설의 중심무대로 삼고 있기는 하지만, 이 소설에 산개되어 간헐적으로 등장하는 또 하나의 공간이 이 소설의 가정 내 안락과 번영을 유지하는 근간임을 놓치지 않는다. 『맨스필드 파크』의 가시화되지 않은 그러나 부재함으로써 현존하는 안티과의 식민지 대농장이 그것이다.

안티과의 식민지 대농장은 밀의 말 그대로 "그들 자신의 생산적 자본을 가진 나라로 간주될 수 없고 오히려 영국의 설탕, 커피, 다른 열매 상품들의 생산과 조달을 위한 편리한 공간"[21)]을 형성한다. 가정의 외부, 제국 본토의 외지로서 안티과의 식민지 대농장은 소설의 직접적인 배경으로 등장하기보다 토마스 경의 부재를 구현하는 소설적 장치로 제시되고 있을 뿐이다. 토마스 경이 안티과의 식민지 대농장을 관리·감독하기 위해 집을 비운 시기, 다시 말해 가부장적 권위의 일시적인 공백이 무분별한 정념과 방종한 성욕으로 점철되는 가정의 혼란과 무질서에 대한 상징적 재현물로 안티과의 식민지 대농장이 존재하는 것이다. 그래서 안티과의 식민지 대농장은 가부장적 권위의 일시적

---

20) 에드워드 사이드, 앞의 책, 227쪽.
21) 에드워드 사이드, 위의 책, 197쪽.

인 공백과 회복이라는 가정서사의 성적 플롯화로 직조되어 주변화되
고, 이에 반해 토마스 경이 대변하는 제국의 문명화 가치는 안전하게
보호·유지된다. 그는 예절과 질서의 문명화 원리들과 규준을 가정과
식민지에 동시적으로 파종하는 제국 가치의 체현자이다. 이처럼 메트
로폴리탄 제국의 자기승인과 인정의 권위는 은폐된 식민지의 '지리적'
분할과 배제를 한켠으로 경제적 이해관계를 성별 분업화하는 섹슈얼리
티와 이중으로 교차된다. 메트로폴리탄 제국의 제국성이 경제적 원천
의 비인간화된 식민주의와 경제적 이윤의 출처를 가정 바깥, 더 나아
가 메트로폴리탄 제국 바깥으로 밀어내고 합리적인 가정경제의 운영과
관리라는 섹슈얼리티의 가정화 전략과 맞물려 작동하는 한, 메트로폴
리탄 제국의 고유한 지배양식을 관통하는 문학·문화의 이데올로기적
특징은 두드러진다. 사이드가 메트로폴리탄 제국의 제국적 역학이라고
부른 이러한 고유한 지배양식의 이데올로기화는 메트로폴리탄 제국의
제국성을 균열시키는 대항적인 힘의 동시적 병존을 창출하는 대위법적
독해를 통해 그야말로 여지없이 그 실체가 폭로된다.

　제3세계 식민지인들의 저항은 19세기를 분기점으로 실제적인 투쟁
의 힘으로 전화되어 식민화 시스템의 해체와 재조정을 견인했다. 이 과
정에서 지배 권력의 정교화가 수반되는 것은 사실이지만, 그람시가 남
부농민문제를 남부의 지리적 한계가 아닌 이탈리아 북부의 산업화와
연계해 전세계적인 프롤레타리아트의 일부로 맥락화하여 프롤레타리아
헤게모니의 실천적 의제를 구상하고 산출할 수 있었던 것처럼 제3세계
식민지인들의 저항과 해방 투쟁은 지리적 분할의 안정적인 공급처로
식민지를 상상해왔던 메트로폴리탄 제국의 심상지리와 관념에 "충돌
하는(괴리된) 경험"을 새겨 넣게 된다. 이러한 "충돌하는(괴리된) 경험"
은 "이데올로기 문제를 회피하는 것이 아니라 서로의 경험들을 병치시
키고 경쟁하게 함으로써 이데올로기적으로 문화적으로 서로 문을 닫아
걸고, 다른 견해와 경험을 억누르고 멀리 해왔던 제 견해들과 경험들
을 공존"22)시키는 대위법적 독해를 개시한다. 사이드가 이 대위법적

독해로 읽어낸 것이 제인 오스틴과 제국이며, 에이메 세제르, 아체베, 파농 등의 식민지적 상흔과 상이한 실천을 이야기하고 새로운 미래를 위해 과거를 재해석했던 제 3세계 식민지 출신의 작가와 활동가들의 작업이다. 이런 점에서 대위법적 독해는 메트로폴리탄 제국의 제국성과 식민지간의 상호 의존성과 중복에 대한 사회역사적인 흔적들과 전거들을 세속적이고 유토피아적인 방식으로, 단층과 모순을 내장하며 비판적으로 개입하고 추궁하기 위한 전략적 거점이 된다. 제국과 식민지간의 상호 의존과 갈등을 동시진행형으로 파악하고 규명하는 대위법적 독해가 혼성적이고 복수적인 관점과 시각을 요청하는 것은 이 때문이다. 이는 결국 식민주의가 끼친 전세계적이고 지속적인 영향력과 아직도 끝나지 않는 식민주의의 기원을 성찰하고 재구하는 탈식민화의 반성적 인식과 전망을 함축하고 있다. 사이드의 이러한 대위법적 독해는 식민지 독립 이후의 급진적인 지역(토착) 정치를 혁명의 토대로 삼고자 하는 아리프 딜릭에게로 이어지게 되는데, 그는 현재의 정체성주의와 다문화주의의 떠들썩한 다양성과 관용성의 구호들에 반대하여 대위법적 독해의 지리·경제·정치·문화의 저항성에 그 무게의 중심을 옮겨간다. 다음 예문은 그래서 주목할 만하다.

> 현재의 문화정치가 지닌 문제는 문화정치가 정체성에 대한 인식을 설명해야 한다고 주장하는데 있는 것이 아니라 오히려 다양성을 문화정치의 목적으로 삼는다는 데 있다. 이는 또한 현존하는 권력배치를 건드리지 않으려는 자유주의적 목적, 심지어는 경영상의 목적을 위해 문화정치가 전유되도록 한다. 그러나 급진적 시각에서 정체성의 정치가 갖는 궁극적인 목적은 정체성에 경계를 긋는 일이 아니라 바로 이 모든 사람들이 이 차이에도 불구하고 함께 살아가도록 하는 것이다. 정체성이 역사의 산물이라면 정체성은 변화하는 환경에 따라 또 변할 수 있다. 초공동체 개념은 지역간 관계뿐 아니라 지역 내 관계들이 제기하는 문제들을 해결하는 데 적절할 수 있다. 내가 이해한 초공동체라는 말의 의미는 에드워드 사이의

---

22) 에드워드 사이드, 앞의 책, 99쪽.

‘대위법적’ 독해라는 말의 의미와 비슷하게 해체적 의미를 지닌다. 즉 양
자의 완전한 상태를(그리고 경계까지도) 인정하는 한편, 인정된 또는 억압
된 타자의 도움을 통해 텍스트와 문자 등을 해독한다는 뜻이다.[23]

4. 다시 혁명의 ‘유산’을 묻는다는 것의 의미

3장 마지막에 인용했던 아리프 딜릭은 이 책의 다른 부분에서 “내
게는 현대 대다수의 탈식민성에 대한 논의에서 무엇이 이론적일 수 있
는지는 의문이다. 왜냐하면 탈식민성에 대한 현재의 논의는 모든 전체
성들과 토대적 범주들을 부정함으로써 이론화에 저항하기 때문이다”
라는 비판적 견해를 개진하며 “혁명 투쟁과 혁명적 민족주의에서 민족
문화는 이미 주어진 이런저런 전통으로 존재하는 것이 아니라 민족해
방투쟁을 위해 지속적으로 창조되어야 하는 문화”[24]임을 강조했다. 그
가 이런 주장을 한 이유는 본질주의에 대한 과도한 의혹과 경계가 민
족문화의 역사적 구성성에 대한 인식을 가로막고 있는 작금의 탈식민
주의 이론의 한계를 지적하기 위해서였다. 전가의 보도처럼 내세우는
본질주의라는 비난은 민족이 “자아규정을 위한 하나의 이데올로기적
근거를 제공해왔고, 창안되었건 아니건, 일련의 역사적 동력으로 존재
해온”[25] 사회역사적 현실에 눈을 감게 하고 민족주의라는 획일적이고
추상화된 범주로 민족구성의 차이들을 지워버리는 역효과를 양산한다.
역사와 민족의 상호 연관성에 대한 진부한 애기를 되풀이하자는 것이
아니다. 식민지와 제국 중심부를 관통하는 대위법적 독해에서 식민주
의는 적어도 식민지인들에게 민족을 저항의 근거지로 삼게 했고, 이

---

23) 아리프 딜릭, 앞의 책, 434-435쪽. 이 인용문은 필자가 일부 겹쳐지는 부분들을 생략
   하며 참조한 것이다. 논의의 명확성을 위해 중첩되는 부분은 생략하는 것이 더 좋겠
   다는 필자의 판단 때문이었다.
24) 아리프 딜릭, 위의 책, 139쪽.
25) 아리프 딜릭, 위의 책, 41쪽.

150

역사와 민족의 모순에 찬 관계들을 사회역사적 현실로 구축하게 했다
는 사실을 명확히 하자는 뜻이다. 식민화의 시스템에서 민족과 지역은
별개로 존재하지 않았다. 식민지라는 대지의 저주받은 식민지인들은
계급·지형·인종의 차별을 동시적으로 겪으며 식민주의자와 대면해
야 했다. 식민지에서 '인종이 곧 계급이다'26)라고 했던 파농의 언명은
바로 이 점을 꿰뚫고 있는 것이다.

    파농과 멤미는 민족의식과 민족문화가 부단한 투쟁을 통해 최후에
획득되어야 할 산물임을 일깨워준다. 그래서 그들은 반식민화의 해방
과 저항 투쟁에서 식민주의자의 흔적들을 깨끗이 제거하려는 발본적인
파괴와 단절에 대한 식민지인들의 성마른 욕구를 긍정하는 한편 안정
보다 혼란을 기꺼이 선택하려는 이들의 초조와 불안감에 내심 우려를
표하기도 했다. 이것이 식민지 독립 이후의 신생국가들의 곤경과 역설
을 말해주는 지점으로, 이는 비단 신생 해방한국에만 해당되는 것은
아니었다. 식민지에서 해방한 구식민지의 독립국가들은 예외 없이 반
식민화 투쟁을 외부에서뿐만 아니라 내부에서도 치루어야 했기 때문이
다. 동아시아 각국들과 아프리카, 발칸반도의 국가들에 이르기까지 이
것은 단 하나의 예외도 존재하지 않았다.27) 제국간의 전쟁이었던 제2

---

26) 프란츠 파농은 식민지의 거주지를 자세히 살펴보면 세계를 구분하는 단초가 특정한
   인종에 속하느냐 그렇지 않느냐에 달려 있다는 말로 식민지의 인종 구분을 마르크스
   계급 분석과 연계시켜 파악할 것을 주장한다. 앞의 책, 60쪽.
27) 한국의 해방공간을 엄밀하게 규정하여 1945년 이후 약 2년간을 잡는다면, 이때 동아
   시아와 아프리카 그리고 발칸의 구식민지 국가의 동향에 관심이 매우 컸음을 알 수
   있다. 사회주의 운동 및 이것과 탈식민지 민족해방투쟁과의 연계 그리고 각 지역의
   진로와 전망 등 탈식민지 국가로서 공통된 자의식과 연대감이 주조음을 이루고 있었
   다. 이러한 주변부성에 대한 자각은 한국뿐만 아니라 구식민지 국가들이 공히 해방독
   립국가로서 당면한 과제였던 식민화 시스템의 해체와 변용 그리고 구성원으로서의
   자격요건 등 건국사업에 공통된 관심사를 공유하고 있었음을 말해준다. 『신천지』의
   1946~1947년 기사들은 인도 특집(「인도네시아는 어디로」, 「和蘭의 인도네시아 侵略
   史」, 「인도네시아의 민족운동」), 발칸 반도의 정치 동향(「발칸반도의 정치동향」), 중국
   의 정황(「두개의 中國과 朝鮮의 장래」)을 집중적으로 다루었다.

차 세계대전이 종결되었다지만 구식민지 국가들의 전쟁은 끝나지 않았던 것이다. 아니 그것은 차라리 전쟁의 시작이었다. 일제 식민 통치에서 해방된 한국‘민’들 역시 식민지인이 아닌 해방 독립국가의 일원으로서 새로운 국가건설과 창립이라는 뜨거운 열망을 공유하며 해방 직후에 새로운 근대민족국가를 꿈꾸었다. 김남천은 「一九四五年 八·一五」라는 소설의 한 구절에서 이러한 열망과 욕구를 “8월 15일 뒤에 건설될 나라를 위하여 어떠한 방식으로 이바지할 것인가 하는 생각은 누구나 가지고 있을 줄 압니다마는 나두 병석에는 누워 있어도 내깐으로 생각하여 그 방향이나 행로라고 할 만한 것을 작정은 해보고 있습니다. …(중략)… 나는 이 불행하였던 나라의 젊은 청년이 마땅히 가져야 할 가장 정당하고 또 아름답고 순수한 애국심만을 가지고 이 길을 선택하고 이 길을 실행에 옮기려는 것입니다”28)라는 말로 해방을 건국사업과 일체화시키고 있다. 비록 임정과 인공이라는 두 정치체가 이 해방 한국‘민’들의 자기표현을 매개하고 흡수하면서, 임정과 인공이라는 두 정치체의 대결로 치달아가긴 했지만 해방 초기 한국‘민’들의 정치 열기는 45개의 정당이 명멸할 만큼 다양하고 분산적이었다.29) 이것이 폭발적인 표현양태로 배출되는 것은 식민지인들의 반식민화 해방과 저항 투쟁의 ‘때늦은 시차’에 말미암은 것이지만, 이 ‘때늦은 시차’가 식민지인의 식민성의 증거로만 회수될 수 없는 것은 식민지인들의 반식민화 해방투쟁이 근대민족국가의 수립으로 직결되는 구식민지 국가들의 지구적이고 지역적인 현실 때문이었다.

---

28) 김남천, 「一九四五年 八·一五」, 『자유신문』, 1945년 10월 15일~1946년 6월 28일까지 연재된 작품이다. 이 작품은 1945년의 해방 정국과 거의 시차 없이 쓰여진 한국 문학사에서 드문 장편소설 중 하나로, 이 시기 정국을 엿볼 수 있는 소중한 사료로서 부족함이 없다. 이 글의 주 대상 텍스트는 2007년 작가들에서 단행본으로 출간된 『1945년 8·15』, 115-116쪽이다. 현행 표기법으로 바꾼 이외에 원문과 달라진 점이 없고, 원문 중 일부 지워지거나 보이지 않는 부분을 감안한 결과다.

29) 임정과 인공의 대결 구도와 역학에 대해서는 졸고, 「스캔들과 반공: 여류명사 모윤숙의 친일과 반공의 이중주」, 『한국근대문학연구』 17집, 2008을 참조할 수 있다.

말하자면 식민주의에 의해 문화적으로 오염된, 혹은 오염되었다고 느꼈던 식민지인들은 반식민지 해방과 저항 투쟁에서 식민화의 흔적들을 제거하고 청산하고자 하는 열망을 갖는다. 해방독립국가를 위한 선결조건으로서 제도와 기구뿐만 아니라 인적 청산까지 이 모든 것은 식민화 시스템과 절연하여 해방독립국가의 기초를 구축하려는 '재민족화' 기획과 긴밀하게 잇닿아 있어서 새로운 국가건설에 합당한 '재민족화'의 범주와 구성을 둘러싸고 첨예한 대립과 반목이 오가게 되는 것이다. 제도와 기구뿐 아니라 인적 청산이 구성원 내부의 합의에 의해 해소되기보다 내전으로 비화되는 일이 많은 것은 이러한 식민주의의 청산/척결에 대한 식민지인들의 사회정치적인 욕망과 갈구의 한 증좌이다. 식민지 독립 이후 신생국들 대부분이 하나의 독립된 근대민족국가를 염원했으면서 이러한 근대민족국가의 수립을 보지 못한 것은 이러한 제국과 식민지간의 그리고 반식민화 투쟁의 해소되지 않은 내적 모순과 긴장이 만들어낸 식민주의의 전지구적이고 지역적인 산물이었다.

이 위기의 국면들을 이 글에서 전부 다루려는 것은 아니다. 더구나 해방한국의 전체 조감도를 그리는 것도 이 글의 의도가 아니다. 탈식민주의적 관점이 지역화된 식민주의의 구체적인 역사를 횡단하고 이를 극복하는 단초를 제공하기 위해서 먼저 필요한 것이 무엇인지를 함께 고민하고 논의하자는 뜻에서 한국의 해방공간을 특화하여 다루었다. 파농은 주변부 식민지(구식민지)를 식민―탈식민―신식민 및 재식민―내부 식민지의 네 가지 이행단계로 나누어 설명했는데, 각 지역의 지역화된 사회역사적 현실과 초지역적 지구화가 주변부 식민지를 몇 가지의 이형태로 분기했다. 1946년 11월 오기영이 절박한 심정으로 쓴 「續민족의 비원: 경애하는 지도자와 국민에게 고함」이 예사롭지 않은 울림으로 다가오는 것은 이 때문이다. 그는 미군정의 점령 정책이 체제 친화적인 반공노선을 가속화하면서, 해방한국의 전방위적인 반식민화 투쟁의 입지가 축소되고 남과 북이라는 양자택일의 선택에 내몰린 지식인들의 좌절과 고뇌 그리고 기대와 희망이 교차하는 양가적인 심경을 다음과 같이 표현했다.

> 해방 이후 내가 다시 붓을 잡는 시초에 나는 전 민족이 총참회(總懺悔)를 하자고 외쳤고 오십보(五十步) 소백보(小百步)일 뿐으로서 따지고 따져 보면 일본에 협력하지 않은 자 누구랴 하여 친일분자 민족반역자 처단의 주장을 삼가자 하였으나 이제 와서 나는 그 일문을 취소할 수밖에 없으며 친일분자 민족반역자와 모리배 등 반동분자의 무자비한 소탕이 없이 인민의 나라를 건설할 가망이 없다는 주장을 찬성하지 않을 수 없습니다.
>
> 경애하는 지도자 여러분
>
> 지금 우리는 세계의 환시(環視) 중에 있습니다. 사천년의 문화와 수려한 산천과 풍요한 전토(田土)와 거기 자급자족할 자원을 갖추어 가진 이 역사의 유민이 이제 한때 피정복의 압력에서 벗어나서 자립하느냐 못하느냐 하는 흥미도 흥미려니와 미국이나 소련이나 자기류(自己流)의 나라를 세우는 시험장으로서의 조선이 과연 어떤 형태의 국가로서 등장할 것이냐 하는 것을 주목하고 있습니다. 그런데 우리는 이러한 세계의 환시(環視) 중에 유감스럽게도 성격 파탄적 모든 추태를 연출하여 관찰자를 실망시키고 있습니다. …(중략)…
>
> 오늘날 우리가 해방은 되었다고 하지마는 이것이 자력에 의하여 전취되지 못하였다는 것은 다만 무력적 견지에서만이 아니라 우리의 인격 혁명 자아 해방의 선결 조건을 뒤로 미룬 채 세계의 판국이 교정되는 덕에 이루어진 것이기 때문에 우리는 이 해방을 진정한 해방이라 보기 어려우며 그래서 우리의 진정한 해방은 이제부터 완수해야만 할 숙제(강조: 인용자)로서 그대로 남아 있습니다.[30]

오기영은 식민지인의 해방이 실로 해방의 최종점이 아니라 서곡에 지나지 않음을 갈파했다. 파농과 멤미와 같이 그는 식민지인의 민족의식과 민족문화가 저절로 찾아오는 것이 아니라 최후에 획득되어야 할 산물임을 온몸으로 깨달았던 것이다. 이것이 그가 "친일분자 민족 반

---

30) 오기영, 「續민족의 비원: 경애하는 지도자와 인민에게 호소함」, 『신천지』, 1946. 11, 47, 62쪽.

역자와 모리배 등 반동분자의 무자비한 소탕이 없이 인민의 나라를 건설할 수 없다는” ‘제2의 해방론’, 물론 이것은 박정희에 의해 소극화되고 마는 유신혁명(임자유신으로 명명된)의 제2의 혁명론을 낳게 한 근인이다.[31] 오기영이 식민지인의 ‘식민지성’을 벗어나 ‘탈’식민화의 자주국가를 꿈꾸었던 바로 그 지점에서 이 ‘식민성’의 각인을 기억하고 소환하며 곱씹는다는 것은 도래하지 않은 미래를 과거의 한 지점에서 길어 올려 지킬 수 없었던 약속, 회피할 수 없었던 참화, 실현 불가능한 꿈과 같은 역사의 정지점이라고도 할 수 있는 것들을 찾아내어 현재의 절박한 관심과 연계하는 기억의 사회정치적인 실천과 의미를 탈환하는 적극적인 자기구성의 계기를 내포하고 있다.[32] ‘탈’식민화란 단발마적이고 일회적인 과제가 아니라 끊임없이 만들어가는 것, 파농이 문화의 세속화라고 불렀던 것을 개시하는 세속적이고 유토피아적인, 현재적이자 미래적인, 식민지성과 혁명의 유산을 딛고 저 너머를 일별하는 긴장과 모순을 껴안는 힘겨운 작업이기 때문이다. 그것이 또한 과거를 현재의 잣대로 재단하지 않는 책임 있는 연구자의 자세일 것이라고 나는 마지막으로 자문해본다.

주제어 : 탈식민, 해방, 제국, 문화정치, 주변부 식민지

---

31) 박정희의 제2의 혁명론과 식민지적 오리엔탈리즘에 대해서는 졸고, 「한국사회의 진보와 보수에 대한 일 성찰—박정희의 ‘대표/재현’의 논리와 ‘지도자상’의 구축을 중심으로」, 『동방학지』, 2008년 6월호에서 상술했다. 식민지 말기에서 박정희로 이어지는 한국사회의 변모와 굴절을 이 탈식민주의적 관점에서 통합적으로 고찰하는 것이 필자가 이후 하고자 하는 작업의 일부이다.

32) 요네야마 리사, 이규수 역, 「기억의 미래화에 대해서」, 『내셔널 히스토리를 넘어서』, 코모리 요이치·타카하시 테츠야 편, 삼인, 2000, 288-289쪽을 정리했다.

◆ 참고문헌

강상중, 이경덕·임성모 역, 『오리엔탈리즘』, 이산, 1997.

공임순, 「스캔들과 반공: 여류명사 모윤숙의 친일과 반공의 이중주」, 『한국근대문학연구』, 2008. 4.

──────, 「한국사회의 진보와 보수에 대한 일 성찰─박정희의 '대표/재현'의 논리와 '지도자상'의 구축을 중심으로」, 『동방학지』, 2008. 6.

권명아, 「연대와 전유의 갈등적 역학」, 『상허학보』 19집, 2007. 2.

김남천, 『1945년 8·15』, 작가들, 2007.

로버트 J. C. 영, 김택현 역, 『포스트식민주의 또는 트리컨티넨탈리즘』, 박종철 출판사, 2005.

빌 애쉬크로프트·팔 알루와리아, 윤영실 역, 『다시 에드워드 사이드를 위하여』, 앨피, 2005.

아리프 딜릭, 『포스트모더니티의 역사들』, 창비, 2005.

양석원, 「탈식민주의자와 정신분석학─마노니와 파농을 중심으로」, 『탈식민주의의 이론과 쟁점』, 문학과지성사, 2003.

에드워드 사이드, 박홍규 역, 『오리엔탈리즘』, 교보문고, 1999.

──────────────, 박홍규 역, 『문화와 제국주의』, 문예출판사, 2005.

에이메 세제르, 이석호 역, 『식민주의에 관한 담론』, 2004, 동인.

오기영, 「續 민족의 비원: 경애하는 지도자와 인민에게 호소함」, 『신천지』, 1946. 11.

요네야마 리사, 이규수 역, 「기억의 미래화에 대해서」, 『내셔널 히스토리를 넘어서』, 코모리 요이치·타카하시 테츠야 편, 삼인, 2000.

프란츠 파농, 성찬성 역, 『革命의 社會學: 알제리 민족해방운동 연구』, 한마당, 1981.

프란츠 파농, 남경태 역, 『대지의 저주받은 자들』, 그린비, 2004.

피터 차일즈·패트릭 윌리엄스, 김문환 역, 『탈식민주의 이론』, 문예출판사, 2004.

Dipesh Chakrabarty, "Afterword: Revising the Traditional/Modernity Binary Mirror of Modernity", *Mirror of Modernity*, University of California Press, 1988.

吉見俊哉, カルチュラル·スタディーズ, 岩波書店, 2000.

그 외 『신천지』, 1946~1947년 기사 일부 참조.

◆ **국문초록**

이 논문은 탈식민주의가 한국 인문학에 지대한 영향력을 끼쳤다고 보고, 탈식민주의가 일상의 식민주의를 날카롭게 파헤치는데 일익을 담당했음을 전제로 탈식민주의의 기본적 문제의식을 새롭게 조명하고 환기하고자 했다. 탈식민주의는 식민주의의 전세계적이고 근원적인 영향력을 정치·경제뿐 아니라 문화와 관련해 식민주의의 지구화와 지역화의 변증법적 역학인 '자기의 이국화(self-exoticization)'와 '자기의 오리엔탈화(self-orientalization)'를 비판적으로 규명하고 탐구해왔다. 이 과정에서 제국과 식민지간의 비대칭적이고 불평등한 관계가 문제시됨은 물론 제국과 식민지간의 차이와 동일성에 대한 보다 복잡하고 다면적인 독해가 이루어졌다.

그러나 한국의 인문학 연구는 때로 탈식민주의를 내셔널리즘에 대한 비판과 직결시켜 식민주의의 일차 과제였던 제국의 '제국성'에 대한 첨예한 문제의식은 사장해버린 채 주변부 식민지인이 얼마나 '식민지적'인가를 매번 재확인하는 자기 고백과 폭로로 일관하는 감이 없지 않다. 이는 현재 식민지 말기에 대한 과잉 열기의 연구붐으로도 충분히 입증되는데, 이러한 탈식민주의의 부분적 전용과 탈취는 탈식민주의의 급진적 문제의식을 오히려 희석시킬 수 있다는 점에서 에드워드 사이드의 대위법적 독해에 대한 재인식이 필요하다.

에드워드 사이드의 대위법적 독해는 식민주의의 전지구적이고 근원적인 영향력을 규명하기 위해 제국과 식민지간에 동시 병행적으로 이루어지는 식민주의의 파괴적 영향력을 비교의 관점에서 접근하는 탈식민주의의 이론적 방법론이자 실천적 인식론이다. 이 논문은 이러한 에드워드 사이드의 대위법적 독해의 문제틀을 공유하며, 2장에서 식민지 출신 탈식민주의의 이론가이자 실천가였던 세제르와 파농 그리고 멤미를 중심으로 그들이 제기했던 식민화 시스템의 총체적인 감시체제와 인종주의의 전면적 도래 그리고 이 식민화 시스템의 파괴와 청산을 지향했던 반식민지 해방 투쟁의 '유산'과 의미를 재점검해보았다. 반식민지 해방과 저항 투쟁에서 식민지인들은 자기를 옭매던 식민주의의 흔적을 제거하고자 욕망하지만 그것이 쉽지 않다는 점에서 탈식민 해방 투쟁의 때늦은 도래를 목도하고 좌절한다. 그러나 바로 이 반(탈)식민 해방 투쟁의 때늦은 도래야말로 식민지인들의 해방을 위한 중요한 사회정치적 자산으로 기능 변환되는 문화의 세속화와 지역화(토착화)의 새로운 가능성을 도래시킨다.

　에드워드 사이드는 이러한 반식민지 해방과 저항 투쟁의 혁명적 ‘유산’을 제국의 중심부로 옮겨놓는 대위법적 독해를 통해 제국의 ‘제국성’이 식민지를 은폐함으로써 기능했음을 폭로한다. 그는 제인 에어의 『맨스필드 파크』를 하나의 전범으로 삼아 제국의 문화가 제국의 정치경제적 식민주의를 성별화된 섹슈얼리티의 가정화 전략으로 매개하고 굴절시킴으로써 식민지가 제국 문화에서 어떻게 은폐/삭제되고 있는지를 보여주고 있다. 이러한 에드워드 사이드의 대위법적 독해는 탈식민주의의 기본적 문제의식이 제국의 ‘제국성’과 식민지의 상호 의존적이고 동시적인 연루와 착종을 규명하는 유효한 방법이 될 수 있음을 새삼 일깨워준다.

　이 논문은 2장과 3장의 이론적 고찰을 통해 주변부 식민지였던 구식민지 해방 국가들의 유사하지만 다른 반식민지 해방 투쟁의 역사를 탈식민주의적 관점에서 재해석하고, 이들의 반식민지 해방 투쟁이 ‘재민족화’ 기획과 맞닿는 지점을 내셔널리즘이라는 단일한 잣대로 비판하고 일갈하기보다 이 반식민지 해방 투쟁의 ‘식민지성’과 혁명의 ‘유산’을 딛고 과거와 현재 그리고 미래의 삼중의 시간성을 끌어안을 수 있는 구체적이고 열린 시각을 1946년 오기영이 쓴 「민족의 비원」을 빌어 타진하고 제시하는 것으로 결론을 대신하고 있다.

158

◆ SUMMARY

Liberation Struggle for 'Post' Colonial and Cultural Colitics of Empire
− Rising from 'Colonialism' of the Peripheral Colony and 'Heritage' of Revolution

Kong, Im-Soon

Considering Postcolonialism a great effect in Korean humanities, this paper focuses on a basic critic perspective of Postcolonialism on the assumption that it has helped keenly understand for Colonialism of the daily life. Postcolonialism critically has analyzed and examined 'self-exoticization' and 'self-orientalization' as dialectic dynamics of globalization and localization in relation to politics, economy and culture which have been a result of Colonialism.

But the existing studies of Korean humanities have consistently pursued self-confession and disclosure reconfirmed how much the peripheral intelligent is colonialism rather than tried to make clear 'Imperialism' of Empire in global colonialism. This can be proved numerous studies about the end of colonial period, they sometimes have blurred out sharp awareness of Postcolonialism by partly appropriating and usurping Post-colonialism. Thus nowadays contrapuntal criticism of Edward Side needs to define newly.

Contrapuntal criticism of Edward Side has an theoretical methodology and practical theory of knowledge approaching a destructive result of Colonialism in terms of comparative studyto examine global and basic influence of Colonialism which run parallel between Empire and Colony. While this paper shares the issue of contrapuntal criticism of Edward Side, it also reexamines not only a total surveillance regime of Colo-nialization system and a full-scale coming of racism proposing such as

Cesaire Aime, Fanon Frantz, Memmi Albert previously said in this paper two chapter but also 'heritage' and meaning of anti-colonial liberation struggle intending for this destruction and clearing of Colonialization system. Colonial people wanted to eliminate the trace of Colonialism tied themselves, but because of not easy to it and too late coming of anti-colonial liberation struggle they felt frustration. However this belated coming of anti-colonial liberation struggle brought about new possibility of secularization and regionalism of culture translated as a important political-social property for liberation of Colonial people.

Edward Side showed that 'Imperialism' of Empire has been at working by suppressing Colony through contrapuntal criticism which put this revolutionary 'heritage' of liberation and resistance struggle in metropolis of Empire. For example Jane Austen's *Mansfield Park*, he argued, contributed to suppress and eliminate Colony in culture of Empire by mediating and displacing political-social Colonialism with domestic strategy of gendered sexuality. This contrapuntal criticism of Edward Side awakes us how basic critic view of Postcolonialism effectively define interdependent and coincident implication and connection between 'Imperialism' of Empire and 'Colonialism' of colony.

Through theoretical examination of two and three chapter, this paper provides a stepping stone for developing a concrete and open view about anti-colonial liberation struggle which can embrace threefold temporality of the past, the present and the future rising from 'Colonialism' of the peripheral colony and 'heritage' of revolution as an example Oh, Gi-Young's *earnest wish of nation*(1946).

Keyword : Colonialism, Postcolonialism, liberation, empire, global colonialism, peripheral colony

－이 논문은 2008년 7월 31일에 접수되어, 2008년 8월 8일에서 2008년 8월 20일 사이에 이루어진 소정의 심사를 거쳐 2008년 8월 21일 편집회의에서 1차로 게재가 결정되고 2008년 10월 1일에 최종적으로 게재가 확정되었음.

박영희의 초기 행적과 문학 활동

박 현 수*

목 차

1. 논의의 초점

1923년 초 朴英熙는 그때까지 지녀왔던 문학관과 새로운 경향의 문학 사이에서 갈등하고 있었다. 당시까지 박영희는 하이네, 괴테, 베를렌 등 부르주아적 예술지상주의에 심취해 있었다. 그런데 1922년 일본 유학을 통해 새로운 경향의 문학에 눈을 뜬 金基鎭은 박영희에게 새로운 경향의 문학을 소개하고 함께 할 것을 설득한다. 1923년 1월호 『開闢』에 실린 「文壇風聞」에는 다음과 같은 언급이 있다.

懷月 朴英熙 氏는, 自己집 건는방에, 틀어박혀 안저서 베르렌 詩를 高

---

* 성균관대 동아시아학술원 연구교수.
** 이 논문은 한국학술신흥재난의 지원(KRF-2007-327-A00402)을 받아 연구되었음.

> 聲朗讀하느라고, 雅片中毒者처럼 精神이 朦朧하다는데, 그의 夫人은, 第二詩人을, 姙娠中이라든가?[1]

박영희가 방에 틀어박혀 베를렌의 시를 큰 소리로 낭독하느라 아편중독자같이 정신이 몽롱하게 되었다는 언급이다. 이 글은 박영희가 아편중독자와 같은 모습으로 시를 낭독하는 것 역시 앞선 갈등의 연장선상에 있다고 본다. 실제 당시 박영희는 金基鎭의 설득에 『白潮』 동인들 간의 관계를 소일을 위한 허위적인 것으로 보는 등 그때까지 자신이 지녀왔던 문학관, 인적 교류 등에 의구심을 지니기 시작했다. 여기에는 반 년 정도의 짧은 일본 유학 생활을 통해 얻은 불면증과 신경쇠약증의 영향도 있었을 것이다.

그로부터 불과 3년 후인 1925년 12월 박영희는 『開闢』에 「新傾向派의文學과 그文壇的地位」를 발표한다. 1925년의 문학적 전개를 되돌아보면서, "조선의 文壇에는 비로소 민중적 생활을 차지려고 고민한 흔적이 밝히 보"이며, "모든 文壇적 고민은 이 今年으로써 새로운 창조적 기초를 만들엇다"고 한다. 이어 「붉은쥐」, 「땅속으로」, 「飢餓와殺戮」, 「가난한사람들」, 「느러가는무리」 등 1924년 말부터 1년 동안 발표된 새로운 경향의 작품을 열거한 후, 다음과 같이 주장한다.

> 우리 文壇에는 確實히 이러한 新傾向이 시작되엿다. …(중략)… 지금까지에 文壇은 쁘르즈와의 文壇이엿다. 그러나 푸로레타리아의 生活이 解放되려는 이때에, 쁘르즈와의 沒落이 不遠한 이때에, 우에 말한 新傾向派는 더 深刻한 覺悟를 가지고 無産계급에 有用한 文學을 建設하기에 힘써야 할 것이다. …(중략)… **따러서 그 地位는 全文壇的으로 建設되여 가지고 쁘르즈와 文壇의 沒落을 催促하게 하는 것이며 한편으로 우리의 文壇을 形成하는 것이다.**[2](강조는 인용자)

---

1) 「文壇風聞」, 『開闢』 31호, 1923. 1, 43-44쪽. 이하의 인용문은 원문의 표기법을 따른다. 단 띄어쓰기는 현대식으로 한다.

인용에서 박영희는 1, 2년 전부터 문단에 모습을 드러내며 그 윤곽을 만들어 가던 새로운 경향의 문학을 '신경향파 문학'으로 규정한다. 그리고 신경향파 문학이 앞으로 부르주아 문학을 몰락시키고 문단의 중심적 지위를 차지하게 될 것임을 주장한다.

1923년 1월 박영희는 부르주아 문학과 새로운 경향의 문학 사이에서 갈등하고 있었다. 3년이 지난 1925년 말, 그는 갈등의 한 축이었던 부르주아 문학을 과대망상증에 걸린 문사들의 맹목적인 것이라고 비판하는 한편, 갈등의 다른 축에 위치했던 신경향파 문학을 앞으로 문단 자체를 형성할 것이라고 해 전적으로 수긍한다. 흥미로운 것은 새로운 경향의 문학, 곧 신경향파 문학을 문단의 유력한 실체로 만든 인물이 박영희 자신이라는 점이다. 4장에서 논의하겠지만 박영희는 1925년 1월 『개벽』의 문예부 주임이 되어 『개벽』의 문예면을 새로운 경향을 지닌 문학의 주된 발표 공간으로 만든다. 이는 「新傾向派의文學과 그文壇的地位」에서 새로운 경향의 예로 제시된 작품 11편 중 崔鶴松의 「飢餓와殺戮」을 제외한 10편의 작품이 『개벽』에 발표된 것이라는 데서 잘 드러난다. 요컨대 박영희는 『개벽』이라는 매체를 기반으로 새로운 경향의 문학을 발아, 생장시킨 후, 신경향파 문학이라는 지위를 부여해 문학 장의 중심에 위치시킨 것이었다.

이렇게 볼 때 1923년에서 1925년에 이르는 박영희의 문학적 도정은 조선에 신경향파 문학이 발아되고 정착되는 과정과 맞물린다. 또 신경향파 문학이 사회주의 문학의 맹아나 단초였다는 점에서 이는 조선에 사회주의 문학이 자리를 잡는 과정과도 연결된다고 할 수 있다. 이 글의 초점은 여기에 놓인다. 『新靑年』, 『薔薇村』, 『백조』, 『개벽』 등으로 이어지는 매체에서의 활동과 부르주아적 예술지상주의로부터 신경향파 문학으로 나아가는 문학적 변모에 초점을 맞춰 박영희의 초기 행적

---

2) 박영희, 「新傾向派의文學과 그文壇的地位」, 『開闢』 64호, 1925. 12, 5쪽. 이하에서는 박영희의 글을 인용할 경우 필자를 생략하고 나머지의 경우 필자를 밝히겠다.

과 문학 활동을 구명하고자 하는 것이다. 매체에서의 활동과 문학적 변모에 대한 실증적 재구를 목적으로 하는 이 글의 문제의식은 단순히 박영희가 신경향파 문학을 발아, 정착시켰다는 것이 아니라 그것이 어떻게 이루어졌으며 어떻게 가능했는가라는 질문과 맞닿아 있다. 그리고 그 질문은 궁극적으로 조선에서 사회주의 문학을 정착시키는 일의 실상과 의미를 묻는 논구와 연결이 될 것이다.

2. 문학 입문과 『신청년』

박영희가 '문학'에 관심을 가지게 된 것은 〈培栽高等普通學校: 이하 배재고보〉를 다니면서였다. "열네살쯤 되었"을 때 "六堂의 主幹인 『붉은 저고리』라 題號를 붙인 리푸렡型의 週刊 雜誌"3)를 정기 구독한 경험도 있지만, "어렸을 때에 나(박영희-인용자)는 將來에 有名한 文士가 되리라는 期待나 希望도 없었다"4)는 언급에서, 문학에 관심이 싹튼 것은 이후의 일임을 알 수 있다. 박영희가 〈배재고보〉에 입학을 한 것은 1916년이었다. 박영희는 〈배재고보〉에 입학하면서 김기진, 羅稻香, 朴八陽, 朴龍喆 등 훗날 문인의 길을 걷게 되는 여러 인물들을 만났다.5) 박영희는 자신이 문학에 눈을 뜨게 된 계기를 다음과 같이 말한다.

---

3) 박영희는 친구 집에서 『붉은 저고리』를 보고 곧 新文館에 1개월 대금을 부치고 月定 독자가 되었다고 했다. 한 주에 한 번 배달되는 잡지를 苦待했으며, 잡지를 받으면 잡지의 내용보다 봉투에 쓰인 자신의 이름을 보는 기쁨이 더 컸다고 한다.『붉은 저고리』를 받아 본 경험은 이후 『청춘』의 독자가 되는 것으로 이어지게 된다.
  이에 관해서는 「草創期의 文壇側面史」,『現代文學』 56호. 여기서는『박영희 전집』(II)(이동희·노상래 편, 영남대 출판부, 1997), 286-287쪽 참조.
4) 「나의文學靑年時代」(2),『新東亞』, 1934. 9, 133쪽.
5) 金基鎭, 「片片夜話」(70),『東亞日報』, 1974. 5. 22.

培栽 二三學年 때에 山縣이라는 老先生이 있었는데 그는 自己 時間에
는 어느 때나 文學이야기에다가 짤분 한 時間을 虛費하였다. …(중략)…
그는 「쉑스피아」를 말하며 「스코트」의 「湖上의 美人」을 이야기하며 「빠
이론」의 情熱의 詩를 읊으며 「쉘리」의 詩를 禮讚하였다. 이럴 때마다 다
른 사람은 몰으나 나는 이 老先生의 말 가운데로 홀리여서 끌리여 드러갔
다. …(중략)… 이것이 漸漸 커갈수록 나는 벌서 한 사람의 詩人이 된 듯
하였다.6)

'山縣'이라는 이름에서 일본인 교사임을 알 수 있는데, 이는 유학이
나 독서를 통해 문학에 뜻을 두게 되는 일반적인 도정과는 또 다른 문
학 입문의 방식이라고 할 수 있겠다. 山縣 선생을 통해 문학에 심취하
게 된 박영희는 점차 하이네, 괴테, 高山樗雨 등의 작품에 빠져든다.
또 비슷한 시기 문학에 관심을 가지게 된 김기진, 나도향 등과 "下學
後에" "校庭 老松 밑에 모여서 제각기 한 마디씩 批評을 하"7)는 등 문
학에 대한 토론을 벌인다.

한 가지 주목해야 할 사실은 이들이 행한 독서와 토론의 주된 대상
중 하나가 『青春』이었다는 점이다. 박영희는 『청춘』을 읽을 때, 제일
먼저 李光洙의 글을 읽고, 崔南善의 논문, 秦學文의 소품 순으로 읽었
다고 했다. 그는 당시 이광수의 「어린벗에게」, 「尹光浩」 등을 읽고 깊
은 감명을 받았는데,8) "그 中에서도 더욱 큰 힘은, 少年의 가슴에서 힘
차게 뻗어 나오려는 情熱을 그대로 잡아내기 위하여 무겁게 덮어 있는
돌을 들어서 옆으로 비켜 놓는 것"9)이라고 했다. 또 박영희는 『청춘』

---

6) 「나의文學青年時代(2)」, 『新東亞』, 1934. 9, 133쪽.

7) 「草創期의 文壇側面史」, 『現代文學』 56호. 여기서는 『박영희 전집』(Ⅱ)(이동희·노
　상래 편, 영남대 출판부, 1997), 280쪽 재인용.

8) 이광수의 「어린벗에게」는 1917년 11월 『청춘』 11호에 발표된다. 또 「尹光浩」는 1918
　년 4월 『청춘』 13호에 발표된다. 이를 고려할 때 박영희를 비롯한 〈배재고보〉의 문학
　소년들은 2, 3학년 때부터 문학에 관심을 가졌음을 알 수 있다.

9) 「草創期의 文壇側面史」, 『現代文學』 56호. 여기서는 『박영희 전집』(Ⅱ)(이동희·노
　상래 편, 영남대 출판부, 1997), 282쪽 재인용.

의 〈讀者文藝欄〉을 후일 사회 각계에서 활동하게 된 인사들의 요람이었다며10), 특히 "文學少年들의 둘도 없는 指導者"였던 이광수의 "考選을 받게 되는 投稿家들은 즐거웁게 새로운 文學의 길을 그곳에서 開拓하기에 努力"11)했다고 한다. 당시 문학청년들에게 이광수의 문학이 조선이라는 척박한 토대 위에서 예술의 궁전을 세우는 선편과 같이 작용했으며, 이광수에게 고선을 받는 것 자체가 문인의 길을 개척하는 계기가 되었음을 짐작할 수 있게 하는 언급이다.12)

박영희는 독서, 토론 등을 자신이 직접 창작하려는 의도로 발전시켜 김기진과 함께 "「詩」의 俱樂部」라는 複寫式 印刷의 「팜프레트」를 始作하여서 이 機關에서 詩를 發表"13)하기도 했다. 1920년 3월 경 박영희는 〈배재고보〉 졸업을 앞두고 日本 東京으로 간다. 당시 도쿄에 유학할 결심을 한 김기진의 권유에 따른 것이었다. 김기진은 와세다 대학에 다니던 매부의 동생 李性珪의 제안으로 졸업식도 하지 않은 채 서둘러 도쿄로 떠나며 박영희에게도 같이 가자고 한다.14) 박영희는 김

---

10) 『청춘』 현상문예 제도의 전반적인 양상에 관해서는 한기형, 「최남선의 잡지 발간과 초기 근대문학의 재편」, 『大東文化硏究』 45, 성균관대 대동문화연구원, 2004, 243-257쪽 참조.

11) 「草創期의 文壇側面史」, 『現代文學』 56호. 여기서는 『박영희 전집』(II)(이동희·노상래 편, 영남대 출판부, 1997), 290쪽 재인용.

12) 金復鎭 역시 「尹光浩」를 그대로 흉내 내는 친구들이 있는 등 이광수의 소설이 당시 문학 소년들에게 큰 영향을 미쳤다고 했다.
　　이에 관해서는 김복진, 「彫刻生活二十年記」, 『朝光』 6卷 3號, 209-210쪽 참조.

13) 김복진은 1918년 무렵 〈배재고보〉에 "朴英熙나 金基鎭이나 朴八陽이나 李白水나 또 一年 위의 羅彬이나 一年 아래의 崔承一이나 가 있었고 다른 學校로서는 徽文에서 鄭栢과 露雀 洪思容이와 養正에는 누구누구 中央에서는 馬海松이와를 알게 되어서" "끝장가서는 孤帆 李瑞求와 相議하여 가지고 半島俱樂部라는 것을 만들"었고 "及其也 謄寫版印刷로써 詩雜誌를 孤帆이主宰로써 하기에 일으렀"다고 했다. 그렇다면 김복진이 언급한 '詩雜誌'가 '「詩」의 俱樂部'」일 가능성이 있다.
　　이에 관해서는 「나의文學靑年時代」(2), 『新東亞』 35, 1934. 9, 133쪽; 김복진, 앞의 글, 209쪽 참조.

14) 金基鎭, 「片片夜話」(72), 『東亞日報』, 1974. 5. 24.

기진보다 1주 정도 늦게 도쿄로 출발했는데, 그때 배웅 나왔던 친구 秦
一善이 "龍山역에서 내릴 것을 깜박 잊어먹고서 鷺梁津정거장에서 뛰
어내리다가 미끄러져서 기차바퀴에 치어죽"15)는 사고가 발생했다. 이
사고로 박영희는 東京에 간 지 얼마 되지 않아 집으로부터 귀국하라는
편지를 받고 京城으로 돌아와야 했다.

　귀국한 지 얼마 안 돼 박영희는 青葉町에 살던 나도향을 방문했는
데, 나도향은 시를 한 편 보여주며 읽어보라고 한다. 나도향의 언급을
통해 朴鍾和라는 인물의 시임을 안 박영희는 박종화를 찾아가 처음 인
사를 나눈다. 뒤에서 상술하겠지만 이 조우는 뒷날 『白潮』가 탄생하게
되는 첫걸음이었다는 데서 주목할 필요가 있다. 박종화는 〈徽文高等普
通學校: 이하 휘문고보〉에 다니면서 문학에 눈을 뜨게 되고, 역시 문
학에 관심을 가진 洪思容, 鄭栢 등과 가깝게 지냈다. 정백은 1919년
11월 文興社의 李秉朝가 창간한 『曙光』의 편집을 맡았으며, 박종화,
홍사용 역시 『서광』에 글을 싣는다.16) 『서광』 4호 발행 후 이병조는 순
문예지도 발간하자고 해 『文友』를 창간하고 박종화, 홍사용, 이서구 등
에게 편집, 발행을 맡겨, 1920년 5월 『서광』 5호와 함께 『문우』 창간호
가 발간된다.17) 1920년 5월 23일 『東亞日報』의 「新刊紹介」를 참고하
면, 發賣所는 京城府 松峴洞 四十番地 文友俱樂部였고 정가는 三十
錢이었다. 박종화는 『문우』 창간호에 시 「●熱」, 논문 「象徵主義」 등
을 발표한 것으로 파악된다.18) 박영희가 도쿄에서 돌아온 시기가 1920
년 3, 4월 무렵이었음을 고려할 때, 앞서 박영희가 본 박종화의 시는
『文友』 창간호에 실린 것으로 보인다. 박종화 역시 1920년 5월 『文友』

---

15) 金基鎭, 「우리가걸어온 三十年(一)－新思潮의 黎明期」, 『思想界』 61, 1958. 8, 204쪽.
16) 金基鎭, 「韓國文壇側面史」, 『思想界』 40, 1956. 11, 132-133쪽; 「우리가걸어온 三十
　　年(一)－新思潮의 黎明期」, 『思想界』 61, 1958. 8, 203쪽 참조.
17) 박종화, 「白潮時代의 그들」, 여기서는 『青苔集』(永昌書館, 1942), 160-162쪽 참조.
18) 『文友』의 실물은 확인할 수 없었다. 『東亞日報』에 있는 「新刊紹介」를 통해 그 윤곽
　　만을 짐작할 수 있을 뿐이다.
　　이에 관해서는 「新刊紹介」, 『東亞日報』, 1920. 5. 23, 참조.

를 편집, 발행해서 『東亞日報』에 광고를 내자 박영희, 나도향 등이 찾아왔다고 회고하고 있다.[19)]

이 밖에 1920년에 박영희가 무엇을 했는지는 분명하지 않다. 한 가지 확인할 수 있는 것은 1920년 6월 박영희는 金鳳業과 결혼을 한다는 사실이다. 김봉업은 1902년 생으로 박영희보다 한 살 아래였다. 출생지는 京畿道 高陽群 延禧面 阿峴北里 131番地로 되어 있다.[20)] 흥미로운 것은 박영희는 어떤 글에서도 부인인 김봉업에 대해 언급한 일이 없다는 사실이다. 이는 근대 초기의 소설에서 엿볼 수 있듯이 "무지개빛으로 찬란하게 빛나는 藝術의 宮殿속에들어가서 超然하게" 살고자 했던 당시 지식인들에게 전통 방식의 혼인을 통해 맺어진 부인은 "父母 家庭 社會 現實 이런 것들의 모든 가루거침"[21)]의 하나였다는 데 기인하는 것으로 보인다.

1920년 박영희의 행적을 유추할 수 있는 또 하나의 대상은 『靑年』, 『신청년』 등의 매체이다. 뒤에서 상술하겠지만 1921년 박영희는 『靑年』 3호에 「人生」, 「愛虹」 등 두 편의 시를 발표한다. 두 시의 말미에 각각 '(一二〇, 二月)', '(一二〇, 五月)' 등이 부기되어 있는 것으로 보아, 1920년 2월, 5월에 쓴 시임을 알 수 있다. 또 『新靑年』 6호에는 '露西亞사이쓰에쯔原作, 품달譯'으로 모두 10장으로 된 소설 「고요한새벽빗(曙光)」이 실려 있는데, '품달'이 '懷月'의 고유어라는 점을 고려하면 이 소설 역시 박영희가 번역한 것으로 보인다. 그런데 소설 말미 부기된 '一九二〇五月二十五日夜譯了'에서 번역 시기가 1920년 5월경임을 알 수 있다. 이렇게 볼 때 1920년 박영희는 시를 비롯한 창작에 힘쓰는 한편 번역에도 손을 대고 있었음을 알 수 있다.

---

19) 윤병로, 『박종화의 삶과 문학─미공개월탄일기평설』, 성균관대 출판부, 1992, 190쪽.

20) 孫海鎰, 「朴英熙文學研究─詩·小說을 中心으로」, 홍익대 박사논문, 1990, 27-28쪽 참조.

21) 金基鎭, 「나의 文學靑年時代(1)─투르게네프냐 쏘로민이냐」, 『新東亞』 35, 1934. 9, 130쪽.

박영희는 1921년 『신청년』에서 활동한다. 박영희는 당시를 다음과 같이 회고한다.

> 이런 지 얼마 되지 아니해서 도향과 나와 「新靑年」이라는 雜誌를 해보았다. 京城에 靑年俱樂部라는 團體가 있었으니 「新靑年」는 이 俱樂部의 機關誌다. …(중략)… 이때가 一九二〇年 頃이였다. 이 雜誌는 崔承一 君의 誠力으로 一, 二號 續刊하였다가 廢刊되여 버렸다.[22]

『신청년』은 1918년 7월 결성된 〈京城靑年俱樂部〉의 기관지적 성격을 지닌 잡지였다. 1919년 1월 20일부터 1921년 7월 15일까지 모두 6호가 간행되는데, 그 주도층의 성격이나 잡지의 내용에 있어 두 개로 구분된다.[23] 박영희는 1921년 나도향, 崔承一 등과 함께 후기 『신청년』에서 활동을 하면서 『신청년』 4, 5, 6호에 글을 실었다. 최승일은 〈배재고보〉 동창이며, 후기 『신청년』의 발행인으로 재정을 담당했다.

1921년 1월 신년호라는 이름으로 발간된 『신청년』 4호에 박영희는 松隱으로 「詩人바이론의生涯」를, 懷月로 「愛花」를 발표했다. 「詩人바이론의生涯」는 '誕生과 初戀', '學校時代', '創作', '結婚과 離婚', '作品' 등으로 나누어 바이런의 삶을 살피고 있는데, 본격적인 평전이라기보다는 간단한 소개에 가깝다. 「愛花」는 '惠卿'이라는 여주인공이 金原彌과 교제하던 중 어렸을 때 어머니가 들인 데릴사위 때문에 파국을 맞는다는 내용을 다룬 소설이다. 『신청년』 5호는 실제 잡지를 확인할 수 없었다. 4호에 실린 예고에는 회월의 長詩 「소리업는동무」가 예고되어 있다. 1921년 5월 30일 『朝鮮日報』, 1921년 6월 3일 『東亞日報』 등의 「新刊紹介」를 참고할 때, 『신청년』 5호는 1921년 5월 말이나 6월 초에 발간되었으며 박영희의 「소리업는동무」 역시 게재되었음을 알 수

---

22) 「나의文學靑年時代」(2), 『新東亞』 35, 1934. 9, 134쪽.
23) 한기형, 「잡지 『新靑年』과 경성청년구락부」, 『서지학보』 26집, 서지학회, 2002, 165-206쪽 참조.

있다.24) 1921년 7월에 발간된 『新靑年』 6호에 박영희는 시 「牧童의
笛」, 「눈물의宮殿」, 평론 「隱荷君과그의作品」 등을 발표한다. 「牧童의
笛」은 피리 소리에 하나가 되는 어린 牧童과 나물 캐는 處女의 감정을
좇고 있으며, 「눈물의宮殿」은 애인을 찾아 도착한 '눈물의 宮殿'에서
血潮만을 발견한 시적 화자의 상심을 노래하고 있다. 박영희의 첫 평
론이라 할 수 있는 「隱荷君과그의作品」은 나도향의 「달팽이」, 「桂英
의우름」 등을 다루고 있다. 박영희는 나도향의 소설이 客觀的 理智가
아니라 主觀的 感情에 기반하고 있으며, 거기에서 心理 描寫의 幼稚
함 역시 유래하고 있음을 지적한다. 또 앞서 확인했듯이 모두 10장으
로 된 '露西亞사이쓰에뿌原作'의 소설을 「고요한새벽빗(曙光)」으로 번
역해 게재했다.

『신청년』은 박영희가 처음 발행에 관계하는 매체였다. 〈배재고보〉
시절 김기진 등과 『詩의 俱樂部』라는 인쇄물을 만든 경험은 있지만,
그것은 학생들 사이에 돌려보는 회람잡지였다. 문학에 뜻을 둔 박영희
는 당시까지 창작, 번역 등에 매진하면서 문학에 대한 열의를 지속시
켜 나갔다. 하지만 매체라는 물질적 매개를 통하지 않고는 창작, 번역
등의 결과물은 자신만의 영역을 벗어날 수 없었다. 『신청년』에서의 활
동은 이렇듯 문학에 대한 열의와 매체에 대한 필요가 교차하는 가운데
서 이루어진 것이라고 하겠다.

3. 『장미촌』, 『청년』, 『백조』 등에서의 활동

1921년 5월 24일 『薔薇村』 창간호가 발행되었다. 『신청년』 5호와
거의 비슷한 시기였다. 편집인은 黃錫禹, 발행인은 邊永瑞, 발행소는
'京城府 天然洞 九九 薔薇村社'로 되어 있다. 발행소의 주소가 박영희

---

24) 『朝鮮日報』, 1921. 5. 30; 『東亞日報』, 1921. 6. 3.

집인 것과 "本誌 編輯에 萬事를 除之하고, 奔走히 걱정하던 懷月 朴英熙 氏에게는 同人을 代表하야 感謝를 들인다"25)는 「同人의말」 등을 고려할 때, 박영희가 황석우와 더불어 『薔薇村』 1호의 편집과 발행에 주된 역할을 한 것으로 보인다.26) 『장미촌』을 발간하기 위해 박영희, 박종화, 卞榮魯, 吳相淳, 盧子泳 등이 서대문 밖 봉원사에서 의논을 했다는 박종화의 언급을 고려할 때, 이들이 『장미촌』을 탄생시키는 데 중심적인 인물이었음을 알 수 있다.27) 그 외 동인으로는 黃錫禹, 朴仁德, 李虹, 李薰, 鄭泰信, 辛泰嶽 등이 『장미촌』에 시를 발표했다. 박영희는 동인들 중 박종화와는 이전부터 알던 사이였고, 황석우, 오상순은 처음 만났지만 이후에도 가까워지지 못 했다고 했다. 박영희는 「笛의秘曲」, 「過去의王國」 두 편의 시를 발표했다. 「笛의秘曲」은 오지 않는 愛人을 永遠히 기다리겠노라는 心情을 悲曲에 실어 보낸다는 역설적인 내용의 시이다. 또 「過去의王國」 역시 美의 宮殿을 찾기 위해 愛人과 함께 過去로 향하지만 愛人은 사라지고 만다는 애상적인 감상을 담고 있다.

홍미로운 것은 『장미촌』이 발행된 직후인 1921년 5월 27일 中央 基督教會館에서 〈讀詩大會〉가 개최된 것이다. 「讀詩大會開催」라는 『조선일보』의 기사에 따르면 〈독시대회〉는 中央 基督教青年會 少年部 주최로 열렸으며, 『장미촌』에 발표한 시를 낭독하는 형식으로 이루어졌다. 단 "今番의 事故에 依하여 事勢不得已 쓰지 못한"28) 오상순이 「春·

---

25) 「同人의말」, 『薔薇村』 1호, 薔薇村社, 1921. 5, 22쪽.

26) 변영로는 「薔薇村」에서 "敬愛하난 黃錫禹君이 멧 同志를 收合하여 가지고 朝鮮 最初의 詩雜誌 『薔薇村』을 發刊"했다고 한다. 이를 고려하면 『장미촌』 발간은 황석우가 주도했음을 알 수 있다. 정우택은 당시 황석우에게 『근대사조』, 『대중시보』, 『장미촌』 등 매체는 대중을 설득하고, 사적인 네트워크를 결집, 확장하는 한편 다른 세력과 경쟁하는 운동 기관이었다고 한다.
   卞榮魯, 「薔薇村」, 『薔薇村』, 1921. 5, 1쪽; 정우택, 「황석우의 매체 발간과 사상적 특징」, 『민족문학사연구』 32호, 민족문학사학회, 2006, 76-78쪽 참조.

27) 윤병로, 앞의 책, 187쪽 참조.

28) 앞의 책, 23쪽.

生·死」를 낭독했으며, 이훈은 낭독에서 빠졌다. 이홍, 변영로 등이『장미촌』에 발표한 시와는 다른 시를 낭독했다. 또 시를 낭독하는 중간에 피아노, 바이올린, 단소, 하모니카, 만도린 등의 연주도 있었다.29) 또 "독시와 음악이 맛치미 장미촌(薔薇村)이라는 시잡지 수빅 부는 특히 그날 청중의게 더흐야 뎡가 이십전식으로 청구인에게 발미흐얏"다는 것으로 볼 때, 대회가 끝나고 나서 모인 청중들에게『장미촌』을 판매했음도 알 수 있다.30)

　『장미촌』과 관련된 또 하나의 문제는『장미촌』후속호의 간행 여부이다. 박영희는『장미촌』2, 3호가 간행되었다고 회고한다. 특히「現代韓國文學史」에서는 "「薔薇村」誌 二號에 실린 朴月灘의「詩壇의 收穫」"31), "一九二一年「薔薇村」二號에 발표된「自然의 屍體」와 같은"32) 오상순의 시 등『장미촌』2호에 실린 글들을 구체적으로 적시까지 하고 있다. 또 박종화, 김억 등도「文壇의一年을追憶하야」,「無責任한批評」등에서『장미촌』후속호를 염두에 둔 언급을 한다.33)『장미촌』후속호의 간행 여부에 관해서는 두 가지 가능성이 있는 것으로 보인다. 필자가 1921년 6월부터 12월까지『동아일보』를 확인한 결과,『장미촌』2호의 발행 사실을 찾을 수 없었다.34)『장미촌』창간호는 1921

---

29)「讀詩大會開催 오날오후팔시에청년회관에서」,『朝鮮日報』, 1921. 5. 27.

30)「讀詩大會盛況 직작일청년회에셔딕환영을이루엇다」,『朝鮮日報』, 1921. 5. 29.

31)「現代韓國文學史」(5),『思想界』64, 1958. 11, 314쪽.

32) 앞의 글, 앞의 책, 317쪽.

33) 박종화는 노자영의 시를 언급하면서『장미촌』에『검이여나에게죽음을주소서』라는 시를 썼다고 한다. 그런데『장미촌』창간호에 실린 노자영의 시에는 위의 제목이나 구절로 된 시가 없다. 김억은『장미촌』에 박종화가 자신의 '엇서라'에 대해 평을 했다고 했다. 박종화 역시『장미촌』창간호에는 시만 게재했다.
　　이에 관해서는 朴月灘,「文壇의一年을追憶하야」,『개벽』31호, 1923. 1, 11쪽; 金億,「無責任한批評」,『개벽』32호, 1923. 2, 4쪽 참조.

34)『장미촌』창간호는 1921년 5월 24일 발행되었다. 또 장미촌 동인들 중 박영희, 박종화, 노자영 등이 참가한『백조』1호가 발행된 것은 1922년 1월 9일이었다.『백조』1호가 발행되고 나서『장미촌』후속호가 발행되었을 가능성은 거의 없다. 1921년 6월부터 12월까지의「신간소개」및 서적 광고를 확인한 것이 이 때문이다.

년 6월 1일 『동아일보』 1면에 서적 광고로 게재되었다. 따라서 『장미촌』 2호가 실제 발행되어 판매되었을 가능성을 없는 것으로 보인다. 그렇다면 『장미촌』 후속호에 대한 가능성의 하나는 실제 간행되지 않았는데 회고 과정에서 오류가 나타난 것이고, 다른 하나의 가능성은 편집은 되었는데, 검열 등의 문제로 발행되지는 않은 것이다.

『청년』 3호에 역시 『신청년』 5호와 거의 비슷한 시기인 1921년 5월 발간되었는데, 박영희는 「人生」, 「愛虹」 등 두 편의 시를 발표한다. 하지만 이들은 2장에서 검토한 바와 같이, 1920년 2월, 5월에 쓴 舊稿였다. 『청년』은 〈朝鮮 基督敎靑年會 聯合會〉의 기관지적 성격을 지니는 잡지이다. 1914년 9월부터 발간했던 『中央靑年會報』를 1921년 3월부터 『청년』으로 개명해 월간지로 발간했다.35) 박영희의 글이 『청년』 3호에만 게재되었음을 고려할 때 투고를 통한 것으로 보인다. 「投稿歡迎」이라는 규정을 보면 투고 범위는 '言論, 宗敎, 學術, 文藝, 經濟, 其他' 등이었고, 문체는 '鮮漢文', 기한은 '每月十日以內'였다.36)

1922년 1월 9일 『白潮』 1호가 발행된다. 박영희는 박종화, 홍사용, 나도향, 玄鎭建, 李相和, 노자영, 이광수, 元雨田, 安碩柱, 吳天園 등과 함께 『백조』의 동인으로 활동한다. 박종화는 『백조』 1호의 「六號雜記」에서 "우리의 藝術 동산에 한낫 밝음의 빗을 볼까하야 다른날 씃다운 花園에 정성된 園丁이 될가하야 쯧한 지 임의 四年 쯰한 지 二年 써남어지에 비로소 맷낫 쯧이 가흔 글동무와 두낫 쯧깁흔 後援者 金德基, 洪思中 兩氏를엇어 이에 우리의 쯧하든 文化社가 出現케"37) 되었다고 했다. 박종화, 홍사용 등은 〈휘문고보〉의 동창으로, 둘은 앞서 살펴본

---

35) 조영복은 근대 잡지 발간에 있어 기독교 단체의 역할과 관련해 『청년』을 다룬다. 선교사들의 성경 번역 및 선교일지, 회고록 등의 출판은 근대적 출판 사업으로 이어졌으며, 『청년』 역시 그 일환으로 볼 수 있다는 것이다.
　　이에 관해서는 조영복, 「근대문학 초창기 잡지 발간의 여러 상황」, 『1920년대 초기 시의 이념과 미학』, 소명출판, 2004, 186-189쪽 참조
36) 「投稿歡迎」, 『청년』 7호, 1921. 10, 판권간기.
37) 月灘, 「六號雜記」, 『白潮』 1호, 1922. 1, 141쪽.

174

대로 1920년 5월 문예잡지『문우』를 편집하고 발행했다. 박영희, 나도
향 역시 〈배재고보〉의 동창으로, 최승일과 함께『신청년』에서부터 인
연이 있었다. 이렇게 볼 때『백조』는 〈배재고보〉-『신청년』계열과 〈휘
문고보〉-『문우』계열의 통합이라고 할 수 있을 것이다.38) 이들의 회
합은『백조』 발행 이전에도 있었다.

> 崔承一君이 雜誌 新靑年을 規模를 좀 더 크게 하고 質을 높이게 하려
> 는 意圖로 나와 및 憑虛(그때 開闢에『犧牲花』를 發表하였다)를 淸凉寺
> 로 招待하고 懇談會를 열은 일이 있었다. 勿論 이때에 稻香과 懷月은 新
> 靑年의 舊同人側으로 왔었다. 새로이 할 雜誌를『白虹』이라고 이름까지
> 지었었으나 合意치 못하여 그대로 流産되어버리고 말았다.(180)39)

박영희, 나도향, 최승일 등『신청년』동인이『신청년』을 혁신하려는
의도로 박종화, 현진건 등을 만나 새로운 동인지 제호를『白虹』이라고
짓기까지 했다는 것이다.

박영희는『백조』 1호에 회월로 시「微笑의虛華市」,「幻影의黃金
塔」,「어린이의航路」,「客」등과 散文詩「客」을 발표한다. 이들 중「어
린이의航路」는 '月灘에게 單調로운 弔慰로 보내노라'라는 부제에서
알 수 있듯이 아들을 잃은 박종화를 위로하기 위해 쓴 시로 보인다.40)
또 시의 말미에 있는 '東京에서'라는 부기에서 알 수 있듯이, 당시는

---

38) 김윤식은『백조』를『장미촌』과『신청년』의 결합으로 파악했다. 하지만 이 글에서 논
　　의한『백조』의 창간 과정, 동인지를 꾀한 지 2년이 되었다는 박종화의 언급, 그리고
　　홍사용, 박종화, 박영희 등『백조』의 중심인물 등을 고려할 때,『백조』는 〈배재고보〉-
　　『신청년』계열과 〈휘문고보〉-『문우』계열의 통합으로 보는 것이 정당하겠다.
　　김윤식,『박영희연구』, 열음사, 1989, 22쪽.
39) 박종화,「羅稻香十年忌追憶片片」. 여기서는『靑苔集』(永昌書館, 1942), 180쪽 참조.
40) 1925년 3월『개벽』에 실린「文藝雜感」에는 박종화의 딸이 태어났음을 언급하며 "장
　　자 사별 5년간에 次子가 잇서 年이 4세이며 이번 순산엔 고명딸"이라고 했다. 이를
　　고려할 때 1921년 박종화의 첫아들이 세상을 떠났음을 알 수 있다.
　　이에 관해서는「文藝雜感」,『개벽』57호, 1925. 3, 60쪽 참조.

박영희가 일본 도쿄에 머무를 때였다. 박영희의 일본 체류 시기에 대해서는 여러 가지 의견이 있다. 이는 박영희가 일본에 간 시기를 1920년, 1921년, 1922년 등으로 혼란스럽게 언급한 김기진에게서 비롯된 바 크다. 먼저 유학을 가 있던 김기진이 박영희가 온다는 소식을 듣고 간다구 니시키마치(神田區 錦町)로 거처를 옮긴 것인 1921년 9월임을 고려할 때, 박영희가 도쿄에 간 것은 1921년 9월 전후로 파악된다.[41] 박영희는 간다구 니시키마치에서 김기진, 李瑞求, 禹笑海 등과 같이 살았다. 그곳은 조선인 유학생을 돕는다는 취지로 만든 輔仁學會에서 무료로 대여해 준 집으로, 이후 〈土月會〉가 탄생한 곳이기도 했다.[42] 당시 박영희는 東京 正則英語學校에서 영어를 배우며, 그곳 "다 쓰러져 가는 木製 二層의 다 떠러진 다다미 우에서 The Raven이란 詩를 웨우면서" "「포―」의 詩의 技巧를 거듭 禮讚하였다."[43] 또 그는 『백조』 1호에 오스카 와일드 원작 「사로메」 1막을 번역해 게재했는데, 이 역시 당시 우에노도서관(上野圖書館) 특별열람실에서 찾은 책을 번역한 것이었다.[44]

박영희는 1922년 5월 25일에 발행된 『백조』 2호에 회월로 「꿈의나라로」, 「그림자를나는쪼치다」, 「어둠넘어로」, 「幽靈의나라」 등 네 편의 시와 수필 「感想의廢墟」를 발표한다. 또 박영희로 1호에서 시작한 「사로메」 1막의 번역을 마치고 있다. 그런데 「感想의廢墟」 말미에는 '一九二二. 二. 十八―旅路日記에서'라는 언급이 부기되어 있어, 여행 도중에 쓴 글임을 알 수 있다. 박종화의 일기를 참고하면, 1922년 2월 10일 국일관에서 열린 『백조』 피로연에는 거의 모든 『백조』 동인들이 참석했는데 박영희는 참석하지 않았다. 그런데 3월 5일 열린 『백조』 2호 편집회의에는 박영희가 참석한다.[45] 이를 고려할 때 박영희는 2월 중

---

41) 金基鎭, 「故金復鎭半生記」, 『春秋』 2券 8號, 1941. 9, 134-136쪽 참조.
42) 金基鎭, 「片片夜話」(75), 『東亞日報』, 1974. 5. 29, 참조.
43) 「나의文學靑年時代」(2), 『新東亞』 35, 1934. 9, 133쪽.
44) 앞의 글, 같은 쪽.

순을 전후해, 적어도 3월에는 도쿄 생활을 청산하고 귀국했음을 알 수 있다. 1921년 9월 동경으로 갔으니 반년 정도 머물다 서둘러 귀국하는 것이었다. 그것은 "貧窮과 讀書 이 秩序없는 生活은 그여히 病魔 걱구러지고 말었다. 極度의 不眠症 神經衰弱이 하는 수 없이 나를 淸朗한 朝鮮의 하늘을 다시 보게 하였다"[46] 등의 언급에서 드러나듯이 병 때문이었다. 앞서 언급한 「꿈의나라로」, 「그림자를나는쏘치다」, 「어둠넘어로」, 「幽靈의나라」 등 네 편의 시 역시 '(二二――月二十三日)'라는 부기를 볼 때 1922년 1월 23일, 도쿄에 있을 때 쓴 시임을 알 수 있다. 또 「꿈의나라」에는 '괴로운밤중에', 「그림자를나는쏘치다」에는 '사람업는어둠속에서' 등의 부기가 덧붙여져 있는데,[47] 이러한 부기에서도 도쿄에서 불면증과 신경쇠약에 시달리던 박영희의 심리를 엿볼 수 있다. 『백조』 2호에 실린 박영희의 글들이 도쿄에 체류할 때나 귀국하는 여정에서 집필된 사실은 『백조』 2호의 발행 과정과도 관련이 된다. 『백조』 2호는 1922년 3월 편집을 마치고 발행을 하려는 계획이었다. 그런데 발행인으로 되어 있던 '亞扁薛羅'가 갑자기 발행인을 그만두게 되어 발행인을 구하느라 발행이 늦어진다. 이런 과정 끝에 『백조』 2호는 '쏘이스夫人'을 발행인으로 해 1922년 5월에 발행되지만, 『백조』 2호에 게재된 글은 3월 이전에 쓴 글들이다.[48]

　『백조』 1, 2호에 발표된 글 외에 1922년 박영희의 활동을 발견하기는 힘들다. 그것은 스스로 밝히고 있듯이 극도의 불면증과 신경쇠약 등에 시달리다 귀국해 4, 5개월 이상 치료를 받았기 때문으로 파악된다. 1922년 12월 26일 도쿄에 있던 김기진이 보낸 편지에는 박영희가 방에서 용변을 보는 것을 걱정하는 내용이 있다. 이를 고려할 때 박영희의 병이 심각했으며 1922년 말까지 계속되었음을 알 수 있다. 김기

---

45) 윤병로, 앞의 책, 36-42쪽 참조.
46) 朴英熙, 「나의文學靑年時代」(2), 『新東亞』 35, 1934. 9, 135쪽.
47) 『白潮』 2호, 1922. 5, 24・26쪽 참조.
48) 「六號雜記」, 『白潮』 2호, 1922. 5, 157쪽 참조.

진의 편지와 관련해 또 하나 주목해야 할 것은 박영희가 김기진의 편지를 읽고 『백조』의 동인 관계에 대해 숙고하는 부분이다. 박영희는 『백조』 동인들 사이의 교제를 오락의 하나이며 부르주아 친구는 소일하기 위해 가지고 노는 물건이라는 생각을 한다. 또 박종화와 김기진에게 온 편지를 보면서, 전자를 허위적인 것, 후자를 진실한 것이라는 대립항 속에서 파악한다.[49] 이렇듯 박종화를 비롯한 『백조』 동인을 의구심에 찬 눈으로 바라보는 데는 당시 박영희에게 새로운 경향의 문학에 대해 소개하고 설득했던 김기진의 영향이 작용하고 있었다.

김기진 역시 처음에는 "와일드의 「사로메」 빠이론의 「海賊」 밀톤의 「失樂園」 뜌-마-의 「몽테크리스트伯爵」 「애ㅏㄱ네르歌劇集」 生田春月의 「泰西名作詩選」" 등을 읽으며 문학을 "粉紅빛 아즈랑이 속에 쌓여있는 꿈같은 世界"[50]로 동경했다. 그러던 김기진은 일본 유학 중이던 1922년 초 나카니시 이노스케(中西伊之助)의 소설 『赭土に芽ぐむもの』를 접하게 된다. "일본인한테 압제받고 착취당하면서 억울하고 빈궁하게 살아가는 우리의 생활환경을 실감나게 묘사한"[51] 나카니시의 소설을 읽고 김기진은 자신의 문학적 관심에 대해 반성한다. 이후 김기진은 투르게네프, 도스토예프스키, 고리키 등의 러시아 소설에 심취했으며, "堺利彦, 山川均, 大杉榮, 麻生久, 佐野學等의 評論을 주서 읽기를 좋아"[52]하게 된다. 특히 東京大學 法大 출신의 사상가이자 소설가로 혁명적 노동조합주의를 주장했던 아소 히사시(麻生久)는 직접 찾아가서 만나기도 했다.[53] 이러한 과정을 통해 문학관에 변화를 일으킨 김기진은 박영희에게도 편지를 보내 새로운 경향의 문학에 대해 설

---

49) 「火焰속에잇는書簡綴」, 『開闢』 63호, 1925. 11, 129-131쪽 참조.

50) 앞의 글, 같은 쪽.

51) 金基鎭, 「片片夜話」(76), 『東亞日報』, 1974. 5. 30.

52) 金八峰, 「나의 文學靑年時代(1)-투르게네프냐 쏘로민이냐」, 『新東亞』 35, 1934. 9, 131쪽.

53) 金基鎭, 「麻生씨와의 어느날」, 『文學思想』, 1972. 12, 370-371쪽 참조.

득한다. 앞서 1장에서 서술한 박영희가 자신이 지녀왔던 문학관과 김기진의 설득 사이에서 갈등했던 때는 이 즈음이었다. 김기진은 1923년 5월 유학 생활을 청산하고 경성으로 돌아온다.〈토월회〉주최 연극 준비 관계로 낙원동에 위치한 한흥여관에 묵는데, 이후 박영희는 거의 매일 김기진을 찾아가 문학에 대한 얘기를 나눈다. 그리고 반복된 설득에 의해 1923년 후반에 이르러 박영희 역시 김기진의 생각에 동조하게 된다.

박영희는 1923년 9월 발행된 『백조』 3호에 시 「月光으로짠病室」, 연구 「生의悲哀」, 소설 「生」 등을 발표한다. 「月光으로짠病室」은 달빛에서 유래한 '슬픔', '두려움', '안일' 등이 자신에게 고칠 수 없는 병이 되었음을 토로하고 있는데, 투병 생활에서 느낀 감상에 기반을 둔 것으로 보인다. 「生의悲哀」는 보들레르, 시몬즈, 바이런, 괴테, 셰익스피어, 단눈치오 등 작가들의 작품을 소개하고 거기에 박영희 자신의 감상을 더한 것으로, 본격적인 연구라고 보기는 힘들다. 소설 「生」은 박영희가 바르뷔스의 소설을 읽고 "現實主義에 若干의 共鳴된 바 있는 것을 土臺로, 새로운 文學의 길을 開拓하여 보려고 小說의 題도 「生」 이라고 하고 써 본 것이었으며, 文章도 「바루뷰스」의 論文 비슷한 難澁味가 있는 文章을 흉내내서 써 본 것"[54]이라고 했다. 실제 소설은 가난과 무력감에 시달리는 '나'를 중심인물이자 초점화자로 해 룸펜 지식인의 고뇌를 관념적으로 표현하고 있다.

『백조』 2호가 발행된 것이 1922년 5월이니, 『백조』 3호는 1년 반 정도의 시간적 거리를 두고 나온 것이었다. 실제 『백조』 3호 편집회의가 시작된 것은 1922년 6월 20일로, 『백조』 2호가 발행된 직후였다. 『백조』 3호가 1923년 9월에야 발행된 것은 『백조』 3호의 「六號雜記」 등을 고려할 때, 경영상의 문제였던 것으로 보인다.[55] 한편 같은 글에는

---

54) 「草創期의 文壇側面史」, 『現代文學』 58호. 여기서는 『박영희 전집』(Ⅱ)(이동희·노상래 편, 영남대 출판부, 1997), 307쪽 재인용.
55) 「六號雜記」, 『白潮』 3, 1923. 9, 208쪽.

"金基鎭 方定煥 두분兄님이 새로이 白潮同人이 되어주셧다"56)는 박
종화의 언급이 있다. 실제 아무 글도 싣지 않은 방정환과는 달리 김기
진은 『白潮』 3호에 「한갈래의길 外」라는 시와 「떨어지는 조각 조각—
붓은, 마음을 짤하—」라는 수필을 발표했다. 김기진은 『白潮』 동인이
되기로 결심했을 무렵 "『白潮』雜誌를 朝鮮에있어서「種蒔く人」와같은
것이되도록 맨들어보자! 이것이 나의希望이었다"57)고 한다. 이는 『白
潮』는 "金基鎭 君이 새로히 同人으로 推薦되여서 君의 作品을 揭載케
될 쌔를 한 形式的 契機"58)로 해 "데카다니슴의 최고봉을 걸음으로 말
미암아 필연적으로 자기반성과 아울러 다음 계단에서 자기세계를 발견
하지 않을 수 없었다"59)는 박영희의 언급과도 연결된다. 하지만 박영
희가 '자기 세계'를 발견한 '다음 계단'은 『백조』가 아니라 『개벽』에서
마련되었다.

4. 『개벽』과 새로운 경향의 문학

박영희가 『開闢』에 처음 글을 발표한 것은 1923년 1월호였다.60) 「僧
女」, 「祈願」 등 두 편의 시를 발표했는데, 이는 『개벽』이 매년 신년호
의 문예 비중을 높이는 과정에서 이루어진 일회성 게재로 보인다. 같
은 호의 문예면에는 김억, 노자영, 변영로, 김동인, 나도향, 방정환, 김
석송 등 많은 문인들의 글이 실렸다. 박영희의 글이 『개벽』에 본격적
으로 게재되기 시작한 것은 그로부터 1년 정도가 지난 1924년 2월호부

---

56) 앞의 글, 앞의 쪽.

57) 「나의 文學青年時代(1)—투르게네프냐 쏘로민이냐」, 『新東亞』 35, 1934. 9, 132쪽.

58) 박영희, 「文壇의 그 시절을 回想한다」, 『조선일보』, 1933. 9. 13~15, 여기서는 『박영
희전집』(Ⅱ)(이동희·노상래 편, 영남대 출판부, 1997) 111쪽 재인용.

59) 「現代韓國文學史」(4), 『思想界』 63, 1958. 10, 244쪽.

60) 「僧女」, 「祈願」, 『개벽』 31호, 1923. 1, 100-102쪽.

180

터였다. 「체호푸戱曲에나타난 露西亞幻滅期의苦痛」, 「自然主義에서 新理想主義에 기우러지려는朝鮮文壇의最近傾向」(44호, 1924. 2), 「襤褸한봄」(46호, 1924. 4), 「結婚前日」(47호, 1924. 5), 「「惡의花」를심은=쏘드레르論」, 「愛의 挽歌」(48호, 1924. 6), 「七月에回想되는海外文人」(49호, 1924. 7), 「二重病者」(53호, 1924. 11), 「朝鮮을지내가는예너스─눈에보이는대로─생각나는대로─」(54호, 1924. 12) 등을 연이어 발표했다.

그런데 『개벽』의 "編輯에 加擔한든 때로 보면 大正 十三年頃(1924년─인용자)이었"[61]다는 언급처럼, 박영희는 『개벽』에 본격적으로 글을 발표하면서 편집에도 참여한 것으로 보인다. 박영희가 정확히 언제부터 『개벽』의 편집에 참여했는지를 확인하기는 힘들다.[62] 단 박영희는 1924년 7월호에 文學部, 8, 9월호에 思想部 등 「重要術語辭典」을 『개벽』 부록으로 편찬한다. 부록이 편집진에 의해 기획, 구성됨을 고려할 때, 박영희는 이즈음부터 부분적으로 『개벽』의 편집에 간여했던 것으로 보인다. 이러한 사실은 박영희가 현상문예 當選作品 關係로 李箕永, 宋影을 알게 되었다고 했는데, 이기영이 「옵바의秘密片紙」로 〈特別懸賞文藝大募集〉에 당선된 것이 1924년 7월호였음을 통해서도 알 수 있다.

박영희가 어떻게 『개벽』의 편집에 참여하게 되었는지 역시 분명하지 않다. 당시까지 박영희는 『신청년』, 『장미촌』, 『백조』 등에서 문학 활동을 했지만, 그것이 〈개벽사〉에서 편집을 의뢰하기에 걸맞은 정도는 아니었다. 일반적으로 박영희가 『개벽』의 편집에 참여하는 데는 방정환의 알선이 작용했던 것으로 파악된다. 방정환은 당시 『개벽』의 편

---

61) 「新興文學의擡頭와 開闢時代回顧」, 『朝光』 32호, 1938. 6, 54쪽.
62) 孫海鎰은 김기진의 회고에 근거해 1924년 4월부터 박영희가 〈개벽사〉에서 일을 했다고 한다. 회고에서 나타나는 시기의 부정확성 등을 고려할 때, 김기진의 언급을 그대로 받아들이기에는 무리가 따른다.
　孫海鎰, 앞의 글, 42쪽.

집자였으며63), 이전 박영희와 함께 『신청년』, 『백조』 등의 구성원이기도 했다. 그런데 방정환은 전기 『신청년』에서 활동했고, 박영희는 방정환이 도쿄로 떠난 후 『신청년』에 글을 발표했다. 또 방정환은 『백조』 3호부터 동인이 되지만 글을 싣는 등 활동을 하지는 않는다. 방정환을 『백조』 동인으로 추천한 사람 역시 통념과는 달리 박영희가 아니라 박종화였다.64) 박영희와 방정환 사이에 교류가 있었음을 알 수 있는 글을 발견하기는 쉽지 않다. 여기에서 박영희와 방정환의 다리를 놓았던 인물로 김기진을 떠올릴 수 있다. 김기진은 방정환을 "東京에서부터 親하게 알고 있었"65)는데, 조선에 돌아와서도 방정환의 매개로 거의 매호 『개벽』에 글을 게재하고 있었다. 여기서 한 가지 제기되는 의문은 왜 김기진이 직접 『개벽』 문예면의 편집을 담당하지 않았을까 하는 것인데, 그즈음 김기진은 『每日申報』에서 일하고 있었다.66)

1925년 1월 박영희는 『개벽』 문예부 주임이 된다. 1925년 1월호 「餘言」에는 "新年號부터 本誌 文藝便은 懷月 朴英熙君과 直接 因緣을 맺게 됨이 讀者와 共히 즐거운 일"67)이라는 언급이 있다. 당시까지 박영희는 편집에는 참여했지만, 편집 방향이나 필자를 선정할 수 있는 정도는 아니었다. "甲子年(1924년―인용자) 中의 本誌는" "文藝便이 貧弱아햇다 이것은 讀者와 編者間 相互의 遺憾이엇다"68)는 인용에서,

---

63) 〈개벽사〉 직원 명단에는 李敦化, 車相瓚, 金起纏, 朴達成, 방정환 등이 당시 『개벽』의 편집자로 되어 있다. 이에 관해서는 『開闢』 31호, 1923. 1, 일반면과 문예면 간지면 참조.

64) 김윤식은 박영희가 방정환의 도움으로 〈개벽사〉에 입사했으며, 박영희의 알선에 의해 방정환, 김기진이 『백조』 3호부터 동인이 되었다고 한다.
  김윤식, 앞의 책, 22쪽.

65) 「李相和형」, 『新天地』 9券 9號, 1954.9, 152쪽.

66) 김기진의 〈매일신보사〉 입사와 도쿄에서 방정환과의 교류에 대해서는 박현수, 「김기진의 초기 행적과 문학 활동」, 『대동문화연구』 61집, 성균관대 대동문화연구원, 2008. 3, 444-445·457쪽 참조.

67) 「餘言」, 『개벽』 제55호, 1925. 1, 판권간기면.

68) 앞의 글, 앞의 책, 앞의 쪽.

1924년 말『개벽』편집진이 문예면을 정비할 필요성을 느꼈음을 알 수 있다. 문예면은『개벽』이 종합지라는 점에서 중심에 위치하기는 힘들었지만 나름대로 많은 독자들에게 견인하는 역할을 하고 있었다.69) 이렇게 볼 때 문예면이 '빈약'하다는 것은『개벽』편집진에게 충분히 '유감'으로 다가왔을 것이다. 특히 1924년 10월에 '李光洙 主宰'를 표나게 내세우고 등장한『朝鮮文壇』의 존재는 '유감'의 정도를 더 하게 했을 것이다.

박영희는 문예부 주임이 되면서 눈에 띄는 활동을 추진해 나가는데, 이는 새로운 경향의 문학에 대한 제도적 기반을 정초하는 과정이었다는 점에서 주목을 필요로 한다. 첫 번째로 박영희는『개벽』의 문예 부문을 활성화시키고자 했다. 앞서 편집진의 언급에서도 드러났듯이 1924년 후반에『개벽』의 문예면은 위축된 모습을 보였다. 1924년 9월부터 12월까지『개벽』문예면에는 기껏해야 1, 2편의 창작이 실릴 뿐이었다. 1924년 9월호 문예면에는 高漢容의「짜짜이슴」, 박종화의「아버지와 아들」등 두 개의 글이 실렸는데,「짜짜이슴」이 외국 이론의 소개였음을 고려하면 실제 창작은 박종화 소설 하나뿐이었다. 10월호 문예면에는 朱耀燮, 梁柱東의 譯詩, 尹貴榮의 소설, 金永八의 희곡 등 네 개의 글이 실렸는데, 윤귀영, 김영팔의 글은 〈特別懸賞文藝大募集〉에 당선된 작품으로, 기존 문인의 글은 역시 둘 뿐이었다. 11월호에는 KK生, 閔泰興의 '소개', 김석송의 시「아지금은새벽네시」, 八峰山人의 소설「붉은쥐」, 박영희의 소설「二重病者」등 다섯 개의 글이 실렸지만, 창작은 셋뿐이었다.

문예부 주임이 된 박영희는 1925년 1월호의 문예면을 〈新年特別文藝〉로 꾸며 '拾壹篇=九十八項', 곧 11개의 작품을 총 98쪽에 걸쳐 게

---

69) 1930년대 〈개벽사〉 사원이었던 白鐵은 자신이 어렸을 때『개벽』의 전내용을 읽기는 힘들어 문예면의 소설을 중심으로 읽었다고 한다.
  이에 관해서는 백철,「續刊될 開闢誌에 대하여」,『新人間』266호, 1969. 7, 23쪽 참조.

재한다. 김동인, 박종화, 현진건, 金素月, 김기진, 梁白樺, 이상화 등의 작품이 실렸다. 박영희 자신은 1925년 1월호에 회월로 「戰鬪」, 박영희로 「創作批評과 評者」, 一記者로 「文藝雜記」 등을 발표해, 작가, 비평가, 편집자 등의 역할을 동시에 해낸다. 1925년 2월호에서는 〈文藝時評〉이라는 부문을 마련해 김기진, 박종화, 李益相, WW生 등이 글을 실었는데, 박영희는 「文壇을너머선文藝」로 〈문예시평〉에 참여했다. 또 〈階級文學是非論〉이라는 문예 특집을 마련했는데, 이에 관해서는 뒤에서 상술하겠다. 1925년 3월호에는 문예면의 특집 기사는 없었지만, 『개벽』 문예면 기고가 32명의 필명, 주소, 직업 등을 싣는 한편 이상화, 朱耀翰의 시, 趙明熙, 이익상의 소설, 김기진의 비평 등을 게재했다. 박영희 자신은 「「詩」의文學的價值─現今朝鮮詩壇을도라보면서─」, 「二月創作界總評」 등 비평을 썼으며, 「文藝雜感」에서 파스큐라 등 당시 문예계 소식을 전했다. 1924년 4월호 이후에도 『개벽』 문예면에는 10편 내외의 작품들이 꾸준히 게재되었다. 〈新年特別文藝〉, 〈文藝時評〉 등을 통해 문예면을 활성화시키려는 박영희는 노력은 성공적이었는지, 1925년 2월호, 5월호, 7월호 등의 「餘言」에는 "창작란이 독자의 대환영을 받았다"는 등 문예면에 대한 자부심이 드러나 있다.70)

두 번째로 문예부 주임이 된 박영희가 꾀한 것은 『개벽』의 문학적 색채를 분명히 하는 것이었다. 이를 가장 잘 드러내는 것은 특집 기획이었다. 1925년 1월호에는 〈李光洙論〉이라는 특집을 마련해, 李星泰의 「내가본李光洙」, 안석주의 「李光洙의印象」 등과 함께 박영희 자신도 「文學上으로본李光洙」를 발표한다. 〈이광수론〉은 당시까지 조선 지식계의 중심에 위치했던 이광수를 사상, 문학, 인상 등의 측면에서 비판하고자 마련된 것으로, 비판의 근간에는 새로운 경향의 문학과 사상을 부각시키려는 의도가 자리하고 있었다. 또 의도의 한편은 『朝鮮文

---

70) 「餘言」, 『開闢』 56호, 1925. 2, 판권간기면; 「餘滴」, 『開闢』 59호, 1925. 5, 판권간기면; 「餘言」, 『開闢』 61호, 1925. 7, 판권간기면.

壇』에 대한 견제와 맞닿아 있기도 했다. 1925년 2월호에는 〈계급문학
시비론〉이라는 특집이 마련된다. 계급문예에 대한 김기진, 김석송, 박
종화, 이광수, 김동인, 廉想涉 등의 의견이 소개되는데, 박영희 자신은
「文學上功利的價値如何」라는 글을 통해 계급문학의 시대적 필요에 대
해 강조하고 있다. 〈계급문학시비론〉은 찬반의 의견을 떠나 그때까지
어렴풋한 윤곽밖에 지니지 못 했던 계급문학을 논의의 중심에 위치시
키기 위한 기획으로 보인다. 1925년 6월호에 마련된 〈朝鮮文壇『合評
會』에對한所感〉 역시 그 연장선상에서 파악할 수 있다. 김기진, 조명
희, 이상화, 李星海, 박영희 등은 〈조선문단『합평회』에대한소감〉에서
합평회가 지닌 문제점을 강한 어조로 성토하고 있다.

　『개벽』의 문학적 색채를 분명히 하기 위한 또 다른 노력은 필진을
정립하는 것이었다. 1924년까지『개벽』문예면의 필자는 김억, 주요한,
김석송, 金東明, 이광수, 양건식, 염상섭, 김동인, 나도향, 현진건, 김기
진 등 공통된 경향을 찾기 힘들 정도로 다양했다. 그런데 박영희가 문
예부 주임이 된 이후 문예면의 필진은 거의 김기진, 이상화, 이익상, 조
명희 등과 박영희 자신으로 한정된다. 1925년 말부터 최서해, 최승일
등이 더해지거나 드물게 김소월, 염상섭, 김동인 등의 글이 실리는 것
외에 필진은 앞선 인물들을 벗어나지 않았다. 필진의 정립을 통해『개
벽』문예면의 작품 경향 역시 박영희가 의도했던 색채에 걸맞게 되어
갔다. 이와 관련해 주목해야 할 부문은 〈月評〉이다. 1924년까지『개
벽』에 〈월평〉은 가끔씩 실렸으며, 그 주된 필자는 박종화였다. 박종화
는 「新春創作評」(1924년 3월호), 「文壇放語」(1924년 5월호), 「甲子文
壇縱橫觀」(1924년 12월호) 등을 통해 〈월평〉을 이어갔다. 하지만 "新
文學論에 積極的으로 讚辭를 보내면서도" "제일 生活이 豊饒롭고 頑
固한 생활을 하고 있"어 "『力의 藝術論』을 發表한 程度로 그냥 머물
르고 말았던"71) 박종화에게 비평을 통해 새로운 경향의 문학을 적극적

---

71) 「草創期의 文壇側面史」, 『現代文學』 60호. 여기서는 『박영희 전집』(II)(이동희・노

으로 승인하는 역할을 계속해서 맡기기는 어려웠다. 부족한 부분을 메운 필자는 김기진이었다. 1925년부터 〈월평〉은 김기진을 주된 필자로 해 『개벽』 문예면에 고정적으로 등장한다. 김기진은 「一月創作界總評」(1925년 2월호), 「現詩壇의詩人(1)」(1925년 3월호), 「現詩壇의詩人(2)」(1925년 4월호), 「新春文壇總括」(1925년 5월호), 「文壇最近의一傾向」(1925년 7월호) 등을 통해, 자신들의 문학만이 진짜 문학임을 주장하는 승인권의 독점을 꾀해 나갔다.

문예부 주임이 된 박영희가 행한 또 하나의 활동은 〈新春讀者文藝大募集〉, 〈懸賞短篇小說募集〉 등 독자문예, 현상문예라는 제도적 기획이었다. 먼저 〈신춘독자문예대모집〉은 1924년 12월호, 1925년 1월호에 공고를 했고, 1925년 2월호에 「讀者文藝를發表하면서」를 통해 결과를 발표했다. 소설, 희곡, 시, 소품 등 네 부문에서 모집이 되었고, 분량은 23자 250행 이내였으며, 상금은 없었다. 흥미로운 것은 공고에서 문예를 "人生生活에 確乎한 根據를 두어 가지고, 思想 向上과 生活 啓發에도 多大한 影響을 주는" "全民衆的 포는 全人類의 普遍的"인 것이라고 해, "人生의 感情을 혹은 情緖를 純化시키는", "智者들의 苦悶을 慰勞하려는 一部 혹은 一團의 全用的 手段"[72]으로 규정하는 기존의 문예관과 대립적인 입장을 분명히 한 것이다. 1925년 2월호에서 박영희는 스스로 考選者가 되어 金昌述, 想無, 丁來東, 金榮秀 등 모두 4편의 시를 당선시킨다. 그런데 공고에서 내세운 주장에도 불구하고, 4편의 시 모두 거기에 걸맞는 모습을 보이지 못 했다. 더구나 소설은 "內用의 힘이 豊富하"지도 못 한데다 "一定하게 規定한 폐지가 超過하기 二三倍에 이르러서 紙面 關係로 記載하지 못하엿다"[73]고 해, 당선작을 내지조차 못 했다.

『개벽』을 통해 새로운 문학 경향을 파급하려는 박영희의 의도가 보

상래 편, 영남대 출판부, 1997), 327쪽 재인용.

72) 〈新春讀者文藝大募集〉, 『開闢』 55호, 1925. 1, 98쪽.

73) 「讀者文藝를發表하면서」, 『開闢』 56호, 1925. 2, 87쪽.

다 잘 드러난 것은 ‘『개벽』 5주년 기념’이란 명목을 단 〈현상단편소설모집〉이었다. 〈현상단편소설모집〉은 1925년 4월호, 5월호에 광고를 하고, 7월호에 당선작을 발표했다. 분량은 23자 10행의 70교 내외였으며, 賞金은 “一等百圓. 二等五拾圓. 三等貳拾圓.”이었고, 期日은 “五月三十一日까지”였다.[74] 고선자인 박영희는 「選後感」에서 거진 40편이 응모했다고 하며, 2등 1편, 3등 1편, 선외 2편 등 모두 4편의 당선작을 발표했다. 2등은 朴吉洙의 「짱파먹는사람들」, 3등은 宋東兩의 「느러가는무리」, 選外는 崔文의 「두젊은사람」과 申必熙의 「殺害」 등이었다.[75]

박영희가 주도한 〈현상단편소설모집〉의 성격은 1년 전인 1924년 7월 시행된 〈特別懸賞文藝大募集〉의 결과와 비교할 때 분명히 드러난다. 당시 소설 부문의 당선작은 2등에 崔錫周의 「破滅」, 3등에 李箕永의 「옵바의秘密便紙」, 選外佳作에 申必熙의 「入學試驗」, 최빙의 「사진求景」 등이었다. 이들은 조혼한 처와 애인 사이에서의 갈등(「破滅」), 오빠의 위선적인 애정 행각(「옵바의 秘密便紙」), 입학시험을 앞둔 수험생 가족들의 내면(「입학시험」), 활동사진 구경에의 유혹(「사진求景」) 등을 주된 내용으로 하고 있다. 그런데 1925년 7월 〈현상단편소설모집〉에 당선된 작품의 성격은 이들과 크게 다르다. 가난한 농민들의 삶과 소작료를 둘러싼 갈등(「짱파먹는사람들」), 일본에서 일하는 조선인 노동자의 시련과 각성(「느러가는무리」), 문예사상 강연회를 열기 위해 애쓰는 두 젊은이의 노력(「두젊은사람」) 등이 그것이다.

박영희는 “『開闢』誌를 舞臺로 삼고 無産階級 意識을 가진 作家를 모았고, 또 숨은 사람을 찾으려고 懸賞文藝募集 같은 것을 때때로 하였”[76]고 했다. 〈신춘독자문예대모집〉, 〈현상단편소설모집〉 등을 통

---

74) 〈懸賞短篇小說募集〉, 『開闢』 59호, 1925. 5, 표지 다음쪽.

75) 박영희는 「選後感」에서 4편의 당선 소설에 대한 평을 하고 있다. 또 글의 말미에 “八峰金基鎭君이 밧분時間을不顧하고 援助하여줌을感謝한다”고 했다. 이렇게 볼 때 〈현상단편소설모집〉의 심사는 박영희와 김기진이 함께 했음을 알 수 있다.
   여기에 관해서는 朴英熙, 「選後感」, 『개벽』 61호, 1925. 7, 92-93쪽.

76) 「草創期의 文壇側面史」, 『現代文學』 60호. 여기서는 『박영희 전집』(Ⅱ)(이동희노상

해 새로운 문학에 동조하는 문인을 모으고 신진작가를 발굴하려 했다는 것이다. 그런데 독자문예나 현상문예의 의도는 다른 데도 있었다. 박영희는 당시 "『이데오로기』의 作品보다도 實感 있는 作品을 높게 評價하였"고 "實感이란 것은 生活 속에서만 나올 수 있는 것이라고 主張"했지만, 문제는 "作家들의 大部分이" "中産階級 以上의 生活을 하는 사람들이라 그 事實的인 描寫가 圓滿히 될 수 없"[77]었다고 했다. "文學作品이란 그리 쉽게 어떠한 理論에 맞도록 창작되기가 어려웠"[78]으며, 일정한 한계에 다다른 자신들의 문학의 돌파구를 마련하기 위해서도 독자문예나 현상문예는 필요했던 것이다.[79]

6. 〈파스큐라〉, 〈염군사〉, 그리고 〈카프〉

박영희는 1925년 2월 8일 慶雲洞 천도교기념관에서 〈文藝講演及詩脚本朗讀會〉라는 이름으로 열린 강연회에서 강연을 한다. 『개벽』의 문예부 주임이 된 직후였다. 1925년 2월 8일 『동아일보』에 게재된 모임 광고는 다음과 같다.

> ◇文藝講演及詩脚本朗讀會◇
> 主催 『파스큐라』
> 場所＝慶雲洞天道教記念館
> 日時＝今日下午七時半
> 演題及演士

래 편, 영남대 출판부, 1997), 330쪽 재인용.

77) 앞의 글, 334쪽.

78) 앞의 글, 337쪽.

79) 근대문학의 재생산 제도의 일환으로 『개벽』의 독자문예, 현상문예를 다룬 논문으로는 최수일, 「『개벽』의 '현상문예'와 '신경향파문학'」, 『상허학보』 20집, 상허학회, 2007. 6, 41-77쪽 참조.

書籍以前과以後	金石松
싸나리씀과文藝	閔牛步
文藝의時代性	李星海
離別하는이(詩)	李相和
체홉硏究	朴懷月
雜感談片	金基鎭
題未定	金億
上同	朴月灘
日出(脚本)	延鶴年
題未定	安碩柱
會費 拾錢	

　강연회가 끝난 2월 10일 『朝鮮日報』의 기사 「盛況의文藝講演」에는 박영희의 「체홉硏究」로 시작된 강연회가 김기진의 강연으로 마친 것으로 되어 있다.[80] 이 강연회가 주목을 끄는 것은 〈파스큐라〉라는 단체의 주최로 열렸다는 점이다. 〈파스큐라(PASKULA)〉는 박영희, 안석주, 김석송, 김복진, 김기진, 이익상, 연학년 등 구성원들 이름의 영어 머리글자를 딴 명칭이었다.[81] 일반적으로 〈파스큐라〉는 김기진, 박영희를 중심으로 1923년에 결성이 되었고, 1925년 8월 〈焰群社〉와 결합해 〈카프〉를 구성한 단체로 파악된다.[82] 실제 이러한 〈파스큐라〉에 대한 평가는 〈카프〉를 중심에 두고 〈카프〉가 조직되는 계기로서 〈파스큐라〉의 위상을 규정한 데 따른 것으로 보인다. 흥미로운 것은 강연회

---

80) 〈파스큐라〉 주최 문예강연회에 대해서는 「文藝講演及詩脚本朗讀會」, 『東亞日報』, 1925. 2. 7; 「文藝講演會開催」, 『東亞日報』, 1925. 2. 8; 「盛況의文藝講演」, 『朝鮮日報』, 1925. 2. 10, 참조.

81) 일반적인 명칭은 영어 표기 〈PASKULA〉에 따라 〈파스쿨라〉라고 한다. 이 글에서는 당대 모임의 성원들의 표기를 존중해 〈파스큐라〉로 칭하겠다.

82) 安漠은 당시 김기진이 파스큘라라는 모임을 지도하고 있었다고 했다.
　安漠, 「조선 프롤레타리아예술운동 약사(略史)」, 『思想月報』, 1932. 10. 여기서는 임규찬, 한기형 편, 『카프시대에 대한 회고와 문학사』(카프비평자료총서Ⅰ, 태학사, 1989) 114쪽 재인용.

의 발표자에 민태원, 박종화, 김억, 이상화 등 일반적으로 〈파스큐라〉의 구성원으로 파악되지 않는 인물들이 포함되어 있다는 점이다.

　필자는 이미 〈파스큐라〉에 대한 일반적인 규정에 의문을 제기하고 보다 엄밀한 접근의 필요성을 언급한 바 있다. 〈파스큐라〉가 결성되는 데 김석송, 李益相이 주도적인 역할을 했다는 점, 그 과정에서 〈개벽사〉의 金起纏, 방정환 등이 찬동했다는 점, 또 유일한 활동이라고 할 수 있는 〈문예강연급시각본낭독회〉의 발표문을 김석송이 주재하는 잡지 『生長』에 게재했다는 점 등을 근거로 해서였다.83) 여기서는 그 연장선상에서 〈파스큐라〉의 결성 시점 역시 바로 잡고자 한다. 박영희는 천도교기념관에서 강연회를 개최하려는데 주최자 명의가 필요해 〈파스큐라〉라는 이름을 지었다고 했으며, 김기진 역시 같은 취지의 언급을 한다.84) 그렇다면 〈파스큐라〉의 결성 시점은 1923년이 아니라 1925년이 되는데, 이들의 언급은 상당한 시간적 간극을 둔 회고임에도 불구하고 사실에 가깝다. 1925년 3월호 『개벽』에 실린 「文藝雜感」에 〈파스큐라〉 주최 문예강연회에 대해 "文藝와 思想을 紹介하며 硏究하는 『파스큐라』의 第一步(강조는 인용자)가 그만큼 된 것만일지라도 자미 잇는 일"85)이라는 언급이 있기 때문이다.

　〈파스큐라〉의 결성에 대해서 또 다른 도움을 얻을 수 있는 글은 박종화의 일기이다. 박종화는 1925년 1월 13일 일기에서 "회월(懷月), 학년(鶴年), 석영(夕影), 성해(星海)와 기진(基鎭) 가(家)에 회(會)하여 문예(文藝)의 한담회(閑談會)를 계속하여 매월 2회씩 개(開)하기를 토의"했다고 한 후, 1월 15일 일기에서 "오후 3시반에 김기진(金基鎭)군을 방(訪)하여 회월(懷月), 성해(星海), 학년(鶴年), 제군과 공(共)히 문예에 대하여 한담(閑談)"86)했다고 한다. 또 다른 글에서는 이익상과 알게 된

---

83) 박현수, 앞의 글, 앞의 책, 464-467쪽 참조.

84) 「現代韓國文學史」(九), 『思想界』 68, 1959. 3, 315쪽; 金基鎭, 「韓國文壇側面史」, 『思想界』 40, 1956. 11, 138쪽 참조.

85) 一記者, 「文藝雜感」, 『開闢』 57호, 1925. 3, 60쪽.

190

것이 "八峰의 紹介로 『파스큐라』의 同人이 되었던 것이 아마 사귐의
시작이었"87)다고 해, 박종화 자신도 〈파스큐라〉의 동인이었음을 밝히
고 있다. 일기에서 언급된 모임의 성원이 〈파스큐라〉의 성원과 일치한
다는 점, 박종화 역시 〈파스큐라〉의 동인이었다는 점 등을 고려할 때,
이 모임이 〈파스큐라〉로 연결되었음을 알 수 있다. 그렇다면 모임의
결성은 1925년 1월이고, 모임의 이름을 〈파스큐라〉라고 지은 것은 2월
임을 알 수 있다.

앞장에서 문예부 주임이 된 박영희가 『개벽』의 문학적 색채를 분명
히 하기 위한 일환으로 1925년 2월호에 〈계급문학시비론〉을 기획했음
을 검토한 바 있다. 박영희는 이를 계기로 시대적 사조에 동조하는 문
인들이 자신의 주위에 모여들었다고 하는데, 최승일 역시 그들 중 하
나였다. 최승일은 3장에서 고찰한 것처럼 박영희, 나도향 등과 함께
〈배재고보〉 동창이자 『신청년』에서 활동한 인물이었다. 그 후 "東京,
上海 等地에서 공부를 하다가 돌아와서는" "社會主義 團體인 北風會
와 京城靑年同盟의 會員"88) 등으로 활동하던 최승일은 박영희에게 李
浩, 朴容大 등을 소개시키고, 박영희는 다시 이들을 김기진에게 소개
시킨다. 박영희는 당시가 "李浩, 朴容大, 崔承一, 宋影, 沈大燮(一名
沈熏), 李赤曉 등 諸君은 『焰群』社를 이미 組織하였고 『焰群』이란 文
藝同人雜誌를 發行하려다가 不許可가 되었"89)을 때였다고 했다.

〈염군사〉는 "1922년 9월 李赤曉, 李浩, 金紅波, 金斗洙, 崔承一, 沈
大燮, 金永八, 宋影 등이 조직한 최초의 프로文化 단체"90)로 알려져
있다. 송영의 언급에 따르면 『염군』의 모태는 송영, 이적효, 이호, 김홍

---

86) 윤병로, 앞의 책, 100쪽.
87) 박종화, 「永訣星海」. 여기서는 『靑苔集』(永昌書館, 1942), 189쪽 참조.
88) 「草創期의 文壇側面史」, 『現代文學』 60호. 여기서는 『박영희 전집』(II)(이동희·노
　　상래 편, 영남대 출판부, 1997), 330쪽 재인용.
89) 박영희, 앞의 글, 같은 쪽.
90) 김윤식, 『한국근대문예비평사연구』, 일지사, 1976, 30쪽.

파, 朴世永 등이 발간하려 했던『새누리』였다. 비용 문제로『새누리』
를 발간하지 못한 이들은 1922년 말 姜宅鎭, 金東煥, 金斗洙, 鄭黑濤,
崔鉉, 金仁淑 등의 동인을 새로 맞아들여 〈염군사〉를 조직하게 된다.
송영은 1922년 말『염군』1호를 발간하려 하지만 발행금지가 되어 출
간되지 못했다고 한다. 또 1923년 2월 납본제를 꾀한『염군』2호 역시
발행금지가 되며, 같은 해 3월 국제부인데이 기념호로 만든『염군』3
호 역시 마찬가지였다. 계속된 발행금지 조치로 동인들은 모두 흩어지
고 송영, 이호 등만 남아 翠雲亭 근처에 위치한 도서관에 다녔는데, 거
기서 최승일을 만났다고 했다. 그런데 1923년 12월 9일『조선일보』를
참고로 하면『염군』1호는 1923년 10월 당국에 원고 검열 신청했으나
12월 3일 불허가되었음을 알 수 있다.[91] 또 1924년 3월 5일『동아일보』
에는 "염군사(焰群社)에서 발행하는『염군』잡지 뎨삼호는 그만 압수
를 당하야 발행하지 못"하고 "세 번 연하야 압수"[92]되었다는 기사가
있다. 곧 1923년 12월부터 1924년 3월까지『염군』1, 2, 3호가 연속해
서 발행금지 당하고 압수되었다는 것이다. 이를 고려하면 송영의 기억
은 1년 정도의 오차를 지니며, 최승일이 송영, 이호 등을 만나 〈염군
사〉에 가입하는 것 역시 1924년 후반이었음을 알 수 있다.[93] 실제 이
호, 박용대, 최승일, 尹基鼎 등은 1924년 12월 25일 〈염군사〉와 〈京城
靑年會〉 편집부의 공동 주최로 齋洞 京城靑年會館에서 열린 〈「푸로」
作家忘年會〉에 참석했다.[94] 〈염군사〉는 1924년 11월 〈建設社〉가 주도
한 통합에 참여해 〈北風會〉를 구성하는 하위 단체가 된다. 이보다 먼
저 1922년 12월 金若水, 鄭太成, 金鍾範 등은 일본에서 〈黑濤會〉로

---

91)『朝鮮日報』, 1923. 12. 9.

92)『東亞日報』, 1924. 3. 5.

93) 이후 〈염군사〉는 예술단체로 확대되어 문학부, 극부, 음악부 등이 설치되었다고 한
　　다. 송영, 이호 등은 문학부에, 최승일, 김영팔, 심훈 등은 극부에서 활동했다.
　　　이에 관해서는 宋影,「신흥예술이 싹터나올 때―그때의 이면사―」,『문학창조』, 1934.
　　6, 참조.

94)『東亞日報』, 1924. 12. 25.

활동하다가 무정부주의자와 분리를 꾀해 〈北星會〉를 조직한다. 1923년 8월 이후 이들은 국내 활동에 중점을 두고 10월 조선에 〈건설사〉를 조직하게 된다. 〈북풍회〉는 1924년 11월 〈건설사〉가 〈염군사〉와 개별적인 공산주의적 인자들과 통합하여 전국적인 사상단체로 재조직한 것이었다.95) 〈경성청년회〉는 북풍회 계열의 청년회로 〈염군사〉와 〈경성청년회〉가 〈「푸로」작가망년회〉를 공동 주최한 것은 이와 같은 상황에 따른 것으로 보인다.

1925년 초 최승일, 이호, 박용대 등이 박영희와 김기진을 찾았던 것은 이 즈음이었다. 〈염군사〉는 〈북풍회〉를 구성하는 하위 단체가 되었지만, 『염군』의 거듭된 발행금지 및 압수 등에 의해 제대로 된 문학적 활동을 하지 못하고 있었다. 당시 박영희는 문예부 주임으로 특집 기획, 필자 선정, 게재 여부 등 『개벽』의 문예면을 주재하고 있었다. 김기진은 1923년 7월 「Promeneade Sentimental」을 시작으로 『개벽』의 고정 필자가 되어 새로운 경향의 문학에 대해 역설하는 한편, 박영희가 새로운 문학에 동조해 『개벽』 문예부 주임이 되는 계기가 되기도 했다. 최승일, 이호, 박용대 등 〈염군사〉 성원들에게 박영희, 김기진은 그들이 모색하는 문학을 현실화할 수 있는 돌파구와 같은 존재였을 것이다. 이들이 자신들의 주장에 선득 동조하지 않았던 박영희, 김기진을 거듭 찾아 설득했던 것은 이와 같은 상황에 따른 것이었다. 박영희 역시 당시의 상황을 〈염군사〉의 성원들이 "社會的으로 아직 알려지지 않은 左翼文學靑年들이라 나(박영희-인용자)와 八峰에게 와서 自己들과 合同하기를 提議"96) 했다고 회고하고 있다.

이렇게 볼 때 1925년 8월 17일 〈파스큐라〉와 〈염군사〉가 처음으로

---

95) 전명혁, 「1920년대 전반기 까엔당과 북풍회의 성립과 활동」, 『史林』 12, 13 合集, 수선사학회, 1997, 309-317쪽; 박철하, 「1920년대 전반기 사회주의 청년운동과 고려공산청년회」, 『역사와현실』 제9권, 한국역사연구회, 1993, 245-246쪽 참조.

96) 「草創期의 文壇側面史」, 『現代文學』 60호. 여기서는 『박영희 전집』(Ⅱ)(이동희·노상래 편, 영남대 출판부, 1997), 330쪽 재인용.

회합했다고 하는 〈조선프로문예연맹준비회〉 역시 보다 조심스러운 접근이 요구된다. 1925년 8월 14일 나카니시 이노스케(中西伊之助)가 조선을 방문하는데, 8월 17일 한 모임에서 박영희, 김기진, 이익상, 최승일, 이호, 박용대, 송영, 김영팔, 이적효, 김온 등과 함께 사진을 찍는다. 그런데 그 사진이 1925년 8월 19일『時代日報』에「조선프로문예연맹준비회」라는 제목과 함께 게재되고, 이후 당시 모임을 〈파스큐라〉와 〈염군사〉가 처음으로 회합한 〈카프〉의 준비회로 본다.97) 나카니시가 조선을 방문한 것은 〈火曜會〉, 〈朝鮮勞動黨〉, 〈無産者同盟〉, 〈북풍회〉 등 〈四團體合同會〉의 초청으로 강연을 하기 위해서였으며,98) 8월 17일의 모임 역시 〈사단체합동회〉가 연 다화회였다.99) 〈사단체합동회〉의 하나였던 〈북풍회〉의 구성 단체로서 〈염군사〉 회원인 최승일, 이호, 박용대, 송영, 김영팔 등이 참석한 것은 자연스러운 일이다. 박영희, 김기진 등이 다화회에 참석한 것은 〈파스큐라〉를 대표해서라기보다는 앞서 살펴본 〈염군사〉 측 제안의 연장선상에서 파악하는 것이 적절하겠다.100) 그리고 〈카프〉라는 조직과 관련해서도 다화회는 조직의 준비회라기보다는 〈염군사〉 측의 제안과 박영희, 김기진 등과의 논의의 연속선상에 위치한 계기로 볼 수 있을 것이다.

　1925년 8월 23일 〈朝鮮프롤레타리아藝術家同盟〉(Korea Artista Pro-

---

97) 권영민, 「중서이지조와 1920년대 한국 계급문학」,『외국문학』29호, 열음사, 1991. 겨울호, 115-122쪽.

98) 1925년 中西伊之助의 조선 강연회에 대해서는『朝鮮日報』, 1925. 8. 16~18;『時代日報』, 1925. 8. 17, 참조.

99) 나카니시는 8월 16일 長谷川町 公會堂에서「人間禮讚」이라는 제목의 강연을 하던 중 일본 國粹會 회원들의 습격을 받는다. 이 사건을 이유로 17일의 강연회는 취소되었고, 〈사단체합동회〉는 취소된 강연회를 대신해 17일 밤 7시 재동 14번지 〈사단체합동회〉 회관에서 다화회를 열게 된다.
　　이에 관해서는 박현수, 앞의 글, 앞의 책, 470-471쪽 참조.

100) 한편 이익상은 1926년 2월 2일부터 12월 20일까지『조선일보』에 나카니시 소설『熱風』을 번역해 연재하고, 1929년『吾等の背後より』를『汝等의背後』로 번역해 출간하는 등 나카니시와 개인적으로 깊은 관련을 지니고 있었다.

letaria federatio), 곧 〈카프〉가 결성되고 박영희는 그 동맹원이 된다. 문학사적 서술에서 〈카프〉의 탄생은 앞서 살펴보았듯이 〈파스큐라〉와 〈염군사〉라는 단체의 결합으로 규정된다. 앞서 이 규정에 대해서는 최승일, 이호, 박용대 등이 방문한 대상이 박영희, 김기진이었다는 점, 나카니시 방문 다화회에 참석한 〈파스큐라〉의 회원 역시 박영희, 김기진, 이익상뿐이었다는 점 등 보다 엄밀한 접근이 필요함을 언급한 바 있다. 이와 관련해 또 하나 주목해야 할 사실은 〈카프〉가 결성될 때 김석송이 참가하지 않는다는 것이다. 앞서 확인한 바와 같이 김석송은 〈파스큐라〉의 결성을 주도하고 문예강연회의 발표문을 자신이 주재하는 잡지 『生長』에 게재하는 등 〈파스큐라〉의 중심에 위치한 인물이었다. 또 김석송과 함께 〈파스큐라〉의 결성에 힘을 쓴 이익상 역시 1927년 〈카프〉의 방향전환과 맞물려 〈카프〉를 탈퇴한다. 이러한 문제 역시 〈카프〉를 〈파스큐라〉와 〈염군사〉가 결합한 단체로 규정하는 데 의구심을 지니게 만든다.

박영희가 〈카프〉에 가입한 것은 1장에서 서술한 것처럼 자신이 지녀왔던 문학과 새로운 경향의 문학 사이에서 갈등하던 가운데 전자를 비판의 대상으로 삼고 후자를 수용해 조선에 정착시키는 과정의 한 결절점이라고 할 수 있다. 이 글은 문학에 뜻을 두게 되는 때로부터 그 결절점에 이르는 시기까지 박영희의 행적을 재구해 보았다. 그것은 『신청년』, 『장미촌』, 『백조』, 『개벽』 등으로 이어지는 매체에서의 활동과 부르주아적 예술지상주의로부터 신경향파 문학으로 이어지는 문학적 변모에 대한 실증적인 검토와 맞물리는 작업이었다. 또 그것은 김기진을 통해 사회주의 문학을 수용한 후 『개벽』이라는 매체를 기반으로 해 조선에 사회주의 문학을 정착시키는 과정에 대한 해명과도 연결되는 논의였다. 그런데 이러한 변화를 정당하게 해명하려면 박영희의 문학적 성격이 어떻게 변모했는가가 밝혀져야 할 것이다. 곧 김기진을 통해 수용한 새로운 경향의 문학은 무엇이었고, 또 『개벽』의 문예면을 통해 정착시킨 계급문학의 성격은 어떠했는가를 논구해야 한다는 것이다. 이 글이 조선에 사회주의 문학을 정착시켰던 박영희 문학의 실상을 온전히 해명하기 위한 전제적인 논구였다는 데서, 이 문제는 다음의 논의 과제로 남기고자 한다.

주제어 : 박영희, 신경향파 문학, 부르주아 문학, 김기진, 『신청년』, 『장미촌』, 『백조』, 『개벽』, 〈파스큐라〉, 〈카프〉

◆ 참고문헌

1. 기본자료

『東亞日報』,『朝鮮日報』,『時代日報』,『新靑年』,『靑年』,『薔薇村』,『白潮』,『開闢』,『生長』,『新東亞』,『朝光』,『春秋』,『新天地』,『新人間』,『思想界』,『現代文學』,『文學思想』 등.

2. 저 서

1) 국내서

강만길, 성대경 엮음,『한국사회주의운동인명사전』, 창작과비평사, 1996.

김윤식,『박영희연구』, 열음사, 1989.

──────,『한국근대문예비평사연구』, 일지사, 1976.

김재용 외,『한국근대민족문학사』, 한길사, 1993.

역사문제연구소 문학사연구모임,『카프문학운동연구』, 역사비평사, 1989.

윤병로,『박종화의 삶과 문학─미공개월탄일기평설』, 성균관대 출판부, 1992.

이동희·노상래 편,『박영희 전집』(Ⅰ)─(Ⅳ), 영남대 출판부, 1997.

이현주,『한국 사회주의 세력의 형성: 1919~1923』, 일조각, 2003.

조영복,『1920년대 초기 시의 이념과 미학』, 소명출판, 2004.

2) 국외서

日本近代文學館 編,『日本近代文學大辭典』1~6, 講談社, 1977.

中田淸三郎,『プロレタリア文學史』(下), 理論社, 1977.

3. 논 문

권영민,「중서이지조와 1920년대 한국 계급문학」,『외국문학』29호, 열음사, 1991. 겨울호.

박철하,「1920년대 전반기 사회주의 청년운동과 고려공산청년회」,『역사와현실』제9권, 한국역사연구회, 1993.

박현수,「김기진의 초기 행적과 문학 활동」,『대동문화연구』61집, 성균관대 대동문화연구원, 2008. 3.

손정수,「이념과 현실의 거리─최승일론」,『한국 근대문학의 틈새』, 역락, 2005.

孫海鎰, 「朴英熙文學硏究-詩·小說을 中心으로」, 홍익대 박사논문, 1990.
전명혁, 「1920년대 전반기 까엔당과 북풍회의 성립과 활동」, 『史林』 12·13 合集, 수선사학회, 1997.
정우택, 「황석우의 매체 발간과 사상적 특징」, 『민족문학사연구』 32호, 민족문학사학회, 2006.
채수영, 「방황과 갈등의 여정-안석주론」, 『탄생 100주년 한국작가 재조명』, 국학자료원, 2001.
최수일, 「『개벽』의 '현상문예'와 '신경향파문학'」, 『상허학보』 20집, 상허학회, 2007.
한기형, 「잡지 『新靑年』과 경성청년구락부」, 『서지학보』 26, 서지학회, 2002.

◆ 국문초록

이 글은 박영희가 문학에 뜻을 두게 되는 때로부터 〈카프〉에서 활동하기까지의 행적과 문학 활동을 재구하고자 했다. 이는 『신청년』, 『장미촌』, 『백조』, 『개벽』 등으로 이어지는 매체에서의 활동과 부르주아적 예술지상주의로부터 신경향파 문학으로 이어지는 문학적 변모에 대한 실증적인 검토와 맞물리는 작업이었다. 박영희가 문학을 관심을 가지게 된 것은 〈배재고보〉에서 수업 시간마다 문학에 대해 열강하던 山縣이라는 교사를 통해서였다. 이후 〈배재고보〉에서 만난 김기진, 나도향 등과 『청춘』을 대상으로 문학에 대한 토론을 벌이기도 한다. 1921년 박영희는 나도향, 최승일 등과 〈경성청년구락부〉에서 활동하면서, 그 기관지인 『신청년』 4, 5, 6호에 글을 실었다. 『신청년』에서의 활동은 문학에 대한 열의와 매체에 대한 필요가 교차하는 가운데서 이루어진 것이었다. 비슷한 시기 박영희는 『장미촌』 창간호를 발행하는 데 주된 역할을 하는 한편 시를 두 편 발표한다. 1922년 1월 『백조』 1호가 발행되는데, 박영희는 박종화, 홍사용, 나도향, 현진건, 이상화, 노자영, 이광수, 원우전, 안석주, 오천원 등과 함께 『백조』의 동인으로 활동한다. 『백조』는 〈배재고보〉-『신청년』 계열과 〈휘문고보〉-『문우』 계열의 통합이라고 할 수 있다. 박영희는 『백조』 1호 발간 당시 도쿄에 머무르고 있다가 1923년 2월 중순을 전후로 해 귀국한 것으로 보인다. 1922년 말에 이르러 박영희는 『백조』의 동인 관계에 대해 숙고하는데, 이는 새로운 경향의 문학에 대해 소개하고 설득했던 김기진의 영향 때문이었다. 박영희가 『개벽』 편집에 참여하기 시작한 것은 1924년 7월부터였다. 이듬해 문예부 주임이 된 박영희는 눈에 띄는 활동을 추진해 나갔다. 첫째, 『개벽』의 문예 부문을 활성화시켰다. 둘째, 『개벽』의 문학적 색채를 분명히 했다. 셋째, 현상문예, 독자문예 등 제도를 기획하는 것이었다. 박영희는 『개벽』 문예부 주임이 된 직후 〈파스큐라〉 주최로 열린 강연회에 참가한다. 이 글은 〈파스큐라〉가 일반적인 통념과는 달리 김석송, 이익상 등이 결성을 주도했고, 결성 시기는 1925년 1월이고 〈파스큐라〉라는 이름은 1925년 2월 〈문예강연급시각본낭독회〉 당시 붙여졌음을 밝혔다. 박영희가 『개벽』에 〈계급문학시비론〉을 게재하자 최승일, 이호, 박용대 등 〈염군사〉의 성원들이 찾아온다. 당시까지 〈염군사〉는 기관지 『염군』의 거듭된 발행금지 및 압수 등에 의해 제대로 된 문학적 활동을 하지 못하고 있었다. 1925년 8월 23일 〈카프〉가 결성되고 박영희는 그 동맹원이 된다. 〈카프〉의 결성에 대해서는 보다 엄밀한 접근이 요구된다고 할 수 있다.

◆ **SUMMARY**

Park, Young-Hee's Early Days Activity & Literary Movement

Park, Hyun-Soo

Park, Young-Hee(朴英熙) established the New Tendency Letters(新傾向派文學) in Korea at first. The purpose of this thesis is to investigate Park, Young-Hee's early days activity from the introduction to the study of literature to joining the ⟨KAPF: Korea Artista Proletaria federatio⟩. This thesis also wishes to look into Park, Young-Hee's study of literature, personal exchange, group activity etc. He entered the BaeJae high grade normality school(培材高等普通學校) in 1916. And he was concerned with the literature by SanHyeon(山縣) the teacher of literature. In 1921, he acted in ⟨GyeongSeongCheongNeunClub(京城靑年俱樂部)⟩ and announced his work at ⟨SinCheongNeun(新靑年)⟩. In same period, he played an important role in publishing the ⟨JangMiChon(薔薇村)⟩ and announced two poems.

Park, Young-Hee became the coterie ⟨BaekJo(白潮)⟩ in January, 1922. ⟨BaekJo⟩ was the union BaeJae high grade normality school−⟨Sin CheongNeun⟩ and ⟨HwiMoon high grade normality school(徽文高等普通學校)⟩−⟨MoonWoo(文友)⟩. In same period, he studied abroad in Tokyo(東京) and returned to his country in the next year owing to his illness. About that time, he reflected his literature taste by way of the persuasion of Kim Gi-Jin(金基鎭). Park, Young-Hee worked at ⟨GaeBeok (開闢)⟩ since July, 1924. And in January, 1925, he became the dean of the literature department and acted several works enthusiastically. Henceforth he entered the group called ⟨PASKULA⟩. In 1925, when ⟨KAPF: Korea Artista Proletaria federatio⟩ was formed, he became one of the member of ⟨KAPF⟩.

Keyword : Park, Young-Hee, the New Tendency Letters, bourgeois lit-
erature, Kim Gi-Jin, 〈SinCheongNeun〉, 〈JangMiChon〉, 〈Baek-
Jo〉, 〈GaeBeok〉, 〈PASKULA〉, 〈KAPF〉

―이 논문은 2008년 7월 31일에 접수되어, 2008년 8월 8일에서 2008년 8월 20일 사
이에 이루어진 소정의 심사를 거쳐 2008년 8월 21일 편집회의에서 1차로 게재가
결정되고 2008년 10월 1일에 최종적으로 게재가 확정되었음.

기록영화 ⟨Tyosen⟩ 연구

김 려 실 *

목 차

1. ⟨Tyosen⟩의 발견과 아카이빙

한국의 풍경과 풍속을 담은 기록영화의 역사는 구한말로 거슬러 올라간다. 필름이 현존하는 것으로는 각각 미국인과 독일인이 기록한 ⟨Korea⟩(1899~1901년 추정)와 ⟨고요한 아침의 나라⟩(1901~1910년경 추정)가 있다. 한국(이 시기에는 대한제국)을 볼거리로 전시하는 이들 영화는 19세기 말 서구에서 발명된 영화라는 새로운 테크놀로지와 제국주의의 친연성을 보여준다.[1] 비단 서구영화의 한국 표상뿐만 아니라

---

 * 부산대 국어국문학과 교수.

** 이 논문은 2008년도 부산대학교 인문사회연구기금의 지원을 받아 연구되었음.

1) 1895년 뤼미에르 형제가 발명한 최초의 영화(cinématograph)가 시오타 역에 도착하는 기차를 촬영한 것이라는 점은 의미심장하다. 스크린을 가로지르는 기차를 보고 혼비백산한 관객들에게 이 새로운 테크놀로지는 19세기 초에 기차가 그랬던 것과 같은 지

일본영화와 한국의 관계에 있어서도 똑같은 예를 찾을 수 있다. 통감부 시정에 대한 부정적인 여론을 무마하기 위해 이토 히로부미는 〈한국일주(韓國一週)〉, 〈한국풍속(韓國風俗)〉이라는 기록영화를 만들었고[2] 한일합병이후에는 일본 정부와 조선 총독부, 그리고 민간의 각종 주체가 정보 선전과 관광 유치를 위해 식민지 조선을 영화에 담았다. 그중 필름이 현존하는 것으로는 〈朝鮮地方〉(1934), 〈Tyosen〉(1939년 추정), 〈朝鮮素描〉(1939), 〈京城〉(1940)이 있는데, 특히 〈Tyosen〉은 일본이 서구에 조선을 선전하기 위해 영어로 제작했다는 점에서 흥미로운 텍스트이다.[3]

〈Tyosen〉은 〈Tokyo-Peking: Through Tyosen and Manchoukuo〉(이하, 〈동경−북경〉으로 줄임)라는 38분짜리 영화의 일부분으로, 2004년 오사카의 플래닛 영화자료 도서관(プラネット映畵資料図書館)[4]에서 발견되어 그해 12월 30일 한국영상자료원에 인수되었다. 이후 2005년 7월 리얼판타스틱 영화제와 2006년 9월 한국영상자료원의 「기록영상으로 보는 근대의 풍경(1899년∼1941년) 시사회」 및 2008년 5월 「한국영상자료원 개관영화제」에서 상영되었고 현재는 한국영상자료원 웹사이트에서 동영상으로 관람할 수 있다. 이렇듯 필름이 공개된 지 시간이 상당히 흘렀고 텍스트 확보도 수월해졌지만 〈Tyosen〉이 본격적으로 연

각적 충격을 던진 동시에 20세기의 근대성이 시각에 의해 지배될 것임을 예고했다. 서구인에게 영화가 더 이상 충격이 아니라 매혹(attraction)이 되었을 때 뤼미에르사의 촬영기사들은 동양으로 파견되었으며 그들의 기록영화는 낯선 이미지로 가득 찬 원시적인 동양을 새로운 볼거리로 제공했다.

2) 이에 대해서는 복환모, 「한국영화사 초기에 있어서 이토 히로부미(伊藤博文)의 영화 이용에 관한 연구」, 『영화연구』 28호, 2006, 참조.

3) 앞으로 논할 〈朝鮮地方〉, 〈Tyosen〉, 〈朝鮮素描〉는 '조센'과 '조선'의 어감의 차이를 살릴 필요가 있기 때문에 한국어로 번역하지 않고 원어대로 표기한다.

4) 필름 수집과 자주 상영을 목적으로 야스이 요시오(安井喜雄)씨가 설립한 사설 시네마테크. 5천여 편의 필름과 만권 이상의 영화관련 서적이 소장되어 있는 이곳에서 〈Tyosen〉과 함께 1946년에 제작된 〈해방 뉴스〉 4호가 발견되었다. 필자에게 조건 없이 자료를 제공해주신 야스이씨께 다시 한 번 지면을 빌어 감사드린다.

구된 바는 없고 아직 관련 자료의 발굴과 정확한 아카이빙이 필요한 단계에 있다.

한국영상자료원의 데이터베이스는 〈Tyosen〉을 1938년 일본영화신사(日本映畵新社)가 제작한 "옴니버스 기록영화의 일부(조선 부분)로 추정"하고 있다. 그런데 2008년 6월 한국영상자료원의 온라인 기획전에서는 BTI Picture가 제작하고 도호영화사가 만든 1939년 영화로 추정되어[5] 혼선을 준다. 〈Tyosen〉을 언급한 기존 논문도 서지를 바로 잡을 필요가 있는데 조선총독부의 조선 관광 유치 사업에 대해 논하면서 〈Tyosen〉을 언급한 이양희의 논문[6]은 "제작 연도는 불명확하지만 조선총독부가 제작한 선전영화"라고 잘못 기술하고 있으며 〈朝鮮素描〉를 분석한 오카와 히토미의 논문[7]은 이 영화가 〈Tyosen〉의 일본어버전인 점을 간과하고 있다.

현재까지 〈Tyosen〉에 관해 필자가 수집한 정보는 다음과 같다. 먼저 타이틀 롤을 통해 알 수 있는 것은 이 영화가 〈동경－북경〉의 한 부분이고 BTI(Board of Tourist Industry), 즉 일본 철도성 국제관광국이 제작했으며 촬영은 K. Kawaguti, 음악은 M. Segaharat가 담당했다는 것이다. 1938년 8월 14일자 『동아일보』에 따르면 〈동경－북경〉은 1938년 8월 15일 동경에서 크랭크인하여 10월 중순경 금강산을 끝으로 촬영이 마

5) http://www.kmdb.or.kr/movie/md_basic.asp?nation＝A&p_dataid＝03455&keyword＝동경%20만주(2008. 7. 30 접속) 및 http://www.kmdb.or.kr/vod/eventPage0806.asp(2008. 7. 30 접속).

6) 李良姬, 「植民地朝鮮における朝鮮總督府の觀光政策」, 『北東アジア研究』 第13号, 2007. 3. 31, 151쪽. 이양희는 조선총독부가 발행한 잡지 『朝鮮』을 토대로 〈Tyosen〉을 총독부가 만든 선전영화로 추측했다. 그러나 『朝鮮』이 "쇼와 12년(1937년) PCL에서 녹음한 내선주유영화의 〈조선편〉"(1938. 2, 152쪽)이라고 쓴 것은 〈Thosen〉을 의미하는 것이 아니라 만철(滿鐵)영화제작소가 제작하고 남만주철도회사가 제공한 〈내선주유여행(內鮮周游の旅)〉(1937) 중 조선에 해당하는 부분을 총독부 철도국 영사반이 촬영했다는 의미이다.

7) 오카와 히토미, 「일제시대 선전영화에 표상된 조선의 이미지—『朝鮮素描』(1939)를 중심으로」, 이화여대 석사논문, 2007. 7.

무리될 예정이었다. 그런데 이 영화의 소장처인 일본 국립도쿄필름센터와 일본영화신사[8])의 아카이빙에 따르면 〈동경-북경〉은 1939년에 제작되었다. 촬영 기간이 늘어났거나 필름을 일본으로 가져가 후반작업을 거치다보니 1939년에야 제작이 완료된 것 같은데 이 문제는 관련 문헌의 발견을 기다려야 할 것 같다. 한편 제작자가 누구인지에 관한 문제는 이 영화를 기획, 제작한 BTI가 도호문화영화부(東宝文化映畵部)에 촬영을 의뢰했고 영화법의 실시로 일본영화신사가 설립되면서 필름을 소장하게 된 것으로 정리할 수 있다.

〈Tyosen〉의 일본어 버전인 〈朝鮮素描〉는 국제관광국의 지도로 도호문화영화부가 제작한 작품이다. 이 영화의 타이틀 롤을 〈Tyosen〉과 비교해보면 K. Kawaguti는 도호의 전신인 P. C. L영화제작소에서부터 카메라맨으로 활동한 가와구치 마사카즈(川口政一), M. Segaharat는 도호에서 영화음악을 담당한 바 있는 음악가 스가와라 메이로우(菅原明朗)라는 것을 알 수 있다.[9]) 〈朝鮮素描〉는 타이틀 롤과 중반부에 지도를 삽입한 화면 외에 이미지상으로는 〈Tyosen〉과 차이가 없다. 그러나 내레이션에는 몇 군데 차이가 있는데 이에 대해서는 3장에서 구체적으로

---

8) 1951년 12월 5일 도호(東宝)영화사의 출자로 설립된 기록영화 제작, 대여, 판매 회사. 그 전신은 제2차 세계대전기에 뉴스영화와 선전영화를 양산한 일본영화사(日本映畵社)이다. 일본정부는 전시체제에 맞춰 영화통제를 강화하고 선전영화를 강제적으로 제작, 상영하기 위해 1939년 영화법을 제정했다. 1940년 4월 15일 한층 용이한 통제를 위해 3대 신문사(아사히신문사, 오사카 마이니치신문사, 요미우리신문사)와 동맹통신사(同盟通信社)의 뉴스영화부가 통합되어 일본뉴스영화사(日本ニュース映畵社)가 설립되었다. 이 회사는 이듬해 도호와 쇼치쿠(松竹)의 문화영화부와 기타 문화영화제작회사를 흡수하여 일본영화사로 재편되었다.

9) 가와구치 마사카즈는 철도성이 제작한 〈하이킹 노래(ハイキングの唄)〉(1935), 도호문화영화부가 제작한 관광영화 〈일본별견(日本瞥見)〉(1936), 〈북경(北京)〉(1938), 〈朝鮮素描〉(1939), 〈북지의 고도(北支の故都)〉(1940) 등 주로 국책 기록영화를 촬영했다. 한편, 프랑스 근대 음악을 일본에 소개한 음악가 스가와라 메이로우는 도호에서 극영화 음악을 다수 담당했다. 총력전 체제하에서 국책에 협조한 많은 음악가들처럼 그도 1940년 교성곡(交聲曲) 〈적국 항복〉을 작곡했고 도호의 문화영화 〈사구(砂丘)〉(1942), 예술영화사(芸術映畵社)의 문화영화 〈바다 독수리(海鷲)〉(1942)의 음악을 담당했다.

논하기로 한다.

이상의 기본정보를 바탕으로 2장에서는 일제시기에 조선 관광이 수지맞는 산업이자 식민통치의 성과를 선전하는 국가적 기획으로 장려되었음을 밝히고 관광 선전영화 〈Tyosen〉이 대미 선전을 위해 관(官) 주도로 제작된 배경을 살펴보기로 한다. 그리고 3장에서는 〈Tyosen〉이 일제시기 인쇄미디어의 민족지학(ethnography)적 스테레오타입을 어떻게 계승하고 취사선택했는지를 분석하고 응시와 내레이션의 차원에서 〈朝鮮素描〉와의 차이를 조명한다. 이상의 분석을 바탕으로 4장에서는 식민지 '조센'의 로컬리티가 제국 일본에 의해 어떻게 상상되고 편집되었는가를 논한다.

2. 관광과 영화의 국가적 결탁

오늘날 관광(觀光)이라는 용어는 "다른 지방이나 다른 나라의 경치, 상황, 풍속 등을 구경하는 것"[10]이라는 의미로 통용되고 있다. 그런데 이는 한국에서 만든 용어가 아니라 19세기 후반 영어의 tourism이 일본의 번역을 거쳐 정착된 것으로 짐작된다.[11] 일본 문헌에 의하면 이 용어는 나가이 나오노부(永井尙志)가 1855년 네덜란드로부터 헌상 받은 군함에 관국지광 이용빈우왕(觀國之光 利用賓于王)이라는 주역의 효사(爻辭)를 따서 관광환(觀光丸)이라 명명한 것에서 비롯되었다.[12] 이 효사는 "국가의 빛나는 통치 업적을 관찰하나니 조정에서 벼슬하기에 이롭다"[13]는 뜻으로, 에도 막부의 외교사절로 유럽의 풍속, 제도, 문물

10) 연세대학교 언어정보개발연구원 편, 『연세 한국어 사전』, 두산동아, 1998, 172쪽.

11) 하세봉, 「근대, 관광을 시작하다―관광의 동아시아적 回路」, 『근대, 관광을 시작하다』, 부산근대역사관 편, 2007, 186쪽.

12) 溝尾良隆, 『觀光學―基本と實踐』, 古今書院, 2003, 7쪽.

13) 쑨 잉퀘이·양 이밍, 박삼수 역, 『주역』, 현암사, 2007, 312쪽.

을 관찰한 나가이가 일본 최초의 서양식 군함에 '관광'이라는 이름을 붙인 것은 자연스러운 발상이라고 할 수 있다.

메이지 유신 이후 적극적으로 서구를 학습하여 '문명개화'를 달성한 일본에서 관광은 경제적 이익을 산출하는 '굴뚝 없는 공장'인 동시에 신생 제국 일본의 힘과 번영을 국내외에 선전하기 위한 수단이 되었다. 예를 들어 한국에 통감부가 설치되고 약 반년 뒤인 1906년 7월 25일, 아사히신문 주최로 실시된 만한순유여행회(滿韓巡遊旅行會)은 일본의 세력이 동북아시아로 확장되었음을 대내외적으로 선포한 말 그대로 '觀光'이었다. 일본 세력권의 최전선을 직접 본다는 의미가 내포된 이 여행회는 일본인이 '국민'에서 '제국민(帝國民)'으로 스스로를 의식하는 중요한 계기가 되었다.14) 만한순유여행회는 군관민의 협조 아래 성공리에 끝났고, 이후 일본의 해외영토가 확장될 때마다 일본 '내지(內地)'에서는 관이 주도하고 미디어가 조장하는 '외지(外地)' 관광 붐이 일어났다.

한편, 일본은 조선에 대한 식민 지배를 정당화하려는 목적에서 문명개화라는 미명아래 조선인에게 일본 관광을 강제하기도 했다. 한국 최초의 일본 관광단은 1909년 4월, 통감부의 기관지였던 『경성일보』의 발기로 실시되었다. 관광단 모집에는 항일적인 대한제국의 관리와 유력자가 대거 천거되었고 참가를 거부하는 완고당들에게는 순종의 칙교가 내려졌다.15) 통감부가 이 관광단을 조성한 목적은 항일 지도자 계층에게 일본의 근대적 산업, 군사 시설을 시찰시키고 한국과 일본의 확연한 국세 차이를 보여 그들의 저항 의지를 꺾는 것이었다.

한일합병 이후에는 조선총독부가 시정 선전과 내선융화 정책의 일환으로 조선 각처에서 경성관광단을 조직했다. 이를 비판한 아래 기사에 의하면 총독부는 일본의 통치로 조선이 근대화되고 있음을 과시하

---

14) 有山輝雄, 『海外觀光旅行の誕生』, 古川弘文館, 2002, 45쪽.
15) 『신한민보』 1909. 4. 28, 3면 및 5. 26, 1면.

기 위해 경성 관광을 조직적으로 강제했다.

> 「일인의 관광단정책」
> 융희원년(1907년—인용자) 이래로 일인들이 한국 경향 각처에 명망 있는 문사들을 돈을 주면서 관광단을 조직하여 일본에 데려다가 각처를 구경시키면서 백방으로 달래어 일본을 숭배하자○○(해독 불능—인용자) 요 사이에는 한국 내지에서 소위 한국관광단이니 하는 것을 조직하여 먼저 서울에 데려다가 수다한 금전을 허비하여 환영을 하면서 백방으로 일본에 동화하라고 꾀하며 만약 관광단에 들기를 원치 않는 사람이 있으면 곧 배일당이라 하여 잡아 가두며 더욱 가통한 것은 관광단 여비라 하여 그 지방 민호에 적지 않은 금전을 억탈함으로 원성이 자자하다더라.16)

그런데 일회적인 관광단 조성의 효과는 한정적일 수밖에 없으므로 선전 효과를 전 국민으로 파급하기 위해서는 저렴한 가격에 규격화된 여행을 제공하고 그에 대한 대중적 욕구를 창출하는 일이 필요했다. 이를 위해 일본정부는 국가 주도하에 관광산업을 조직하게 된다. 일본정부는 일찍부터 외국인 관광객 유치를 위해 1893년 3월 동경상공회의소 안에 희빈회(喜賓會)를 설치한 바 있다. 이를 개편하여 1912년 3월 반민반관의 일본여행협회(Japan Tourist Bureau, 현재 주식회사 JTB의 전신)를 설립했고 전 영토에 이르는 관광 네트워크를 구축했다. 같은 해 1912년 12월 1일 조선에서도 조선총독부 철도국 안에 일본여행협회의 조선 지부가 설립되었고 경성, 부산 등 4개 도시에 촉탁안내소가 설치되었다. 이로써 식민지 조선도 일본 제국의 관광 네트워크 안에 포섭되어 관리되기 시작했다.

일제시기에 관광 선전과 여객 유치를 위해 주로 이용된 것은 인쇄미디어였다.17) 합리적인 루트와 일정, 숙박업소, 관광가이드, 운임을 절

---

16) 『권업신문』 1913. 8. 17, 2면.

17) 인쇄미디어를 통한 일제의 조선 관광 선전과 그 효과에 대해서는 서기재의 「일본근대 「여행안내서」를 통해서 본 조선과 조선관광」(『일본어문학』 13호, 2002) 및 「일본

약하는 방법 등이 소개된 여행안내서, 관광안내도, 팸플릿이 여행 안내소에 비치되었고 기념품으로 명승과 풍속을 담은 사진 우편엽서를 발행되었다. 이 같은 인쇄물은 여행지에 대한 관심을 불러일으키는 동시에 인쇄된 정보를 유포하고 공식화하는 효과를 가져왔다. 예컨대 일본 철도원이 서구인을 대상으로 동양에 관한 사전 지식과 여행 정보를 제공한다는 목적으로 1913년에 펴낸 『동아시아 공식 여행 가이드(An Official Guide to Eastern Asia: Trans-Continental Connections between Europe and Asia)』는 일선동조론의 관점에서 "조센 또는 코리아(Chosen or Korea)"의 역사를 개략하고 조선 위정자들의 자발적인 묵인으로 조선이 일본에 합병되었다고 기록했다.18)

한편, 관광을 촉구하기 위해 인쇄미디어보다 더 직접적이며 효과적인 방법으로 여겨진 것은 영화였다. 벌써 메이지 시대의 영화잡지 『활동사진계(活動寫眞界)』에 테라우치 마사타케(寺內正毅) 조선총독에게 일본을 조선인에게 두루 알리고 내선동화를 도모하기 위한 수단으로 활동사진을 이용하라는 제안이 실렸다.

> 동화의 방법이 갖가지 있다 해도 …(중략)… 조선 아동을 인솔하여 내지 소학교에 넣는 것과 조선인을 안내해 우리나라 관광을 시키는 것은 친밀하게 우리 문물과 풍속을 보여주는 가장 효과 있는 방법이나 이는 물론 실행 가능할 법한 일은 아니며 모국(일본－인용자)에 유학(遊學)하는 자, 또는 모국 관광객 되는 자 해마다 그 수가 늘어나고 있음은 의심할 바 없으나 모든 아동 모든 인민의 수만 수천 분의 일에 지나지 않으므로 우리나라를 두루 알리기 위한 수단으로는 우원소활(迂遠疎闊)하기에 이것이 이미 우원소활하다면 우리는 대신에 최량의 방법 최선의 수단으로서 결국 우리의 활동사진을 제공하지 않을 수 없다.19)

근대 여행관련 미디어와 식민지 조선」(『일본문화연구』 14호, 2005)을 참조.

18) The Imperial Japanese Government Railways, *An Official Guide to Eastern Asia: Trans-Continental Connections between Europe and Asia, vol. 1 Manchuria & Chosen*, Tokyo Tsukiji Tape Foundry, 1913, pp. 217-223.

19) 「朝鮮人同化の方法—寺內總督に提議す活動寫眞の利用」, 『活動寫眞界』, 1911. 2, 1쪽.

  기록영화의 리얼리티가 관객에게 미치는 심리적 효과와 매스미디어로서 영화의 파급력이 식민 지배에도 유용하다는 것은 이미 이토 히로부미에 의해 증명된 바 있다. 이토의 교훈도 『활동사진계』의 충고도 받아들이지 않은 테라우치의 무단통치는 내선동화에 역효과였다는 것은 3·1운동으로 증명되었다. 새로운 총독 사이토 마코토(齋藤實)를 맞이하여 문화 선전에 주력하게 된 조선총독부는 1920년 관방문서과 안에 활동사진반을 설치했고 〈내지사정〉, 〈군수단 내지시찰여행〉이라는 내지 홍보영화를 제작, 상영했다.[20] 총독부 철도국도 영사반(映寫班)을 설치해 조선 관광 홍보영화를 제작해 일본에서 상영했다. 일본 내무성 경보국이 발행한 『활동사진 필름 검열시보(活動寫眞フィルム檢閱時報)』와 『영화검열시보(映畵檢閱時報)』를 검토해 본 결과, 총독부와 철도국 영화 중 상당수가 일본에서 상영되었다는 것을 알 수 있었다. 그 중에서도 1923년에 처음 제작된 〈조선여행(朝鮮の旅)〉은 일본의 선만(鮮滿)안내소에 배치되어 공식 가이드 구실을 했는데, 검열 기록을 통해 확인 가능한 바로는 1925년, 1926년, 1931년, 1933년, 1940년에도 속편이 제작되었다. 그밖에 일본, 조선, 만주를 연결하는 여행 루트를 선전하는 〈조선여행—간도에서부터(朝鮮の旅—間島から)〉(1927), 〈내선 주유 여행(內鮮周遊の旅)〉(1937), 〈내만선 주유 여행(內滿鮮周遊の旅)〉(1937) 및 〈금강산〉(1925), 〈조선의 명승(朝鮮の名勝)〉(1926), 〈제주도(濟州島)〉(1928), 〈부산과 인천(釜山及び仁川)〉(1931) 등이 남만주 철도회사, 선만(鮮滿)협회, 항만협회, 도쿄니치니치신문사와 같은 다양한 주체에 의해 제작되었다. 그러나 아쉽게도 이들 영화중 필름이 남아 있는 것이 없어서 국제관광국이 제작한 〈Tyosen〉과는 비교가 불가능하다.

  국제관광국은 일본 철도성이 일본을 대외에 선전하고 외국에서 정보를 수집하기 위해 1930년 4월 24일에 설치한 기관이다. 이듬해 산

---

20) 이 두 영화와 조선총독부 활동사진반의 기록영화에 대한 연구는 복환모, 「1920년대 초 조선총독부 「활동사진반」의 역할에 관한 연구」, 『영화연구』 24호, 2004, 참조.

하에 재단법인 국제관광협회가 발족되어 외국인 관광객 유치를 위한 사업이 시작되었다. 외국인을 대상으로 한 선전영화의 제작, 대여도 국제관광국의 주요 사업 중 하나였는데 선전 대상에 따라 여러 언어로 프린트를 제작했다.21) 철도성 산하의 국제관광국이 일본-조선-만주-북경을 연결하는 관광영화 〈동경-북경〉을 기획한 것은 부산-경성을 운행하던 특급여객열차 아카츠키(あかつき)가 1938년 10월 1일부터 부산-북경을 38시간 45분에 주파하는 직행으로 운행하게 된 것22)이 표면적 계기이다. 그런데 영어 프린트만 제작한 것으로 보아 선전의 표적이 영미권으로 한정지어졌다는 점을 알 수 있는데 제작 당시의 국제정세를 감안하면 이 영화는 특히 미국을 겨냥한 것일 가능성이 높다.

설립 당초부터 국제관광국의 "주된 선전 대상은 북미합중국"23)이었고 최대의 해외 선전사무소도 뉴욕에 설치되어 있었다. 그러나 중일전쟁이 확대되고 미국이 공식적으로 중국을 지원하게 되자 미일관계는 악화일로를 걸었고 국제관광국의 미국 내 선전활동도 점차 곤란해졌다. 미국은 처음에는 개입을 꺼렸으나 1937년 12월 12일 발생한 파나이 사건(Panay incident)24)을 계기로 일본을 견제해야 한다는 쪽으로 돌

---

21) 예를 들어 〈일본별견〉은 영어, 독일어, 프랑스어, 이태리어, 중국어로 더빙되었다. 國際觀光局, 『國際觀光事業の槪況』, 1941, 23쪽 참조.

22) 조선총독부가 1936년 12월 1일에 개통한 아카츠키는 부산-경성 사이를 6시간 45분에 주파하는 조선 최초의 특급열차였다. 「壓縮되는 大地!」, 『동아일보』 1938. 10. 1, 2면 참조.

23) 國際觀光局, 앞의 책, 1쪽.

24) 무라타 시게하루(村田重治) 해군 대위가 이끌던 무라타 소대 소속 일본 해군기가 남경 함락 하루 전날 양자강 상공에서 미국의 경비정 파나이호를 격침한 사건. 일본 정부는 성조기를 보지 못해서 생긴 오폭이었다고 공식적으로 사과했고 민간에서는 희생자를 위한 모금운동도 일어났다. 그러나 미국의 미디어는 의도적 폭격일 가능성을 시사했다. 예를 들어 유니버설이 제작한 뉴스영화 〈노먼 앨리가 보도하는 미국 함정 파나이 피격 특호(Norman Alley's Bombing of USS Panay Special Issue)〉(1937)는 파나이호가 일본의 폭격을 피하기 위해 성조기를 펼쳐 보였음에도 일본군이 공격했다고 보도했다.

아서게 되었다. 더구나 일본군이 남경에서 벌인 잔혹 행위가 미국 내
에 알려지면서 반일 여론이 고조되었다. 이에 일본은 "침략국(the Ag-
gressors)"25)이라는 이미지를 쇄신하기 위한 대미 선전에 주력하게 되었
다. 관광 촉진이라는 목적을 앞세웠지만 1939년이라는 민감한 시기에
영어로 제작된 〈동경－북경〉 역시 대미 선전에 이용된 영화라고 할 수
있다. 국제관광국에 따르면 이 같은 충실한 선전에 힘입어 중일전쟁의
'실상'이 해외에도 알려졌고 일본 내 미국 관광객 수도 중일전쟁 직후
보다 늘었다.26)

3. 취사선택과 응시의 문제

〈동경－북경〉의 도입부는 중국 전선에서 그리 멀지 않은 조선, 만
주국, 북경을 전쟁의 그림자라곤 없는 평화롭기만 한 이국의 여행지로
서 스케치한다. 풍요로운 전원과 약진하는 산업, 선량한 식민지의 주민
들과 그들이 일본에 동화된 모습을 제시하면서 영화는 이 지역이 일본
에 의해 안정적으로 통치되고 있다는 인상을 준다. 그러나 전선의 실
제 상황은 촬영일정에 영향을 줄 정도로 불안정했다.

> 國際觀光局에서 "朝鮮編"을撮影
> 철도성 國際觀光局에서는 사무관을 북지방면에 파견하야 동지방을 시
> 찰시키어일선만지를 연결하는 관광 "루－트"영화를 제작키로 계획중이던
> 바중지(中支)방면에는 여러사정으로촬영키 곤난한바만흐므로 이것은단념

---

25) Franklin Delano Roosevelt, *Quarantine the Aggressors*, Chicago Illinois, 5 Oct 1937. http://
www.sagehistory.net/worldwar2/docs/FDRQuar.htm. 2008. 7. 30, 접속.

26) 국제관광국의 통계에 따르면 1938년 5,148명, 1939년 6,711명, 1940년(1~9월) 4,931
명의 미국인이 일본을 방문했다. 삼국동맹이 체결된 직후인 1940년 10월부터 미국은
동반구 여행자에 대해 급무 외의 여권발급을 중지했으므로 1940년은 9월까지의 통계
만 존재한다. 國際觀光局, 앞의 책, 7-9쪽.

212

하고 새로이 선만북지의여행(鮮滿北支旅行)이라는 관광선전영화로 계획
을변경하고 내十五일고교(高橋)사무관이하 十여명의 촬영대가 동경을 출
발하야 부산(釜山), 경주(慶州)등에서 착수하야 조선편(朝鮮編) 만주편(滿
洲編), 북지편(北支編)으로 나누어 각각 명승지대를 촬영하고 도라오는길
에 十월중순경 만산홍엽의 풍악(楓嶽) 금강산을 촬영키로한다고한다.27)

국제관광국이 당초의 계획을 변경하여 중지(中支)를 피해 루트를 수
정한 이유는 촬영 당시 일본군의 전력이 한계에 달해 전선이 중지에
머물러 있었기 때문이다. 완성된 영화의 〈지나(支那)〉편을 보면 비교적
치안이 안정적이었던 북경 시내를 중심으로 촬영되었다. 이 기사에서
주목해야할 점은 마지막으로 촬영된 금강산이 실제로는 맨 처음에 배
치되어 있다는 것이다. 타이틀 롤이 흐르고 조선의 금강산, 정확히는 금
강산 관광의 하이라이트인 만물상으로부터 시작한 첫 신은 '금강산-
경주-경성-대동강-만주국으로 향하는 기차'로 이어진다. 이처럼 일
반적인 여행루트이자 촬영반의 루트이기도 한 '동경-부산-경주-경
성-금강산-대동강-만주국'을 무시하고 맨 앞으로 편집할 만큼 금강
산에는 중요한 의미가 부여되었다.

후지산으로 시작하든가 후지산으로 마감하는 전시기 일본의 국책영
화를 떠올려보면 금강산을 강조한 것은 당시의 편집 기준으로는 지극
히 당연한 것일지도 모른다. 문부성의 국정교과서가 일본 최고의 산인
후지산을 "단지 아름다운 산이라 아니라 고상하고 귀한" "영봉"28)으로
미화한 것과 마찬가지로 조선총독부는 일찍부터 금강산을 "위봉(危峰)
난립한 천태만상, 실로 동양 무비(無比)의 명산"29)으로 부각해왔기 때문
이다. 오늘날의 관점으로는 일본에서 가장 높은 산인 후지산의 짝으로는
한민족의 성산으로 숭앙된 최고의 산인 백두산이 더 적합해 보이지만

<hr>

27)『동아일보』1938. 8. 14, 2면.
28) 文部省,『初等科地理』(上), 1943, 18쪽;『日本近代敎科書大系近代編—第17卷 地理』
    (三), 講談社, 1966.
29) 朝鮮總督府,『普通學校地理補充敎材敎師參考書』, 1928, 5쪽.

[그림 1] 금강산 만물상을 담은 〈Tyosen〉의 오프닝

第一地方誌一中部朝鮮

海岸

河川

溫泉あり漢江は
長さ凡そ百三十
里、太白山より發
し、鐵嶺より出づ
る北漢江を合し、
下流にて臨津禮
成の二江を容れ
て京城灣に入る。河口に江華島あり。
東海岸は山地海にせまりて港灣にとぼしけれど
も、西海岸は港灣·島嶼に富み、潮汐干滿の差は三十

金剛山の一勝地

三

[그림 2] 조선총독부가 간행한 『보
통학교 지리 보충교재 교
사용 참고서』에 실린 금강
산 만물상의 삽화

당시 총독부의 선전 정책상 백두산은 비교의 대상으로 고려되지 못했다.

한편 제국의 지리학적 상상력30)에서 비롯된 '후지산－콩고잔(金剛山)'이라는 짝짓기는 조선총독부의 금강산 개발 정책과 밀접한 관계가 있었다. 1924년부터 1931년에 걸쳐 금강산에 철도를 부설하면서 총독부는 금강산 관광 붐을 조성했다.31) 총독부가 다른 어떤 관광지보다 금강산 선전에 가장 적극적이었던 만큼 조선관광 선전영화 중에서도 가장 많이 등장하는 명승지는 금강산이었다. 총독부는 관광객 유치를 위해 금강산 홍보영화를 여러 편 제작했는데 그중에서 〈금강산〉(1925), 〈조선 금강산의 풍경(朝鮮金剛山の風景)〉(1931), 〈금강산 공중촬영(金

---

30) 예를 들면 처음에는 네덜란드의 식민지로 개척되었던 인디언 모히칸 족의 땅이 1664년 영국의 지배하에 들어가자 '새로운 요크'(New York)로 개명된 것처럼, 제국의 언어로 식민지를 표상함으로써 식민지를 제국의 연장으로 상상하는 행위를 이렇게 부를 수 있을 것이다.

31) 조선총독부의 금강산 관광 개발에 대해서는 다음의 논문을 참조. 李良姬, 「日本植民地下の觀光開發に關する硏究—金剛山觀光開發を中心に」, 『日本語文學』 24집, 2004.

剛山の空中撮影)〉(1931), 〈금강산〉(1933), 〈금강산 암벽 등반(金剛山岩
登り)〉(1936), 〈대금강의 보(大金剛の譜)〉(1937), 〈천하의 기봉 금강산
(天下の奇峰金剛山)〉(1938), 〈조선 금강산〉(1941) 등이 일본에서 상영
되었다. 또한 일본에서도 관과 민간에서 〈금강산〉(닛카츠, 1925), 〈금강
산〉(철도성, 1935), 〈조선 금강산〉(예술영화사), 〈조선 금강산〉(일본단편
영화사), 〈북한의 절승 금강산(北韓の絶勝 金剛山)〉(사쿠라그래프, 1939)
등을 제작했다.[32]

〈Tyosen〉은 동양의 절승 금강
산을 비추면서 "여러분, 우리는 지
금 조센 또는 코리아―아마도 이
렇게 더 잘 알려진―에 있습니다"
라는 영어 내레이션으로 시작된다.
이 영화 속의 "조센"은 구한말 서
양인 여행가들의 기록물이나 교
재용으로 제작된 〈朝鮮地方〉[33]과
는 어떤 차이가 있을까?

우선 편집에 대해 살펴보면
〈Tyosen〉은 마치 사진엽서를 점
점이 이어놓은 것 같은 구성을 취
하고 있다. 이 영화에 표상된 조
선과 조선인의 이미지는 조선관광

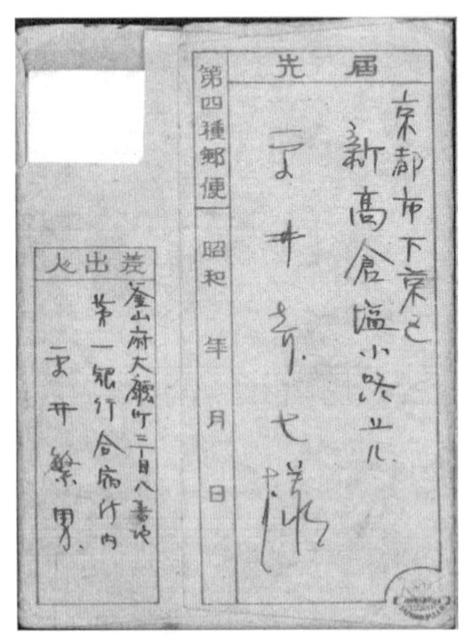

[그림 3] 일본인이 부산에서 교토로 부친 엽
서집. 안에는 '경성의 미취'가 들어
있었다.

---

32) 이상의 리스트는 도쿄필름센터의 기록영화 소장목록 및 『朝鮮』, 『活動寫眞フィルム
　　檢閱時報』, 『映畫檢閱時報』, 『文化映畫硏究』(1939. 12)를 참조하여 작성했다.

33) 필름 맨 처음에 일련번호가 있고 육군성 공식필름, 도쿄니치니치신문 및 오사카아사
　　히신문 필름 라이브러리 제공이라고 씐 것으로 보아 전후 미군정에 접수된 영화로 생
　　각된다. 〈조선지방〉은 전 일본 영화교육연구회의 감수와 초등교육영화 조사위원회의
　　지도하에 1933년 1월부터 1934년 9월에 걸쳐 제작된 「소학교 지리영화 대계」 제11편
　　으로, 치바(千葉)영화제작소가 촬영했다. 田中純一郎, 『日本敎育映畫發達史』, 蝸牛社,
　　1979, 81쪽 참조.

[그림 4] 조선신궁의 돌계단을 앙각으로 잡은 「경성명소그림엽서」

[그림 5] 같은 장소를 같은 각도로 잡은 〈Tyosen〉의 쇼트

기념엽서나 관광안내 팸플릿, 여행안내서에도 반복적으로 등장하는 스테레오타입이다.34) 「조선풍속(朝鮮風俗)」, 「조선명소(朝鮮名所)」, 「경성의 미취(京城の美趣)」, 「대경성의 신풍경(大京城の新風景)」, 「경성명소그림엽서(京城名所繪葉書)」 등과 같은 관광 엽서집은 조선관광에 빠질 수 없는 기념품(お土産)이었고 조선 밖으로 유포된 그것들은 외국인이 "조센"이라는 이름에서 연상하는 이미지를 결정지었다. 그런 스테레오타입은 이 영화에도 등장하는데 어떤 경우 영화 속 이미지는 아래와 같이 당시 유행했던 사진엽서와 구도까지 유사하다.

이처럼 시각적인 면에서 〈Tyosen〉이 기존의 인쇄미디어가 반복적으로 재생산했던 스테레오타입을 반영하고 있다는 점은 분명하다. 그러나 한편으로 영화 매체라는 특수성과 서구를 향해 일본이 발신하고자 하는 메시지를 고려하여 어떤 취사선택이 이루어졌다는 점도 간과할 수 없다. 먼저 어떤 이미지와 스테레오타입이 〈Tyosen〉을 위해 취사선택되었는지 살펴보면 다음과 같다.

---

34) 권혁희의 『조선에서 온 사진엽서』(민음사, 2005), 부산근대역사관이 펴낸 『사진엽서로 떠나는 근대기행』(한글그라픽스, 2004)과 『근대, 관광을 시작하다』, 그리고 최근 영인된 『모던일본 조선판』(어문학사, 2007)에 실린 이미지들을 참조하라.

〈표 1〉〈Tyosen〉의 이미지 분류

명승고적	금강산, 만물상, 신계사
	불국사, 석굴암
	경회루
	덕수궁
	원구단 황궁우
	대동강 모란대
풍습과 문화	빨래터에서 방망이로 두들기며 흰옷을 빠는 여성들, 그들이 대야를 머리에 이고 돌아가는 모습
	금줄, 손자의 출생을 자랑하는 조선노인
	다듬이질
	초가집, 논에서 일하는 농부들
	국한문혼용의 책을 읽는 조선여성
	널뛰기
	활쏘기
	기와집 내부
	붓글씨 쓰는 양반 남성
	맷돌로 콩 가는 모습
	장죽 물고 장기 두는 노인들
	화방(畵舫)에서 창하는 기생
	승무
근대화	열차 아카츠키, 디럭스 차량 내부
	경성시가지(조선총독부, 서양식 건물들)
	조선호텔, 반도호텔
	경성제국대학
	철교를 지나가는 대륙행 열차
동 화	세일러복 입은 소학생들의 라디오체조[35]
	조선신궁, 신사참배 하는 조선옷의 여학생들

---

35) 일본 체신성(遞信省) 간이보험국이 쇼와천황의 즉위 대례를 기념하여 제정한 '국민 보건체조.' 1928년 11월 1일 오전 7시 NHK 라디오가 이 체조를 방송한 이래 일본과 조선의 전국 학교에 보급되었다. 1947년 9월에 방송이 중지되었으나 1951년 5월 방송 이 재개되어 현재에도 계속되고 있으며 소학교의 보건 프로그램으로 제도화되어 있다.

위와 같이 〈Tyosen〉은 서양인 관광객의 이국취미(exoticism)를 자극하는 옛 조선의 이미지와 근대화된 '신흥조선(新興朝鮮)'의 이미지를 함께 제시한다. 중요한 것은 그것들이 도시와 농촌, 근대와 전근대를 대조하기 위해 실제 촬영 순서와 상관없이 편집되어 있다는 점이다. 명승고적과 농촌, 전통적 풍습을 다룬 전반부는 근대화된 경성시가지와 새롭게 개발된 관광명소를 다룬 중반부로 연결되고 중반부는 덕수궁 중화전을 끝으로 다시 양반 계층의 가옥과 생활을 보여주는 후반부로 연결된다. 또한 동일한 프레임 안에서도 종종 옛 '조선'과 근대화된 '조센'의 이미지가 함께 배치되어 과거와 현재의 시각적 차이가 강조된다. 예를 들면 아래와 같이 만주로 향하는 특급열차는 옛 모습 그대로인 조선의 농촌을 가로질러 질주하고, 고종이 신위판(神位板)을 봉안한 장소로 조선왕조의 기념비적 건축물인 황궁우는 사방이 반도호텔과 조선호텔과 같은 근대 건축물에 둘러싸여 오히려 낯설게 보인다.

서구적 근대와 비서구적 전근대를 대조하는 표상 방식은 일제시기 인쇄미디어에서 빈번히 볼 수 있다. 많은 연구가 지적하듯 이는 서양이 동양을, 그리고 서양을 학습한 일본이 아시아를 표상한 전형적인 방식이기도 하다. 그런데 일본의 조선 표상을 문명과 야만이라는 이분법적인 방식으로만 이해하는 것은 응시와 대상간의 복잡한 관계를 단순화시켜버릴 위험이 있다. 기차(문명) 밖의 조선이 서양 여성의 시점 숏

[그림 6] 조선의 농촌을 가로지르는 특급열차 아카츠키

[그림 7] 조선호텔(전경 오른쪽)과 반도호텔 (배경 왼쪽)에 둘러싸인 황궁우(왼쪽)

[그림 8] 〈Tyosen〉의 시점 숏

(그림 8)으로 보여지는 〈Tyosen〉의 표상 방식을 해체하면 일본이 조선을 보되, 서양의 응시를 '인용'하여 본다는 점이 드러난다. 이 같은 시각 권력의 작동 방식은 비서구 국가 일본이 서구적 근대성을 창조해낸 메커니즘이기도 하다. 〈Tyosen〉에서 '기차의 차창—카메라의 프레임'에 담긴 조선을 서양적 응시를 인용해 바라보는 일본은, 관객이자 보여지는 것에 관계하는 행위자(agent)이다. 이에 비해 〈朝鮮素描〉의 같은 장면에서 일본은 관객이자 서양인의 응시를 바라보는 관찰자이다.

이미지가 완전히 같은 〈Tyosen〉과 〈朝鮮素描〉에서 응시의 양태를 결정하는 것은 전지적인 내레이터의 존재이다. 일본인 남성의 내레이션이 조선의 이미지를 타자화한다면 서양인 남성의 내레이션은 조선을 타자의 타자로 보게 만든다. 두 영화의 상이한 내레이션이 같은 이미지에 어떻게 다른 의미를 부여했는지를 정리하면 다음과 같다.

〈표 2〉 〈Tyosen〉과 〈朝鮮素描〉의 내레이션 비교

숏	〈Tyosen〉의 내레이션	〈朝鮮素描〉의 내레이션
1. 금강산	여러분, 우리는 지금 조선(Chosen) 또는 코리아—아마도 이렇게 더 잘 알려진—에 있습니다. 당신은 지금 바위가 많은 금강산(Kongo)의 그림 같은 풍경을 보고 있습니다. 이 산은 조선을 대표하는 최고의 산입니다.	조선은 우리나라가 합병한 후 약 30년간 눈부시게 발전하여 오늘날에는 우리나라 대륙 진출의 제일선으로서 가장 중요한 위치를 차지하고 있습니다.
2. 불국사	우리는 오늘날까지도 완벽한 상태로 보존되어 있는 조선의 옛 건축물을 볼 수 있습니다.	(경주는) 불교를 중심으로 한 건축이나 조각의 모습으로 남아있습니다.

3. 빨래에 방망이질 하는 조선여자	이 나라에서 빨래(linen)의 청결은 신앙 다음이 아니라 그 일부입니다. 음…… 이 여자 예쁘지 않습니까? 조심해요, 어여쁜 당신. 당신의 가녀린 손가락을.	거의 신앙에 가까울 정도로 의복의 청결이 추구됩니다.
4. 소학생들의 라디오체조	체육시간 중인 이 학교의 어린 학생들이 보입니다.	어린이들이 유쾌하게 무럭무럭 자라고 있습니다.
5. 금줄. 손자의 출생을 자랑하는 노인	이 노인은 행복한 가정에 사내애만 열둘이랍니다.	우리 집에는 사내애만 열둘입니다. 이렇게 좋은 일은 없습니다라고 이 할아버지는 말합니다. 열두 명의 일본남아, 확실히 부러운 일입니다.
6. 논, 농부	조선 농부의 근면, 인내, 기술이 잘 경작된 이 많은 논에 반영되어 있습니다.	조선 농부가 수전을 만드는 데 극히 숙련되어 있는 것은 유명합니다. 우리 국민의 주식인 쌀은 이 근면한 농부 덕분입니다.
7. 조선신궁, 계단을 올라가는 참배객들	조선신궁은 태양신과 위대한 메이지 황제를 모신 조선의 수호신입니다. 수천의 사람들이 매일 국가적인 신전에 경의를 표하기 위해 348계단을 오릅니다.	조선신궁은 아마테라스 오미카미와 메이지천황을 모신 조선의 수호신입니다. 이 신전을 향해 나아갈 때 새로운 조선의 정신이 맥맥히 전해지는 것을 알 수 있습니다.
8. 대동강. 화방(畵舫) 위의 기생들과 조선남자들	이제 밖으로 나가 뱃놀이 피크닉을 따라가 봅시다. 이 매력적인 댄서들은 기생입니다. 그들은 음악, 그림, 언어, 춤, 서예, 윤리를 포함한 문화적인 훈련을 받습니다. 강물을 따라 달콤한 멜로디, 옛 조선의 발라드가 흐릅니다.	평양 대동강의 맑은 물결에 배를 띄워놓고 모란대의 아름다운 경치를 보면서 잠깐 조선의 정서를 즐깁시다.
9. 철교를 지나가는 대륙행 열차	우리는 유혹적인 장면과 매혹적인 조선의 모든 것을 뒤로하고 황하와 만주국을 거치는 국제 교통로를 따라 떠납니다. 또 봐요 옛 조선이여. 새로운 아시아의 만주국에 오신 걸 환영합니다.	그러나 이런 회고적이고 향락적인 것이 조선의 전부라고 생각해서는 안 됩니다. 아름다운 전통이 있으면서도 생생하게 발전하는 일본의 일부로서 활동적으로, 생산적으로 다부지게 성장해가고 있는 것입니다.

* 강조는 인용자.

두 영화의 내레이션은 메시지뿐만 아니라 어조에도 차이가 있다. 〈Tyosen〉이 아메리칸 조크를 섞어가며(숏 3) 친밀한 어투로 여행지 조선에 대한 정보를 전달한다면 뉴스영화의 내레이션을 연상시키는 〈朝鮮素描〉의 목소리는 관광 정보 속에 국책 프로파간다를 섞는다. 내용적으로 〈Tyosen〉의 내레이션이 서양인 관객의 이국취미를 부추기기 위해 조선 고유의 전통과 풍습 설명에 더 많은 시간을 할애했다면(숏 1, 2, 8, 9) 〈朝鮮素描〉의 내레이션은 중일전쟁 이후의 병참기지화 정책(숏 1, 6, 9), 황국신민화 정책(숏 5, 7)을 선전하는 데 중점을 두었다. 뿐만 아니라 〈朝鮮素描〉는 중립적인 이미지조차도 전쟁동원 프로파간다의 맥락 속으로 끌어들인다. 예를 들어 조선신궁 참배 신이 '내선일체' 프로파간다라는 점은 더할 나위 없이 명백하지만 프로파간다와 상관없어 보이는 소학생들의 라디오체조 신조차 그렇게 해석될 수 있다. 내선일체에 대해 사전지식이 없는 서양인 관객과 달리 일본인 관객은 일본처럼 세일러 교복을 입고 라디오체조를 하는 소학생들(숏 4)을 보고 이 신의 의미를 조선의 아동도 충량한 일본의 소국민(小國民)으로 자라고 있다고 해석했을 것이다. 그렇다고 〈Tyosen〉이 프로파간다로부터 완전히 자유로운 것은 아니다. 이 영화는 옛 조선의 정취와 문화를 볼거리를 전시하면서도 조선을 코리아가 아니라 "조센"으로, 금강산을 "콩고"로, 경주를 "케이슈"로 일본어로 부름으로써 일본의 식민지로서의 조선을 표상한다. 또한 단순히 정보를 전달하는 듯한 내레이션, 예를 들어 금강산에 이어 불국사를 보여주며 "우리는 오늘날까지도 완벽한 상태로 보존되어 있는 조선의 옛 건축물을 볼 수 있다"라는 내레이션에서도 일본이 조선을 근대화했을 뿐만 아니라 그들의 문화를 보존하기까지 하는 관용적인 지배자라는 프로파간다를 전달한다.

4. 상상된 로컬리티

식민지 조선이 일본제국의 한 지방으로 표상되고, 조선의 전통과 문화가 지방색으로 규정되었다는 것은 기왕의 연구에 의해 지적된 바 있다. 그러나 영화 속 조선의 로컬리티가 어떻게 선별되고 편집된 이미지로 구성되었는지, 각 영화의 응시에 어떤 미세한 차이가 있는지는 소홀히 다루어진 것 같다. 〈Tyosen〉과 〈朝鮮素描〉의 비교를 통해 얻을 수 있었던 결론은 같은 이미지로 구성된 두 영화 속 조선의 로컬리티는 선전 대상과 목적에 따라 달리 표상되었다는 점이다. 두 영화에서 목소리와 응시의 주체에 따라 '조센 또는 코리아'가 어떻게 상상되는가를 구체적으로 살펴보면 다음과 같다.

우선 〈Tyosen〉에서 응시가 드러나는 장면은 특급여객열차 아카츠키를 담은 신이다. 농촌의 한적한 풍경을 스쳐지나가는 열차를 잡은 롱숏은 차량 내부로 컷된다. 최고급 차량인 디럭스 안을 비춘 카메라는 조선옷의 남녀를 미디엄 숏으로 재빠르게 팬하고 기모노를 입은 여성을 클로즈숏으로 잡다가 서양여성을 담는다. 그녀는 막 책을 놓고 얼굴을 들어 승객들을 바라보며 미소를 짓는 참이다. 카메라는 창밖을 내다보는 그녀의 얼굴을 클로즈업한 뒤, 차창 넘어 경성을 향해 질주하는 열차 바퀴를 따라간다. 그리고 서양인 남성의 목소리가 그녀의 눈(시점숏)에 비친 이미지에 주석을 단다. 이 같은 방식으로 이국적인 옛 조선(old Chosen)과 근대화된 식민지 조센이 교차 편집되고 서양인의 응시를 인용함으로써 서양의 타자에게 식민지를 전시하려는 식민주의자의 욕망은 숨겨진다.

한편 〈朝鮮素描〉는 만주로 향하는 아카츠키를 비추는 마지막 신이 상징적이듯, 관광지로서의 표상만큼이나 언제든지 전쟁에 협력할 준비가 되어있는 일본의 후방으로서의 표상을 강조한다. 이 영화의 응시는 식민지 조선을 다룬 일본영화에서 흔하게 볼 수 있는 방식이다. 그리고 내레이션은 조선이 이국이 아니라 일본의 한 지방임을, 조선인은 일본국민이라 부를 수 있을 만큼 이미 충분히 동화되었음을 반복한다. 금줄 앞에서 일본남아의 탄생을 축하하는 내레이션이나 치마저고리의 여학생들이 조선신궁에서 순종적으로 참배하는 신에서 조선인은 내선일체 슬로건의 함의 그대로 표상된다. 가깝기 그지없으나 완전히 일체

되지는 못하는 이등국민. 그들은 일본의 응시 앞에서 늘 수동적으로 보여지는 대상에 불과하다.

지금까지 일제시기에 관광과 영화가 국책 선전에 어떻게 이용되었나를 살펴보고 〈Tyosen〉, 〈朝鮮素描〉의 조선 표상과 응시의 문제를 분석했다. 인쇄미디어에 의해 유포된 조선의 스테레오타입에 서양인과 일본인의 오리엔탈리즘적 시각 반영되어있다는 점은 기왕의 연구에서도 논의된 바 있다. 여기서 더 나아가 이 논문은 일제시기 관제 기록영화가 기존의 스테레오타입을 반복만 한 것이 아니라 목적에 맞게 선별하고 재구성하여 조선을 표상했다는 것을 밝혀내었다. 이를 토대로 이 논문이 궁극적으로 증명하고자 하는 바는 조선의 로컬리티가 일제시기 내내 동일했던 것이 아니라 일본의 정세와 통치 방침에 따라 상상된 것이며 이렇게 상상된 로컬리티는 조선인이 스스로를 바라보는 시각에 변화를 초래했다는 점이다. 이는 또 다른 긴 논문의 주제가 될 것이나, 가령 영화만을 놓고 본다면 식민주의자가 상상한 조선의 로컬리티에 따라 표상된 조선의 이미지는 다시 피식민자의 카메라가 스스로를 주체로 구성하는 데 지대한 영향을 미쳤다.36) 이렇게 볼 때 제국 일본의 지정학적 전략으로 기획되고 친일엘리트에 의해 지지된 일제 말기의 로컬리티 담론은 식민지 조선의 로컬리티를 고정된 실체가 아니라 제국과 식민지 사이에서 끊임없이 유동했던 표상으로서 이해할 때 더 잘 밝혀낼 수 있을 것으로 생각된다.

주제어 : 기록영화, 국제관광국, 〈조선지방〉, 〈동경 - 북경: 조선과 만주국을 거쳐〉, 〈Tyosen〉, 〈朝鮮素描〉, 스테레오타입, 응시, 상상된 로컬리티

---

36) 식민주의자에 의해 상상된 조선의 로컬리티가 1930년대 후반 일본 수출을 목표로 제작된 조선영화의 중요한 수출 전략으로 전도되었음을 논한 연구로는 김려실, 「조선을 "조센"화 하기—조선영화의 일본 수출과 수용에 대한 연구」, 『영화연구』 34호, 2007, 참조.

◆ 참고문헌

1. 기본자료

「국제관광국에서 "조선편"을 촬영」, 『동아일보』, 1938. 8. 14.

『권업신문』, 1913. 8. 17.

『신한민보』, 1909. 4. 28.

─────, 1909. 5. 26.

「壓縮되는 大地!」, 『동아일보』 1938. 10. 1.

한국영상자료원, 한국영화 데이터베이스 http://www.kmdb.or.kr/

國際觀光局, 『國際觀光事業の槪況』, 1941.

千葉映畫製作所製作·全日本映畫敎育硏究會監修·初等敎育映畫調査委員會, 〈朝鮮地方〉, 10분, 1934.

『朝鮮』, 1938. 2.

「朝鮮人同化の方法─寺內總督に提議す活動寫眞の利用」, 『活動寫眞界』, 1911. 2.

朝鮮總督府, 『普通學校地理補充敎材兒童用』, 1928.

─────, 『普通學校地理補充敎材敎師參考書』, 1928.

─────, 『朝鮮』, 1938. 2.

東宝映畫文化映畫部製作·BTI企畫, 〈Tokyo-Peking: Though Tyosen and Manchukuo〉, 1939.

東宝映畫文化映畫部製作·國際觀光局指導, 〈朝鮮素描〉, 1939.

內務省警保局, 『活動寫眞フィルム檢閱時報』 第1卷～第33卷, 不二出版, 1985～1986.

─────, 『映畫檢閱時報』 第33卷～第40卷, 不二出版, 1986.

『文化映畫硏究』, 1939. 12.

文部省, 『初等科 地理 上』 1943: 『日本近代敎科書大系 近代編 第17卷 地理(三)』, 講談社, 1966.

Franklin Delano Roosevelt, *Quarantine the Aggressors*, Chicago Illinois, 5 Oct 1937. 〈http://www.sagehistory.net/worldwar2/docs/FDRQuar.htm〉

The Imperial Japanese Government Railways, *An Official Guide to Eastern Asia: Trans-Continental Connections between Europe and Asia, vol. 1 Manchuria & Chosen*, Tokyo Tsukiji Tape Foundry, 1913.

Universal Pictures co. presents, *Norman Alley's Bombing of USS Panay Special Issue*, 1937.

2. 단행본

권혁희, 『조선에서 온 사진엽서』, 민음사, 2005.
부산근대역사관, 『사진엽서로 떠나는 근대기행』, 한글그라픽스, 2004.
쑨 잉퀘이·양 이밍, 박삼수 역, 『주역』, 현암사, 2007.
연세대학교 언어정보개발연구원 편, 『연세 한국어 사전』, 두산동아, 1998.
有山輝雄, 『海外觀光旅行の誕生』, 古川弘文館, 2002.
田中純一郎, 『日本教育映畵發達史』, 蝸牛社, 1979.
溝尾良隆, 『觀光學—基本と實踐』, 古今書院, 2003.
モダン日本社, 『モダン日本 朝鮮版』, 어문학사, 2007.

3. 연구논문

김려실, 「조선을 "조센"화 하기—조선영화의 일본 수출과 수용에 대한 연구」, 『영화연구』 34호, 2007.
복환모, 「1920년대 초 조선총독부 「활동사진반」의 역할에 관한 연구」, 『영화연구』 24호, 2004.
———, 「한국영화사 초기에 있어서 이토 히로부미(伊藤博文)의 영화이용에 관한 연구」, 『영화연구』 28호, 2006.
서기재, 「일본근대 「여행안내서」를 통해서 본 조선과 조선관광」, 『일본어문학』 13호, 2002.
———, 「일본 근대 여행관련 미디어와 식민지 조선」, 『일본문화연구』 14호, 2005.
오카와 히토미, 「일제시대 선전영화에 표상된 조선의 이미지—『朝鮮素描』(1939)를 중심으로」, 이화여대 석사논문, 2007. 7.
하세봉, 「근대, 관광을 시작하다—관광의 동아시아적 回路」, 『근대, 관광을 시작하다』, 부산근대역사관 편, 2007.
李良姬, 「日本植民地下の觀光開發に關する研究—金剛山觀光開發を中心に」, 『日本語文學』 24집, 2004.
———, 「植民地朝鮮における朝鮮總督府の觀光政策」, 『北東アジア研究』 13号, 2007. 3. 31.

◆ 국문요약

2004년 오사카 플래닛 영화자료 도서관에서 영어로 된 조선관광 선전영화 〈Tyosen〉이 발견되었다. 이 영화는 1939년에 일본 철도성 국제관광국이 제작한 〈동경―북경: 조선과 만주국을 거쳐〉의 일부분이다. 이 논문에서는 먼저 이 영화의 아카이빙 정보를 수정하고 국제관광국이 어떤 문맥에서 조선, 만주, 북경을 잇는 관광영화를 기획했는지 검토했다. 일제시기에 조선 관광은 수지맞는 산업이자 식민통치의 성과를 선전하는 국가적 기획으로 장려되었다. 〈동경―북경〉은 관 주도로 제작된 관광 선전영화의 하나로 중일전쟁기에 대미선전을 위해 영어로 제작되었다. 그리고 이 영화의 조선 부분은 일본어로 더빙되어 〈朝鮮素描〉라는 이름으로 일본에서 상영되었다. 이들 필름 속 조선과 조선인의 이미지는 일제시기 인쇄미디어가 유포한 스테레오타입을 계승하고 취사선택한 것이다. 두 영화를 비교해보았을 때 이미지상의 차이는 없으나 응시의 주체와 프로파간다에 따라 내레이션에 차이가 있었다. 〈Tyosen〉은 서양인의 이국취미를 자극하면서 근대화된 관광지 조선을 표상하는데 비해 〈朝鮮素描〉는 잘 알려진 매력적인 관광지인 동시에 중일전쟁의 후방으로서 조선을 강조한다. 1934년에 제작된, 조선을 일본의 플랜테이션 농장으로 묘사하는 교육용 다큐멘터리 〈조선지방〉과 비교해 볼 때 이 두 영화가 중일전쟁 이후의 문화 선전을 담고 있다는 것을 알 수 있다. 이상을 통해 일제시기 기록영화에 표상된 식민지 '조센'의 로컬리티가 고정된 것이 아니라 제국 일본의 정세와 식민지 지배정책에 따라 상상되고 편집되었다고 결론지을 수 있다.

◆ SUMMARY

A Study on the Documentary *Tyosen*

Kim, Ryeo-Sil

Tyosen, a film advertizing the tour through Korea, was found at the Osaka Planet Film Bibliotheque in 2004. This film is one part of *Tokyo-Peking: Through Tyosen and Manchoukuo* made by Board of Tourist Industry, a branch organization under the Imperial Japanese Government Railways. In this paper, I corrected the existing archiving information of the film and examined why BTI needed to make an advertizing film connecting Korea, Manchuria, and Peking. Tourism of the colonized Korea was a good business and encouraged as a national project to propagate the result of Japanese colonial rule. *Tokyo-Peking* was an official film dubbed in English for the propaganda toward the United States. The *Tyosen* part was also dubbed in Japanese and introduced with a new title *Chosen Sketch*. The Images of Chosen and Chosenese in these films were carefully selected from the stereotypes disseminated by print media at the time. When you compare these two films, you find same images but different gaze of subjects and narrations constructed by different propaganda. *Tyosen* depicts Korea as an exotic and convenient destination for western travelers. At the same time, *Chosen Sketch* represents Korea as a well-known attraction and the rare of the Sino-Japanese War. If you compare them with the educational documentary *Chosen District* made in 1934, describing Korea as the plantation of Imperial Japan, you can find they reflected the change of Japanese cultural propaganda since the war broke out. Considering the reasons mentioned above, I conclude that the localities of colonized Korea in the Japanese documentaries were imagined and edited, rather than substantial, according to the Japanese situation and their ruling plans over

Korea.

Keyword : Documentary Film, BTI(Board of Tourist Industry), *Chosen District, Tokyo-Peking: Through Tyosen and Manchoukuo, Tyosen, Chosen Sketch*, **Stereotype, Gaze, Imagined Localities**

―이 논문은 2008년 7월 31일에 접수되어, 2008년 8월 8일에서 2008년 8월 20일 사이에 이루어진 소정의 심사를 거쳐 2008년 8월 21일 편집회의에서 1차로 게재가 결정되고 2008년 10월 1일에 최종적으로 게재가 확정되었음.

『북간도』에 나타난 형식과 역사의 변증법

박 상 준*

목 차

1. 연구사 검토 및 본고의 초점
2. 『북간도』의 서사 구조: 선명한 이분법
3. 『북간도』의 서사 전략: '에피소드 + 사회역사적 설명' 패턴
4. 형식과 역사의 변증법
5. 결론 및 남는 문제

1. 연구사 검토 및 본고의 초점

　『북간도』는 남석 안수길의 대표작이다. 간도를 작품 내 세계로 삼은 본격적인 장편소설이라는 문학사적인 의의와, 근대전환기에서 식민시 시대에 이르는 고난의 시대를 배경으로 민족정신을 고취했다는 정신사 적인 가치 등으로 해서, 비단 안수길 소설문학의 핵심에 그치지 않고 한국 근대문학의 중요한 성과 중 하나로 자리 잡고 있다.

　잘 알려진 대로 『북간도』는 1959년 4월에 제1부, 1960년 4월에 제2 부, 1963년 1월에 제3부가 『사상계』에 발표된 후, 1967년 제4, 5부가 합쳐져 단행본으로 출간되었다. 9년에 걸친 집필 기간도 그러하지만,

---

* 포스텍 인문사회학부 교수.

작가의 만주 체험 문학을 결산하고 후대의 소설들로 나아가는 의미를
지닌다는 점에서도 주목할 만한 작품이다.[1]

　『북간도』 연구에 있어서 초점은 다음 두 가지로 보인다.

　첫째는 『북간도』의 서사 분석상의 문제이다. 전체 5부 24장으로 되
어 있는 방대한 분량의 이 소설을 두고 크게 세 가지가 문제되고 있다.
하나는 가족사소설적 구도 파악과 관련된 것으로서 『북간도』가 이한복
에서 이정수까지 이르는 4대에 걸친 이야기인가 여부의 문제이다.[2] 다
른 하나는 작품의 주제효과와도 관련된 것으로서 인물구성에 있어 이
한복, 최칠성, 장치덕의 세 가문이 줄기를 이루며 '어떻게 살 것인가'
의 문제에 나름의 답을 제시하는 삼각 대비 구도인가 여부의 문제이
다.[3] 끝으로 구성상의 성패 문제도 보탤 수 있다. 연재로 발표된 1~3
부와 나중에 함께 묶인 4~5부가 여러 면에서 상호 분리되는 성격을
띠었는가의 문제이다.[4]

---

1) 안수길,『명아주 한 포기』, 문예창작사, 1977, 239쪽; 김윤식,『안수길 연구』, 정음사,
　1986, 161, 224쪽 등 참조.

2) 많은 선행연구들이 별다른 분석 없이 '가족사 소설' 등의 표현을 사용하고 있다. 그
　러나 이는 인물들의 계보를 따질 때만 의미 있는 지적일 뿐, 작품의 실제 스토리를 보
　면 그렇지 않음이 쉽게 확인된다. 이러한 사정을 한기형은 2, 3세대가 배제되었음을
　지적하고 그 이유를 작품의 주제 및 시대상황과 작가의 정서 등을 통해 밝힌 바 있다
　(「역사의 소설화와 리얼리즘-안수길 장편소설 〈북간도〉 분석」,『한국전후문학연구』,
　조건상 편, 성균관대 출판부, 1993, 132-133쪽).

3) 김윤식의 경우 이한복이 대표하는 '환상의 사상', 최칠성과 최삼봉이 대표하는 '땅의
　사상', 장치덕과 장현도의 '장사의 사상', 이정수가 대표하는 '독립전쟁의 사상'으로
　작품의 지향을 설명한 바 있다(앞의 책, 222-224쪽 참조). 이후 민현기는 이한복 가문
　의 저항주의, 최칠성 가문의 기회주의, 장치덕 가문의 현실주의, 박만호 가문의 반민
　족주의의 넷으로 대립관계를 파악하였고(「민족적 저항과 수난의 재현-안수길의 〈북
　간도〉론」,『어문학』 56집, 한국어문학회, 1995. 2, 270-271쪽), 조정래는 민족주의적·
　이상주의적 태도와 반동적, 중간적 태도의 셋으로 대립관계를 파악한 위에서 3~4대
　에 가서는 대립이 약화됨을 적절히 지적한 바 있다(「장편소설 〈북간도〉의 서술 특성
　연구」,『배달말』 40집, 배달말학회, 2007, 179-182쪽).

4) 김윤식의 논의(앞의 책, 175-177, 201-202쪽 등 참조) 이후 민현기(앞의 글, 271쪽), 한
　수영(「만주의 문학사적 표상과 안수길의 〈북간도〉에 나타난 '이산(離散)'의 문제」,『상

둘째는 작품의 주제효과 및 문학사적 가치를 둘러싼 문제이다.『북간도』의 출간 즈음에는 민족문학의 주요한 성과라는 긍정 일변도의 평가가 지배적이었으나[5] 본격적인 연구가 수행되면서 미학적 결함 등이 지적되어 왔다.[6]『북간도』에 대한 균형 잡힌 평가의 첫 단계는 안수길 소설세계의 친일문학적 성격을 지적하고 그 관련 속에서 작품의 의미를 검토하는 것이었다.[7] 현재에까지 이어지는 다음 단계는 작가의 만주 체험이 갖는 의미를 보다 섬세하게 파헤치려는 경향이다.『북간도』의 주제효과를 한편으로는 만주국의 성격에 비추어 다른 한편으로는 1950, 60년대의 시대적 특징과 관련지어 복합적·중층적인 것으로 파악함으로써 단선적인 해석을 경계하는 것이 최근 연구의 특징이라 할 수 있다.[8]

『북간도』를 집필할 무렵 작가가 피할 수 없었던 의식의 분열상 곧 생존적 친일(혹은 친만주국)의 기억과 (1950, 60년대 민족주의에 근거한) 민족주의적 이념이 갈등하는 의식세계나, 만주국의 조선인이 갖는

허학보』 11집, 상허학회, 2003. 8, 125쪽), 김종욱(「역사의 망각과 민족의 상상―안수길의 〈북간도〉 연구」,『국제어문』 30집, 국제어문학회, 2004. 4, 280-282쪽) 등에서 이렇게『북간도』의 구성을 양분된 것으로 보고 있다. 이선미(「〈만주체험〉과 〈민족서사〉의 상관성 연구―안수길의『북간도』를 중심으로」,『상허학보』 15집, 상허학회, 2005)의 경우는 이런 논의를 계승하되 1부를 따로 떼어 세 부분이 '서로 다른 서사원리 속에서 전개'된다고 파악한다(369-379쪽 참조).

5) 제1부가 발표된 다음 호인『사상계』 1959년 5월호에 실린 곽종원, 선우휘, 최일수, 백철의 글이 대표적인 예이다.

6) 김우창, 「민족주체성의 의미―안수길 작 〈북간도〉」,『궁핍한 시대의 시인―현대문학과 사회에 관한 에세이』, 민음사, 1977이 비판적 논의의 효시라 할 수 있다. 이 글은 「안수길 저 〈북간도〉―사대에 걸친 주체성 쟁취의 증언」(『신동아』, 1968. 3)에 이어져 있다.

7) 김윤식의『안수길 연구』(1986)가 대표적인 예이다. 이는, 안수길의 만주시대 작품에서 친일적 요소를 읽고『북간도』가 구성상 두 부분으로 분열되었으며 이상주의적인 작가 의도에 침윤되어 있음을 세세하게 적시한 본격적인 연구 성과로서 이후의 연구에 커다란 영향을 끼쳤다.

8) 앞서 언급한 한기형, 한수영, 김종욱, 이선미 등의 연구가 이런 특징을 보이는 대표적인 예에 해당한다.

232

미묘한 위상에 대한 최근 연구의 징후적 독법은 기존 연구의 결락 부분을 메우고 연구의 시야를 심층화했다는 점에서 매우 중요한 성과에 해당한다. 그러나 이런 독법들은 대체로, 방법론적인 문제의식이 앞선 상태에서 작품을 새롭게 읽고자 하는 방식으로 구사된다는 혐의로부터 자유롭지 못한 문제를 보인다. 텍스트에 대한 실증적인 분석에 근거하기보다 상기 징후적 독법이 문제틀로 전제된 위에서 그에 맞춰 작품을 분석해 나아가는 경향이 적지 않은 것이다. 그 결과로 드러나는 추정적인 성격이 이들 논의의 섬세함과 이론적 참신함의 빛을 바래게 하는 상태이다.

이러한 문제의식에서 본고는 『북간도』의 서사구성의 실제를 실증적으로 검토하는 데 일차적인 목표를 둔다. 『북간도』를 구성하는 다양한 스토리라인에 대한 세밀한 검토와 주제효과를 위해 구사된 특징적인 서사 전략을 규명함으로써, 상술한 바 서사분석상의 문제에 해당하는 연구사적 쟁점에 대해서 본고 나름의 해답을 제시하고자 한다.9) 이 위에서 『북간도』의 소설미학적 성패를 온당하게 정리하는 것이 본고의 목표이다.

2. 『북간도』의 서사 구조: 선명한 이분법

『북간도』는 전체 5부 24장 181절로 이루어져 있다.10) 단행본 기준으로 718쪽에 해당하는 대단한 분량의 장편소설이다. 1부에서 4부까지 각부는 130~150쪽에 해당하여 대체로 비슷한 분량으로 이루어져 있으

---

9) 스토리라인(story-line)이란 '동일한 집단의 개인들을 포함하는 일련의 사건'으로서, 사건들의 결합체인 소연속(micro-sequence)이 다시 결합하여 이루어진 대연속(macro-sequence)과 전체 스토리의 중간 단위이다(리몬-케넌, 최상규 역, 『소설의 시학』, 문학과지성사, 1985, 32-33쪽 참조).

10) 본고에서는 1967년 삼중당에서 출판된 것을 전재한 『북간도』(동아출판사, 1995)를 대상으로 한다. 이하 인용은 본문 뒤에 괄호를 열어 쪽 수를 표시한다.

나 마지막 5부는 171쪽에 이르러 가장 분량이 많다.

『북간도』에 등장하는 인물은 작품 내 세계에서 언행을 보이는 경우만 따져도 90명을 상회하고 작가−서술자에 의해 지칭되는 인물들(대체로 실존인물)을 더하면 110명에 육박한다. 분량이 많은 장편소설이라 해도 이러한 인물 수는 대단히 큰 것이다.

분량이 다대하고 인물 또한 큰 규모지만,『북간도』의 서사가 복잡한 구조를 취하고 있는 것은 아니다. 이 소설의 서사는 이창윤, 이정수 부자의 스토리라인을 근간으로 하여 그들 주변사람들의 스토리라인을 포함하는 방식으로 구성되어 있다. 서사구성상 의미 있는 부차적인 스토리라인을 이루는 인물은 이창덕과 주인태, 최삼봉 등이다. 여기에 비봉촌을 개척하는 이한복의 스토리라인을 덧붙일 수 있다.

이러한 파악은『북간도』를 두고 이한복에서 이장손, 이창윤, 이정수로 이어지는 이 씨 4대에 걸친 가족사적인 소설이라고 파악하거나 이 소설의 구조가 민족주의적인 이한복 가문과 친외세적인 최칠성 가문, 현실주의적/기회주의적인 장치덕 가문의 세 가닥으로 이루어졌다고 분석하는 선행연구들의 주장과 거리를 두는 것이다. 이 장에서는『북간도』의 서사구성에 대한 기존 평가의 두 축에 해당하는 이러한 주장들에 동의할 수 없는 이유를 제시하면서 이 소설의 스토리 구조 및 대립 구조를 밝혀 본다.

1)『북간도』의 스토리 구조

『북간도』를 두고 이 씨 집안의 4대에 걸친 이야기라고 할 수 있는가를 먼저 살펴본다. 이 씨 4대가 등장하여 작품 내 세계에서 활동하는 것은 맞다. 그러나 1대 이한복의 서사는 사실 1부 1장 〈사잇섬 농사〉에 그쳐 있다. 2장 〈감자의 사연〉에서 그는 이미 운신이 자유롭지 못한 영감으로 설정되며, 중간 부분에 잠시 등장하여 손자 창윤의 머리를 깎다가 운명하는 것으로 그려질 뿐이다. 따라서 총 24장으로 이루어진 작품 전체의 맥락에서 볼 때, 이한복은 『북간도』 이주의 계기와 정착 초기 상황을 알리는 부분에서 기능한 등장인물이라 할 수 있다.

물론 이한복이 단순히 기능적 인물에 그치지는 않는다. 젊은 시절 창윤이 보이는 민족주의적인 지향에 있어 역할모델로 설정되어 있기 때문이다. 하지만 이 점 또한 다음 세 가지를 염두에 두고 냉정히 판단할 필요가 있다. 첫째는 이한복의 역할모델 기능은, 역할모델 일반이 그럴 수밖에 없듯이 기본적으로, 그를 기리는 이창윤의 서사에 종속되어 있다는 사실이다. 둘째는 이한복 영감의 역할모델적인 기능이 이창윤의 주관적인 왜곡이나 작가─서술자에 의한 과도한 의미 부여에 기초하고 있다는 점이다. 끝으로 셋째는 이한복이 잠시 등장하는 1부 2장 〈감자의 사연〉이 보이는 서사의 주된 줄기가 사실상 창윤의 스토리라는 사실이다.

〈감자의 사연〉의 서사 비중을 보든 이 장을 『북간도』의 전체 서사에 비추어 보든, 여기서 의미 있는 사건은 창윤의 스토리이다. 동복산네 감자 서리를 주동하던 창윤이 중국인들에게 잡혀 청복에 변발한 상태가 된 것이, 비봉촌 양 민족 사이의 갈등을 심화시키고 이한복의 죽음을 초래한다. 『북간도』의 전체 서사구성을 고려할 때 이 스토리에서는, 이한복 세대가 끝난 점보다 그의 죽음에 따라 흑복변발 문제가 재론되어 최삼봉이 친중 세력이 되는 계기가 마련된 것이 더 중요한데, 이 모두가 창윤의 스토리에 의한 것임을 명확히 할 필요가 있다. 이후의 서사에서 비봉촌의 세력가가 되어 행패를 부리는 최삼봉에 맞서는 인물이 (이장손이 아니라) 이창윤이라는 점을 이에 보태면 1부 2장 〈감자의 사연〉에서부터 창윤이 주인공이라 해도 무방하게 된다.

1부 3장 〈성난 불꽃〉에서부터 『북간도』의 서사가 이창윤 1인을 실질적인 주인공으로 하여 전개됨은 명약관화한 사실이다. 친중 세력이 된 최삼봉과 노덕심에 대해 비판적 의식을 갖고 있는데다 특히 노덕심과는 결혼 문제로 개인적인 반감까지 갖게 된 창윤이 동복산의 송덕비에 불을 지르고 비봉촌을 떠나는 것이 3장의 핵심 사건이자 실질적인 내용 전부에 해당한다. 4장 〈앞으로 갓!〉은 무대를 용정으로 옮겨 사포대원이 된 창윤을 조명하고 그가 귀향하여 비봉촌에도 사포대를 조직하는 내용을 담고 있다. 4부에서 이정수의 활약상이 전개되기 전까지, 2부 이하의 서사가 이창윤의 행적을 중심으로 전개되는 점 또한 작품 표면에서부터 쉽게 확인된다. 이러한 점은 이창윤과 엇비슷한 세대로서 그와의 교류를 통해 작품 속에서 활약하는 장현도, 최동규, 정세룡, 정수돌, 임군삼, 진식, 종한, 주인태, 박만호 등이 이정수가 등장하기 이전 서사의 주요 담당자라는 점에서도 근거를 얻는다.

　이상을 통해서, 『북간도』의 서사 전체를 두고 볼 때 이한복의 스토리가 가족사 소설 체계상의 한 세대를 담당할 수 있는 것이 못 됨을 알 수 있다.11)

　이 씨 집안 2대에 해당하는 이장손의 경우는 더욱 말할 여지가 없다. 이장손은 1870년에서 1900년까지를 시대 배경으로 하는 1부에서 유년에서 장년기에 이르는 자신의 세대를 산 인물이지만, 어느 경우에서도 주동적인 역할을 하지는 않는다. 유년기의 그가 일으킨 '감자―제기 사건'은 북방 6진 주민들의 궁핍상을 환기시키고 이한복의 줏대를 부각시키며 후에 벌어지는 창윤의 감자 서리 사건에 상징적인 의미를 부여하는 기능적인 모티프에 불과하다. 장년이 된 장손이 송덕비 건립과 관련해서 보이는 행위도 정세룡과 창윤에 비할 때 주동적이라 할 수 없다. 그는 창윤이 저지른 송덕비 방화 사건으로 잡혀갔다가 나온

---

11) 이와 관련해서, 염상섭의 『삼대』가 가족사소설에 해당하는지를 둘러싼 논의들을 참조해 볼 필요가 있다. 조 씨 세 세대가 종적인 축을 형성하는 『삼대』의 경우, 작품 내 세계에서 서사의 중반까지 막대한 영향력을 행사하는 조 의관의 경우나 부정적 인물로 설정된 2대 조상훈의 경우 그 내력이 분명치 않고 횡적 인간관계도 충분히 밝혀지지 않아서, 『삼대』를 가족사소설로 볼 수 없다는 판단의 근거로 지적된 바 있다(유종호, 「한국 리얼리즘의 한계」, 『동시대의 시와 진실』, 민음사, 1982, 205쪽). 이에 견주어 볼 때, 서술 비중의 측면에서든 작품 내 영향력 측면에서든 『북간도』의 이한복이 『삼대』의 조 의관에 비해 상대적으로 미미한 수준에 있음은 따로 말할 것도 없다는 점에서, 『북간도』를 4세대에 걸친 가족사소설로 보는 것은 설득력을 갖추기 어렵다고 하겠다.

뒤 병을 얻어 죽는 것으로 설정되는데, 이 과정은 정세룡이 창윤에게 전하는 말 등으로 간접화되어 기술될 뿐이다. 요컨대 이장손의 경우는 어떠한 의미에서도 하나의 세대를 대변하는 것이라 할 수 없다.

물론 『북간도』가 세대 계승의 면모를 띠지 않는 것은 아니다. 이창윤-이정수 2대가 서사의 중심에 확고히 자리 잡고 있기 때문이다. 이정수는 3부에서 처음 등장한다. 3부 1장 〈우리도 값이 오른 셈〉에서 비각 살인사건과 관계되어 창윤이 살인범으로 몰리게 되는 역할을 한다. 물론 3부 내내 정수는 어린애여서, 정세룡의 아들 수돌과 싸우거나(2장), 창윤이 이주한 대교동에서 소학교를 다니는 총명한 아이일 뿐이다(3장). 이러한 이정수가 『북간도』 전체의 중심 서사에 올라서는 것은 4부에 들어서이다. 4부 2장 〈걸음을 멈추고〉에서 주인태를 만나 영국덕이의 중학교에 입학하게 되는 무렵부터 민족주의적인 태도를 보이며, 3장 〈두 장례〉에서는 주인태를 도와 독립선언서를 등사하고 만세운동에 참여한다. 4장 〈산과 땅 속으로〉에서는 국제 정세에 대한 날카로운 인식을 선보이기도 한다. 4부에 걸쳐 이정수는 의식과 행동 양 측면에서 민족주의 독립운동 세력의 새 세대로서 부상하는 것이다.

170쪽을 상회하여 분량상 전체의 1/4에 육박하는 5부에 이르면 이정수의 스토리가 거의 그대로 『북간도』의 중심 서사에 해당된다. 이는 형식과 내용 양 측면에서 좀 더 설명을 요한다.

5부 전체 8장 중에서 서사 진행상 이정수가 주도적인 역할을 담당하는 부분은 1장과 5~8장 100쪽 내외이다. 거칠게 말하자면 서술 비중상 5부의 60% 남짓을 차지하고 2~4장에서는 의미 있는 역할을 하지 못한다고 할 수 있다. 그러나 5부 3장은 청산리 전투와 샛노루바우 이중 학살 사건을 세세히 다루어 『북간도』의 주요 스토리라인과는 사실상 거리를 갖는 외삽적인 성격이 강하다는 점을 염두에 둘 필요가 있다.12) 2장과 4장 또한, 만주 독립군을 소탕하고자 출병의 구실을 만

---

12) 이창덕과 임영애가 이 두 가지 역사적 사건에 관련되고는 있지만, 이들이 어떤 의미

드는 일본의 계략과, 중일 양국 세력하에서 자치를 시도하는 간도 조선인들의 상황을 각각 제시하는 것이어서, 『북간도』를 일관하는 중심서사에 배경을 마련해 주는 부분이라고 보는 것이 적절하다.

이러한 상황에서 이정수는 홍범도 부대의 일원으로 봉오동전투에 참가하고(1장), 독립군 해산 뒤 중국 소학교 교사로 지내다가 고향에 들러 마침내 자수하고(5장), 5년 뒤 석방되어 학교 교사로 근무하며 임영애와 결혼, 독립군 세력과 공산당 세력을 만나 자신을 반성하게 되며(6장), 중국과 일본의 압박 속에서 호일학교의 독립 교육을 지키려 하다 학교를 방화로 잃은 뒤(7장), 만주국 치하에서 일본 패전 후를 준비하다 청림교 사건으로 구속되어 감옥에서 해방을 맞이한다(8장). 이렇게 1920년에서 45년에 걸치는 식민지시대 거의 전부가 이정수의 행적을 따라 작품 속에 들어오고 있다.

이창윤의 경우와 마찬가지로, 이정수가 등장하는 4부 이하에서도 『북간도』의 전체적인 서사는 이정수의 스토리 및 그와 관계되어 있는 인물들의 스토리로 짜여 있다고 할 수 있다. 독립운동세력인 주인태나 박문호, 윤준희와 그 동지들, 양상철, 청림 등과 독립군으로 등장하는 김경문, 홍범도, 김좌진 등, 공산주의세력인 짐돌, 중국세력인 맹부덕, 왕선생 등, 일본세력인 박만호나 박치백, 스에마쓰, 현시달, 이기형 등과 평범한 인물인 장만석, 임영애, 이경천 등이 모두 이정수와의 관련 속에서 자신의 스토리라인을 갖추고 있다.

이상에서 보듯 『북간도』의 서사는, 이창윤과 이정수 2대의 행적을 주요 스토리라인으로 설정한 위에 그들과 관련된 인물들의 스토리라인이 결부된 구조로 파악할 수 있다. 이창윤의 조부 이한복과 부친 이장손은 1부에서 이미 운명한다. 실상 1부부터 이창윤의 서사라 할 수 있는 것이다. 4부에 이르면 이창윤 또한 쇠약해져서 주요 사건으로부터

에서도 주동적이지 않다는 점에서, 5부 3장이 갖는 스토리 구성 차원의 외삽적 성격은 약화되지 않는다.

멀어지고, 그 자리를 이정수가 차지하여 5부 끝까지 서사를 끌고 나아
간다. 요컨대 『북간도』의 스토리 구조는 '이한복—이장손—이창윤—이
정수'로 이어지는 이 씨 집안 4세대에 걸친 가족사소설적인 이야기가
아니라, 이창윤과 이정수 2인의 스토리라인을 주축으로 이루어져 있다
고 할 수 있다.13)

2) 『북간도』의 대립 구조

『북간도』의 서사구성상의 특징을 살피는 데 있어서 관건이 되는 또
하나의 문제는, 이 소설이 이한복과 장치덕, 최칠성 세 가문의 계보를
통해서 이른바 민족주의세력과 현실주의·기회주의세력, 친외세 반민
족적 세력의 셋을 대비하는가 여부이다. 이는 한갓 형식 분석에 그치
지 않고 『북간도』의 주제효과를 가늠하는 데까지 걸쳐 있어, 내용형식
차원에서 이 소설의 특징을 밝히는 문제에 해당된다.

『북간도』의 내용형식이 드러내는 주된 특징이 이한복, 최칠성, 장치
덕 세 가문의 정립상으로 말해질 수 있는가, 그리고 더 나아가서 이들
세 가문이 식민지시기에 우리 민족이 취했던 삶의 방식을 전형적으로
드러내주는 것인가, 이 두 질문에 답하는 것이 본 절의 과제다. 결론을
당겨 말하자면 답은 부정적이다.

앞서 살펴본 대로 일단 이 씨 일가의 경우 같은 비중은 아니더라
도 네 세대가 등장하여 활동하고 있으며, 기본적으로 민족주의적 반외

---

13) 이창윤과 이정수가 세대 계승의 면모를 띠기는 하지만 이정수의 경우 가족과의 관련
이 매우 약화된 채 자신의 스토리를 영위하는 까닭에, 이들 사이에서도 가족사소설적
인 의미는 강하지 않다. 이 씨 집안의 사람들 중 『북간도』의 서사에서 나름대로 비중
있는 위상을 차지하고 그에 걸맞은 역할을 하는 또 하나의 인물은 이창덕인데, 그는
정수의 삼촌 곧 창윤의 아우인데다가 가족과의 유대 또한 약한 인물이어서 세대 차원
에서 따로 말할 여지가 없다. 이 씨 가문 외에 장 씨나 최 씨 가문의 세대별 활약상을
보아도 『북간도』를 가족사소설로 볼 여지는 매우 적다. 이에 대해서는 다음 절 말미
의 정리 참조.

세적인 가치관을 견지한다고 볼 수 있다. 이러한 점은 1대인 이한복에게서부터 확인된다. '사잇섬 농사'로 월강죄를 범해 사또의 문초를 받는 자리에서 그는 자신의 조부에게 들은 백두산정계비의 비문 내용에 의지해 강 건너 또한 우리 땅이라고 항변하는 인물이다. 비봉촌에 자리를 잡은 뒤에는 중국측의 흑복변발 요구에 맞서 우리 전래의 풍습을 고집하는 강단 있는 민족주의자의 면모를 보인다. 비봉촌에 훈장을 모셔와 서당을 연 것 또한 그의 의지에 따른 것이다. 이한복의 이러한 면모는 이창윤과 이창덕 형제 및 이정수에게로 전해져 민족주의적인 성향의 집안이라는 특징을 갖추게 한다.

이창윤은 비봉촌의 중국인 농장주 동복산의 송덕비에 불을 지르고 용정으로 도망간 뒤, 무력 양성을 목표로 조직된 사포대에 들고, 다시 비봉촌으로 와서는 스스로 사포대를 조직하는 인물이다. 이후 비봉촌에서의 그의 삶은, 중국 세력의 일원이 되어 동족을 돌보지 않는 최삼봉이나 노덕심에 맞서 최동규나 임군삼, 진식, 종한 등과 어울려 민족주체적인 태도를 견지하는 것이다. 조 선생과 황 선생 등 민족주의적인 인물을 비봉촌의 선생으로 끌어들이고자 노력하고, '노랑수건 김 서방' 사건에 주민들을 이끌어 집단적으로 맞서는 것이 대표적인 예이다. 대교동으로 옮아간 뒤에는 아내 쌍가매의 건으로 일본 경찰에 제 주장을 굽히지 않아 불령선인으로 주목을 받고, 박성회와 주인태를 도와 민족의식 교육의 장을 일구는 데 조력하며 농감 박만호와 대립한다. 아우 창덕의 사업 방식이나 아들 정수의 교육 문제 등에 있어서 일본의 식민정책을 의식하고 경계하는 면모를 보이기도 한다. 일제를 피해 훈춘으로 이사한 후에는 한때 독립군 군자금 모집에도 관여한다. 이상에서 확인되듯 이창윤은, 독립군이 되거나 조직화된 단체에 들어 활동하지는 않는 일반인이고 따라서 어떠한 실질적 효과를 끌어내지는 못하지만, 건강을 잃어 무력해지기 전까지 시종일관 민족주의적인 행보를 견지하는 인물이다.

앞 절에서 밝혔듯이 이정수의 경우는 성인이 된 후 시종일관 독립

운동에 투신하는 것으로 그려진다. 주인태의 감화를 통해 민족주의적
인 의식을 깨쳐 비밀운동에 뛰어든 이후 홍범도 휘하의 독립군으로 나
아가는 과정은 민족해방운동 노선의 한 정점에 해당한다. 독립군이 해
산된 이후 상해로 넘어가려다 귀향해 자수하게 되고 5년간의 옥살이를
한 직후의 모습을 보면 지향이 다소 꺾인 것처럼도 보이지만, 실제로
그가 살아가는 방식은 민족주의자의 삶에서 벗어나지 않고 있다. 여러
학교를 거치면서 은밀히 배일교육에 손을 대고 있으며, 일제 말기에
이르러서는 양상철, 청림과 어울려 독립운동세력을 모으다 다시 피검
되는 것이다.

이한복과 이창윤, 이정수에게서 보이는 민족주의적인 면모는 이창
윤의 아우 이창덕에게서도 극명하게 드러난다. 그다지 설득력이 없는
설정을 통해서지만, 그는 항일독립군이 되어 무장투쟁에 나서고 끝내
청산리전투에서 전사하고 만다. 행동으로 나아간 바는 없으나 2대인
이장손 또한 중국세력과 거리를 두고 있는 점을 이에 더하면, 4대에 걸
친 이 씨 집안 남자 5인의 행적은 민족주의 독립운동세력의 전형적인
모습에 해당한다고 할 수 있다.

그러나 장치덕이나 최칠성 가문의 경우는 사정이 크게 다르다.

장치덕은 뒷방예의 오빠로서 이한복의 처남이다. 2대는 장두남이고,
장현도가 3대, 장만석이 4대에 해당한다. 이한복보다 먼저 강을 건너가
월산촌을 개척한 장치덕은 사실 이한복과 그리 다를 바가 없는 인물이
다. 입적귀화와 흑복변발(黑服辮髮)을 강요하는 중국 관헌에 맞서 장치
덕이 사람들의 머리를 빡빡 깎게 한 까닭이다. 이한복처럼 상투와 댕
기를 지키게 한 것은 아니라 해도 삭발 또한 저항의 방식임은 부정할
수 없다. 작가―서술자의 언어가 양인의 차이를 강조하고는 있지만, 작
품 내 세계의 현실성을 기준으로 볼 때 이한복에 비해 장치덕이 현실
추수적인 인물이라 단정할 수는 없다.14)

---

14) 우리 풍습을 견지하는 이한복의 태도를 장치덕과 대비되게 설명하면서 작가―서술자

장 씨 가문의 2, 4대인 장두남과 장만석은 자신의 스토리를 갖지 않는 인물이어서 따로 논할 바가 없는데, 바로 이 이유만으로도, 장 씨 집안을 이한복과 그 후손에 맞서는 것으로 읽어서는 곤란하다고 할 수 있다. 장치덕이 이한복과 그리 떨어져 있는 인물이 아니라는 점을 이에 보태면 더욱 그러하다.

장 씨 집안에서 의미 있는 인물은 3대에 해당하는 장현도이다. 상점의 점원으로 뼈가 굵은 그는 끝내 '용정 상계의 뚜렷한 유지'로 올라선다. 최창락 사망 사건으로 촉발된 자치운동에 앞장서기도 하나, 일본 정부의 방침을 듣고는 '그저 장사에나 열중'해야겠다고 생각하는 데서 보이듯 '온건한 사람으로 일본측의 신임을 받는' 인물이다. '중앙학교 학부형 회장'을 지냈고 '조선인 상무회 부회장'이며 공산당을 욕하는 부재지주이기도 한 장현도는 어떤 인물인가.

극단적인 민족주의적 입장에서 보자면 친일파라고도 할 수 있겠지만, 후대인의 이점을 반성적으로 고려한 위에서 보면, 일단 현실적인 생활인의 범주에 넣는 것이 온당할 것이다. 장현도는 곡물상 점원으로 일하던 중 창윤과 더불어 사포대에 들었던 경력이 있다. 이후 잡화상점을 차려 상업을 시작하며 삼십대에 들어서 해란상점을 운영할 무렵에는 '좀 더 현실적'이 된다. 이즈음 그의 사상 혹은 처세방식은 다음에서 잘 드러난다.

난들 좋아서 일본법으 따르자구 하겠능가? 국권이 절반 이상이나 일본

는 "'민족의 얼'이 용서하지 않았다"고 하고 양민족의 대립상을 두고 "주먹으로 삿대질하는 흰 옷과 검정 옷! 상투와 머리채로 맞서는 두 민족! 국권과 국권과의 대결"(67쪽) 운운하여 그 의미를 한껏 강조하고 있는데, 사실 이는 작품의 스토리 차원을 벗어난 외삽적인 판단에 가깝다. 작품 내 세계의 현실성을 기준으로 보자면, 장치덕의 행위를 타협적이라 보는 것보다 이한복의 태도가 지나칠 정도로 이상적이고 관념적이라 보는 것이 더 타당한 국면이다. 이런 맥락에서 본고는 장치덕의 행위를 두고 '민족의 가치보다는 개인의 이익을 우선시하는 태도'라 하고 '현실의 갈등으로부터 도피하는 꼴'이라 한 조정래의 견해(앞의 글, 183쪽) 등에 동의하지 않는다.

에 넘어가구 있는 이 마당에서 말이네. 그러나 그래두 숨으 쉴 수 있는 데
가 여기네. 일본 아아들이 영사관이라구 해서 저어 나라 깃발으 높이 달구
있지마는 그기 무슨 상관이 있능가? 가아들이 우리르 보호해 준다문, 그러
라구 해두잔 말이네. 그거르 되비(도리어) 이용해 보자능 길세.(308쪽)

여기서 확인되듯이 장현도는 국권 상실보다 숨을 쉬며 살아갈 수
있는 상황을 더욱 소중하게 생각한다. 추상적인 민족이 아니라 구체적
인 생활을 중시하는 일상적인 감각의 인물인 것이다. 일본 영사관의
일장기가 아무 상관이 없다 하는 데서 짐작되듯 일본의 조선인 보호
정책을 도리어 이용해 보자는 말이 공허한 빈말에 가까움은 분명하지
만, 1900년대 말기의 시점에서 국권 또한 그만큼 추상적인 개념임을
염두에 두면 이를 탓할 것은 못 된다. 사실상 빈말이라도 그러한 인식
을 하고 있다는 점 또한 주목할 만한데, 바로 이러한 점에서 예컨대 최
삼봉이나 박만호 등과 구별되는 까닭이다.

최칠성 가문은 어떠한가. 결론을 당겨 말하자면, 이 경우는 1대부터
3대까지가 각기 자신의 삶을 사는 모습을 보이고 있어 단일한 삶의 방
식으로 규정할 수 없다 하겠다.

최칠성의 경우 이름이 처음 등장할 때부터 서술자에 의해 부정적인
인물로 규정되지만 실상 그가 보이는 행동은 일상인의 감각을 넘는 것
이 아니다. 그가 보인 의미 있는 행위는 두 장면에 그친다. 첫째는 중
국 관청의 흑복변발 입적 명령에 대해 "우리 정부가 뒷받침을 해주지
못하고 있는 이 마당"(86쪽)에서 현실적으로 저항이 불가하다는 입장
을 피력하여 이한복과 맞선 것이다. 둘째는 이한복의 사망 후 흑복변
발 문제가 재론되었을 때 집조를 받을 조선인 대표로 자기 아들 최삼
봉을 지명한 일이다. 후자에 대해서 서술자—작가가 최칠성 노인의 속
내에 대한 사람들의 온갖 추측을 직접 제시하고 장내가 '이상한 분위
기'에 휩싸였다고 지적하여 청자의 반응을 특정 방향으로 유도하지만,
실상 작품 내 세계에서 보자면 그의 행동은 모두 일상적인 생활 감각

을 벗어난 것이 아니다.[15] 친외세 등으로 규정할 만한 여지가 희박하다 하겠다.

그러나 2대인 최삼봉의 경우는 확연히 다르다. 조선인 대표로 뽑힌 직후엔 사람들을 위해 일하지만, '얼되놈'이 아니라 '퉁스'(通事; 역관의 존칭)라 불리고 정부로부터도 모든 일을 의논 받는 위치에 오르게 된 후에는 '자신의 이익을 위해 청국의 이익을 꾀하는' 매판적, 반민족적 행태를 자행하게 된다(101-102쪽).[16] 후에 향장의 지위에 오른 뒤까지 최삼봉의 이런 태도에는 별다른 변화가 없지만, 러시아의 세력이 미쳐 동복산도 떠난 무렵 비봉촌에 사포대를 조직하려는 논의 마당에

---

15) 작가—서술자의 의도와 작품 내 세계의 현실 감각의 상위는, 최칠성의 결정에 대해 훈장 영감이 "여러분이 대표 되기를 꺼려하므로 최 영감이 아들을 지명했다는 것, 비봉촌을 위해선 아들 하나의 창피쯤 아무것도 아니라는 걸 몸소 보여주었다는 걸" 점잖게 말한 사실과, 그를 두고서 서술자가 "훈장영감은 이한복 영감과 친한 사이였다"라고 밝힌 뒤, "최칠성 영감을 칭찬하는 듯 비꼬는 듯" 그렇게 말했다고 기술하는 데서 극명하게 드러난다(92쪽). 뒤에 논하겠지만 이러한 사례는 '서술자—작가의 언어'와 '스토리'의 상위를 드러내 주는 것으로서『북간도』의 특징적인 서사 전략의 주요 결과에 해당한다.

16) 최삼봉의 반민족적 친청 행위가 작품 내 세계에서 움직일 수 없는 사실이긴 하지만, 그에 대한 서술자—작가의 규정이 외삽적이며 리얼리티의 구현을 통한 역사의 재구성보다는 이데올로기적인 판단을 앞세운 역사의 재생산에 가까운 행태를 보이고 있음 또한 명확히 구별되어 의식될 필요가 있다. 최삼봉과 노덕심이 지나가는 것을 보고 놀리는 정세룡과 이창윤의 우스워하는 심정의 이유를 세 가지로 설명하는 부분이 특히 그러하다(102쪽 참조). 이들이 최와 노를 '우습게 보는 것'은 세 단계로 중층화되어 있다. 첫째는 최삼봉과 노 서방의 행태를 우스워하는 농민들 일반의 반응이고, 둘째는 그럼에도 불구하고 대놓고 미워하지는 못하는 농민들에 대한 정세룡과 창윤의 반응이다. 셋째는 호주인이 되고자 하는 사람들의 행태와 동복산의 양아들이 된 윤 서방의 행태에 대한 이 둘의 반응이다. 여기서 주목할 점은, 농민들의 반응은 단선적인 것이 아니며 이러한 복합성이야말로 현실의 정확한 반영에 해당한다는 사실이다. 그런데 이럴 수밖에 없음을 구체화하는 대신 서술자—작가는 정세룡과 창윤의 단선적인 시선을 통해 현실의 구체성을 휘발시키고 있다. 이러한 단순화는 이들의 시선에 깔린 민족주의 이데올로기에 따른 것인데, 이들의 (창윤이 외삼촌인 정세룡을 좇아 행동한다는 점을 주목하고 정세룡의 이력이 밝혀진 바 없음을 고려하면) 이러한 행동의 핵심이 되는 민족주의적 시선이란 작가에 의해 외삽적으로 부과된 것이라 하지 않을 수 없다.

244

조선옷을 입고 참례하려 하던 데에서도 확인되듯(141-143쪽), 그의 친청 행위는 이념에 의한 것이라기보다 생존을 위해 권력에 빌붙는 기회주의적인 것이라 할 수 있다. 최칠성이 상황에 순응적인 소극적인 면모를 보였다면, 최삼봉은 적극적으로 자신의 안녕을 도모했다는 점에서 차이를 보인다.

최칠성과 최삼봉 부자의 차이는 일견 의미 없는 것처럼 여겨질 수도 있지만 3대인 최동규까지 이어놓고 보면 그렇지 않다. '노랑수건 김서방 사건'에서 보이듯 동규는 제 부친과는 다른 길을 간다(264쪽 이하). 이창윤과 절친한 친구가 되어 비봉촌에서 매사에 행동을 같이 하는 것이다. 후에 와룡동으로 옮겨가 평범한 조선인의 삶에 만족해하고 제 부친의 행적을 안타까워하는 점 또한 주목할 필요가 있다.

이렇게 최칠성과 최삼봉을 부정적으로 몰아가는 서술자-작가의 규정에 매이지 않고 작품 내 세계의 맥락에서 이들의 언행을 살피면, 굳이 최동규까지 생각하지 않아도 최 씨 가문의 사람들을 한 가지 맥락으로 규정, 분류할 수 없음이 명확해진다. 요컨대 최 씨 일가를 두고 '땅의 사상'이니 '반동적' 혹은 '기회주의' 등의 규정으로 정체성을 규정할 수는 없는 것이다.

이상의 논의를 정리하면 다음과 같다. 첫째는 『북간도』의 주스토리 라인을 담당하는 이 씨 일가 4대 5인이 민족주의 독립운동세력으로 설정되었다는 사실이다. 둘째는 전체적으로 볼 때 『북간도』를 네 세대에 걸친 가족사소설이라고 볼 수 없다는 것이고, 셋째는 세 가문을 통해 삶의 지향성이 대비적으로 제시됐다고도 볼 수 없다는 사실이다.[17]

뒤의 두 가지에 대해서는 정리된 설명이 필요하다. 『북간도』를 가족사소설로 볼 수 없는 근거는 다음 둘로 요약된다. 하나는 세 가문을 놓

---

17) 『북간도』의 1~3부와 4~5부가 구성상 분리되었다고 볼 수 있는가 여부에 대해서는 다음 장에서 논의한다.

고 볼 때 1세대와 3세대만 각기 비슷한 비중으로 등장한 셈이고, 2세대에서는 최삼봉만이 살아움직이는 인물에 해당하며, 4세대에 와서는 이정수만이 홀로 활동한다는 점이다.18) 다른 하나는 이들 가문 밖의 주요 인물들의 존재를 들 수 있다. 이창윤의 주변에는 동규 외에도 임군삼, 진식, 종한, 쩡낭쇠 아버지 등이 함께하고, 창윤의 아우인 이창덕이나 이들과 비슷한 연배로 추정되는 주인태, 그리고 2세대에 해당하는 정세룡 또한 자신들의 스토리라인을 뚜렷이 갖고 있다. 4세대의 경우 이정수와 더불어 임군삼의 딸인 임영애가 살아 움직이는 점도 여기에 보탤 수 있다. 앞의 근거에 의해 가족'사'의 측면이 뒤의 근거에 의해 '가족'사의 측면이 약화되는 것이다.

다음으로 상기 세 가문이 삶의 지향성을 대변한다고 볼 수 없는 근거 또한 다음 두 가지로 요약된다. 이 씨 집안을 제외하고는 가문의 정체성이 세대를 통해 유지된다고 보기 어렵고 세 가문의 각 세대가 작품 내 세계에서 차지하는 비중이 상이하다는 점이 첫째 근거이며, 위에 든 다양한 인물들 외에 청국 관헌 등 부정적인 중국 세력과 일본의 식민 지배 세력, 친청 및 친일 성향의 인물들이 한 무더기로 따로 존재하는 것이 둘째 근거이다. 이들에 최삼봉을 더하면 그대로 조선 민족의 생존과 생활을 위협하는 반민족적 세력으로 단일화할 수 있게 된다.

사정이 이러하기 때문에, 『북간도』의 인물들이 보이는 지향성은 이창윤, 이정수 및 이들과 뜻을 같이 하는 민족주의 독립운동세력과, 외세 및 최삼봉이나 장현도를 포함하여 외세에 부합하는 반민족적인 세력 양자의 대립구도를 보인다고 하는 것이 온당하다. 앞의 분석을 통해서, 이러한 이분법적 대립이 이 씨 일가가 관련되는 독립운동세력의 스토리를 통해 서사 전반에 관철되고 있음을 알 수 있다. 작가—서술자의 언어가 이분법적 대립 관계를 한층 부각시키고는 있지만, 작가의

---

18) 이를 정리하면 다음과 같다. [ ]와 ( )는 서사적 비중이 약해져 감을 의미한다. [이한복]—(이장손)—이창윤·이창덕—이정수/ [최칠성]—최삼봉—최동규—(최순남)/ (장치덕)—(장두남)—장현도—(장만석)

246

식에 따른 이러한 외삽적인 강조가 없다 해도, 작품 내 세계의 사건과 그를 담당하는 인물구성 자체가 이분법적으로 이루어진 것이다.

내용형식 차원에서 『북간도』가 보이는 대립적 구도는 세 가문 사이에 있지 않다. 이 소설의 구도는 민족주의적인 독립운동세력과 외세 및 그에 영합하는 세력으로 이원화되어 있다.[19] 독립군 세력과 친중, 친일 및 일본 세력 양자의 선명한 대립 구도가 이 소설의 서사를 추동하는 기본 갈등인 것이다.[20]

---

[19] 김우창의 경우 『북간도』에 그려진 '외국 세력의 강압에 대하여 조선인이 보이는 두 가지 반응 양식'으로 저항과 적응을 든 뒤 양자의 적절성이 "作者가 어느 쪽에 동정적인지는 분명하지만—적어도 소설의 구체에 있어서는 분명한 판단이 내려지지 않는다"(앞의 글, 197쪽)라고 지적한 바 있다. 그가 말하는 '소설의 구체'란 작품 내 세계의 차원 그리고 거기서 벌어지는 스토리의 층위라고 할 수 있는데, 본고는 이를 실증적·미시적으로 검토하여 실제의 대립 구도가 민족주의적 조선인과 외세 및 그 추종 세력임을 밝힌 것이다.

[20] 작품의 의미를 '풍성하게' 읽고자 하는 연구자들의 욕망에 비춰보면 이와 같은 이원적 대립구도의 주장은 탐탁지 않게 느껴질 수도 있다. 그러나 연구자가 보고 싶은 것을 읽어내는 것이 아니라 작품이 말하는 바를 우선적으로 읽어주는 것이 작품론의 정도이며 징후적 독해나 창조적 독법 등은 그 다음 단계의 작업이어야 한다는 판단에서, 본고는 일단 『북간도』의 실증적·미시적 읽기에 중점을 두고 있다. 『북간도』가 보이는 삶의 지향성을 서너 가지로 꼽는 선행연구들의 판단의 바탕에는, 본고가 주장하는 이분법적 대립의 근저에 깔린 갈등을 주목하지 않거나 그 중요성을 인정하지 않는 태도가 놓여 있다. 이런 맥락에서 『북간도』의 갈등에 대해 부정적인 판단을 내린 효시격인 김우창의 견해를 검토해 본다. 김우창은 '갈등의 둔화'를 이 소설의 한계로 지적한 바 있다(앞의 글, 204-205쪽). 그러나 이는 『북간도』가 다루는 현실의 리얼리즘적·역사소설적 형상화가 인물의 수동성을 강제하는 맥락을 경시하고 "적극적인 인물은 소설이나 극에 있어서 갈등을 첨예화하는 필수적인 전략이며, 갈등을 통해서만 우리는 주어진 상황의 이해에 달할 수 있다"(205쪽)와 같은 단선적인 이론을 앞세운 채 내려진, 공허한 비판이자 사실상 바람에 그치는 것이라 할 수 있다. 논리의 부정합성을 낳으며 김우창 스스로도 옳게 분석했듯이 『북간도』의 스토리는 '적응의 불가함'을 알리는 것이고 이 위에서 주체성의 강조가 테마가 된 것이다(201-202쪽). 바로 이러한 특성과 더불어 본고가 밝힌 인물구성을 주목하면 『북간도』의 대립구도가 이원적이라는 점이 명확해진다.

3. 『북간도』의 서사 전략: '에피소드 + 사회역사적 설명' 패턴

작품의 인물구도를 민족주의적 독립운동세력과 그 타자로 설정하는 『북간도』의 이분법적 구성 방식은, 이 소설의 특징적인 서사 전략과 결합하여 작품의 주제효과를 한층 강화한다. 이 소설의 첫 부분이 보이는 서사 전략상의 특징을 먼저 지적하며 논의를 전개한다.

제1부 1장 〈사잇섬 농사〉의 첫 장면은 남편 때문에 밤을 지샌 뒷방예와 시어머니가 근심하는 모습을 보여준다. 개 짖는 소리를 반복적으로 제시하며 고부의 대화를 전달하는 데 치중한 이 장면이 1절이다. 다음 2절에서는 도농(盜農)인 '사잇골 농사'에 매달리게 된 사람들의 가난한 처지와 그럴 수밖에 없게 된 연유를 조청 양국의 역사를 밝히며 설명한 뒤, 3절에 이르러 시대적 배경을 밝히고 세상의 이목이 척양에 집중되어 있으나 월강죄가 완화되지 않은 상태임을 알려주고는, 두만강을 건너간 이한복은 돌아오지 않고 개가 몹시 짖어 대어 고부가 함께 불안에 떨밖에 없는 일이라고 1절의 장면을 설명해 준다.

이상 세 절의 서술이 1절과 2~3절의 두 부분으로 나뉨은 자명하다. 1절은 뒷방예와 시어머니가 이한복을 두고 근심하며 나누는 대화 위주로 되어 있다. 30년래의 흉년이 2년 내리 계속되고 있으며, 두 여인이 영양실조에 걸려 있고 시어머니는 오랜 해소병을 앓고 있음을 알려주는 서술자의 해설을 포함하지만, 1절은 기본적으로 동 틀 무렵 근심에 빠져 있는 고부의 대화를 하나의 장면으로 형상화하고 있다. 하나의 에피소드를 보여주기(showing) 형식으로 제시하고 있는 것이다. 이어지는 2~3절은 어떠한가. 두만강 강안에 있는 이 고장 땅의 황폐함을 알려주는 데서 시작하여 '사잇섬 농사'가 무엇이며 대안인 청국 땅이 왜 기름진지를 역사를 거슬러 설명한 뒤(2절), 시대배경이 대원군의 쇄국정책이 극에 달하던 때임을 지적하고 양이(洋夷)를 물리친 역사적 사건들을 제시한 위에서, 월강죄를 무릅쓰고 '금단의 강물, 죽음의 흐름'(20쪽)을 넘어간 사람이 돌아올 무렵에 개만 짖어대 두 여인이 불안에 떨게 된 것임을 밝히고 있다. 1절의 상황을 설명하기 위해 한편으로는 조청 양국의 오랜 역사를 다른 한편으로는 쇄국정책기의 가까운 역사를 이야기(telling)해 주고 있는 것이다.

『북간도』의 서사 전략을 살피는 데 있어서 1부 1장의 1~3절에서 확인되는 이와 같은 특이한 서술 방식을 자세히 설명한 것은, 이 소설 도처에서 동일한 방식이 두루 확인되는 까닭이다. 복수의 절에서 이런 방식이 구사된 사례를 몇 가지 제시하면 다음과 같다.

▶ 1부 4장 1~2절: [1절] 용드레촌[용정] 사포대원(私砲隊員)의 제식훈련 장면(119-121쪽) + [2절] 무술정변, 의화단, 북경 함락 등을 겪은 중국 정세와 러시아의 만주 지배 상황 속에서 간도관리사로 파견된 이범윤이 청국 관헌을 구축할 요량으로 사포대를 조직하고 서울 군영의 퇴역 장교를 데려와 훈련시키며 국가정책으로 이민사업을 대대적으로 경륜할 요량임을 설명(123-125쪽).

▶ 2부 1장 1~4절: [1절] 1905년 추석. 소갈비 한 대를 갖고 쫓고 쫓기는 개들 장면. [2절] 제사 뒤 술자리 중노인들의 대화(이상, 150-154쪽) + [3절] 청일전쟁 이후 노일전쟁(1904)에 이르는 정세를 설명하여 '개싸움'이 이의 상징임을 알려줌. 포츠머스 노일강화조약으로 만주 및 조선에서의 일본의 패권이 인정되었으며, [4절] 한일의정서(2. 23), 제1차 한일협약(8. 22)으로 일본의 지배욕을 본 이범윤이 '배일친로' 정책을 역설하여 각지 사포대가 움직이기 시작한 상황임을 설명(154-159쪽).

▶ 3부 3장 6~9절: [6절] 용정 화재 사건 이후 떠돌다 창윤을 찾아온 창덕이 [7절] 천보산에서 사업을 하겠다며 간도구제회 돈을 끌어쓸 수 있도록 논문서를 빌려달라 함(377-387쪽). + [8절] 천보산 광산의 일중 협력 상황 및 [9절] 일본의 정치적 야심에 따라 조산정웅의 중재로 원세개, 단기서, 정광제의 중국과 일본 삼정재벌 영목상점이 합자하여 천보산 광산을 확대하게 된 역사적 정황을 설명(387-394쪽).

▶ 4부 1장 3~5절: [3절] 용정 장날, 쌍가매가 전족을 한 중국여인의 발을 밟게 되어 서로 다툰 것이 양국 남자들까지 합세하여 커다란 패싸움으로 비화(412-418쪽). + [4절] '21개 조약'에 대한 중국 민중의 비난을 원세개가 배일(排日)로 돌린 뒤 손문의 제3혁명으로 원세개가 실각한

시대상황 설명. [5절] 용정의 지정학적 위치와 조선인이 중국인의 5배
나 되는 상황 요인으로 중국, 조선 양국민의 감정이 날로 악화된 상황
을 들어 앞의 에피소드의 배경을 설명(418-425쪽).
  ▶ 5부 3장 10~12절: [10절] 일본군에 의한 샛노루바우 예배당 몰살 사건
  (630-632쪽) + [11절] 이틀 후 일본군이 다시 와서 선교사의 조사에 응
  하지 말라함. 선교사들의 해외 보도 사례에 대한 서술자의 설명 후, [12
  절] 시체를 파서 소각했음을 형상화하고 '샛노루바우 이중 학살사건'이
  라 소개(632-638쪽).

  이상에서 확인되듯이 하나의 에피소드를 보여주기 형식으로 제시한
뒤에 그러한 사건의 배경이 되는 사회역사적인 상황을 설명하는 방식
은 『북간도』 전편에 걸쳐서 두루 사용되고 있다.21) 『북간도』 전편에
걸쳐서 흔히 구사되는 이러한 서술방식을 이 소설 고유의 서사 전략이
라 할 수 있다. 요컨대 '에피소드 제시 + 사회역사적 설명'이라는 패턴
으로 『북간도』의 주요 서사 전략이 요약된다. 본고에서 밝힌 12가지
사례 중 장의 첫머리 즉 1절부터 적용된 경우가 7회로 반을 넘는다는
점 또한 특징적이다. 하나의 장을 개별적인 에피소드로 시작한 뒤에
그 배경을 설명하면서 역사를 끌어넣는 방식이 즐겨 구사되고 있는 것
이다.
  복수의 절에 걸쳐 구사되는 이러한 서사 전략은 약간 변형되어 세
부적인 국면에서도 두루 쓰인다. '에피소드 제시 + 사회역사적 설명'
의 '소규모 패턴'이라 할 수 있는데, 몇 가지 예를 들면 다음과 같다.

  ▶ 사포대 결성이 도적과 관련된 것이 아니냐는 취조를 받는 창윤(208-209
  쪽) + 일본 동경에서 중국혁명동맹회가 조직되고 신해혁명을 5, 6년 앞
  둔 시점, 의화단 패잔자들이 마적으로 화하고 있는 상황에서 사포대가
  이들이나 혹여 혁명세력과 연결되어 있는지를 확인코자 연길청에서 체

---

21) 앞서 제시한 부분 이외에도 다음에서 동일한 서사 전략이 확인된다; 4부 4장 1~2절,
   4부 5장 3~5절, 5부 5장 1~2절, 5부 6장 1~2절, 5부 7장 1~2절, 5부 7장 3~4절.

　　포, 심문에 나선 것이라 서술자가 설명(209-210쪽).

▶ 대교동을 떠나려는 창윤이 용정에 들러 현도와 대화하는 중에 만석이 들어와서 일본인 학교에 다니는 것을 정수가 놀렸다며 투덜댐(452쪽) + 용정에 조선 사람이 세운 학교가 많은 사정과 그에 대항해 일본이 일본식 교육을 실시하기 위해 학교를 만들었으나 거기 보내는 사람이 거의 없는 사정에 대한 서술자의 설명(452-253쪽).

▶ 캐나다 선교부가 자리잡은 동산 치외법권 지역 지하에서 주인태가 이정수, 박문호를 데리고 기미독립선언서 등사 작업(484-485쪽) + 연변교민회가 이동휘의 지시에 따라 1914년 국민회로 명칭을 바꿔 연길 중국 거리에 본부를 두고 각처의 지부 및 경성의 연락원을 배치한 상태에서 경성 연락책임자 강봉우가 독립선언서를 전해준 사실과, 제1차대전 종전 후의 체코슬로바키아, 아일랜드, 폴란드 등의 독립 상황, 고종의 승하에 따른 정세의 추이 등을 서술자가 설명한 위에서, 1919년 3월 13일 정오, 용정의 개방지 밖 중국 관청 관할 지역에서 독립선언을 하기로 하고 주인태가 개회통지서 및 태극기 등의 제작 임무를 맡은 것(486-487쪽).[22]

　　이상과 같이 『북간도』는 여러 절에 걸쳐 구성되든 서사의 미세한 부분에서 수행되든 에피소드를 먼저 제시한 뒤에 그에 대한 사회역사적 상황을 설명하는 방식을 두루 구사하고 있다.[23] '에피소드 제시 +

---

[22] 이 외에도 장강호의 마적이 혼춘을 습격한 사건 묘사와 그 내막의 설명 부분(585-589쪽), 용정 기관고 전소 등의 사건 제시와 특무기관장 가와카미의 자작극이라는 설명 부분(706-710쪽) 등을 들 수 있다.

[23] '에피소드 제시 + 사회역사적 상황의 설명' 패턴과 유사한 경우도 여럿 찾을 수 있다. '에피소드 제시 + 서술자의 설명' 유형인데, 그 효과는 다양하다. 복동예를 노덕심이 노름빚으로 넘겼으리라는 소문을 소개하면서, 전족 풍습과 더불어 '대륙적인 봉건의식'을 비판하고 여인들의 생각을 논평하는 부분(182-183쪽)은 서술자ー작가의 교설적인 태도가 드러난 경우이며, 최삼봉이 향장이 된 이후 청조 양국 농민이 서로 처지가 같다며 충돌 없이 지내는 상황을 제시한 후 이등박문의 통감 정치하에서 민중 봉기, 의병운동이 일어나고 이준의 분사(憤死) 사건이 벌어진 상황을 설명하는 부분(243-245쪽)은 간도와 내지의 상황을 대비적으로 제시한 경우에 속한다. 용정 조선은행 15만 원 사건의 묘사(535-538쪽) 후에 윤준희 일파가 거사를 결정해 가는 과정을 설명하는 부분(538-542쪽)은, 사회역사적인 상황의 설명은 아니나 동일 패턴을 사용하여 홍

사회역사적 설명'의 패턴이 『북간도』의 핵심적인 서사 전략이라는 판단은 위와 같은 실증적 분석에 근거를 둔다. 『북간도』가 보이는 이와 같은 특징을 선행연구들은 제대로 주목하지 않았다.24) 작품이 1~3부와 4~5부로 나뉜다는 연구사적 판단이 앞서서 작품 전편을 꿰뚫는 이상의 방식을 포착할 수 없었던 듯싶다.

이 맥락에서 『북간도』의 구성이 크게 둘로 나뉜다고 할 만큼 실패한 것인가의 문제를 짚어 본다. 결론적으로 본고는 판단을 달리한다. 『북간도』가 구성상의 문제를 보인다면 그것은 스토리와 서술자－작가 언어의 부분적인 괴리에 있을 뿐이지25) 작품 전체가 전후 두 부분으로 분열되었다고 볼 수 있어서가 아니다.

『북간도』의 분열론을 받아들이기 어려운 이유는 크게 두 가지이다. 첫째는 지금까지 분석한 『북간도』 고유의 서사 전략이 작품 전편에 걸쳐서 골고루 구사된다는 사실이다. '에피소드 제시 ＋ 사회역사적 설명'이라는 서술방식들이 작품의 전반부나 후반부에 집중되지 않고 두루 사용되고 있음은 앞의 분석을 통해 입증되었다. 단일한 서사 전략이 소설 전체에 걸쳐 일관되게 관철되고 있는 상태에서, 작품이 전후 두 부분으로 나뉜다고 할 수는 없다.

둘째는 구성상의 분열론이 내세우는 핵심적인 근거인 일상성 문제 또한 같은 맥락에서 해소된다는 점이다. 『북간도』가 1~3부와 4~5부

미를 높인 사례라 할 수 있다. 한편 다른 지역과 달리 끌려간 주민이 석방되지 않아 불안해하는 와룡동 사람들을 제시한 후 윤준희 등이 해삼위에서 체포된 뒤 일행 중 와룡동과 관련 있는 자가 있어 그리 되었음을 밝히는 부분(556-558쪽)은 사건에 대한 단순한 설명의 경우라 할 수 있다. 이러한 유사 패턴들까지 고려하면, '에피소드 제시 ＋ 설명'이라는 서술방식이야말로 『북간도』 전편에 걸친 지배적인 서사 전략임이 명확해진다.

24) 작품이 분열되었다는 판단 위에서이긴 하지만 1~3부에 걸쳐 이러한 특징을 파악한 경우로 김우창을 들 수 있다. 그는 "중요한 갈등을 극화해야 할 경우이면 으레껏 자자분한 상징의 소도구가 사용되게 마련"이라며 동일한 상황을 부정적으로 지적한 바 있다(앞의 글, 203-204쪽).

25) 이에 대해서는 뒤에서 논한다.

로 나뉜다고 주장한 선행 연구들은, 앞부분에서는 삶의 디테일에 대한 리얼한 묘사 등을 통해 일상성이 확인되는 반면 뒷부분에서는 그렇지 않다고 하여 일상성 여부를 분열론의 근거로 든 바 있다.

이러한 견해는 세 가지 측면에서 비판될 수 있다. '에피소드 제시 + 사회역사적 설명'의 서술이 작품 전체에 걸쳐 구사되고 있음은 이미 밝혔는데, 여기서 지칭하는 에피소드들이 대체로 일상의 차원에 해당하는 것이므로 1~3부에는 일상성이 담긴 반면 4~5부는 그렇지 않다고 볼 수 없다. 다음으로, 1~3부의 주요인물인 이창윤부터가 정착민이 못 된다는 사실을 들 수 있다. 용정에서 돌아와 비봉촌에 사포대를 결성하면서 땅을 지키겠다는 결심을 하지만 사실 그는 땅에 매인 사람이 아니다. 그러한 '결심' 전은 물론이고 '결심' 후에도 이창윤은 정착민이라기보다 유목민의 성격을 짙게 띤다.26) 따라서 그를 중심으로 벌어지는 사건이, 4~5부에서 보이는 바 이정수를 중심으로 벌어지는 사건에 비해서 일상성에 보다 가까이 있다고 볼 여지는 별로 없다. 끝으로, 『북간도』 전편에 걸쳐서 제시되는 사건들 중 사실 어느 것도 일상 차원에서 되풀이되는 것[routine]이라고 보기 어렵다는 점을 지적할 수 있다. 『북간도』의 인물들이 겪는 문제는 시종일관 거대한 국가권력 차원에서 유래한다. 그 주체가 청나라이든 중국 또는 일본이든 혹은 그에

---

26) 이 부분에 대해서는 작품 내 세계의 사건 곧 스토리와 서술자–작가의 설명에 상위가 있다. 앞부분에서는 비각 뒤 살인사건 이후 사람들이 들썩여 동규만이 자리를 지키는 상황이 되었다며 이창윤의 대교동 이주를 합리화하지만(366-3369쪽), 실상은 황선생만 비봉촌을 뜨고 동규뿐 아니라 군삼이와 진식이도 남아 있는 상태에서 창윤이가 먼저 비봉촌을 떠난 것이다(627쪽). 요컨대 '뜻 맞는 친구들'이 떠나버려 쓸쓸해진 상태에서 이주한 것이 아니라 자기가 먼저 뜬 것이다. 조부의 뜻을 이어받아 농사꾼으로서 비봉촌을 지키며 당당하게 살겠다는 이전의 결심(149-150쪽)에 비추어 보면 설득력이 약한 설정으로도 보이지만, 그러한 '태도'나 '결심' 자체가 서술자–작가의 언어에 의해 부각된 것임을 생각할 필요가 있다. 서술자–작가의 주장에 현혹되지 않은 상태에서, 대교동에서 훈춘으로 그리고 용정으로 옮겨 가는 이창윤의 실제 행위와 나이 마흔이 되도록 정주하지 못하면 어떡하냐는 장현도의 지적(451쪽)을 함께 고려하면, 이창윤이야말로 정착민이 아니라 유목민에 가까운 사람임을 알 수 있다.

맞서는 조선세력이든 이 사실은 변하지 않는다.

　이상과 같은 이유로,『북간도』를 구성상 분열된 작품이라 보는 것은 적절치 않음을 알 수 있다.[27]『북간도』를 구성상으로 안정된 작품으로 보게 되면, 예컨대 '전반부에서는 〈어떻게 사느냐〉라는 의미·본질과 일상적 삶이 균형을 이룬 반면 후반부에서는 독립투쟁이라는 의미만이 이데아 속으로 고양되었다'[28]는 식으로 작품의 주제효과를 분절하여 파악하는 것도 지양할 수 있다. 이 소설의 경직된 민족주의 이데올로기는 작품 전편에 걸쳐 확인되는데, 이러한 요소가 작품의 질에 어떻게 관련되는가는 다음 절의 논의에 포함된다.

4. 형식과 역사의 변증법

　'에피소드 제시 + 사회역사적 설명'의 패턴을 다양하게 구사하는『북간도』의 서사 전략은, 제시되는 개별적인 장면이 한갓 에피소드라 해도 좋을 만큼 작고 소소한 반면 그것을 해명하기 위해 끌어들여지는 사회적 역사적 설명의 범주는 매우 크다는 특징을 보인다. 설명 대상과 설명 논리의 시공간적 외연이 큰 차이를 보이는 것이다. 먼저 이러한 서사 전략의 의의를 밝힌 뒤, 이에 따른 미학적 효과를 긍·부정 양면으로 살펴본다.

　'에피소드 제시 + 사회역사적 설명'이라는 서사 전략의 의의는 작품의 주제효과 및 서술자−작가의 계기를 포괄하는 총론적인 면에서 찾아진다.

------

27)『북간도』가 전후반부로 분열되지 않았음을 논의하는 방식은 분열론을 비판하는 것으로 충분하다. 장편소설이 다양한 담론이 갈등하는 복합적인 전체라 해도 그것이 하나의 작품인 이상 구성상으로 분열되지 않았다고 보는 것이 자연스럽다. 따라서 분열되지 않았음을 따로 증명할 필요가 있는 것은 아니며, 분열론의 근거를 비판하는 것만으로도 논의의 정합성이 유지된다.

28) 김윤식,『안수길 연구』, 앞의 책, 175-177쪽 참조.

이러한 측면에서 볼 때 『북간도』의 상기 서사 전략은, 작품의 장르 형식과 그에 어울리지 않는 과도한 역사의식의 괴리를 변증법적으로 지양했다는 의의를 지닌다.

『북간도』의 과도한 역사의식은 다음 네 가지로 말해볼 수 있다. 첫째는 이한복에서 이정수에 이르는 이 씨 가문 사람들에게 민족사적인 의미를 부여한 사실이고, 둘째는 앞서 살폈듯이 인물구도가 이원화된 것이며, 셋째는 시공간적으로 광대한 스케일의 역사를 끌어안았다는 사실이다. 끝으로 넷째는 그러한 역사를 민족 주체성의 입장에서 민족주의 독립운동사로 일관되게 해석해 내고자 했다는 점이다. 셋째와 넷째가 상기 변증적 관계에서 중요한 것인데, 먼저 첫째에 대해 간략히 설명해 둔다.

이 소설의 서술자는 이 씨 집안사람들의 민족주의적 자세를 형상화하는 데 있어서 선조와의 유대를 특히 강조하고 있다. 농사를 버리고 글을 배웠으나 시대적, 사회적 한계로 뜻을 펴지 못했던 조부에 대한 이한복의 자부심에 가까운 의식을 내세운다거나, 이장손과 이창윤 모두에게 감자와 관계된 사건을 설정하고 그러한 에피소드에 민족적 상황의 의미를 부여하는 것,29) 이한복과 이장손의 죽음에 민족사적인 의미를 관련짓고 이창윤이 죄의식을 갖게 설정한 점, 이창윤에게서 조부 이한복이 '유랑의 이주민'이 되지 않기 위해 취해야 할 주체적인 삶의 도정을 제시하는 사표로 부각된다는 점30) 등이 대표적인 예이다. 이들

---

29) 일찍이 김우창은 '감자밭 사건'이 "당시의 역사적인 현실에 대표적인 사건이 될 수 없다"는 점을 들어 '순전한 조작'에 해당한다 하고 이러한 방식을 '사이비 상징주의 수법'이라 규정한 바 있다(앞의 글, 203쪽). 이른바 리얼리즘미학의 전형성에 미달하는 사례라고 비판한 것인데, 국부적으로 볼 때 옳은 지적이라 하겠다.

30) 창윤이 자신의 방화 행위를 반성하며 조부를 떠올리는 장면이 이에 해당한다(125-126쪽). 여기서 문제적인 것은, 창윤이 자신의 반항 행위를 개인적이었다고 반성하게 하는 대조적인 방식이 조부의 행적을 통해서 도출될 수는 없음에도 불구하고, 이창윤이 그렇게 생각하도록 형상화되었다는 점이다. 요컨대 이창윤에게 있어 이한복이 민족주의적인 삶의 역할모델로서 그 의미가 과장되었다고 할 수 있다. 이런 식의 과도한 의미 부여는 이장손에게도 적용된다. 최삼봉이 송덕비 건을 제안할 때 장손이 보

은 서술자-작가의 과도한 역사의식이 이들에게 외삽적으로 들씌워져 있음을 증명한다. 이창덕의 스토리도 예외가 아니다.[31]

이러한 특징은 『북간도』의 역사가 민족주의 독립운동사로 구축되는 사정에 곧장 이어진다. 이창윤과 이정수를 핵으로 한 이 씨 집안사람들이 이 소설의 주스토리-라인을 담당하며 이분법적으로 나뉜 적대세력에 맞섬으로써, 작품에 언급된 모든 역사적 사건과 상황은 민족주의 독립운동사의 견지에서 해석되지 않을 수 없는 까닭이다.

『북간도』에 고유한 서사 전략이 갖는 의의를 잘 드러내주는 '역사의식의 과도함'은 작품 내 세계의 설정 상태에서 확인된다[상기 셋째 항목].『북간도』의 작품 내 세계는 어떠한 면모를 띠고 있는가. 통시적으로 이 소설은 1870년에서 1945년까지를 배경으로 하고 있다. 이 시기는 근대전환기와 식민지시대 전 시기를 아우르는 한국 근대사 초창기에 해당한다. 시간적 배경이 길 뿐 아니라 다루는 사건 또한 광범위하다. 110명에 육박하는 인물의 등장과 사회역사적 설명 내용에서 확연히 드러나듯,『북간도』는 간도에로의 이주사와 그곳에서의 항일 독립운동사를 주축으로 하여 동북아시아의 중요 정세를 모두 끌어안고 있다. 이렇게 『북간도』는 근대 초기 75년에 이르는 격동의 시대에 만주 지역에서 일어난 국제적 사건을 바탕으로 북방에서 벌어진 민족주

인 신중한 대처가 창윤의 회상과 심정 속에서는 '단호한 거절'로 변형되어 아내에게 자랑하고 싶은 행위로 비화되고 있다(172쪽). 이 모두는 역사의식이 과도한 서술자-작가의 외삽적 개입에 의한 것이라 할 수 있다.

31) 이창덕은 객기와 방랑벽이 없지 않은 혈기방장한 청년에 불과했으며, 남의 밑에서 일하기 싫다는 단순한 이유를 앞세워 일본의 간도구제회 돈을 끌어서라도 사업을 벌이고자 하는 다소 맹목적인 지향도 보이고, 일인 냐오산의 간계로 천보산 광산이 마적의 습격을 받아 가게물건을 모두 빼앗겼을 때는 어떻게든 사업을 재개할 생각만 하며 가족을 버리고 홀로 돌아다니던 인물이다. 민족주의적인 의식도 가장으로서의 책임의식도 다소 부족했던 것이다. 그런데 이런 이창덕이 우연히 중광단 사람을 사귀어 독립군에 투신하고 끝내는 청산리전투에서 장렬하게 전사하는 것으로 그려지고 있다. 현실성이 떨어지는 이와 같은 처리야말로, 작가 스스로가 이 씨 가문 사람들을 민족주의적인 독립운동세력으로 그리려한 소치라고 하지 않을 수 없다.

의 독립운동사의 줄기를 잡아나가고 있다.

독립운동사를 이렇게 다루는 것이 과도한 역사의식의 증거라 함은, 장편소설이라는 『북간도』의 장르형식에 비해 이러한 내용 및 주제의식이 상대적으로 크기 때문이다. 시공간적이든 내용적이든 이러한 규모의 서사화가 자연스럽게 이루어지기 위해서는 대하소설이 요구된다고 할 수 있다. 그러나 『북간도』는 710여 쪽에 이르긴 하되 여전히 장편소설에 그치고 있다. 요컨대 대하소설에 걸맞은 작품 내 세계와 주제를 장편소설의 형식에 끌어넣은 것이 『북간도』인 것이다. 대하소설이 아닌 장편이라는 형식 속에 그에 어울리기 어려운 크고 복잡한 역사적 스토리를 안착시킨 것인데, 이를 가능케 한 것이 바로 '에피소드 제시 + 사회역사적 설명'을 핵으로 하는 서사 전략이다.

'에피소드 제시 + 사회역사적 설명'을 핵으로 하는 서사 전략의 의의는, 민족사를 구현하려는 작가의 과도한 역사적 욕망 위에 구축된 대하소설적 내용과 장편소설이라는 형식 사이의 거리, 형식과 역사의 이러한 틈을 효과적으로 메웠다는 데서 찾을 수 있다. 달리 말하자면 형식과 내용의 변증법을 보여주는 주요한 사례의 하나로 『북간도』가 존재할 수 있게 했다는 점이야말로 상기 서사 전략의 의의에 해당된다고 하겠다.

『북간도』 고유의 서사 전략이 갖는 미학적 효과는 앞서 밝힌 의의에 이어지는 것이다. 과도한 역사의식을 효과적으로 하나의 장편소설에 담을 수 있었던 바 형식과 역사의 변증법적 지양 자체가 소설미학적 효과에 해당한다. 풀어 말하자면, '에피소드 제시 + 사회역사적 설명' 패턴이 대하소설에 걸맞은 서사 형식을 효과적으로 대체한 점이야말로 『북간도』의 서사 전략이 갖는 미학적 효과의 첫째 항목에 해당된다고 하겠다.

대하소설을 요구하는 내용에 적합한 일반적인 서사 형식은 선이 굵고 호흡이 긴 중심서사를 갖추거나 본격적인 가족사소설로 나아가는 것이라 할 수 있다. 『북간도』의 현재 모습이 이와 다름은 분명하다. 『북간도』의 인물들은 스스로 역사적 존재가 되어 사건과 행동 상념 대화 등을 통해 자기 시대의 사회역사적 성격을 폭넓게 긴 호흡으로 체현하지 않는다. 이들은 대체로 소소한 에피소드의 주체로서 기능하여, 작가-서술자의 사회역사적 설명이 펼쳐지는 데 필요한 공간으로 이동하거나 그러한 설명의 계기가 되는 사건에 가담할 뿐이다. 이러한 양상은 리얼리즘미학의 전형적 인물 혹은 중간자로는 감당할 수 없을 만큼 복잡다단한 사건들을 두루 망라하는 『북간도』에서 필연적인 것이라고 할 수 있다.

요컨대, 사회역사적인 의미가 자연스럽게 구현되는 중심서사를 갖추지 않고 상대적으로 소소한 에피소드들로 작품을 구성하면서도, 장편소설이라는 장르 형식 내에서 주제효과는 시대적 배경에 걸맞은 무게를 갖출 수 있게 한 것이야말로 『북간도』 고유의 서사 전략이 갖는 으뜸가는 미학적 효과이다.

『북간도』의 서사 전략이 갖는 또 다른 미학적 효과는, 이러한 서사 전략이 의미론적 긴장을 효과적으로 구현한다는 점이다. 의미론적 긴장 효과는, 여러 절에 걸쳐서 '에피소드 제시 + 사회역사적 설명' 패턴이 수행되는 경우에 특히 두드러지게 드러난다. 의미상의 완결성을 갖는 각 절들의 연쇄 위에서 이러한 패턴이 구사됨으로써, 에피소드 절에서 설명 절로 넘어갈 때 의미론적 긴장이 발생한다. 연속적인 자기 스토리를 갖고 있는 인물의 개별적·구체적인 사건이 에피소드로 제시된 후에, 일반적이고 거시적인 사회역사적 상황에 대한 역사적·원리적인 해설이 절을 바꾸어 등장할 때, 독서 과정이 단절됨은 필지의 사실이다. 이러한 절의 전환에서 독자는 왜 별안간 역사서류의 기술이 등장하는지 의아해 하지 않을 수 없게 된다. 인물이 영위하는 스토리라인의 중단과 서술자-작가의 해설이 그 순간 부정합적으로 맞물리면서 의미론적인 긴장이 발생되는 것이다. 이 긴장이 해소되는 것은 대체로 설명 절의 끝부분에서 에피소드 절의 스토리가 다시 환기될 때이다.

이러한 방식은 'ʊ' 기호처럼 도해하여 설명할 수 있다. 위의 직선 부분이 등장인물의 스토리라인이고 아래의 원 부분이 서술자의 설명에 해당한다. 직선의 스토리라인보다 곡선 부분이 더 긴 것처럼, 에피소드 제시보다는 그 사회역사적 배경의 설명이 서술시를 더 차지하고 있다. 중요한 것은 직선이 곡선으로 변화하고 다시 곡선이 직선이 되는 변화 부분에서 서사적 긴장이 발생한다는 것이다. 사회역사적 설명 부분은 흡사 별개의 스토리인 것처럼 보이기도 하여, 왜 별안간 스토리가 바뀌는지, 새로운 스토리는 앞의 것과 어떻게 연결되는지에 대한 궁금증을 유발한다. 이러한 궁금증은 곡선에 해당하는 설명 부분이 직선과 다시 만난 뒤에야 비로소 해소된다. 따라서 '에피소드 제시 + 사회역사적 설명'의 패턴은 대체로 서사적 긴장을 두 차례 포함한다고 할 수 있다.

끝으로 에피소드 제시 부분을 보여주기[showing] 위주로 구성한 데서 얻어지는 미학적 효과도 지적해 둘 수 있다. '에피소드 제시 + 사회역사적 설명'이 여러 유형으로 변주되며 빈번히 구사되는 까닭에, 『북간도』 전편에 걸쳐서, 극적 제시에 따른 인상의 강렬함이라는 보여주기 기법의 일반적인 효과가 두드러진다. 이러한 효과가 일반적인 경우에서보다 『북간도』에서 두드러지게 된 데는 다음의 세 가지 특성이 기능하고 있다. 당연한 사실이지만 극적 효과를 발하는 에피소드가 빈번하다는 사실이 첫째에 해당한다. 다음으로는, 그러한 에피소드가 서술자─작가의 설명과 교차됨으로써 대비적으로 더욱 두드러지게 된다는 점을 들 수 있다. 인물의 심리에 대한 묘사나 인물들의 내적 관계에 대한 분석이 매우 희박한 상태인지라, 에피소드의 서사가 사건시와 서술시가 거의 일치할 만큼 신속히 전개됨으로써 극적 효과를 강화하게 된다는 점을 끝으로 덧붙일 수 있다.

지금까지 우리는 『북간도』 고유의 서사 전략이 갖는 의의와 긍정적인 미학적 효과를 살펴보았다. 끝으로 그러한 서사 전략에 따른 부정적인 결과를 지적해 두고자 한다. 앞의 작품 분석에서도 몇 차례 지적

했듯이『북간도』의 도처에서 보이는 바 스토리와 서술자—작가 언어의
괴리 사태가 그것이다. 이는 앞서 지적한 '역사의식의 과도함'이 낳은
부정적인 결과에 해당된다.

『북간도』에서 보이는 스토리와 서술자—작가 언어의 괴리 양상은
두 가지 경우에서 확인된다. 하나는 3장에서 예시한 이러한 다양한 패
턴의 서사 전략 사례들이 빚는 의미론적 긴장이다. 이러한 긴장이야말
로 작품 내 세계에서 벌어지는 사건의 층위 곧 스토리와, 그 배경을 설
명하기 위해 에둘러 개진되는 역사적 거대담론, 이 양자의 소설 언어
상의 상위에서 비롯되는 것이다. 등장인물의 언어와 서술자—작가의
언어에서 확인되는 이질성이 바로 스토리와 서술자—작가 언어의 첫
번째 괴리 양상에 해당된다.

다른 하나는 상기 이질적인 언어들이 담지하는 의미상의 괴리로서,
2부 1장 1~4절이나 4부 1장 3~5절과 5장 3~5절, 5부 3장 10~12절과
7장 3~4절 등에서 확인되는 양상이다. 이들 부분에서 등장인물들은
자신이 겪는 사건의 사회역사적인 원인이나 의미에 대해 무지하다. 이
러한 상태에서 인물들이 알 수 없는 해설이 작가—서술자에 의해 가해
지고 있다. 요컨대 역사적 상황에 대한 작가—서술자의 교과서적인 해
설이 맞지 않는 옷처럼 등장인물들에게 들씌워진 셈이다. 이는 작품
내 세계에서 벌어지는 스토리와는 차원이 다른 작가—서술자의 해설이
외삽적으로 가해진 결과라 할 수 있다.

이상의 사례들은 이미 지적된 것이므로 여기서는 작품 내 세계의
현실성과 거리가 있는 의미 규정이 내려지는 경우를 들어 본다. 3부 1
장 9절에서 보이는 '조선인 죄수 탈주 사건'에 대한 인물의 반응을 서
술하는 장면이 이에 해당된다. 여기서 서술자는, 현도와 달리 창윤이
이 사태를 재미있다고만 보고 싶어 하지 않은 것이 당연한 것인 양 말
해두고 당시의 정세에 대한 설명을 근거로 제시한다. 그러나 이는 이
치상 맞지 않는다.

작품이 배경으로 하고 있는 당시의 정세가 어찌 돌아가고 있는 것

260

은 현도는 물론이거니와 창윤 또한 알 수 있는 것이 아니다. 그러므로 작가—서술자만 알고 있는 역사적 상황을 내세워놓고 창윤의 반응이 그에 비춰 그럴 수밖에 없다고 할 수는 없다. 작품 내 세계의 입장 곧 스토리 차원에서 볼 때, 현도가 재미있어 하는 것이 용정의 상황에 대한 일상인의 시선에 의한 것이고 바로 그런 만큼 현실성을 띤다 하면, 창윤 또한 그런 맥락에서 반응하는 것이 자연스럽다고 할 수 있다. 비봉촌에서 청인들과 청국 정부에 의해 핍박을 받은 대표적인 인물이 창윤이라는 점, 조부의 혈통을 받아 그가 민족의식에 눈을 뜬 편이라는 점, 마을의 논의에서도 일본에 기대 보려는 분위기가 없지 않았다는 점 등을 고려하여 보더라도, 창윤의 복잡한 심사가 드러나야 할 자리이지 작가가 역사적 정세를 교설적으로 설명할 만한 자리는 아니라고 하겠다. 창윤이 예컨대 지식인이어서 작가—서술자의 대변인처럼 기능할 수 있는 것은 아님을 고려하면, 요컨대 이러한 전개는 스토리와 해설의 괴리, 작품 내 세계의 서사와 작가—서술자의 역사 인식의 괴리를 보여주는 사례에 해당될 뿐이라고 하겠다.[32]

그러나 이러한 양상을 근거로 하여 『북간도』에 그려진 인물들의 행위가 역사적 사건의 전형이 되지는 못한다고 비판적으로 규정하는 것은 생산적이지 못하다. ‘에피소드 제시 + 사회역사적 설명’을 구사하는 서사 전략의 긍정적인 의의와 효과를 무시할 수 없기 때문이다. 물론 스토리와 해설의 괴리가 이 소설의 미학적 결함에 해당하는 것 또한 부정될 수는 없다. 이러한 결함이야말로, 작품 내 세계로 체화되지

---

32) 이와 비슷한 사례로, 2부 4장 7절에서 보이는 ‘원한의 통감부’ 부분을 들 수 있다. ‘노랑 수건 김 서방’의 사망사건을 해결하기 위해 주민 대표가 구성되었다가 아무런 소득도 얻지 못하게 된 사태의 귀결 시점이 일본 통감부 파출소가 철수하는 것과 맞물리게 된 사실을 기술하는 부분이다. 이 부분에서 서술자는 ‘원한의 통감부 파출소’가 물러갔지만 조선인이 ‘유랑의 이주민’이 되었다는 점에서 오히려 더 큰 원한의 씨를 심어 놓았다고 해설한다. 그러나 스토리에 주목해서 볼 경우, 비봉촌 주민들의 입장에서 통감부가 ‘원한의 통감부’일 리는 없음이 확인된다. 이런 경우, 작품 내 세계의 논리와 실제 역사에 대한 작가—서술자의 해석 사이에 상위가 있다고 할 수 있다.

못한 (작품 외적인) 민족주의 이데올로기가 강하게 선재한다는 사실을 알려주는 작가 측면의 형성 계기이며, 소설의 육체를 풍성하게 하는 심리묘사 등을 약화시켜 『북간도』의 서사를 앙상하게 만든 원인이고, 이 소설의 민족주의적 주제의식을 생경하게 만든 원인이자 결과에 해당하기 때문이다.

5. 결론 및 남는 문제

『북간도』의 서사구조와 서사전략에 대한 실증적·미시적 분석을 통하여 본고는, 가족사소설이라는 규정과 작중 세 가문이 식민지시대의 삶의 양상을 대변한다는 해석, 작품이 앞뒤 두 부분으로 나뉘어 있다는 판단 등, 이 소설에 대한 기존 연구들의 통념 몇 가지를 교정하였다. 이 소설은 민족주의 세력과 외세 및 그 추종 세력이라는 이원적인 대립 구도 위에서 민족주의적인 역사 해석을 앞세운 경우에 해당된다.

또한 본고는 '에피소드 제시 + 사회역사적 설명'의 패턴을 다양하게 구사하는 서사 전략으로 해서 『북간도』가, 과도한 역사의식에 의해 끌어들여진 대하소설적인 내용과 장편소설 형식의 괴리를 효과적으로 지양하고 있음을 보였다. 이러한 서사 전략이, 대하소설에 걸맞은 서사 형식의 대체, 의미론적 긴장의 효과적인 구현, 극적 제시에 따른 인상의 강렬함 등과 같은 긍정적인 미학적 효과와 더불어, 스토리와 서술자—작가 언어의 괴리라는 부정적인 결과를 낳는다는 사실도 본고의 한 가지 결론이다.

『북간도』는 스케일이 큰 역사 서사를 하나의 장편소설에 큰 무리 없이 안착시켰다는 점에서 역사와 형식의 변증법의 한 가지 주요 사례에 해당된다. 이 바탕에 작가의 민족주의적인 역사 인식이 자리하여 부정적인 미학적 결과 또한 없지 않지만, 후자를 근거로 작가의 역사의식을 부정적으로 규정하고 작품의 소설미학적 성취까지 부정하는 것은 생산적인 논법이 되지 못해 보인다. 그보다는 195,60년대의 시대상황과 작가의 다소 단선적인 민족주의 이념에도 불구하고, 상기 서사 전략에 의해 구현된 스토리 차원의 리얼리티와 『북간도』라는 작품의 완성 자체에 의미를 둘 필요가 있다. 작가의식상의 문제가 작품의 구성을 깰 만큼 크게 작용한 것은 아니기 때문이다. 이에 더하여, 1930년대 리얼리즘소설의 전통이 복원되는 것이 1970년대 들어서임을 고려하면 『북간도』의 소설사적인 의의가 새삼 주목될 필요가 있다.

작가와 작품의 역사 인식에 대한 섬세하고 정치한 논의 또한, 『북간도』에 대한 실증적·미시적 분석의 결과에 의해 교정되면서 균형을 잡아갈 필요가 있다. 이는 본고의 추후 과제에 해당된다.

주제어 : 안수길, 북간도, 만주, 민족주의, 역사, 형식, 서사 전략

◆ 참고문헌

1. 기본자료
안수길,『북간도』, 동아출판사, 1995(삼중당, 1967).
『사상계』, 1959년 5월호.

2. 연구논저
김우창,「민족주체성의 의미-안수길 작 〈북간도〉」,『궁핍한 시대의 시인-현대문
　　　학과 사회에 관한 에세이』, 민음사, 1977.
──── ,「안수길 저 〈북간도〉-사대에 걸친 주체성 쟁취의 증언」,『신동아』, 1968. 3.
김윤식,『안수길 연구』, 정음사, 1986.
김종욱,「역사의 망각과 민족의 상상-안수길의 〈북간도〉 연구」,『국제어문』30
　　　집, 국제어문학회, 2004. 4, 280-282쪽.
민현기,「민족적 저항과 수난의 재현-안수길의 〈북간도〉론」,『어문학』56집, 한
　　　국어문학회, 1995. 2, 270-271쪽.
안수길,『명아주 한 포기』, 문예창작사, 1977, 239쪽.
유종호,「한국 리얼리즘의 한계」,『동시대의 시와 진실』, 민음사, 1982, 205쪽.
이선미,「〈만주체험〉과 〈민족서사〉의 상관성 연구-안수길의『북간도』를 중심으
　　　로」,『상허학보』15집, 상허학회, 2005, 369-379쪽.
조정래,「장편소설 〈북간도〉의 서술 특성 연구」,『배달말』40집, 배달말학회, 2007,
　　　179-182쪽.
한기형,「역사의 소설화와 리얼리즘-안수길 장편소설 〈북간도〉 분석」,『한국전후
　　　문학연구』, 조건상 편, 성균관대 출판부, 1993, 132-133쪽.
한수영,「만주의 문학사적 표상과 안수길의 〈북간도〉에 나타난 ‘이산(離散)’의 문
　　　제」,『상허학보』11집, 상허학회, 2003. 8, 125쪽.
리몬-케넌, 최상규 역,『소설의 시학』, 문학과지성사, 1985, 32-33쪽.

◆ 국문초록

　본고는 안수길의 『북간도』가 보이는 서사구성상의 특징을 분석하고 그 위에서 주제효과와 작가의식을 검토하는 데 목적을 둔다.

　기존의 평가와는 달리 『북간도』는 이 씨 4대에 걸친 가족사소설이 아니며, 주요 인물들의 가계를 통해 외세하의 올바른 삶의 방식을 대비적으로 제시하고 있는 것도 아니다.

　『북간도』의 서사는, 이창윤과 이정수 2대의 행적을 주요 스토리라인으로 설정한 위에 그들과 관련된 인물들의 스토리라인이 결부된 구조로 파악된다. 세 가문을 놓고 보아도 1세대와 3세대만 비슷한 비중으로 등장할 뿐, 2세대는 최삼봉만이 4세대는 이정수만이 살아 움직이는 상태이다. 따라서 이 소설을 가족사소설의 범주로 파악하는 것은 적절치 못하다.

　이 씨 집안 5인의 행적은 민족주의 독립운동세력의 전형적인 모습에 해당한다. 이는 작품 내 세계에서 이들이 영위하는 스토리에서 확인되는데 서술자─작가의 적극적인 규정이 더해진 점이 특징적이다. 장치덕 가문의 경우 1대인 장치덕은 이한복과 그리 다르지 않은 면모를 보이며, 3대 장현도에 와서 현실에 적응하는 일상인의 전형이 된다. 최칠성 가문의 경우 1~3대가 각기 자신의 삶을 사는 모습을 보여 일의적으로 규정할 수 없다. 여기에 더하여 작품 내 세계 한편에 부정적인 중국 세력과 일본의 식민 지배 세력, 친청 및 친일 성향의 인물들이 무더기로 존재함을 고려하면 『북간도』의 대립 구도가 명확해진다. 내용형식 면에서 볼 때 『북간도』는 민족주의적인 독립운동세력과 외세 및 그에 영합하는 세력의 이원적인 대립 구조를 띠고 있다 하겠다.

　『북간도』의 이분법적 구성 방식은 이 소설의 독특한 서사 전략과 결합하여 주제효과를 한층 강화한다. 『북간도』는 하나의 에피소드를 보여주기 형식으로 제시한 뒤에 그러한 사건의 배경이 되는 사회역사적인 상황을 설명하는 방식을 작품 전편에 걸쳐 다양하고도 빈번하게 구사하고 있다. '에피소드 제시 + 사회역사적 설명' 패턴으로 요약할 수 있는 이러한 서사 전략은 몇 개의 절에 걸쳐 이루어지기도 하고, 미시적인 부분에서 구사되기도 하며, 효과를 달리 하는 변형 패턴을 낳기도 한다.

　『북간도』의 서사 전략이 갖는 효과는 크게 세 가지로 말해볼 수 있다. 첫째는 근대전환기로부터 식민지 전기간에 걸치는 격동의 역사를 효과적으로 작품에 끌어들일 수 있게 했다는 점이다. 작가의 사회역사적 설명 욕구 및 민족주의 이데올로기 구현 욕망이 과도한 데서 기인한 만큼 부작용도 없지 않지만, 이러한 서사 전략이야말로 장편소설의 분량에 대하소설의 구도를 짜 넣는 데 효과적인 방식이라 하겠다. 둘째는 이와 연관된 것으로서 선이 굵은 긴 호흡의 스토리를 구성해야 하는 어려움을 피할 수 있게 해 주면서 나름의 소설미학적 효과를 구축했다는 점이다. 보여주기 형식이 갖는 극적 제시의 효과와 절과 절 사이에서 의미론적 긴장을 유발하는 효과가 그것이다. 셋째는 문제적인 것으로서, 스토리와 서술자―작가 언어의 괴리 및 그에 따른 의미상의 괴리라는 부정적인 효과를 들 수 있다. 구체적으로 이는 주요 에피소드에 있어서 인물의 심리나 인물들 상호간의 내적 긴장관계를 그리지 못하는 결과로 나타난다.

　『북간도』는 장편소설의 분량에 대하소설에 걸맞은 시공간을 구현하면서 민족주의 독립운동세력의 역사를 형상화한 작품이다. 장편이라는 장르 형식과 거기에 담기기엔 과중한 역사적 내용 사이의 괴리를 극복하기 위해『북간도』가 취한 방식이 바로 상기 서사 전략이며 그에 따른 미학적 특징들이다. 이런 의미에서『북간도』는 형식과 역사의 한 가지 변증법을 잘 보여주고 있는 예가 된다고 할 수 있다.

◆ SUMMARY

A Study on the Dialectics of Form and History
in *North KanDo* (北間島)

Park, Sang-Joon

This study aims to analyze the characteristics of the narrative structure of the novel *North Kando* (北間島) and investigate the thematic effects and author's consciousness.

The main storylines of *North Kando* (北間島) are those of the two generations of the Lee family, the father Lee Changyun and his son Lee Jeongsu, to which the other characters' storylines are connected. Though this novel covers four generations, all of the generations of the three major families do not act significantly. So it can not be said that *North Kando* (北間島) is a family-history novel.

The five characters of the Lee family are the representatives of the nationalist independence movement. As for Jang family, the first generation's Jang Chideok acts like Lee Hanbok but the third generation's Jang Hyeondo becomes a representative of the routine life. As for the Choi family, each generation acts so differently that we can not determine the family identity. In addition, considering that there are negative groups of Chinese power, the colonialist Japanese power and those who go with the current of that time, the oppositional structure of *North Kando* (北間島) becomes clear. This novel has a binary structure of the nationalists for independence movement and their opposites.

The binary structure intensifies the theme-effects, in combination with the specific narrative strategy of this novel. *North Kando* (北間島) freely uses the narrative pattern of 'showing an episode and then telling its socio-historical circumstances as a background'. This pattern is widely used between sub-chapters, paragraphs or passages and sometimes it engenders some variations.

The effects of the narrative strategy using those patterns widely are as follows. First, the strategy makes it possible to include in one novel the entire span from the pre-modern times of the late 18th century to the end of the colonial period. Second, the strategy engenders some aesthetical effects. ⅰ) The narrative strategy makes it possible to set the long span and the broad space of North Kando into one novel without the composition of the one major long and wide storyline. ⅱ) It obtains the dramatical effects of showing form. ⅲ) It makes the semantic tension between the showing and telling parts. The third effect of the strategy is a aesthetical defect. It makes some gap between the story instance and the narrator-author's discourse instance, which results in the lack of the description of the characters' psychology and the inner relation of characters.

North Kando (北間島) figures the history of the nationalist independence movement. The scale of the history above mentioned is so large that narrating that history asks for a river novel but *North Kando* (北間島) is simply a novel. From this gap between the novel's form and its overweight contents come the peculiar narrative strategy and its aesthetical effects. In this sense, it can be said that *North Kando* (北間島) is one significant example of the dialectics of form and history.

Keyword : An Sugil, *North Kando*(北間島), Manchuria, Nationalism, History, Form, Narrative Strategy

－이 논문은 2008년 7월 31일에 접수되어, 2008년 8월 8일에서 2008년 8월 20일 사이에 이루어진 소정의 심사를 거쳐 2008년 8월 21일 편집회의에서 1차로 게재가 결정되고 2008년 10월 1일에 최종적으로 게재가 확정되었음.

총서 『불멸의 역사』와 북한문학

2008년 10월 25일 인쇄
2008년 10월 31일 발행

지은이   상 허 학 회
펴낸이   박 현 숙
찍은곳   신화인쇄공사

110-320 서울시 종로구 낙원동 58-1 종로오피스텔 606호
TEL : 02-764-3018, 764-3019   FAX : 02-764-3011
E-mail : kpsm80@hanmail.net

펴낸곳 도서출판 깊 은 샘

등록번호/제2-69. 등록년월일/1980년 2월 6일

ISBN   978-89-7416-207-8

※ 잘못된 책은 교환해 드립니다.

값 15,000원